MALDITA

MALDITA

Mercedes Pinto Maldonado

GRUPO ZETA

Barcelona • Madrid • Bogotá • Buenos Aires • Caracas • México D.F. • Miami • Montevideo • Santiago de Chile

1.ª edición: marzo 2014

Consell de Cent, 425-427 - 08009 Barcelona (España)
www.edicionesb.com

Printed in Spain
ISBN: 978-84-666-5432-6
Depósito legal: B. 1.844-2014

Impreso por Novagràfic, S.L.

A Miguelito, que tanto me inspiró

Aquella tarde, en El Cortijo Don Diego, reinaba una quietud inusual. Después de un día especialmente agitado, la siembra había concluido. Una vez recogidos todos los aparejos del campo, y después de haber pagado a los jornaleros, comenzaba el tiempo de espera, que ya se había instalado en la hacienda, introduciendo en el paisaje una pincelada inquietante.

Cuando Diego entró en el caserón y, como de costumbre, se dispuso a quitarse sus enormes botas de faena en el zaguán, percibió cómo el silencio controlaba hasta el último rincón de la monumental vivienda. De repente, sintió que se asfixiaba.

Con los pies ya enfundados en unas cómodas zapatillas, dio dos pasos hacia la izquierda y entró en el pequeño vestíbulo. Allí se quitó su empapada camisa y la colgó en el perchero junto a un sinfín de ropa de trabajo. Antes de marcharse, vio sobre la pequeña mesita el correo acumulado de varios días; no estaba de ánimo para abrir aquel montón de cartas. Después se dirigió al baño para asearse un poco. La calma que lo rodeaba era tal que, con los ojos cerrados sobre el grifo abierto, dispuesto a lavarse la cara, el sonido del agua se le antojó el de un caudaloso río. «¿Qué estará haciendo Adela?», pensó. Otra vez había caído en la trampa. ¡Qué más le daba a él lo que estuviera haciendo Adela!

Salió del distribuidor y cogió el pasillo de la derecha para dirigirse a la cocina, sigiloso, no fuese que el silencio le devolviera con ira el sonido de sus pisadas. A la izquierda dejó el dormitorio que utilizaba su suegra cuando pasaba algunos días en casa, perfectamente limpio y ordenado; a la espera, como sus campos.

Seguidamente estaba la salita. Al pasar por la puerta advirtió que estaba entreabierta. Se asomó con disimulo por la abertura y... Allí estaba Adela, frente al ventanal, de espaldas a la puerta, en la vieja mecedora, apenas meciéndose, haciendo nada; esperando, como el dormitorio de su suegra, como sus campos. Su silueta difusa en la penumbra le provocó una extraña sensación de tristeza. ¡Ella! Tan bella y tan sola. Sintió el impulso de nombrarla y aliviar la soledad de los dos; pero se contuvo, estaba entrenado, sabía hacerlo.

Siguió el pausado paseo por el corredor hacia la cocina y, al verla vacía, recordó que aquella mañana María le había dicho que ella y su marido se marcharían después de ordeñar las vacas y que no volverían hasta la mañana siguiente; según le dijo, tenían que arreglar unos papeles en la ciudad. La estancia era de unas enormes proporciones, pensada para poder realizar en ella las tareas de matanza. Una robusta mesa la presidía, su padre la había mandado hacer al carpintero del pueblo cuando él aún era un niño; aunque sobre esto había varias versiones. Ocupando la quinta parte de la mesa, un pequeño mantel enmarcaba el sombrío bodegón preparado para la cena; un solo servicio. Una noche más, Adela no cenaría con él. Sobre la hornilla, una perola esperando el calor del fuego; esperando, como sus campos, como el dormitorio de su suegra, como Adela. Echó la dosis de arroz, que María había dispuesto en un platito, en el caldo de gallina y encendió el fogón. Mientras tanto, se sentó a fumarse otro Celtas corto. El cigarro no se le caía de la boca.

Había tomado una decisión muy meditada, irrevocable. Después de que se diluyera la ira del trágico momento, solo quedó un ácido rencor y, tras su amargura, tomó una determinación: no echaría a Adela de su casa. No por lo que dijera la gente del pueblo, nunca le importaron las habladurías, sencillamente no podía, todavía no. Desde el fatídico día en que la encontró en el pajar en brazos de Juan, dejó de dirigirle la palabra. A las pocas semanas ella le dijo que estaba embarazada y él rompió la promesa que se había hecho a sí mismo para hablarle por última vez:

—Puedes quedarte si quieres, pero procura que ni tú ni tu bastardo invadáis mi espacio. Este es el trato, lo tomas o lo dejas.

—¿Cómo? ¿Qué estás insinuando? Este hijo es tuyo, yo... —Para qué seguir, Diego la había dejado con la palabra en la boca; estaba sola en la habitación.

La sentencia de su marido hizo caer a Adela en una profunda tristeza. Llevaba semanas con unas persistentes náuseas. Se sentía agotada, apenas encontraba fuerzas por las mañanas para levantarse. Tenía un embarazo especialmente difícil, pero la actitud de Diego era el peor de sus males. Sabía lo importante que había sido para él desde el principio de su matrimonio tener hijos; siempre decía que no pararía hasta llenar la casa de niños. Llevaban más de un año casados y su esposo esperaba la noticia con ansiedad. Ella pensó que al anunciarle su estado olvidaría el incidente del pajar.

El humo de su tercer cigarrillo se tornó acre. El caldo de la sopa se había consumido y los granos de arroz chisporroteaban en el fondo de la perola. De súbito se dio cuenta del penetrante olor a quemado que había inundado la cocina. «Maldita sea», masculló contrariado mientras corría a apagar el fuego. Se le había ido el santo al cielo pensando en Adela, estaba enfadado consigo mismo, ella ya no merecía un lugar en su mente.

Metió la cacerola en el fregadero y, mientras la llenaba de agua para ablandar el carbón del fondo, pensó en su padre. Recordó la entereza que mantuvo durante toda la vida ante una situación similar. Nunca se permitió un atisbo de debilidad; jamás hubiera consentido que cuestiones personales lo distrajeran de sus quehaceres. Si alguna vez tuvo un mal momento y los recuerdos de su esposa lo asaltaron, nadie lo supo. ¡Eso sí que era un hombre! Diego tenía tanto que aprender... Se dirigió a la alacena y sacó unos trozos de carne de la orza. Se le habían quitado las ganas de comer, pero no pensaba irse a la cama sin cenar por una mujer.

Como todos los viernes, esa tarde Diego tenía partida de cartas en la taberna de Paco. Estarían los cinco: Adrián, Isidro, Alfonso, Pedro y él. De los cuatro compañeros de cartas que solían jugar con él, solo a Pedro lo consideraba su amigo; el único a quien alguna vez había hecho confidencias, y del único que se fiaba. Diego no era hombre de ir contando sus asuntos personales a cualquiera, como Isidro; pero Pedro era diferente. Se conocían desde la infancia. Era callado, leal por naturaleza y un hombre de palabra; lo había demostrado cuando habían hecho algunos negocios juntos, en los que sus firmas fueron meros trámites, para los dos innecesarias. Estas cualidades eran para Diego fundamentales en un hombre que se preciara y las únicas que él creía tener en común con su amigo.

Por lo demás, se parecían tanto como un huevo a una castaña. Pedro le parecía a Diego un ser sombrío, apagado, falto de personalidad e iniciativa. Pensaba que descuidaba demasiado su imagen, y así se lo hacía saber sin ningún reparo, y que, teniendo en cuenta que su posición social era más elevada que la de la mayoría de los hombres del pueblo, que se dedicaban básicamente a las labores del campo, no se preocupaba en absoluto de parecerlo. Con su abundante pelo, Diego se habría preocupado cada día de hacerse un buen tupé a la izquierda de una raya bien delineada. Por más que su madre lo obligaba a cambiarse de ropa, era rara la vez que no lucía un lamparón en su camisa o pantalón. Y, aunque siempre llevaba las manos limpias, no recortaba las uñas lo debido. Tenía un caminar indeciso, como despistado; visto avanzar de lejos parecía estar a punto de tropezar constantemente. Aun así, gozaba de un aire bohemio y misterioso apreciado en su entorno, más motivado por su dejadez y timidez que por un rico mundo interior, según le parecía a Diego, claro está. Cuando Diego lo miraba a los ojos tenía la sensación de estar frente a un niño distraído. «¿Hay alguien detrás de mí, Pedro?», le decía a veces cuando no se creía escuchado. «Nadie, y aunque lo hubiera no podría verlo —Diego era de unas enormes proporciones.» «Pues entonces ¿qué coño estás mirando?» En realidad Pedro asistía a las conversaciones de su interlocutor muy atento, su forma de mirar era un signo del manifiesto desapego que sentía hacia todo cuanto le rodeaba, consciente de la levedad del mundo. Alguna vez pensó que algo le pertenecería para siempre y, al perderlo, experimentó tal sensación de desarraigo que decidió no pasar más por un dolor semejante. Era demasiado joven cuando perdió a su padre. A partir de ese momento, de una forma instintiva, aprendió a mantenerse a cierta distancia de todo: su familia, sus amigos, un posible amor, su dinero y posesiones... Todo tenía una relativa importancia para él, dando a veces la impresión de que sentía cierto desprecio hacia su entorno. Aunque en muchas ocasiones Diego llegaba a sentirse molesto por la actitud desinteresada de Pedro, no era menos cierto que, precisamente por esto, confiaba en él. Pedro era el único de sus conocidos que no se esforzaba en caerle bien por el hecho de ser el hombre más rico y poderoso del pueblo, lo que le daba la seguridad de que en la amistad que mantenían desde niños no había un interés oculto.

La partida terminó sin acontecimientos dignos de mención. Diego llegó con quinientas pesetas en el bolsillo y finalmente le quedaron trescientas cincuenta. Naturalmente que le hubiese gustado ganar, de hecho tenía muy mal perder, pero, teniendo en cuenta que había estado especialmente disperso durante toda la tarde, consideró que podría haber perdido mucho más. Solían apostar bastante fuerte.

Antes de marcharse, Isidro quiso felicitarlo:

—Me he enterado de que Adela está embarazada. ¡Enhorabuena, hombre! Estarás contento. —Habló con una sorna nada sutil, dejando claro que había una doble intención en sus palabras.

—¿Tienes algún problema, Isidro? ¿Qué tal está tu hijo? —Diego quiso bajarle los humos recordándole que su hijo mayor estaba en la cárcel por haber matado a su jovencísima esposa de una paliza que remató con una puñalada.

—Venga, Diego, vámonos a casa —dijo Pedro, temiéndose que de nuevo llegaran a las manos, como había ocurrido unos meses antes; aunque se retiraron a tiempo.

—¿Te apetece un último vino en la venta de Socorro? —preguntó Pedro a Diego con la intención de ayudarlo a recuperar la calma antes de meterse en la cama, que es lo que a él le hubiera apetecido en aquel momento.

—Sí, es un poco pronto para encerrarme en casa.

Sentado en la venta de Socorro, frente a su único amigo y una botella de vino del lugar, Diego comenzó una larga conversación.

—Ya estás enterado de todo ¿verdad?

—¿De qué? —Pedro quiso que Diego tomara la iniciativa de una conversación que le incomodaba.

—Venga, Pedro, no me jodas, ya sabes.

—He oído rumores, pero... Tú me conoces, no suelo hacer caso a las habladurías. —Pedro quiso quitar importancia a los graves comentarios que circulaban por el lugar, aunque esta vez intuía que había mucho de cierto en ellos.

Diego lo miraba expectante, esperando las palabras de su amigo. Intuía lo que chismorreaban en el pueblo, pero quería oírselo a Pedro y confirmarlo.

—Alguien dijo que presenció cómo discutías con Adela en el pajar y luego la vieron salir seguida de Juan. Esto es una aldea, Diego, la mayoría de las familias cuentan con más de un miembro que ha trabajado para tu padre o para ti. ¿Qué esperabas después de discutir a voces rodeado del personal del cortijo? Ahora, lo que quizá no tuvo demasiada importancia se ha convertido en la tragedia que ameniza los corrillos del pueblo. No tienes arreglo, Diego, cuando te calientas pierdes los estribos. En fin, supongo que en unos días la gente lo olvidará todo.

—No lo olvidarán tan fácilmente. Por una vez, los rumores se han quedado cortos —habló Diego mirando su vaso de vino, al que daba vueltas distraídamente; la vergüenza que le suponía admitir los hechos le impedía mirar a su compañero a los ojos.

—Creo que no tienes ni idea de lo que dicen por ahí.

—Hace semanas que le he retirado la palabra a Adela. Dormimos separados. Está embarazada y sé que ese hijo no es mío. La sorprendí con Juan en el pajar. Mi padre tenía razón, nunca debí casarme con ella. «Demasiado lista y hermosa para encerrarla en el cortijo con un hombre de tu agrio carácter», decía. Debí hacerle caso, siempre me aconsejó buscarme una mujer ni demasiado lista ni demasiado tonta, ni demasiado guapa ni demasiado fea, ni callada ni charlatana..., pero fuerte como el roble; una mujer con salud, capaz de trabajar de sol a sol sin protestar; que me llenara la casa de hijos sin importarle que su cuerpo se deformara con el tiempo. Y ya ves, Adela es todo lo contrario: hermosa, inteligente, coqueta, delicada, alegre y charlatana. —Mientras la describía, parecía que a sus ojos asomara un leve brillo—. Aunque... últimamente ni habla ni se ríe, se pasa el día meciéndose frente a la ventana mientras se soba la tripa.

—Deja de nombrar a tu padre, nadie que lo conociera le tuvo estima, si acaso miedo, era un tira... Lo siento, me he pasado. —Se arrepintió de inmediato, pero ya estaba dicho.

—Tú no lo conociste como yo. Era un hombre fuerte como...

—Sí, sí, ya lo sé, pero tú tienes tu propia identidad y circunstancias. Hablemos de ti. ¿Estás seguro de que Adela y Juan...? ¿Tienes pruebas?

—Sí, claro que estoy seguro, ella estaba en sus brazos en el pajar.

—¿Qué vas a hacer ahora? —Pedro no quiso meterse en honduras, pero no estaba convencido de que el hecho pudiese considerarse adulterio, ni de que la escena que Diego había visto en el pajar fuese una prueba consistente.

—Esperar a que nazca ese bastardo.

—No creo que Adela te haya sido infiel. Parecía tan feliz, encantada con la vida que tenía; enamorada de ti. Y con Juan... No sé, esta historia no encaja.

—Pues ha pasado.

—En todo caso, tu actitud me parece injusta, no quisiera recordarte tu hacer con la mujer de Juan. —Pedro bajó un poco la voz para decirle esto último, temiendo despertar la ira de su amigo.

—Eso es un golpe bajo. Cada cual haga lo que le convenga con la propia, ¿no crees?

—Sigue siendo injusto —insistió.

—¡La vida es injusta! Es injusto perder la cosecha después de meses de trabajo, es injusto perder la salud cuando tus hijos más te necesitan... Es injusto ser engañado por la mujer en la que has puesto tu confianza. ¿Pedimos otra botella?

Pedro le hubiera dicho en ese momento tantas cosas... Pero ¿para qué? Diego era tan tozudo como orgulloso; sabía que no le permitiría la más mínima sugerencia. Para él, el caso estaba cerrado, lo había evaluado, como lo hubiera hecho su padre, claro está, y lo había sentenciado. Pensó en Adela y se le heló la sangre. Él la había conocido cuando era una muchacha alegre y confiada, la más envidiada y deseada de todas, no entendía cómo, de repente, su mundo se había vuelto tan lóbrego. Diego le había robado la luz; le había robado el alma. Miró a su acompañante con desprecio y tristeza, sin darse cuenta, llevado por sus pensamientos, enseguida corrigió el rictus, no fuera que su amigo le leyera el pensamiento —se lo estaba leyendo, sabía muy bien cómo pensaba—. En aquel momento no le apetecía seguir en la compañía de quien estaba tiranizando a la musa de sus sueños y buscó una excusa para rechazar su última oferta.

—Tengo que irme, mañana tengo que madrugar para llevar a mi madre a don Heladio, tiene las piernas cada vez peor.

—Tienes dos hermanas. —Diego no podía entender por qué Pedro se ocupaba de tareas más propias de una mujer sin rechistar.

—Están llenas de hijos y de problemas, yo puedo hacerlo.

—Venga, pidamos esa botella, después te acercaré a tu casa en la camioneta.

—Un día de estos te vas a despeñar por cualquier camino, no sé cómo puedes conducir harto de vino.

Pasaron los meses y, como se había prometido a sí mismo, Diego no se permitió cruzar una palabra con Adela en todo el tiempo transcurrido. En alguna ocasión se había tropezado con ella, por puro azar, en el pasillo, o la había visto de soslayo en el patio tomando el sol, por recomendación del médico y obligada por su madre, pero no se molestaba en dedicarle una mirada; aunque no podía evitar preguntarse qué estaría pensando mientras perdía la vista entre las parras. ¿Que qué pensaba? Adela ya casi ni pensaba, mecía su corazón en carne viva sin encontrar respuesta a tanto sufrimiento. En los momentos más lúcidos imaginaba que todo volvía a ser como antes, que cuando su hijo naciera Diego recapacitaría. Soñaba que su galán la despertaba con mil caricias y de nuevo le decía que ella era lo mejor que le había pasado en la vida; veía el sol que entraba por el ventanal de su dormitorio cubriendo sus cuerpos entrelazados de maneras imposibles; se oía a sí misma susurrar a su ardiente amante cuánto lo quería. Pero eran instantes fugaces, que se desvanecían nada más avistar a lo lejos a su esposo, dando órdenes a sus jornaleros como si fueran meras bestias, ajeno al dolor de la que hasta hacía muy poco había sido su muñeca. Entonces volvía a sumergirse en su sufrimiento y a mirar cómo su tripa crecía lentamente, cómo lentamente menguaba su salud. «¿Qué va a ser de ti, cariño?», susurraba a veces después de un leve suspiro, mientras se acariciaba con su pálida mano el vientre.

Su suegra se había instalado en el cortijo desde que Adela cumplió el quinto mes de embarazo. A Diego le parecían excesivos los cuidados y atenciones que recibía su esposa por parte de su madre. Carmen, la madre de Adela, había tenido que abandonar su casa, a cien kilómetros de allí, para atender los caprichos de una niña mimada. Diego creía que Adela debería haber asumido su responsabilidad el mismo día de la boda. Pero tanto María como Carmen mantenían que Adela tenía un embarazo muy difícil y que su salud se deterioraba por momentos. Él pensaba que en realidad la causa de todos sus males era la mala conciencia que le provocaba el hecho de saber que estaba engendrando un bastardo que le recordaría de por vida su adulterio. Diego no sentía lástima alguna por ella, o al menos eso se empeñaba en aparentar. La echó de su vida el mismo día que la encontró con Juan. Ahora, más que su esposa, se había convertido en una molestia y estaba deseando que diera a luz para mandarla con su madre y su bastardo a su antigua casa. Se había planteado decirle a doña Carmen que se llevara a su hija antes del dichoso alumbramiento, pero no tenía ganas de trifulcas. Su suegra era tan testaruda como él y estaba seguro de que no iba a consentir trasladar a su hija en aquellas condiciones. Además de que no se creía en absoluto que Adela lo hubiera engañado con el vecino: estaba convencida de que todo era producto de la macabra imaginación de un marido machista y celoso, incapaz de sobrellevar las brillantes dotes de su esposa. Doña Carmen mantenía que todo se debía a que su yerno se negaba a vivir a la sombra de una mujer tan extraordinaria como su hija y, probablemente, no andaba muy descaminada.

Diego acababa de meter algunos aparejos en el cobertizo. Aunque era veintidós de agosto y hacía un bochorno espantoso, el cielo amenazaba lluvia y no quería que sus herramientas de más valor quedaran expuestas a la, más que probable, tormenta. Sabía leer en el cielo, desde que tenía uso de razón, su primera tarea al levantarse era asomarse a la ventana y perder la vista en el firmamento. Gran parte de las posesiones de los del valle dependían de la benevolencia del tiempo.

Mientras se dirigía a la vivienda, escuchó un sonido que le resultó familiar: una de las vacas estaba pariendo. Echó un vistazo a su alrededor y avistó en el crepúsculo a Alfonso que se acercaba en su moto.

—¡Alfonso! —rompió el silencio con su potente voz.

El casero se acercó con premura hasta el corpulento dueño de la finca, paró la moto y caminó hacia él algo perturbado; no porque el grito de Diego lo hubiera amedrentado —estaba acostumbrado y tenía un carácter muy templado—. Alfonso cargaba a su espalda más de cuarenta y cinco años de duro trabajo y había tenido que lidiar con toros de más envergadura que Dieguito, que todavía se le antojaba aquel niño que casi se muere del susto el día que una rata se acercó a su bocadillo de carne de membrillo. Después de haber trabajado durante veinticinco años para el anterior don Diego, el padre del señorito, Alfonso había desarrollado una gran habilidad para ignorar los brotes de mal humor de los del Valle.

El nerviosismo de Alfonso obedecía a su preocupación por la Señora Adela, a la que tenía un afecto especial. No la conoció hasta el mismo día de la boda. Él no pudo ir a la ceremonia religiosa, se quedó en el cortijo ultimando los preparativos de la gran celebración. Cuando la vio aparecer por el camino, flanqueado de rosas, en el carruaje engalanado para la ocasión, le pareció la mujer más hermosa que había visto en su vida. No, la más hermosa del universo sin más. En ese mismo instante supo que aquello no saldría bien. Que Dieguito había escogido a la mejor, como lo escogía todo. Le valiera o no, cuando tenía que elegir no dudaba ni un segundo: lo mejor para el mejor. A ella se la veía tan feliz, tan plena, tan dispuesta a entregarse a su nueva vida... ¡Estaba tan enamorada! En su interior, Alfonso maldijo a aquel depredador oportunista que no se conformaba con devorar la carroña, más adecuada a su burdo paladar.

—¿Qué pasa, don Diego? —Todavía le costaba darle el tratamiento de don.

—Hay una vaca pariendo sola, ¿dónde coño te metes?

—He ido al pueblo a buscar a la matrona, su esposa está de parto. Me ha mandado doña Carmen.

—¡En esta casa las órdenes las doy yo! Vete a las cuadras que para eso te pago.

—Lo siento.

No lo sentía en absoluto. Se dirigió a las cuadras sin darse prisa, provocando a conciencia la exasperación de Diego. «Vete a la mierda», masculló en un tono inaudible.

La jornada laboral para él había terminado. De ninguna manera pasaría esa noche en el cortijo. Adela estaba dando a luz y no estaba dispuesto a que sus oídos fueran testigos del primer llanto del bastardo. Y mucho menos recibir la enhorabuena por un acontecimiento que no le concernía en absoluto.

Cogió su camioneta y se dirigió al pueblo en busca de Pedro.

Lo encontró charlando animadamente con las vecinas de su calle, que rodeaban la puerta de su casa, cada una sentada en su correspondiente silla de anea, intentando aliviarse del sofocante calor con la leve brisa que se paseaba por el sombrío callejón.

—Qué extraño verte por aquí a estas horas. ¿A ti también te ha echado a la calle el calor, amigo Diego?

Pedro lo saludó con alegría, acababa de dar buena cuenta de la tortilla de patatas que su madre le había preparado para la cena y mordisqueaba un enorme melocotón, mientras se reía con las bromas de una vecina. Al contemplarlo, Diego evocó la imagen del niño que había conocido hacía más de veinte años. Aunque el tiempo había convertido a Pedro en un hombre distante, algo meditabundo y aparentemente disperso, cuando alguna de sus viejas vecinas lo llamaba Pedrín, él no la decepcionaba y dejaba asomar al niño que todas recordaban cuando les preguntaba qué tenían para almorzar; odiaba las lentejas, y cuando su madre las hacía pasaba la mañana llamando a todas las puertas de la calle buscando el mejor menú.

—Bueno, no precisamente el calor. ¿Te apetece un vaso de vino? —contestó Diego desde su camioneta aún en marcha.

Le dio una respuesta sincera pero seca, y le hizo rápidamente la pregunta que le interesaba para salir de allí cuanto antes.

—¡Hola, Dieguito!

—¿Qué tal, doña Rosa? —saludó seguidamente a la madre de Pedro que lo miraba desde su silla.

—No estamos mal, Dieguito. ¿Y Adela, cómo lleva su embarazo? El otro día vi a su madre y me dijo que lo estaba pasando mal.

—Regular, nada más que regular. —Lo último que le apetecía en aquel momento era dar explicaciones ante la comisión de cotillas del barrio.

—La pobre. Es que hay embarazos que son una dura enfermedad de nueve meses. Bueno, ya mismo sale de cuentas. Tiene que estar ya casi cumplida, ¿no? —Quiso que le ratificara lo que ella ya sabía.

—Casi, doña Rosa, casi.

—Que sea en buena hora —se oyó la voz de otra vecina.

—¿Te vienes o qué? —acabó la conversación dirigiéndose, algo incómodo, de nuevo a Pedro.

Diego estuvo tentado de cortar de forma brusca el cotilleo de doña Rosa, como hubiera hecho con cualquier otra persona; diciéndole que se metiera en sus propios asuntos, sin más. Pero a ella no era capaz de hablarle en el tono despótico con el que lo hacía a todo aquel que intentaba hurgar en su vida. La conocía desde que era un niño y, cuando su madre desapareció, pasó muchos días en su casa jugando con su hijo. Fue en el hogar de Pedro donde encontró el calor que en aquellos momentos echaba tanto en falta. Hubo una época en que casi la consideró una madre, y a Pedro un hermano. Pero ese trato tan familiar se esfumó con la llegada de la adolescencia, que fue cuando la personalidad de Diego empezó a manifestarse y a dar muestras del ser despótico y altanero, en lo que se convirtió después. Aunque Rosa seguía tratándolo como entonces, alegando que sus desagradables modales se debían a la falta de una madre.

—Empuja, Adelita, empuja una vez más y acabaremos con esta tortura —decía Carmen a su hija, con los ojos como ascuas de aguantar el llanto.

Pero Adela, con los brazos en cruz y sobre un mar de sangre, solo acertaba a mover la cabeza de un lado a otro pidiendo el auxilio que su garganta ya no le permitía.

—El niño viene de pies, hay que llevarla a la ciudad inmediatamente. Llama a tu yerno y dile que traiga la camioneta —dijo la matrona a Carmen después de sacar su mano del conducto del parto.

Por su experiencia, Dora sabía que en aquellas condiciones rara vez terminaba con éxito un alumbramiento, incluso en el hospital. Lo más probable era que se produjera una desgracia por el camino. Pero ella no podía hacer nada, su obligación era darles al niño y a la madre otra opción, por descabellada que pudiera parecer.

Carmen buscó a Diego por la finca lo más rápido que le permitieron sus deformados pies. Nada, no había señales de él por ninguna parte. En las cuadras se encontró a Alfonso tan atareado como ella —aunque él parecía haber tenido más suerte—; este no supo darle razón. Asfixiada, regresó.

—No lo encuentro. Diego no está en la finca. No entiendo dónde se ha metido este hombre en un momento como este.

—Voy a decirle a Alfonso que vaya en la moto a buscar al médico —dijo María saliendo ya por la puerta.

Aunque Adela era incapaz de hablar, bajo sus insoportables dolores, en lontananza, escuchaba los comentarios que hacían las tres mujeres. De alguna manera, supo que la vida de su hijo dependía de que ella fuese capaz de encontrar en algún lugar de su ser las fuerzas necesarias para dar un último empujón.

Al momento, volvió María.

—Ya está, Alfonso ha ido a buscar al médico a la ciudad, esperemos que regrese con él a tiempo.

—Háblame, Adela. Hija, ¿qué tienes? —Carmen supo que su niña se le iba.

En la taberna de Paco solo quedaban ellos: dos sombras en la penumbra envueltas en el humo de los incontables Celtas cortos que se había fumado Diego. Paco había apagado la luz de la sala y sobre la barra, colgada del techo, apenas centelleaba una ocre bombilla oculta tras la mugre grasienta. Encima de las mesas, las patas de las sillas apuntaban al techo como espadas desde hacía una hora. El hedor que dejaba la dura jornada de los campesinos se había debilitado y, a esa hora, era la acritud de la madera enmohecida de las barricas la que surgía de los rincones. Hablaban susurrando, ajenos a la desesperación de Paco por cerrar, que de haber podido escuchar la conversación no habría sido tal; era un tabernero bastante cotilla. Habían dado buena cuenta de tres botellas de vino. Diego estaba bastante ebrio, se le trababa la lengua y tenía los ojos rojos y vidriosos.

—Esta es la peor noche de mi vida, Pedro. Si mi padre levantara la cabeza..., si viera a mi mujer dando a luz su bastardo bajo mi propio techo, mientras yo paso la noche fuera, emborrachándome para soportar la vergüenza. ¿Cómo he podido llegar a esto? ¡Qué pesadilla, Pedro! —Esto sí lo oyó el tabernero, que paró por un momento de pasar la bayeta por la barra—. Qué pesadilla.

—Me parece que te estás precipitando, puede que ese niño sea tuyo y estés renegando de él antes de nacer.

—¡No-es-mío! —Volvió a levantar la voz—. Y aunque lo fuera, nunca tendría la garantía.

Paco seguía pasando, una y otra vez, el mugriento trapo por la barra. Hacía ya un par de horas que debería haberse metido en la cama con su esposa.

Diego cogió el último cigarro que le quedaba en la cajetilla y la tiró al suelo. El tabernero se acercó a recogerla y, con cierta timidez, habló por fin:

—Tengo que cerrar. Son más de las dos de la madrugada, vosotros también deberíais iros.

—Vámonos Diego, esta noche dormirás en mi casa, no estás en condiciones de conducir. Iremos dando un paseo para despejarnos.

Diego caminó hacia la puerta dando tumbos y traspiés, apoyado en su amigo. A la salida, un relámpago descomunal acuchilló las calles, seguido de un trueno que sacudió el firmamento.

—Inténtalo, hija mía, solo una vez más. —Volvió a implorarle su madre, aunque no estaba segura de ser escuchada.

De súbito, se fue la luz. La tormenta que se acercaba había afectado al tendido eléctrico. Las seis manos femeninas que Adela tenía a su servicio se posaron en su cuerpo: una en sus entrañas, otra en su vientre, dos acariciándole el rostro y el pelo, y las demás cogidas con cariño a las suyas.

—Tranquila, mi vida, estamos aquí contigo —sonó en la absoluta oscuridad una voz maternal.

—¡María, busca unas velas! Date prisa —gritó Dora con desesperación.

Adela empezó a jadear como una fiera mal herida. Sentía que se le iba la vida. «Ahora o nunca», pensó. Apretó con fuerza las manos que tenía a su disposición, encajó los dientes y, levantando el cuerpo treinta grados, empujó por última vez. Si ella perdía la vida sería para entregársela a su hijo.

Un rayo cegador iluminó la habitación. Las tres mujeres se quedaron atónitas. Entre las piernas de Adela se encontraba la mitad del cuerpecito de un bebé, atrapado en la cintura por el útero. La cabeza, el tórax y los brazos seguían dentro de su madre. Era una niña.

Dora actuó con rapidez y habilidad y, presionando con una mano el vientre de Adela y con la otra manipulando en su interior, sacó a la pequeña. Un trueno ensordecedor le dio vida y rompió a llorar.

El veintitrés de agosto a las dos y cuarto de la madrugada, en el cortijo de don Diego, la hija de Adela vino al mundo.

Seguidamente volvió la luz, sorprendiendo a las tres mujeres rodeando a un cuerpecito que se movía sobre las sábanas empapadas llorando con una fuerza impropia de apenas dos kilos y cuarto.

—Qué pequeña es —dijo su abuela—. Parece un gatito.

—Lucía, se llama Lucía —se oyó un susurro.

Las tres, que por un momento se habían olvidado de la madre, volvieron sus miradas hacia ella. La vida acababa de abandonarla. Su último aliento fue para su hija.

—¡Pedro! ¡Abre! ¡Abre, por el amor de Dios! —gritaba Alfonso entre truenos y relámpagos mientras golpeaba la puerta.

Por fin, la puerta se abrió.

—¿Qué pasa, Alfonso? ¿Qué voces son estas?

Alfonso apareció en el umbral completamente empapado. Un rayo iluminó su figura y el agua la hizo centellear en la noche, antojándosele a Pedro una visión espectral.

Estaba aturdido, acababa de quedarse dormido y el alcohol lo había atrapado en un profundo sueño que necesitó de la insistencia de los golpes de Alfonso para que lo dejase salir. Sentía que la sangre le bombeaba en la cabeza como si su agitado corazón estuviese dentro. Él no había bebido tanto vino como Diego —de haberlo hecho, a esas horas estaría amortajado—, pero, aun así, se había pasado. El rostro desencajado de Alfonso lo obligó a concentrarse en sus palabras.

—Adela ha muerto en el parto, dio a luz una niña y ha muerto en el parto. ¿Sabes dónde está Diego?

Necesitó unos segundos para repetirse a sí mismo lo que acababa de oír y asegurarse de que no estaba sufriendo una pesadilla. Cuando comprobó que estaba en el mundo real y que las palabras de Alfonso no habían escapado de sus sueños, se giró noventa grados buscando el marco de la puerta, levantó su antebrazo, lo apoyó en el quicio y escondió la cabeza debajo. Una seca bola de trapo le presionaba la garganta. «Adela, ¿cómo has podido terminar así por amor?», le lanzó la pregunta a donde quiera que estuviese en aquel momento. Hubiera necesitado llorar y gritar para dar salida a su dolor, pero Alfonso lo miraba expectante, esperando una respuesta.

—¡Bendito sea Dios! Está aquí, Diego está aquí. Pasa, voy a llamarlo.

Diego estaba en coma profundo. Hacía media hora que se había desvanecido en un sillón como una cuba. Después de las tres botellas que compartieron en el bar de Paco, se bebió otra media, él solo, en casa de su amigo. Pedro lo zarandeaba insistentemente mientras pronunciaba su nombre, pero era una tarea imposible, estaba casi muerto. Alfonso miraba la escena desolado.

—Lo siento, Alfonso, ya ves que no hay manera de despertarlo. Vuelve a casa y di que no lo has encontrado. Yo mismo lo acercaré en cuanto se recupere un poco. Anda, vete; en esa casa necesitan un hombre esta noche. —No era su costumbre incitar a mentir, pero en aquel momento le pareció lo más oportuno; sabía que Alfonso no los delataría.

Cuando despidió a Alfonso, Pedro se derrumbó. En cuclillas, con la espalda apoyada tras la puerta, escondió el rostro entre sus manos y rompió a llorar como un niño. Tal vez no habría en el mundo un hombre que llorara la muerte de Adela más que él. Así estuvo hasta que el alba se coló por la puerta de la cocina e iluminó el zaguán, sollozando. Mientras los ronquidos del recién viudo se confundían con la tormenta.

Tuvo tiempo de pensar en tantas cosas... Recordó las tardes del invierno previo a la boda de Diego, cuando encontraba a Adela sentada en la salita de su casa, cosiendo con su madre. Ella quería aprender punto de cruz para bordar en el ajuar las iniciales de su futuro esposo y de ella. Rosa era una experta en punto de cruz y Adela quería instruirse con la mejor. Además, era la excusa perfecta para pasar temporadas en el pueblo, en casa de una vieja tía, y así estar más cerca de Diego. Cuando Pedro regresaba del trabajo y la encontraba en su casa se sentía estremecer. Fantaseaba pensando que era su esposa y que lo estaba esperando después de una dura jornada. Pero enseguida ella, con su saludo de siempre, lo hacía volver a la cruda realidad: «¡Hola, Pedro!», a juzgar por el saludo podría parecer que le entusiasmaba su llegada. Pero seguidamente le preguntaba: «¿Has visto a Diego hoy?» Lo único que le interesaba de él eran las noticias que podría llevarle de Diego. Cuántas veces, en los momentos que la encontró sola, estuvo tentado de robarle un beso, de decirle que la quería. Tuvo oportunidad de ser testigo de cómo, poco a poco, Diego le iba robando la alegría, aun antes de estar casados. Cada tarde la encontraba más callada, más pálida, menos ella; el amor que sentía por Diego ya había empezado a destruirla.

«¿Por qué permití que te fueras apagando hasta llegar a este triste final?», le preguntaba al vacío, como ido, una y otra vez, mientras el agua de la fuerte tormenta se colaba por la raja de la puerta empapando sus pantalones. El trajín del día que amanecía y un persistente golpe de tos de Diego aliviaron su tortura. Había que ponerse en marcha. Ahora tendría que esconder su luto al mundo y comportarse como lo que era: un buen amigo del viudo.

Diego llegó al cortijo bien entrada la mañana, acompañado por Pedro. Desde que este le dio la noticia hasta que fue capaz de levantarse del sillón tuvieron que pasar unas horas. No dijo absolutamente nada. Le pidió a Pedro que lo dejara solo y cuando estuvo preparado lo llamó. Durante todo el tiempo que Diego necesitó para armarse de valor y aparecer por su casa, Pedro y su madre se atiborraron de café en la cocina, mientras comentaban una y otra vez el desgraciado suceso. A duras penas Pedro pudo esconderle su dolor a Rosa, aunque ella lo intuía.

Apareció desaliñado, con la ropa del trabajo del día anterior empapada; no había parado de llover desde que nació Lucía. Tenía la cara hinchada y los ojos ensangrentados. Hacía un gran esfuerzo por mantener su actitud altiva de siempre; apenas lo conseguía. En su interior, la desolación y la cólera mantenían una batalla que lo estaban destrozando. No obstante, él era don Diego del Valle, el quinto don Diego del valle; nunca un del Valle se había mostrado abatido, por muy duras que fuesen las circunstancias. «Ellos no eran como los demás», le decía su padre cada vez que a Dieguito se le escapaba alguna lágrima, «se vestían con la dignidad cada mañana, por eso los habían respetado generación tras generación».

La casa era un hervidero, todas las habitaciones de la planta baja estaban a rebosar, incluida la cocina. Hasta tal punto, que la aglomeración se derramaba por los pasillos y salía por la puerta principal. Conforme Diego y Pedro iban avanzando, la gente les abría paso. La mayoría de los presentes no estaban allí por mero afecto al recién viudo, habían acudido por compromiso, por curiosidad o para acompañar a doña Carmen, cuya familia sí gozaba de gran simpatía en el pueblo, a pesar de que hacía dos décadas que el matrimonio y su hija pequeña se marcharon a la ciudad. Aunque de alguna manera se compadecían de Diego, los asistentes al velatorio lo miraban con recelo, como si en parte lo consideraran culpable de la muerte de la muchacha más bonita que había pisado aquellas tierras. Era matemático: todas las mujeres que entraban en El Cortijo Don Diego desaparecían de una forma extraña. La maldición de los del Valle se estaba convirtiendo en una leyenda.

No se dignó entrar en el salón donde se había dispuesto el ataúd, no tenía la más mínima intención de despedirse de la única mujer que lo había amado de verdad. Avanzó como pudo hasta el recibidor. De haber podido, habría dado una fuerte sacudida a su casa hasta desprenderla de la última sabandija y poder volver a reconocerla. No soportaba ver al populacho paseándose por su casa y curioseando a su antojo; para la mayoría era la oportunidad perfecta de contemplar con sus propios ojos la gran mansión de Diego del Valle. Entre el murmullo, le pareció escuchar un par de veces: «Lo siento, señor don Diego.» Pero muy bajito, como susurrado. No sabían cómo interpretar su deplorable aspecto: si era consecuencia de la trágica pérdida por la que estaba pasando y se había pasado la noche bebiendo para mitigar su dolor, o eran ciertos los rumores y se había ahogado en vino para olvidar su vergüenza. Ante la duda, la mayoría callaba y apenas lo miraban de reojo, controlando las exclamaciones que suscitaba su lamentable estado.

Doña Carmen supo que su yerno había llegado por el revuelo que se formó entre los que la acompañaban. No tuvo fuerzas para ir en su busca y enfrentarse a él. Estaba destrozada.

Adela nació cuando sus padres ya pensaban que no tendrían hijos. No es que doña Carmen fuera muy mayor, tenía veintiocho abriles, pero después de nueve años de matrimonio había perdido las esperanzas. La niña fue una bendición para sus padres y sus abuelos. Era tan bonita y delicada... Casi nunca la llamaban por su nombre, que fue un homenaje a una bisabuela. Florecilla, princesa, lucero, bizcochito..., eran las palabras que inspiraban a sus mayores a la hora de nombrarla, todas dulces y tiernas como ella. Era una niña muy alegre. Su abuelo Pepe siempre decía: «Esta niña ríe al menos un millón de veces al día», y ella se reía una vez más.

Creció sin recordar un solo deseo frustrado. Se lo daban todo, antes incluso de que ella pudiera soñarlo. Solo tenía que detenerse ante un escaparate para mirar algo que llamara su atención y al momento lo tenía en las manos. A veces Carmen se enfadaba con su marido y sus padres por la forma en que la consentían, pero la verdad es que ella la mimaba aún más.

Al contrario de lo que podría esperarse, Adela no se convirtió en una muchacha engreída y vanidosa. Todas las atenciones recibidas las devolvió con creces dando constantes muestras de cariño y respeto, haciendo gala de una esmerada educación. Se convirtió en una mujer inteligente, despierta, estudiosa, responsable y muy afectuosa. Fue brillante en todo lo que se propuso. Mientras tanto, su hermosura crecía con ella. Cuántas veces don Braulio, su padre, mientras la contemplaba, le dijo a su madre: «Mírala, es una muñeca de porcelana, parece tan frágil... Es una princesa.»

Cuando Diego empezó a pretenderla no sorprendió a nadie, uno más que bebía los vientos por ella; ser un del Valle no garantizaba la inmunidad ante la belleza. A Carmen y Braulio no les gustaba que la rondara, pero no pensaron que hubiese peligro de que su hija entablara una relación seria con Diego. Él vivía en el pueblo, solo aparecía por la ciudad por cuestiones de negocios. Lo que nunca llegaron ni a sospechar es que Adela, por primera vez, se dejase querer. De repente su niña se llenó de complejos. Ningún vestido parecía sentarle bien, peinarse era una tarea interminable y la sorprendían ensayando en el espejo mil sonrisas. Salía con cualquier excusa cuando las amigas le hacían señas desde la calle para avisarla de que don Diego estaba en la cafetería de enfrente. Carmen no tardó mucho en darse cuenta de que su princesa se había enamorado.

Doña Carmen conocía bien todas las leyendas de los del Valle, una prima que vivía en el pueblo se las contaba por capítulos todas las semanas. Seguramente, no todo era verdad, pero ella era de las que pensaban que cuando el río suena... Por mucho dinero que tuviera, ese pretendiente no le gustaba un pelo. El día que

Diego fue a su casa para pedirle que considerara la relación entre él y su niña, supo que la felicidad de Adela había terminado. Y, aunque todos los conocidos de la familia los felicitaban por el próximo compromiso, ella nunca se dejó embaucar por su futuro yerno. Diego supo desde el principio que no era del agrado de sus suegros y la lucha por Adela fue una guerra abierta, especialmente entre suegra y yerno.

—Quédate con esta gente, si hay que tomar alguna decisión hazlo por mí, no estoy para nadie hasta que todo esto pase —dijo Diego a Pedro antes de encaminarse a su dormitorio.

El sepelio se celebró ante una multitud, solo una ausencia, la de su esposo. La del hombre a quien se entregó sin reservas, por quien abandonó una vida acomodada y colmada de afecto.

Doña Carmen estaba sentada en la misma mecedora que meció el embarazo de su hija, frente a la ventana, por la que intentaba arrojar su dolor. Seguía lloviendo.

—Doña Carmen. —Se oyó entre llantos.

Era María, con la niña en brazos.

—Dime, María —respondió sin fuerzas.

—La niña no para de llorar, solo ha tomado un par de sorbitos de leche desde que nació. Es tan pequeña... Creo que echa de menos a su madre...

—Yo también —respondió la abuela sin apartar los ojos de la ventana, ignorando el escándalo que estaba montando Lucía con sus diminutos pulmones.

María no estaba dispuesta a marcharse sin conseguir una reacción de doña Carmen, la supervivencia de Lucía pasaba porque su abuela se hiciera cargo de ella.

—No puedo darle los cuidados que necesita, tengo que ocuparme de las vacas y la cocina. Si no me ayuda a criarla no saldrá adelante. Hágalo por su hija que tanto sufrió para traerla a este mundo.

—No puedo, no tengo fuerzas.

Mientras tanto, Lucía seguía llorando y revolviéndose en su manta, como un cachorrillo abandonado.

María obvió la última frase de Carmen, se acercó y, con sumo cuidado, depositó a la niña en el regazo de su abuela.

—Lo siento, le guste o no es su nieta, y por desgracia solo la tiene a usted. Si sigo abandonando mis tareas su yerno me echará, este trabajo es lo único que tengo. —Dicho esto último, María se marchó, sin dar tiempo a Carmen para que le replicase, dejando a una sobre la otra, a cual más desvalida.

Tras el velo acuoso de sus ojos, contempló dos manos en miniatura que intentaban alcanzar su rostro. Muy torpes y frágiles, pero dirigidas con una fuerza extraordinaria. Observó sus dedos y se sorprendió de que algo tan pequeño fuese tan perfecto. Carmen puso su dedo índice bajo la manita de Lucía y esta lo agarró con tal fuerza que sus uñas se tornaron blancas sobre la piel morada. No pensaba soltar a su abuela por nada del mundo. Le sobrecogió comprobar que aquel trocito de carne tuviera tal instinto de supervivencia. Sus posibilidades de quedarse en aquel cruel mundo se reducían solo a una: que alguien la amara desde el primer día, y ella no tenía madre. No tenía unos pechos que le insuflaran vida. Nadie que la protegiera y velara por ella hasta perder el aliento. Abrió la manta que la envolvía para conocerla mejor. ¿De dónde salían aquellos bramidos?, más propios de un animal salvaje, se preguntó Carmen.

Por primera vez desde que murió su hija, no lloraba de pena. Sin darse cuenta, había empezado a quererla más que a su propia vida. De repente, el amor que le inspiraba Lucía se tornó más fuerte que su dolor. Supo que su nieta le estaba brindando una nueva oportunidad de amar; como todos los niños, Lucía era para el mundo el comienzo de otra historia de amor.

—¡Calla a esa maldita bastarda de una vez! —Una potente y ronca voz entró como un huracán por la puerta de la salita.

De pronto, la niña calló. Igual que había pasado dos días llorando sin tregua para conseguir atención y salvaguardar su vida, ahora supo que solo la conservaría si callaba.

Lo que el desconsuelo de su nieta no había conseguido, lo hizo la ira de Diego: Carmen reaccionó. Cogió con ternura y firmeza al diminuto ser que se agitaba en su regazo y, dirigiéndose con actitud desafiante a su yerno, le habló por primera vez después de la trágica noche:

—No es una bastarda, es tu hija y se llama Lucía; fue el último deseo de su madre antes de morir, que se llamara Lucía.

Diego, con porte chulesco, puso los antebrazos a ambos lados del marco de la puerta, a la altura de la cabeza, echó hacia atrás un lado de la cadera, obligando a doblar la pierna contraria y, elevando la comisura derecha de sus labios, mientras sujetaba con la izquierda lo que quedaba de su cigarro, contestó pausadamente a su suegra:

—Me da exactamente igual el nombre que le hayáis puesto tu difunta hija o tú a ese engendro, para mí está maldita y así la llamaré de por vida.

—¡Maldito tú, Diego del Valle! ¡Tú y toda tu estirpe! ¡Maldita la hora en que mi hija se fijó en ti y le robaste la alegría hasta dejarla morir! ¿Cómo pudo estar tan ciega? —habló muy agitada, con la voz temblorosa, pero con la mirada fija bajo el sombrero que flanqueaba la puerta. No le tenía miedo, era el dolor lo que la hacía temblar.

Fue la primera lección de valentía que le dio a su nieta, cuyos ojos asomaban a la mantita rosa abiertos como océanos.

Carmen quiso darse la vuelta dando por terminada la conversación. Pero Diego, que se mantenía clavado en la puerta como si fuera el pilar principal de su mansión y estuviera apuntalándolo, tenía algo más que decirle.

—No tan deprisa, doña Carmen, no he terminado todavía. Quiero que usted y lo que lleva en brazos salgan de mi casa cuanto antes. Mientras tanto, procure que esta sea la última vez que nos veamos y que «eso» no llore —dijo mirando con desprecio y de soslayo la manta rosa que sostenía su suegra.

—Vas listo si crees que voy a llevármela de aquí, todo esto es suyo tanto como tuyo, no te atrevas a negárselo. Cuando vayas al registro procura ponerle el apellido que le corresponde o te arrepentirás el resto de tu vida.

Diego no se molestó en replicar las últimas palabras de Carmen, se limitó a esbozar una burlona sonrisa, mientras se remetía la camisa por la cintura del pantalón. Por supuesto, no pensaba asentar a la niña en el registro; que lo hiciera su padre.

Antes de marcharse acercó el rostro a la oreja izquierda de su suegra, tanto, que su acerbo comentario se coló por el oído interno de Carmen, caliente, camuflado entre el aliento agrio y gris del humo de su cigarro.

—Su dulce princesa resultó ser una zorra; le faltó tiempo para trajinarse al vecino. Me da usted pena, doña Carmen, ni siquiera puedo odiarla. Me da usted tanta pena...

—...

Carmen apartó el rostro para buscar la mirada de Diego y sus pupilas lo apuñalaron como carámbanos, frías y punzantes, como su odio. Él sintió aquella penetración gélida. Casi le dolió antes de que la esquivara.

A partir de la fuerte discusión con su yerno, Carmen hizo de tripas corazón y puso todo su empeño en sacar adelante a su nieta. Si no hubiese sido por Lucía se habría dejado morir. Fue como si despertara de una espantosa pesadilla y, al abrir los ojos, Lucía le hubiera dado todo el sentido a tanto sufrimiento.

Carmen era una mujer muy gruesa. Arrastraba su volumen sobre unas viejas y holgadas zapatillas a consecuencia de su mala circulación; tenía una hinchazón crónica en las piernas que no le permitía usar otro calzado. Pero era coqueta, su cabello brillaba como la plata pulida, siempre arreglado, y cada mañana se preocupaba de poner en su rostro un toque de color: una tenue sombra azul en los ojos y un poco de suave carmín en los labios. No necesitaba colorete, ella tenía un sonrosado natural en sus mejillas, como el de los melocotones en su punto de maduración. Unas bonitas perlas en sus orejas realzaban su elegante aspecto. Le gustaba ir bien vestida y nunca se le vio una mancha o una carrera en la media. Obviando sus piernas, parecía el prototipo de una señora con título nobiliario, incluso por sus conversaciones, en las que se entreveía cierto nivel cultural; siempre le gustó leer. Aunque era una viuda de cierta edad, bien metida en carnes, su aspecto era atractivo y agradable. Hacía gala de un humor envidiable, sin ser en absoluto vulgar. Todos los que la conocían, no solo la respetaban, además, llegaban a tenerle verdadero afecto.

Desde que enfermó su hija había perdido su semblante y, de nuevo, vestía de negro riguroso; había rescatado del fondo del armario la ropa que vistió durante cinco años después de la muerte de su esposo. Dejó de preocuparse por su aspecto, se lavaba por pura higiene. El sufrimiento la había dejado casi sin energía, y las pocas fuerzas que le quedaban las empleaba en cuidar a Lucía.

Durante las primeras semanas, la pequeña se negó a chupar el biberón, la tetina era mucho más grande que su boquita y no tenía fuerzas para succionar. Pero ahí estaba su abuela, devanándose los sesos para conseguir su firme propósito. Carmen hacía que Alfonso fuese a la ciudad cada semana para comprar la mejor leche para lactantes del mercado. Con una infinita paciencia, que nunca hasta entonces había sido su mayor virtud, mojaba una gasa estéril en la leche templadita y la acercaba a los pequeños labios de Lucía. Ella sacaba su lengüecita y, gota a gota, conseguía tomar lo que cogía en un dedal. Así cada hora, noche y día. Carmen apenas dormía, aprovechaba los cortos sueños de su nieta para echar cabezaditas, siempre a duermevela, siempre vigilándola, no fuese que al despertar se encontrara a su muñequita fría y rígida, como se quedó su madre.

—Doña Carmen, doña Carmen —susurraba María en el oído de la señora para no despertar a la niña—. Traigo la leche templada, es su hora de comer.

Estaba amaneciendo, los visillos de la ventana filtraban una pálida luz. María se acercó al capazo para coger a la niña y, al ver que estaba vacío, se asustó y levantó un poco la voz:

—Por el amor de Dios, doña Carmen, sáquese la criatura del

pecho, la va a aplastar. Mire su cabecita, si parece un alfiler entre dos melones.

—Es el único sitio donde se queda tranquila, cuando la acuesto en el moisés se enfría y se pone muy inquieta. Mis brazos también le gustan, pero tengo miedo de quedarme dormida y dejarla caer. Mírala, parece tan tranquila...

—Pero tiene que descansar, no puede pasar las noches recostada en la mecedora y despertándose a cada instante. Venga, deme a esta cosilla, que hoy me he levantado antes y ya he ordeñado las vacas para poder ocuparme de ella durante la mañana. Acuéstese, se la traeré a medio día —habló María con gesto de compasión, con los brazos extendidos y moviendo los dedos hacia sí.

Carmen, en un principio, pensó negarse, María era algo descuidada, Diego podría sorprenderla con la niña en brazos o escucharla llorar, no quería tener problemas con él. A pesar de todo, ante la expectativa de poder dormir unas horas seguidas, no pudo resistirse. Sacó a la niña de su voluminoso camisón y se la entregó.

—Procura que Diego ni os oiga ni os vea —dijo con gesto serio.

—Tranquila, está en la ciudad con Alfonso, no volverá hasta la tarde. Tenemos la casa para nosotras tres todo el día. Así que duérmase sin apuros que no hay peligro.

Ya le extrañaba a Carmen que María pusiera en peligro su puesto de trabajo.

La niña empezó a inquietarse en cuanto la separaron de su abuela. María no sabía dónde ni cómo ponerla para que se callara. No quería que despertara a doña Carmen. Finalmente, ayudada por la propia nana de la pequeña, que anudó a sus espaldas, se la pegó al pecho y calló. De esta manera pasó la casera gran parte de la mañana, trajinando en la cocina con la criaturita en un continuo vaivén bajo su barbilla. No era un lecho tan mullido y tranquilo como el de su abuela, pero no parecía disgustarla.

A las doce y media Carmen apareció en la cocina.

—Mírala, ¿no es una ternura? Si parece un broche prendido a tu pecho.

—¡Jesús!, qué susto me ha dado, doña Carmen.

Por unos instantes, la abuela se quedó extasiada mirando a su protegida. Estaba orgullosa de su labor, en un mes Lucía había cogido más de medio kilo —la pesaba cada semana en la balanza que Diego tenía en la despensa—, toda una proeza teniendo en cuenta las circunstancias. Saldría adelante. Entre sueños, Lucía sonrió, como si hubiese oído la voz de su abuela y supiera que, por fin, iba a rescatarla del huesudo e inquieto pecho de María.

—Solo le pido a Dios que me dé salud para ponerla hecha una mujer, me necesita tanto...

—Qué cosas tiene usted, doña Carmen. Claro que la verá hacerse mayor, y yo estaré aquí para ayudarla.

Poco más de un año después de que naciera Lucía, María y su marido se marcharon del cortijo. Un tío de Alfonso murió dejándole a este un piso en la ciudad y algo de dinero. Ya no tenía sentido trabajar de sol a sol ni aguantar los brotes de cólera de Diego.

Carmen intentó convencer a María para que se quedara, la necesitaba. Ella era su confidente, su cómplice, el único apoyo que tenía en aquella tierra tan hostil.

—No puedes marcharte ahora, María, te necesito. ¿Qué sería de Lucía si yo enfermara?

—Lo siento, doña Carmen, Alfonso está cansado, lleva toda la vida trabajando como un burro y aguantando el mal genio de los del Valle. Está como loco ante la idea de irse de aquí. Mi lugar está con él, no tenemos hijos, solo el uno al otro, y, si le digo la verdad, yo casi tengo más ganas de irme que él. No se preocupe, vendrán otros caseros más jóvenes que la ayudarán.

El mismo día que María y Alfonso se marcharon, Carmen y su nieta se instalaron en la pequeña vivienda anexa a la parte trasera del cortijo, la cual había ocupado el viejo matrimonio durante muchos años. Carmen preguntó a María antes de que se marchara si estaba en los planes de Diego contratar a otros caseros.

Ella le comentó que le había oído decir al capataz que finalmente don Diego había decidido emplear a un par de hombres jóvenes, que prefería tener a gente que trabajara en el cortijo durante todo el día y pernoctara en otro lugar, antes que mantener otra vez bajo su techo a un matrimonio, probablemente con hijos.

Diego era un déspota desagradecido; ya no se acordaba de las noches que pasaron en vela María y Alfonso, cuidando a su padre durante su penosa agonía, ni de las veces que María lo veló en una silla cuando era un niño para aliviar los delirios que le provocaba la fiebre.

Necesitaba una cocina, María ya no le llevaría la comida a la salita. No quería utilizar la cocina principal, tarde o temprano se encontraría con Diego o, peor aún, su nieta, que pronto empezaría a dar sus primeros pasos, lo encontraría a él. La vivienda de los caseros sería perfecta para su nueva situación.

La casita tenía una sola habitación y estaba comunicada con la vivienda principal por la puerta de la despensa. Tomando como referencia dicha puerta, de derecha a izquierda, se encontraban: una cama de matrimonio, el rincón de la cocina, un aparador, una mesa con dos sillones, la puerta de salida a la calle, la ventana, un baúl y la puerta de entrada al pequeño aseo. Una estantería, un par de sillas y una estufa completaban todo el mobiliario. Todo pensado para dos, perfecto para que abuela y nieta pudieran vivir casi ocultas en aquel cortijo maldito. Con una ventaja añadida, tenía dos puertas: una que daba a la despensa y que comunicaba con la vivienda principal, por la que María y Alfonso accedían cada mañana a su lugar de trabajo, y otra que daba paso al exterior, orientada hacia el norte, hacia el lugar menos transitado del cortijo. A Diego le gustaba mantener la servidumbre a raya, por eso había mandado habilitar la habitación más umbría del cortijo, situada en el lado contrario de la fachada principal, para que sirviera de vivienda a los caseros y que, cuando terminaran su jornada, no tuviera que encontrárselos pululando por los alrededores. De hecho, así fue durante los años que la ocuparon: María y Alfonso hacían su vida en la zona de atrás, mirando a la loma del norte.

Lo cierto es que al matrimonio tampoco le gustaba encontrarse a Diego más de lo necesario y, a pesar del frío y la humedad que sufrían en invierno, estaban encantados con la intimidad que les había supuesto el cambio. Es verdad que se estaba más calentito en el dormitorio que el padre de Diego les había adjudicado lindando con los establos y orientado al sur, pero tenían que cruzarse irremediablemente con él y su hijo por las zonas comunes y soportar continuos gestos de desprecio cada vez que utilizaban el aseo o la cocina a deshoras.

Lucía había cumplido los catorce meses cuando se mudaron a la casita, aunque no parecía que tuviese más de nueve; pesaba poco más de ocho kilos. No había empezado a caminar, apenas gateaba y no sabía decir ni una palabra. Pasaba el día entre los brazos de Carmen y el sillón, siempre agarrada a su mantita rosa, escuchando la radio de la abuela. Era una muñeca. El cabello negro y anillado cubría completamente sus hombros de tirabuzones. Sus ojos eran redondos y violetas, traslúcidos como cristales de amatista. La piel ligeramente aceitunada se confundía con sus mejillas sonrosadas. Y su boca y nariz eran pequeñas y redondas, perfectas, como dibujadas por un diestro artista. Aunque casi siempre se encontraban detrás del chupete, que parecía enorme sobre su carita; solo se le veían unos luminosos ojos, como si estuviese asomada a él.

Nunca salía de casa, se había acostumbrado a vivir encerrada en los cuarenta metros cuadrados y no echaba en falta nada que estuviera tras las puertas. Cuando comenzó a caminar y acompañaba a su abuela a tender la ropa en el exterior, se agarraba a su falda con desesperación: los espacios abiertos le producían pánico.

—No tengas miedo, cariño —le decía Carmen mientras se apresuraba en su tarea para hacer sufrir lo menos posible a Lucía—. ¿Te canto una canción? —La niña asentía efusivamente—. ¿La de la muñeca vestida de azul? —Volvía a asentir con más fuerza aún, mirando a su abuela con los ojos de par en par, cogida con una mano al delantal de cuadritos blancos y negros de su abuela y con la otra al talismán rosa.

—Tengo una muñeca vestida de azul, / con su camisita y su canesú. / La saqué a paseo, se me constipó...

Mientras que su abuela le cantaba, Lucía se balanceaba suave y graciosamente de un lado a otro, entre el miedo y la dulce melodía, chupa que chupa, sin apartar en ningún momento la vista de Carmen.

—Qué bien baila mi niña. ¿Ves como no pasa nada? Ale, ya hemos terminado, vamos a la casa. —Entonces la niña volvía a asentir con una agradecida sonrisa, olvidándose de su chupete, que ahora colgaba inmóvil de sus dientes, ante la expectativa de entrar nuevamente en el refugio.

Aunque con año y medio Lucía seguía sin decir ni una palabra, parecía entender absolutamente todo lo que le decía su abuela. Reaccionaba correctamente ante las órdenes, comentarios y gestos de Carmen: sonreía con los finales felices de sus cuentos, se sorprendía con sus dibujos y los reconocía, se emocionó cuando le regaló la muñeca azul que le había hecho a escondidas mientras ella dormía, buscaba los objetos que le pedía y respondía a los abrazos, caricias y achuchones que le daba su abuela con otros más afectivos si cabe. Carmen estaba segura de que Lucía era una niña feliz que se desarrollaba con normalidad, incluso, aunque su lenguaje era nulo, estaba convencida de que era más inteligente de lo normal. Claro, era su abuela y, naturalmente, no demasiado objetiva.

La despensa estaba bien surtida de alimentos y tenían lo suficiente para sobrevivir sin salir del cortijo. Pero Carmen a veces tenía que pedir ayuda a la familia de las tierras vecinas: cuando necesitaba tela para hacerle los vestidos a Lucía, lana para tejer sus jerséis, medicinas..., o incluso llamar al médico. Entonces mandaba el recado a la mujer de Juan con un sobrino que vivía con ellos, que siempre estaba rondando la casita.

Luisa y Juan, el matrimonio del cortijo vecino, tenían un hijo de diez años, Juanito, de la misma edad de su sobrino Ángel, el chico que vivía con ellos y le hacía los recados a la vecina. Vistos de espaldas, los primos parecían gemelos idénticos. De frente no había confusión alguna: Juanito cayó con cuatro años al brasero y tenía media cara desfigurada por las quemaduras.

Luisa se hizo cargo de su sobrino desde que tenía cuatro años, cuando murió su hermana. Trataba a los dos niños por igual. Para ella, tanto su sobrino como Juanito eran sus hijos. Incluso los vestía de modo idéntico. Los primos se parecían tanto en estatura, peso y facciones que los que habían visto a los niños jugar los veranos por alrededores los llamaban los gemelos, hasta que ocurrió el desgraciado accidente de su pequeño. A partir de entonces, ya nadie se atrevió; la mitad izquierda de la cara del hijo de Luisa quedó completamente desfigurada, como si tuviera pegada una gran goma dura y rugosa. Incluso había perdido el ojo de ese lado y a duras penas conservaba un pequeño orificio en la nariz.

Juanito tenía una inteligencia brillante. Prácticamente desde que llegó al mundo empezó a dar muestras de su gran talento. A los tres años, con la ayuda y perseverancia de su padre, aprendió a leer, sumar, restar y multiplicar. A los cuatro se leía todo lo que caía en sus manos. Sus padres estaban tan sorprendidos como orgullosos. En casa tenían una gran biblioteca heredada del padre de Juan y el niño tenía un amplio surtido para escoger; era una habitación de veinticinco metros cuadrados cuyas paredes estaban forradas de libros desde el suelo hasta el techo. Empezó, naturalmente, leyendo cuentos cortos con ilustraciones, después relatos breves, y no había cumplido los seis años cuando ya se interesaba por los libros de texto de todo tipo. Sabía buscar las palabras que no entendía en el diccionario y bucear por las enciclopedias. Fue después del accidente cuando definitivamente despegó su imparable aprendizaje. Su aspecto físico le provocó tal complejo que se negaba a salir a la calle y pasaba todo el día dedicado al estudio. Se negó a ir al colegio; no soportaba que se mofaran de él y lo llamaran el Lisiado. Aparecía en las aulas solo para hacer los exámenes que, por supuesto, superaba siempre con matrícula de honor, por lo que los profesores entendían que hacerlo asistir a clase era completamente absurdo. En las contadas ocasiones que se veía obligado a salir de casa, lo hacía con una especie de careta que le hacía su madre, pensada para tapar solo la mitad izquierda de su rostro. Las curiosas máscaras que le cosía Luisa eran siempre iguales: trozos de tela, ribeteados, color marrón claro, lo más parecidos al tono de su piel, cogidos con unas cintas elásticas que se ajustaban detrás de la cabeza para sujetarlos. El niño aprendió desde el principio a poner especial cuidado a la hora de colocarse un parche, tapando con su abundante pelo los filos de la tela y las cintas traseras.

Desde que su primo Ángel se instaló en la casa fueron rivales. Unos meses después ocurrió su desgracia. Según Juanito, su accidente fue la consecuencia de que Ángel le pusiera la zancadilla, este siempre lo negó rotundamente. Era la palabra de un niño contra la del otro, nunca podría saberse la verdad; en el momento del accidente estaban solos. Por alguna extraña razón, los padres de Juanito no mostraron interés alguno en descubrir quién mentía, cada vez que Juanito culpaba a su primo de su desgracia, Luisa decía: «Qué más da, hijo mío, si el daño ya está hecho y no podemos volver atrás.»

La diferencia de carácter entre los niños era directamente proporcional a su parecido físico: Ángel era alegre y sereno, Juanito serio e irascible y, aunque este intentaba disimular su mal carácter, sus brotes de ira y soberbia eran constantes. Con el tiempo, Juanito advirtió que sus arrebatos, aunque no le reportaban reprimenda alguna gracias a la compasión que inspiraba su desgracia, finalmente lo alejaban aún más de su objetivo de aislar a Ángel, cuyo carácter dulce y noble atraía mucho más las muestras de afecto de su madre que el suyo. De manera que su cólera contenida se filtró en su carácter desarrollando un fino sarcasmo que sus padres no siempre entendían y que su primo aprendió a obviar. Juanito odiaba a su primo con todas sus fuerzas. Su desprecio hacia él existía antes del accidente, desde el día en que se quedó a vivir con su familia. Sus celos y envidia fueron provocados por el hecho de tener que compartir de repente a su madre con él.

Luisa quiso que desde el primer momento su sobrino se sintiera con todos los derechos de un verdadero hijo, como hubiera deseado que su hermana hiciera con Juanito. Por supuesto, seguía atendiendo de la misma manera a su hijo, incluso, después del accidente, apenas le negaba un capricho. Pero para Juanito era como si le hubieran arrebatado el cincuenta por ciento de lo que le pertenecía. La quería entera para él, en exclusividad. Cada vez que su madre mimaba a su contrincante, o simplemente le ponía el termómetro, se enfurecía. Aprender a tragarse su veneno fue un proceso doloroso del que nunca se recuperó y que fue minando su mundo afectivo poco a poco. Tal vez fue Juan el único que intuyó que tras aquella careta estaba creciendo un monstruo tan horrible como lo que ocultaba.

—¡Lucía, sal de ahí! —dijo la abuela en un tono algo brusco—. Te he dicho que no juegues en la despensa, no quiero que Diego te encuentre. No queremos problemas ¿verdad? —Cambió un poco el tono al ver que su nieta parecía asustada.

La pequeña salió presurosa de la despensa, seguida de su mantita rosa, y se quedó mirando a su abuela con una pregunta en los ojos: «¿Por qué le tenemos miedo a Diego?»

Carmen y Diego no habían vuelto a dirigirse la palabra desde que tuvieron aquella desagradable conversación después de la muerte de Adela. Se habían encontrado varias veces por la casa, casi siempre en la despensa o por el largo pasillo, que Carmen se había visto obligada a recorrer para ir a su antiguo dormitorio hasta que trasladó todas sus cosas. Siempre se ignoraban por completo. En dos de las ocasiones en las que se encontró con su yerno iba acompañada por Lucía; la niña agachaba la cabeza, se agarraba a la falda de su abuela y la empujaba para que apretara el paso. Diego también ignoraba a la pequeña.

Lucía era muy pequeña cuando se mudaron a la vivienda de

los caseros. Se acostumbró enseguida a la vida sencilla y austera que compartía con su abuela, de hecho no conocía otra. Siempre andaba tras las faldas de Carmen, como un perrillo faldero. Las mañanas las dedicaban a las tareas del hogar: limpiar, lavar la ropa, planchar, cocinar... Desde que empezó a caminar, la pequeña se afanaba en seguir a su abuela, imitándola en todo, y, aunque a la manera torpe de un bebé que apenas empezaba a caminar, se esforzaba en colaborar. Las tardes eran la mejor parte del día. Mientras Carmen tejía, le contaba mil historias: cuentos de princesas, como ella, decía su abuela; le hablaba de su mamá, de cómo era cuando tenía su misma edad; le relataba anécdotas curiosas de la familia... Ella no podía aún comprender sus palabras en toda su dimensión, pero no le importaba, era suficiente con que su abuela por fin se sentara para atenderla solo a ella y que la envolviera con la dulzura de su voz. Después de una larga mañana persiguiendo a Carmen e intentando comprender sus órdenes: «Lucía, no toques ahí», «No corras que te caes; despacito, cariño» o «Sácate eso de la boca», almorzaban y, después de fregar los cacharros, Carmen la colocaba en un sillón, con su mantita y su chupete, y ella se sentaba en el otro. La mayoría de las veces Lucía terminaba echándose una siestecita, con el chupete atrapado entre sus dientes de leche, para despertar de nuevo llena de energía. Era feliz.

Las mañanas eran todavía muy frescas a finales de abril en la casucha. Lucía sacó las manos de entre las mantas para alcanzar su chupete y lo encontró enredado en el pelo de Carmen. La luz entraba desafiante por la ventana y le extrañó que su abuela aún estuviera durmiendo. Le puso la manita sobre la cara para llamar su atención y la notó fría, muy fría. Se incorporó para mirarla e, instintivamente, lo supo. Supo que dentro de aquella piel blanca y gélida no estaba ella. Puso la cabeza sobre su cómodo pecho buscando cobijarse en su calidez, pero un fuerte escalofrío recorrió su cuerpecito. La abuela estaba arrecida. Aterrada, buscó su talismán rosado y, aferrada a él, trepó por el extraño cuerpo que la acompañaba buscando el lado libre de la cama para alcanzar el suelo.

Lucía empezó a dar vueltas por la habitación haciendo pucheros. Iba y venía como un cachorrillo perdido, empinándose de vez en cuando sobre sus piececitos descalzos para alcanzar con la vista la ventana. Empezó a llorar desconsoladamente mientras buscaba su muñeca azul, sin soltar el chupete. Abatida y hambrienta, horas después, se quedó dormida en un rinconcito de la cama, con su chupete, su manta y su muñeca, evitando tocar los fríos pies de su abuela.

—¡Doña Carmen, abra! —Ángel la llamó por tercera vez mientras daba golpes en la puerta—. Le traigo la tela que le encargó a mi tía.

Lucía se despertó. Rápidamente acercó a la puerta un cajón para alcanzar la cerradura. Ángel tuvo que esperar un buen rato hasta que la niña consiguió abrir la puerta, casi la derriba al empujar desde el otro lado.

—¿Qué pasa, Lucía? ¿Y tu abuela?

A sus tres años y cinco meses, Lucía seguía sin hablar. Cogió de la mano a su vecino y lo llevó hasta el lecho de su abuela. Ángel no necesitó más que un leve vistazo para darse cuenta de que lo que tenía ante sí debía de ser la misma muerte. Aunque era la primera vez que se encontraba con ella. Por un momento, se quedó paralizado mientras Lucía lo miraba haciendo pucheros y sorbiendo las lágrimas y mocos que habían llegado hasta su chupete.

—Ponte los zapatos, pequeña, vamos a avisar a mi tía —resolvió rápidamente el muchacho después de reponerse del impacto.

La niña movía efusivamente la cabeza hacia los lados manifestando su rotunda negación a salir de allí. Su abuela se lo tenía prohibido.

—Venga, Lucía, no puedes quedarte aquí sola.

Pero ella seguía negándose, no saldría de allí por nada del

mundo, y mucho menos sin su abuela. Aunque estaba muy desorientada y desconsolada, esto lo tenía más que claro.

Ángel se quedó mirando unos segundos a la niña y pensó que se desmoronaba. Las lágrimas que brotaban de los bellos ojos de Lucía lo emocionaron. Era tan bonita, tan especial. Él era un muchacho muy sensible y se conmovió. Casi se echa a llorar con ella y sintió unas ganas irrefrenables de abrazarla y disfrutar de tanta ternura, pero se obligó a sí mismo a solventar la situación.

—Está bien. No te muevas de aquí, vengo enseguida. —Y salió corriendo en busca de ayuda mientras se secaba alguna lágrima con el puño de su jersey.

A los diez minutos Luisa apareció en la casita seguida por Diego, que se vio obligado, por primera vez, a mirar a su pequeña inquilina. Descubrió que era una criatura preciosa, como su madre, y que, por supuesto, no había heredado nada de su padre. —Él seguía dando por hecho que Lucía era hija de Juan.

—Hay que sacarla de aquí, Diego, pero esta criatura se niega a pisar la calle. —Luisa se vio forzada a colaborar con Diego, era una situación muy especial, pero su cercanía le producía resquemor.

—No hay por qué sacarla, ya resolveremos eso después. Voy a buscar al capataz para que avise al médico y a la funeraria. —Diego no tenía ganas de lloriqueos, ya estaba bastante fastidiado.

Luisa cubrió el cuerpo de doña Carmen con la colcha y le preparó a la niña un tazón de leche con un trozo de bizcocho que encontró en el aparador.

—¡Qué barbaridad! ¿Desde cuándo no comes, criatura? —La pequeña se encogió de hombros mientras tragaba con ansiedad, eran las tres de la tarde, no comía desde la noche anterior. Por un momento, el placer de llenar su barriguita calmó su desconsuelo.

Ahora, más que asustada y apenada, Lucía estaba perpleja. Desde que le abrió la puerta a Ángel no paraba de desfilar gente por su casa. Gran parte de los trabajadores del cortijo, alertados por la noticia, se acercaron a curiosear, además de los vecinos más cercanos. Entre todas las frases de espanto y condolencia que decían siempre se encontraba una pregunta recurrente al encontrarse con la pequeña: «¿Quién es esta niña tan bonita?» La mayoría sabía quién era, la pregunta era motivada por la sorpresa: los ojos de Lucía no dejaban indiferente a nadie.

Al entierro asistió todo el pueblo, y algunos conocidos que Carmen y Diego tenían en la ciudad. Mientras tanto, Lucía se quedó en la casita acompañada por Ángel. Luisa no consiguió convencerla de que podía salir a la calle sin problemas. Cada vez que insistía, la niña se aferraba a su manta y se ponía a temblar.

—Venga, bonita, dame la mano, verás cuántas cositas hay en mi casa para que juegues. —Ante estas palabras, la niña mostraba síntomas de escalofríos y se pegaba a la pared más lejana de la puerta, que miraba con pavor.

—Vamos, pequeña, yo te llevo, ¿vale? No tengas miedo, no pasa nada. —Ángel le ofrecía su mano comprensiva, pero Lucía parecía cada vez más presa del pánico. El chupete palpitaba como su corazón.

—Avisa a Diego, no podemos dejarla aquí.

Ángel regresó tan rápido como se marchó. Desde la puerta, jadeando, le habló a su tía:

—Dice que la dejemos aquí, que no le pasará nada. —Lucía entendió las palabras de Ángel y sonrió.

—¡Jesús! Qué mala gente es ese Diego. —Se arrepintió enseguida de lo que había dicho del dueño de la finca delante de su hija, pero era lo que pensaba en ese momento. «Y pensar que casi...», recordó por un momento algo que se quitó de la cabeza de un plumazo—. Está bien —habló a la niña—, quédate aquí quietecita en el sillón hasta que yo vuelva, ¿vale? —dijo con ternura mientras la sentaba.

Pero Lucía no parecía del todo tranquila ante la expectativa de quedarse en casa y señalaba insistentemente con su dedo índice la cama.

—¿Qué quieres? ¡Ah! La muñeca. —Luisa fue a por ella—. Toma y no te muevas, Ángel se quedará contigo.

Ahora sí, Lucía asintió con ímpetu y le ofreció una dulce sonrisa, casi cómplice, a Ángel, para tranquilizar a Luisa y asegurarse de que no cambiara de opinión.

Desde ese día, entre Ángel y Lucía se creó un vínculo que no se rompería jamás.

Cuando terminó el sepelio y la gente se hubo marchado después de dar a Diego sus más sentidos pésames, todos más falsos que un billete de un real, esa misma tarde, Diego invitó a su amigo Pedro a tomar un vaso de vino en su casa.

—¿Qué vas a hacer con la niña ahora que no está tu suegra? Es demasiado pequeña para valerse por sí misma. Deberías buscarte una buena mujer para que te ayude a criarla.

Pedro no podía creer lo que acababa de decir, él, tan contrario a los matrimonios de conveniencia. Pero era una situación desesperada, no encontraba una salida mejor para Lucía.

—No necesito a nadie para que me ayude, esa maldita niña no es mía, se la llevaré a quien siempre debió tenerla. La única familia que le quedaba en esta casa ya no está, no tiene sentido que siga bajo mi techo —contestó Diego a su confidente mirando al techo, con la vista perdida en el humo de su cigarrillo—. Ya he hecho demasiado durante más de tres años.

—No empieces con eso otra vez, ha pasado mucho tiempo y sigues sin tener prueba alguna de tus sospechas. Es una niña, Diego, por el amor de Dios. —Pedro quería convencerlo a toda costa de que buscara una solución para no echar a Lucía.

—Tengo más que sospechas, ¿o es que no te acuerdas? —Lo miró desafiante.

—Después de estos años sigues con lo mismo, deberías pasar página.

—¡¿Pasar página?! Perdona, pero no puedo olvidar aquella escena.

—Pues yo creo que no quieres porque si olvidas no podrás justificar tu rechazo hacia tu hija. ¿La has mirado a los ojos?, los tiene como tu madre.

—No, los tiene como la suya.

—¿Dónde está ahora?

—En la casucha de los caseros, dicen que no hay manera de sacarla de allí. Pero hoy va a salir, ya lo creo que va a salir —dijo mientras se echaba el quinto vaso de vino.

—Deja de beber y decir tonterías, me estás asustando. Esta noche me quedaré aquí a dormir.

Pedro no tenía intención alguna de velar el sueño de un borracho sin escrúpulos, que es lo que se le antojaba en ese momento Diego, más bien quería asegurarse de que la hija de Adela estaba bien; la noche podría acabar muy mal.

—Como quieras. Si no te importa voy a hacer algo que tengo pendiente desde hace mucho tiempo. Ahora vuelvo.

—¿Qué vas a hacer? —Pedro le preguntó asustado.

—Tranquilo, no voy a hacer daño a nadie, solo voy a poner las cosas en su lugar —dijo levantándose.

—Voy contigo. —Se incorporó Pedro para seguirlo temiéndose lo peor.

—No, tú quédate aquí, esto es cosa mía. —Diego lo paró en seco poniéndole la mano en el pecho y obligándolo a sentarse de nuevo.

La puerta de la despensa se abrió como empujada por un huracán. La pequeña estaba en la cama, abrazada a su muñeca azul. Ángel estaba sentado a su lado, vigilando su sueño mientras llegaba su tía. No le costaba ningún trabajo, contemplarla era todo un placer para él.

—¡Levántate, maldita! Nos vamos a tu nueva casa.

El muchacho se quedó paralizado, no daba crédito a lo que veían sus ojos. La furia de don Diego había irrumpido en la quietud de la casita como un potente tornado.

—Tú ya puedes irte, a partir de ahora podrás vigilarla en tu casa —habló ahora con Ángel.

La niña abrió los ojos y, al ver al gran oso gruñir frente a ella, pensó que aún estaba dormida, viviendo una terrible pesadilla. Confusa, se aferró a su manta, su muñeca y su chupete.

—¡Levántate te he dicho! ¿Es que además de muda eres sorda?

Pero la pequeña no obedeció, y reculó hacia la pared intentando huir inútilmente. Tenía los ojos muy abiertos y vidriosos. Empezó a hacer pucheros.

—No es sorda, don Diego, es que está asustada —dijo Ángel valientemente en defensa de Lucía. La expresión de la niña le partía el corazón.

—¿Tú también eres sordo? ¡He dicho que te vayas a tu casa!

El muchacho salió, pero se quedó en la puerta, por supuesto, no iba a abandonar a la pequeña, y mucho menos en aquellas circunstancias. Desde la puerta la tranquilizaba:

—No tengas miedo, Lucía, sal, yo estoy aquí esperándote.

—¡Maldita seas! ¡Sal de la cama! —gritó, ya sacándola de su lecho con una eficaz y dura maniobra.

—Suelta esa manta. ¡Suéltala te he dicho!

La niña apretó contra el pecho su amuleto y se quedó rígida. No había forma de que se desprendiera de él. Ahora no parecía a punto de llorar, estaba replegada sobre sí misma escondiendo su tesoro y mirando a Diego con desafío.

De un fortísimo tirón, Diego desprendió la manta de las manitas de Lucía y la tiró con desprecio al suelo. La respiración de la niña empezó a agitarse, pero seguía sin llorar.

Ángel miraba la escena aterrado. Aun así, sacó fuerzas para amonestar al gigante rabioso y desde la puerta le habló:

—No puede quitarle su manta, la necesita para tranquilizarse.

—Vete a tu casa te he dicho. —Habló más calmado, algo en la actitud del muchacho se había ganado su respeto.

Pero el niño no se fue. Esperó a que Diego saliera de la casa con la niña en brazos para poder entrar y recoger la manta y la muñeca. Después siguió los rápidos pasos del hombre.

Diego recorrió los trescientos metros que lo separaban de la casa de Juan con la niña bajo un brazo como si transportara un animal rabioso. La respiración de Lucía se aceleraba por momentos.

Envuelta en la espesura de la noche y dando bruscos saltos bajo el brazo de acero de Diego, por primera vez, Lucía tuvo conciencia de la fragilidad y soledad que la estaba esperando fuera de su refugio.

—Tranquila, Lucía, estoy aquí. —Ángel los seguía entre la negrura y le hablaba a la niña constantemente, consciente de su sufrimiento.

—¡Cállate de una puta vez, coño, no voy a matarla!

—No pasa nada, pequeña, voy contigo. —El chico ignoraba al monstruo y seguía hablándole, sabía que él era el único hilo que la niña mantenía con su mundo conocido—. Tranquila, Lucía, sigo aquí, no voy a abandonarte. —Ella lo creyó.

Ya en la puerta de Juan, Diego empezó a golpear fuertemente con su mano libre el picaporte.

—¡Abre, Juan! Te traigo algo que te pertenece.

Al momento, apareció Luisa.

—¿Y tu marido? ¿No ha tenido huevos de dar la cara?

—No ha vuelto aún, ¿qué te pasa?, ¿qué traes bajo el brazo? —Era una pregunta retórica, aunque estaba oscuro, Luisa intuyó lo que le llevaba su vecino.

—Toma, dásela tú, no pienso criar a esta bastarda.

—Esta niña no es hija de Juan —contestó Luisa con la pequeña ya en los brazos.

—Dámela, tía, está muy asustada. —Ángel temía que mientras Diego y Luisa mantenían la discusión Lucía tuviera un colapso—. Toma, pequeña, coge tu manta. —Se la acercó a su aterrorizada carita.

Ella aprovechó para agarrarse al cuello de la camisa de Ángel, tan fuerte, que este sintió como si lo estrangularan. Luisa, enfrascada en su discusión, no acababa de soltarla, manteniéndola cogida por las piernas, mientras su sobrino esperaba impaciente a que se la cediera y la pequeña pudiera al fin abrazarlo a placer.

—Estás loco si piensas que vamos a criar a tu hija.

Diego se dio la vuelta dejándola con la palabra en la boca.

Por fin Luisa aflojó los brazos y cedió la niña a su sobrino. Estaba tan aturdida por la situación que no reaccionaba.

—Tranquila, pequeña, estás conmigo.

Al oír las palabras consoladoras de Ángel en su oído, Lucía salió del shock y, apretando fuertemente con una mano a su fetiche y con la otra rodeando el cuello de su protector, echó su cabeza sobre el pecho amigo y comenzó a llorar desconsolada, parando de vez en cuando para suspirar y recolocar su chupete.

Juanito miraba la escena escondido tras la puerta del comedor. Ángel lo había visto.

Los brazos le dolían. Llevaba veinte minutos aguantando el peso de Lucía, su manta y su muñeca, mientras su tía daba vueltas por la casa maldiciendo como una loca. No se atrevía a moverse del lugar donde la recogió por temor a que la respiración de la niña volviera a agitarse; parecía que poco a poco se estaba sosegando. Aun así, no podía más, se le estaban durmiendo los brazos y temió que se le cayera.

—Vamos a sentarnos en el sofá, ¿vale? —dijo con cariño esperando que la niña no se negara.

Lucía le dedicó una de sus claras y abiertas miradas y asintió entre dudas. También ella temía escurrirse entre sus brazos. Ángel avanzó despacio hacia el sofá, evitando que ella notara el temblor que provocaban sus calambres, y la depositó con cuidado. Lucía se agarraba fuertemente todo el tiempo a una de las mangas de su jersey, no hubiera podido soportar que la dejaran sola en aquel sitio tan extraño.

El muchacho, sin desprender la mano de la niña de la manga de su jersey, se sentó a su lado, con la muñeca y la manta entre los dos; no pensaba abandonarla. Sentado aguantaría mejor la larga noche.

Ángel sabía perfectamente el sufrimiento que estaba padeciendo Lucía. Tenía muchas cosas en común con ella: los dos habían perdido a su madre y tenían un padre que se había desentendido de ellos. El suyo era un oficial de la Marina Mercante que, según le contó su tía, cuando murió su esposa, decidió no volver a pisar tierra y pasar el resto de su vida en alta mar. «Ya no hay nada esperándome más allá de los océanos», fue lo último que dijo antes de marcharse por última vez. Tenía siete años cuando Luisa se lo contó. «¿Es que a mí no me quería?», le preguntó Ángel aguantando las lágrimas. Ni siquiera sabía si seguía vivo, ni ya le importaba. Al verla tan indefensa sobre el sofá, recordó el día que llegó a aquella casa, casi con su misma edad, casi con su mismo miedo. Las atenciones y caricias de su tía fueron el único consuelo que encontró. En aquel momento, Lucía solo lo tenía a él.

—No voy a criar a la hija de ese cretino. No estoy dispuesto a pasar por esto otra vez por mucho que me implores. —Juan le hablaba a su esposa, sereno y seguro—. Ya estoy educando y manteniendo a uno de sus hijos. Si he guardado silencio todos estos años ha sido solo como prueba del amor que te tengo. Pero hasta aquí hemos lle...

—Calla, podría oírte Juanito. —Le recordó Luisa.

—Lo siento, esta situación me supera —se disculpó, solo faltaba que su indiscreción desembocara en otro conflicto más—. No vuelvas a pedírmelo, no puedo. No tengo nada en contra de esa criatura y, si te digo la verdad, cuando la he visto..., es tan..., no sé cómo es posible que a Diego no se le enternezca el corazón al mirarla, yo daría mi vida por dejar en el mundo una hija así, y no me importaría que creciera entre nosotros. —Juan era un hombre muy sensible, hablaba desde el corazón—. Pero no es mía, es de Diego, esto es una cuestión de honor. Juanito al menos es hijo tuyo, teníamos una razón de peso para callar, pero esa niña... Se me parte el alma, pero ¿qué tenemos nosotros que ver con esa niña? Si enfermo de celos imaginó una historia que nunca existió yo no tengo la culpa. No voy a pagar todos sus errores. Debí hablar con él cuando quedaste embarazada, decirle que era completamente imposible que yo fuese el padre, solo habría tenido que bajarme los pantalones y hubiera quedado convencido.

No lo hice por ti, para que no arrancara a Juanito de tu lado. Pero esto es distinto, hasta aquí hemos llegado. Abriga a la niña, hace fresco, voy a devolvérsela.

—Está bien, pero, por favor, no le nombres a Juanito, no permitas que descubra que es su hijo.

Luisa se dirigió hacia el salón y le habló a Ángel:

—Dame a Lucía, Ángel, tu tío va a llevarla a su casa.

—Déjala aquí solo esta noche, nos necesita —imploró Ángel.

—Vamos, Ángel, suéltala. No pasará nada, estará bien —tranquilizó Juan al chico, ya dispuesto a salir.

Ángel comprendió que no había nada que hacer. Mientras se la entregaba a su tío, le hablaba a la niña al oído, repitiéndole una y otra vez: «No tengas miedo, no te dejaré sola.»

—Creo que están llamando a la puerta —dijo Pedro a su amigo mientras este se dirigía al dormitorio burlando su centro de gravedad.

—Abre tú, no estoy para visitas esta noche. ¡Je, je! —Y se agarró a la baranda de la escalera, dispuesto a subir lo que, en aquellas circunstancias, le pareció una escalada imposible.

Diego abandonó la conversación con Pedro para ir a casa de Juan durante una hora y diez minutos; su compañero de penas lo sabía porque no paró de mirar su reloj todo el tiempo. Estuvo tentado de ir en su busca, pero sabía que su presencia no serviría de nada; en todo caso, para empeorar las cosas. A pesar del estado en el que se marchó Diego y de que él presumía cuál era su intención, sabía que no le haría daño físico a la niña, no tenía nada en contra de ella; Diego solo actuaba por venganza. Si acaso se producía algún enfrentamiento, sería con Juan.

Cuando Diego volvió del cortijo de Juan, no dijo ni una palabra. Se dirigió a la bodega y escogió el mejor de sus vinos, como si fuese a celebrar una importante victoria, como hacía cuando la cosecha había sido excelente. Se bebió la botella casi entera, sin preocuparse de echar el contenido en un vaso ni paladear aquel jugo que debía costar una fortuna. En el fondo, no festejaba un triunfo, solo quería emborracharse lo bastante como para no ser capaz de pensar en su fracaso; el hecho de haber escogido su mejor vino no consiguió enmascarar la verdad.

No le sorprendieron los golpes en la puerta ni la fingida indiferencia de Diego.

—¿Qué pasa, Juan? ¿Qué haces aquí a estas horas? —En realidad Pedro sabía de antemano las respuestas a sus preguntas y tenía muy claro lo que Juan llevaba en sus brazos.

—¿Tú qué crees? Llama a Diego. —No esperó a que le contestara.

—Diego no va a poder atenderte, se acaba de ir a la cama borracho como una cuba. —Pedro seguía hablándole desde el umbral de la puerta, casi bloqueándola con su cuerpo, por si a Juan se le ocurría dar un paso al frente con la intención de buscar a Diego.

Por fin Lucía se había quedado dormida, había sido un día muy duro para ella y en el trayecto que había desde un cortijo a otro, acurrucada en los brazos de Juan y mecida por su caminar, cayó en un profundo sueño.

Juan se quedó mirando el movimiento del chupete, que bailaba entre los pliegues de la manta una danza muy graciosa, y, por un momento, dudó. Tuvo la irrefrenable tentación de llevársela de nuevo a su casa y liberarla para siempre de las garras de su tirano. ¡Era una niña preciosa! Parecía tan indefensa... Pero ahogó su mala conciencia.

—Está bien, no hace falta que lo molestes. Toma —dijo poniendo, con cuidado de no despertarla, a la niña entre los brazos de Pedro sin darle tiempo a reaccionar—. Dale este paquete y dile que no pienso criarle a su hija. Déjale muy claro que no es mía, sencillamente es imposible. —Y se marchó sin más.

Pedro se quedó inmóvil, parado en la puerta con Lucía durmiendo plácidamente en sus brazos. Debía irse muy temprano, tenía asuntos que resolver en la ciudad. ¿Cómo iba a dejar que la niña amaneciera sola con la cólera y la resaca de Diego? Comprendió que aquella noche Lucía solo lo tenía a él, al día siguiente ya pensaría en algo.

Se dirigió a la salita y se sentó en la mecedora de Adela. Así pasó la noche, meciendo a Lucía, intentando dominar el sopor que le había producido el vino, para no quedarse dormido. Lo cierto es que contemplar el plácido sueño de la pequeña lo inundaba de gozo y casi le hizo olvidar la miseria que la rodeaba. De vez en cuando echaba una cabezadita, pero debía de ser muy corta, porque no llegaba a relajar sus brazos y Lucía estuvo en la misma posición toda la noche. De madrugada decidió que lo mejor sería dejar a la niña en la casucha y echar una nota bajo la puerta de la casa de Juan dirigida a Luisa. Era la mejor solución. A mediodía se pasaría por el cortijo para ver cómo andaban las cosas.

Cuando la dejó sobre su cama, se sintió un mal bicho, no mucho mejor que Diego. Pensó que se levantaría con hambre y buscó algo en el rincón de la cocina. Encontró pan y leche. Cortó una rebanada y le untó un poco de mantequilla que había en un tazón, seguramente se la habría mandado Luisa. Dejó el desayuno sobre la mesa y se detuvo un momento para escribirle una nota a Luisa. Después besó a la pequeña, cuyo chupete aumentó su movimiento al notar los labios de Pedro y, no sin antes contemplarla un buen rato, se marchó.

Ángel había pasado la noche mirando por su ventana, desde la que se divisaba a lo lejos el cortijo vecino. Vio una tenue luz encendida toda la noche en la salita y, cuando se apagó, al minuto, se encendió la de la vivienda de Lucía, con las primeras luces del alba. Se había autoproclamado el protector de la niña. Estaba inquieto, no habría podido dormir por mucho que se lo propusiera. Un movimiento a lo lejos del camino que llevaba hasta Lucía lo sacó de sus pensamientos: una figura avanzaba en su dirección, envuelta en el crepúsculo del amanecer. No podía dilucidar con claridad quién era, se temió lo peor.

La casa estaba aún en silencio; si alguien llamaba, él podría ser el primero en abrir. Se fue hacia la puerta principal y escuchó entre el mutismo del albor unos pasos que subían los escalones del porche. Esperó y... nada, el silencio se volvió absoluto, como si la persona que se había parado en la puerta se hubiera esfumado. Un sonido extraño irrumpió en la quietud. Buscó la causa y la encontró: una hoja de papel se había deslizado bajo la puerta. La desdobló y la leyó: «Para Luisa: / La niña está sola en la casita. Ve a verla cuanto antes, por favor. / Pedro.»

No se lo pensó dos veces. Dejó el papel en el suelo de nuevo y se fue rápidamente.

Accionó el pomo exterior de la puerta y, como imaginó, no estaba cerrada con llave. Lucía dormía aún, ajena a todo. Apenas tenía tres años y medio; todavía conservaba esa maravillosa capacidad de zambullirse en los sueños sin llevarse nada de la realidad. Parecía tan tranquila... Acercó una silla a la cama y se sentó a esperar. En unos minutos se quedó dormido, con el trasero en la silla, la cabeza sobre sus brazos y estos sobre el colchón.

Unos golpecitos en la espalda lo devolvieron al mundo. Por un momento no supo dónde estaba. Cuando vio el gran chupete de goma de Lucía reaccionó:

—¡Lucía! —Cuánto se alegró de encontrarse con los grandes ojos lilas de la niña, era el mejor despertar que recordaba—. ¿Qué pasa?

La pequeña señalaba insistentemente la ventana. Diego se acercaba a la casa.

La puerta se abrió.

—Ya veo que te han devuelto. Tienes suerte, no soy un asesino, no voy a deshacerme de ti. Quédate si quieres. —Lucía lo estaba entendiendo a la perfección—. Puedes vivir aquí y usar la despensa, pero nada más, si te encuentro por algún otro lugar de mis tierras te echaré como a un perro. ¿Lo has entendido? —Lucía no se movió, pero Diego se supo entendido.

—Y tú —dijo Diego ahora al muchacho—, dile a tus tíos que no quiero verlos por aquí. —Y se dio la vuelta.

—Ya se fue, no sufras, pequeña —decía Ángel a Lucía al ver el miedo en su cara.

Ángel cayó enfermo ese mismo día. Cuando Luisa apareció en la casa de la niña, despavorida, con la nota en la mano, lo encontró echado a los pies de Lucía con una fiebre muy alta. A pesar de la insistente negación del chico, su tía lo obligó a marcharse a casa y meterse en la cama. «Tengo que cuidar de Lucía, don Diego me ha dicho que el tío Juan y tú tenéis prohibida la entrada en su cortijo, si os pilla aquí se lo hará pagar a ella», le decía una y otra vez con la garganta de corcho.

Luisa sabía que las amenazas de Diego no eran un farol. Esa fue la última vez en mucho tiempo que pisó sus tierras. Pero su sobrino estaba enfermo y la niña necesitaba que alguien la vigilara. No le quedó más remedio que convencer a Juanito para que fuese varias veces al día a llevarle algo caliente y comprobar si se lavaba y tenía lo suficiente para sobrevivir sin problemas. Podría haber denunciado la situación, pero tuvo miedo de Diego, como todo el mundo. Sobre todo, tuvo miedo de que se destapara el secreto que guardaba desde hacía años con tanto celo y todo el pueblo se enterara de su aventura con el vecino, y que finalmente su ex amante descubriera que Juanito era su hijo y se lo quitara; no hubiera podido soportarlo.

—No pienso cuidar de esa mocosa solo porque su padre haya decidido ignorarla, no es mi problema. Sois patéticos, no sé por qué le tenéis miedo al imbécil del vecino. Si no quiere ocuparse de su hija que la lleve a una institución, adonde, por cierto, debería haber ido mi primo. Esto no parece una familia normal, parece una casa de acogida. —Juanito le hablaba a su madre con claridad y seguridad, como alguien que tuviera al menos diez años más.

—No me des la espalda, Juanito, no hemos terminado de hablar. —Su madre no pensaba transigir esta vez.

—Yo sí.

—¡Siéntate! ¡He dicho que te sientes!

Estaba muy alterada, rara vez la había visto Juanito hablar con tal vehemencia. Aunque solo fuera por curiosidad, merecía la pena quedarse para disfrutar de aquella faceta oculta de su madre.

—Bien, sé breve, tengo que estudiar para el examen del viernes.

La forma tan correcta y segura de hablar de Juanito a Luisa le producía escalofríos. Ella intuía que, tras su fachada de muchacho tullido e indefenso, que él sabía explotar muy bien, se estaba gestando otro ser que tal vez algún día daría la cara. Demasiadas horas de soledad, encerrado entre libros. Pasar ratos con Lucía podría ser bueno para él. Se sentó junto a él, lo miró, intentando obviar su desgracia, y se estremeció. Con un nudo en la garganta, se esforzó por convencerlo en un tono más suave. Lo que hizo desaparecer la curiosidad de Juanito y sintió unas ganas irrefrenables de dejarla allí sentada con su ñoña palabrería de siempre.

—Solo serán unos días, hasta que tu primo esté mejor, él está encantado con esta tarea y no va a dejártela a ti. —Juanito callaba, impaciente por volver con sus libros.

—¿Me escuchas?

—¿Qué tengo que hacer? —cedió al fin.

—Llevarle la comida, asegurarte de que se la come, de que duerme bien..., de que sobrevive. —Mientras le decía esto a su hijo, comprendió que aquello era una locura; si Diego no accedía y se ocupaba de su hija, tendría que denunciar el hecho.

—¿Por qué haces esto, madre? —Quiso saber el motivo por el que a su madre le inquietaba tanto el estado de la hija del vecino.

—Por humanidad. —Hubiera querido decirle que Diego era su padre y Lucía su hermana, dando carpetazo así a tanta mentira. Pero, una vez más, se contuvo, no sabía bien si por miedo o por amor.

—No me lo creo, lo humano sería encontrar la manera de que la atendieran debidamente, me estás escondiendo algo. —Lo tenía muy claro.

—¿Vas a ayudarme o no?

—¿Qué desayuna una niña de tres años? —Se rindió, dispuesto a comenzar su nueva tarea, con la esperanza de que solo fuesen unos días, de otro modo tendría que enfrentarse otra vez a su madre.

—Lo mismo que has desayunado tú.

—Bien, prepara un café, una copa de coñac, un trozo de panceta y una par de cigarros. —Le encantaba desconcertar a su madre y comprobar, una vez más, que era tonta de remate. Luisa nunca lo decepcionaba.

—¿Qué has desayunado esta mañana? —preguntó asustada, no se acostumbraba al humor negro de su hijo. Su agudeza la desbordaba.

—¿Todavía no conoces a tu hijo? Venga, terminemos con esto de una vez. ¿Dónde está mi careta?

—No te verá nadie, solo la niña.

—¿Dónde está mi careta?

Cuando Juanito entró en la casa, la niña estaba despierta, sentada en la cama, pegada a su chupete, su manta y su muñeca. Parecía tranquila, pero tenía las mejillas húmedas.

—¡Buenos días! Soy el primo de Ángel o, mejor dicho, el hijo de Luisa. Me llamo Juan, pero puedes llamarme Lisiado. Te traigo el desayuno.

Lucía se acercó rápidamente a la mesa, donde había dejado Juanito el desayuno mientras saludaba, y se dispuso a comer, tenía un hambre terrible. No parecía sorprendida por el extraño aspecto del visitante. Si Diego llevaba una caja en la cabeza, ¿qué tenía de raro que aquel hombre llevara un trozo de tela en la cara?

—¿Has dormido bien? —Tenía curiosidad por escuchar su tono de voz, aunque le importaba muy poco cómo había dormido.

Lucía se encogió de hombros, lo que Juanito interpretó como que no lo había entendido, pero nada más lejos de la realidad, ella quiso decirle con su movimiento de hombros que había dormido regular, ni bien ni mal.

—¿No sabes hablar?

Volvió a encogerse de hombros, quería decirle que no lo sabía, nunca lo había intentado.

Mirándola comer, Juanito tuvo una revelación. Su ágil mente encontró cómo sacar partido de la tarea que le habían encomendado. Lucía era una niña que apenas tenía influencia del mundo exterior, su mente estaba prácticamente virgen, ni siquiera sabía hablar. Él sería su maestro. ¡Eso es!, le enseñaría todo lo que debía saber: a leer, a escribir, matemáticas, geografía... Podía hacerlo, de hecho había demostrado tener más nivel intelectual que cualquiera de los profesores de su colegio. Decidió que sería su maestro. A partir de ese momento Juanito pensaría en Lucía como en su futura obra. Ahora, Lucía no era nada, pero con el tiempo sería lo que él hiciera de ella. ¡Qué maravillosa oportunidad le había brindado el destino! No, su destino no, pensó, la oportunidad estaba ahí para cualquiera, solo que él era el único con la capacidad suficiente como para reconocerla. Para Juanito, el destino era algo que uno se hacía a sí mismo con esfuerzo y constancia; no había sido el destino quien lo hizo caer en el brasero, sino su torpe modo de llevar a cabo un plan. Era un reto fascinante, una forma de dar salida a tanto conocimiento acumulado desde la más tierna infancia. Siempre se había imaginado envejeciendo entre libros, acumulando conocimientos como el avaro el dinero, para finalmente morir solo y que su sabio cerebro fuese devorado por los gusanos como el de cualquier otro mortal; aquella oportunidad cambiaba las cosas.

Él no era como los demás, no se distraía en banalidades, ni se dejaba vencer por la pereza. Era capaz de estar concentrado en sus tareas catorce horas diarias. No necesitaba a nadie para resolver sus problemas, tenía sus libros, en los que siempre encontraba la información exacta y veraz de lo que necesitaba, sin tener que soportar extensas y confusas explicaciones de profesores con más ego que sabiduría. Cuando se sentaba a la mesa con su familia y se veía obligado a escuchar a sus padres y a su primo hablar de vacas, creía morirse de asco. Cada día se sentía tentado de proponerle a su madre que le llevara el almuerzo y la cena a su cuarto, pero no sabía qué era peor: si aguantarles a sus padres un sinfín de largas discusiones sobre la importancia de comer en familia o soportar las conversaciones sobre vacas. Total, no solía tardar en comer más de quince minutos.

Pensó que Lucía tenía mucha suerte de que hubiera decidido ser su educador. Pero había un problema: Ángel. Tenía que impedir que siguiera visitándola. «Siempre mi primo Ángel, ¡qué fastidio!», pensó. Ya se le ocurriría algo. Desde luego, lo que tenía muy claro es que en su proyecto, para que diera el resultado deseado, no podía intervenir nadie.

Mientras pensaba en su plan, observaba atentamente cómo la niña mojaba una magdalena en la leche, metiendo los dedos hasta el fondo del vaso. Tendría que enseñarle incluso a comer, era como un animalillo salvaje. Todo un reto.

—Qué barbaridad, comes como un cerdo. —Esto no lo entendió la niña, que lo miró un segundo mientras la leche de la magdalena chorreaba por su antebrazo empapando la manga de su pijama y siguió comiendo.

—¿Sabes lavarte y vestirte sola? —Quiso saber si se libraría de esta molesta tarea.

Lucía estaba bebiéndose las últimas gotas de leche y, con el vaso inclinado sobre su boca, asintió efusivamente; el tintineo que produjeron los golpes del cristal contra sus dientes acompañó su vehemente afirmación. Sus ojos asomaron, por el filo superior del vaso, claros y francos, como su espíritu.

—Pues vamos a hacer una cosa, mientras tú te arreglas un poco: te lavas, te vistes y te peinas, yo voy a ir a mi casa a por unas cosas con las que nos vamos a entretener esta mañana, ¿te gustaría? —Juanito le habló en un tono intencionadamente tierno, sobreactuando.

Era su primera actuación de chico tierno, y Lucía, cuya inteligencia emocional estaba muy desarrollada, lo supo, pero movió la cabeza de arriba abajo con entusiasmo ante la expectativa de pasar la mañana acompañada. Nada podía ser peor que estar sola todo el día. ¡Echaba tanto de menos a su abuela!

La tarea de lavarse, vestirse y peinarse no resultó tan fácil como esperaba; fue demasiado ingenua al afirmar con tanta rotundidad que era capaz de lavarse y arreglarse sola. Se dirigió a su pequeño baño y abrió el grifo del agua caliente del rincón de la ducha para llenar el barreño de zinc que había sobre el plato de porcelana, como había visto hacer a su abuela tantas veces. Al menos había agua caliente; no siempre se preocupaba Diego de tener la caldera encendida. Al principio, el agua salía ardiendo, no podría darse un baño hasta que pasara un buen rato y se templara un poco. Pero..., rememoró todos los pasos que daba su abuela cuando se disponía a bañarla. «¡Ya está!», se acordó que abría los dos grifos a la vez, el de la caliente y el de la fría, y manipulaba un rato las llaves, mientras metía una mano bajo el agua, hasta que salía a su gusto. Muy diligente, Lucía la imitó, y aunque tanto ella como el suelo del baño terminaron empapados, ¡lo consiguió! Se enjabonó de los pies a la cabeza sentada en el barreño y, cuando se dispuso a enjuagarse el pelo, se dio cuenta de que la jarrita, que usaba su abuela para sacar agua y echársela poco a poco por el cabello, estaba bajo el lavabo. Al salir del barreño para ir a buscarla se resbaló y se dio un golpe contra la puerta, estuvo a punto de echarse a llorar, no por el dolor del chichón, sino por lo que echaba en falta a su abuela. Pero no, ella era muy fuerte y se repuso enseguida. Tardó bastante en secarse, sobre todo el pelo, que no paró de chorrear agua jabonosa un buen rato después de haber empapado dos toallas con él. Vestirse se le dio mejor, o al menos eso le pareció a ella. Cuando hubo terminado, cogió el cajón que utilizaba para sentarse a observar a su abuela cuando cocinaba, lo puso bajo el lavabo, se subió en él y se asomó al espejo. Bueno..., no estaba mal, su abuela lo hacía mucho mejor, pero no estaba mal, la rebeca lila que le había tejido Carmen, de repente, le quedaba muy estrecha —la camiseta interior que se había puesto era de la abuela y estaba toda apretujada bajo su jersey—, pero, en conjunto, le pareció que tenía buen aspecto. Se bajó del cajón satisfecha. El baño había quedado hecho un desastre, pero ya lo arreglaría después.

A Luisa le sorprendió el frenesí con el que volvió su hijo. No recordaba haberlo visto en esa actitud tan eufórica jamás.

—¿Adónde vas tan deprisa? —preguntó mientras lo seguía.

—A mi cuarto a buscar... ¿Tú sabes dónde están mis primeras cartillas con las que aprendí a leer?

—En el altillo de tu armario. Están sin estrenar, tú ya sabías leer cuando te las pidieron en el colegio, recuerdo que te negaste a hacer los ejercicios porque decías que eran tonterías.

—Sí, sí madre —decía con retintín mientras se dirigía al cuarto de los trastos a zancadas—, ya me lo has contado un millón de veces. —No soportaba tenerla detrás mientras le contaba las historietas de cuando era niño. Detestaba escuchar lo fantástica que fue su más tierna infancia y, mucho más, esa manía de su madre de recordarle a todo el mundo que cualquier tiempo pasado fue mejor.

Juanito cogió la escalera del trastero y se dirigió a su cuarto, empujando a su madre cada vez que se interponía en su camino.

Luisa no entendía a qué venía su interés por las cartillas.

—¿Para qué quieres ahora las cartillas?

—Voy a enseñar a Lucía a leer y a escribir —contestó sin haber mirado aún a su madre desde que llegó, mientras ponía la escalera frente al armario.

—Primero tendrás que enseñarle a hablar, porque, que yo sepa, todavía no ha dicho la primera palabra.

Luisa, al ver a su hijo tan entusiasmado y por un proyecto tan altruista, se contagió; también ella parecía excitada.

—Sí, sí.

«¿Qué sabrá ella lo que ha de ser primero?», pensó Juanito. Aun así siguió la conversación sin su despotismo de siempre, estaba contento.

—Hablar no es tan importante como leer y escribir, sobre todo leer. ¿Y mi primo? —De repente se acordó del escollo que iba a encontrar en su proyecto—. ¿Cómo está? —Ya se encontraba con las cartillas en la mano, en lo alto de la escalera.

—Regular, tiene las anginas como melones. ¿Y ese repentino interés por tu primo?

Juanito hizo una parada en su ajetreada tarea para mirar a su madre; de arriba abajo se encontró: sus rulos envueltos en una red rosa anudada a la nuca; sus gruesas gafas, y sus saltones ojos detrás; su bata floreada de guata, con el cinturón bien anudado para marcar cintura; y, como peana, las borlas fucsia de sus zapatillas de paño. Pensó que la naturaleza no había sido muy justa con ella, bueno, nada justa. Ni siquiera tenía la inteligencia mínima como para comprender el porqué de su repentino interés por la salud de su primo. Juanito había aprendido a utilizar el corto entendimiento de su madre en su propio beneficio. La manejaba a su antojo y, por medio de ella, también a su padre, o eso pensaba él. Siempre salía airoso de sus fechorías con cualquier excusa, Luisa se lo creía todo. Si ella le exigía un culpable ante la evidencia de que la travesura no podía haber sido un accidente, él le nombraba a su primo, mientras se llevaba la mano a su lado deforme de la cara; y ya está, ella se moría de compasión e iba en busca de su sobrino para reprenderlo. Luisa no había heredado ni la dulzura física de su madre ni la inteligencia de su padre. En cambio, él portaba lo mejor de la genética de sus progenitores, solo que, su torpeza le había arrebatado la que se manifestaba en su aspecto exterior.

No respondió a la última pregunta de su madre, estaba tan excitado con su nuevo proyecto que no se le ocurría una mentira plausible.

—Bueno, ya está. Me voy —dijo mientras se rascaba la nuca, la goma de la última careta que le había hecho su madre le apretaba demasiado.

Luisa lo vio marchar desde la puerta, cargado de libretas. Visto de espaldas era un muchacho muy apuesto, de una complexión fuerte, a pesar de que no practicaba deporte alguno, y tenía unos andares muy seguros. Le pareció que su hijo tenía cierto aire aristocrático. «¡Y era tan listo!», suspiró.

—¿Has ido a ver a Lucía?

Ángel se alegró de que su tía apareciera por su cuarto, estaba desando tener noticias de Lucía, aunque los pensamientos le ardían por la fiebre, no podía quitársela de la cabeza. Sabía que Diego le había prohibido pisar la finca a Luisa, pero también estaba seguro de que ella no sería capaz de dejarla a la buena de Dios.

—¡Madre mía! Cómo tienes la garganta, parece que tuvieras una nuez en la campanilla. No se te ocurra salir de la cama. —Luisa obvió su pregunta y se apresuró a tocarle la frente para comprobar su temperatura.

—¿Cómo está Lucía? —insistió, haciendo un gran esfuerzo para que sus cuerdas vocales vibraran.

—Lucía está bien, no te preocupes, tu primo está ahora con ella, le ha llevado el desayuno y ha vuelto como loco diciendo que le va a enseñar a leer y escribir. Ha cogido unos libros y se ha vuelto a marchar —decía mientras le estiraba un poco la cama—. Voy a traerte algo para desayunar, un vaso de leche caliente con miel te vendrá muy bien.

—¡¿Que Juanito está con Lucía?! —Se incorporó de la cama para dar más énfasis a su pregunta.

—Sí, ¿no es increíble? Con lo difícil que resulta que interrumpa sus horas de estudio.

Ángel no dijo nada más. No sabía qué pensar y tampoco estaba en condiciones de hacerlo, pero se temió lo peor. Constantemente tenía la sensación de ser el único que verdaderamente conocía a Juanito.

—Siéntate en esta silla, Lucía, que voy a enseñarte algo. —Le señaló una de las sillas que había junto a la mesa.

La niña estaba sobre la cama, con las piernas cruzadas sobre su manta, abrazada a su muñeca azul y haciendo bailar su chupete. Se había lavado, vestido y peinado. Las coletas eran una ofensa a la simetría y le habían empapado la ropa, seguían húmedas; su vestido parecía tener más botones que ojales y el trozo que asomaba bajo su rebeca lila parecía un gurruño. Pero lo había conseguido. ¡Y ella sola!

Lucía arrastró el trasero por la cama para atravesarla y luego se deslizó por su filo libre hasta tocar el suelo con los pies. Sin soltar en ningún momento sus amuletos, se sentó en la silla señalada.

—Vas a tener que sacarte el chupete de la boca y soltar la muñeca y la manta.

Ella se agarró con fuerza a sus objetos y negó con firmeza.

—Vale, pues deja solo el chupete, es imposible que aprendas a hablar si siempre tienes la boca ocupada.

Redujo sus peticiones a una sola, no quería enfadarla el primer día: una experiencia negativa en el comienzo podría marcar el resto de su aprendizaje; tenía que ganarse su confianza.

Volvió a negarse, el chupete tampoco pensaba dejarlo.

—Está bien. —No tuvo más remedio que ceder—. ¿Sabes lo que son estos objetos? —La miró mostrándole un lápiz y una libreta.

Ella asintió con seguridad, había visto a su abuela en muchas ocasiones hacer anotaciones en su libreta, luego arrancaba la hoja y se la daba a Ángel. Eran recados para Luisa.

—Vale, es un comienzo. Pues vamos a aprender a usarlos. Esto es un círculo. —Lo dibujó—. Si le ponemos un rabito se convierte en una a. Aaa..., un círculo y un rabito es una aaa... ¿Serías capaz de decirlo? —Lucía negó—. ¿Y escribirlo?

Ahora sí, la pequeña soltó la muñeca y la manta sobre la mesa para coger el lápiz con una mano y sujetar la libreta con la otra. Con cierta dificultad, consiguió controlar los utensilios e imitar la letra que había escrito su maestro.

Juanito se sorprendió. Lucía había conseguido hacer una a bastante aceptable y sonreía satisfecha. Además, el maestro, tuvo la sensación de que ella supo desde el principio que aquel dibujo representaba el sonido que él había pronunciado insistentemente. Quizá Lucía fuese mucho más lista de lo que aparentaba, y parecía dispuesta a aprender.

A partir de ese momento, Juanito decidió organizarse. Ahora tendría que repartir el tiempo entre sus estudios y los de Lucía. No estaba acostumbrado a pensar en los demás, llevaba mucho tiempo ocupándose exclusivamente de sí mismo. Se elaboró un horario para la semana. Como seguramente tendría que ir a llevarle el desayuno, el almuerzo y la cena, lo más práctico sería aprovechar cada visita para darle una hora de clase, lo que serían tres horas diarias de estudio. El hecho de que las clases estuvieran espaciadas entre sí tenía la ventaja añadida de que no se harían muy pesadas; dar más de una hora seguida a una niña tan pequeña no podría tener buenos resultados.

Estuvieron casi toda la mañana perfeccionando su trazo y aprendiendo a coger el lápiz de una forma más idónea. Era el primer día, a la mañana siguiente se ceñirían al horario. Ella no parecía cansarse.

Por la tarde, mientras estaba sentado en su escritorio, Juanito recibió una visita inesperada.

—¿Qué tal Lucía? —preguntó Ángel directamente sin saludar, antes de cruzar el umbral de la puerta.

—Bien —contestó Juanito sin levantar la vista de su libro.

—Me ha dicho tu madre que has decidido ser su profesor. —Se acercó a él esperando algún comentario.

Juanito se dio la vuelta y, mirándolo con desprecio, le habló:

—Qué mala cara tienes, ¿seguro que ya te encuentras mejor? No deberías salir de la cama. —No le apetecía en absoluto hablar con él de su trabajo con Lucía, era cosa suya.

—Pues estoy bastante mejor, esta noche llevaré yo la cena de Lucía. —E hizo un intento de marcharse.

—Se la llevaré yo, después de la cena tiene una hora de clase conmigo.

—No, yo le llevo la cena y tú le das la clase.

—Creo que deberías dejar de visitarla, no te necesita.

Ángel se quedó mirando a su primo unos segundos, en un intento de encontrar algo de bondad bajo su desagradable quemadura. El resplandor del flexo incidía de soslayo en su perfil atrofiado y proyectaba una imagen siniestra, que acentuaba la lúgubre mirada del único ojo. Después observó su entorno, era sombrío. Solo las páginas del libro abierto bajo el foco lucían, como la luna en la noche. Era el lugar de un muchacho oscuro. Sintió compasión de él, pero no se dejó avasallar por sus ácidas palabras.

—No hay razón alguna para que deje de ir a verla. Más te vale hacerte a la idea. Creo que toda la compañía que podamos ofrecerle es poca.

Desde que murió su suegra, Diego se obligó a sí mismo a vigilar la antigua casa de los caseros. Lo hacía a cierta distancia, quería saber quién entraba y salía y si la niña sobrevivía, nada más. A veces se acercaba a la ventana y se asomaba para comprobar si todo iba bien. De toda la gente que trabajaba para él, nadie sospechaba que la hija de don Diego viviese apartada de la casa principal y a merced de los vecinos; la casucha quedaba oculta a las miradas de los jornaleros. De vez en cuando alguien le preguntaba por ella, él decía que estaba bien y todo el mundo daba por hecho que era así. Era extraño no verla por los alrededores, pero Diego tenía posibles. Quizás estuviese interna en un buen colegio y los rumores que había de que la tenía secuestrada en la antigua casa de los caseros eran solo eso, rumores; pensaban que de vez en cuando la traía a casa y a la niña le gustaba jugar allí.

Era viernes, Pedro se había tomado unas copas de más y se atrevió de nuevo a censurar a su amigo, aún a riesgo de levantar su cólera. Con el tiempo, el carácter de Diego se estaba volviendo cada vez más irascible.

—¿Has pensado ya qué vas a hacer con la niña?

—Ya estamos otra vez, ¿qué voy a hacer de qué? —dijo molesto y con chulería.

—No puedes dejarla encerrada en la parte de atrás de tu casa como si fuese un perro. ¡Por Dios, Diego!, es una niña; necesita atenciones que tú no puedes darle. —Hubiera sido más correcto decirle que no le daba la real gana de darle.

—No está encerrada, se niega a salir. Puede irse a donde quiera, con tal de que no pise mi casa. Además, tiene mi despensa a su disposición, no le falta de nada; ya ves lo generoso que puedo llegar a ser. También el sobrino y el hijo de Juan se pasan el día yendo y viniendo, y Luisa le manda comida caliente. Supongo que sus conciencias no los dejan tranquilos.

—Esto no tiene ni pies ni cabeza, tarde o temprano tendrá que ir al colegio, ¿quién se encargará de llevarla? Lucia...

—Maldita, se llama Maldita. Alguien que para venir al mundo tiene que matar a su madre y destrozar un hogar no puede llamarse de otro modo. Y no te preocupes por su educación, el Lisiado se está encargando de educarla, lo he visto por la ventana sentado con ella en la mesa y rodeados de libros. También su padre se está ocupando de que no sea una analfabeta, menudo llevo y traigo se traen, más le hubiera valido quedársela en su casa, pero claro, tendría que confesarle a su mujer que realmente se acostó con la mí..., es un calzonazos, le tiene miedo. —Dicho esto, dio una calada al cigarro y dejó que sus vidriosos ojos huyeran por la oscuridad de la ventana que tenía a su izquierda.

Pero Pedro tenía que decirle una última cosa:

—Yo creo que no te has desentendido totalmente de ella porque en tu fuero interno albergas la esperanza de que sea tuya y estás esperando que alguien te lo demuestre. Al fin y al cabo, si fuese así, y yo estoy convencido de ello, es lo único que tienes. Pero si sigues despreciándola de ese modo, cuando crezca se volverá contra ti. Llévatela a vivir contigo y contrata a alguien para que la cuide, estoy seguro de que no te arrepentirás.

Diego movió la cabeza para mirar frente a frente a su compañero, quería que sus próximas palabras le quedaran claras y dar por zanjada la conversación.

—Nunca, ¿me oyes? Esa maldita niña nunca pisará mi casa, y si he dejado que viva en la casucha es por mera compasión.

Por supuesto, Pedro no le creyó. Se conocían desde pequeños, sabía lo frío que podía llegar a ser y que compadecerse de los demás no era precisamente una de sus cualidades. Lo había visto dar un tiro de gracia al perro que le había sido fiel durante diez años.

Pedro recordaba aquella mañana con absoluta claridad. Era

un último viernes del mes de abril. Lo sabía porque la noche de aquel día se negó a jugar la partida de cartas con Diego; no estaba de ánimos como para ponerse frente a él. Serían sobre las diez de la mañana. Alfonso, Diego y él se encontraban sentados en la mesa del salón intentando organizar las facturas. El gran ventanal de la estancia estaba de par en par, por él se colaban los penetrantes olores de la primavera y el eco rezagado de las voces de los trabajadores de la finca. De repente, María irrumpió en la habitación: «¡Ay, don Diego!, en el pajar hay una rata más grande que una liebre.» Con cierta desidia, Diego se levantó para acudir al lugar y los demás tras él. El perro se encontraba tumbado en la puerta del pajar, parecía tranquilo, pero resoplaba agitado. «Busca, *León*, busca», le decía Diego con rabia, obligándolo a entrar en el pajar. Pero el animal lo miraba jadeando, sin moverse del sitio. Lleno de ira, Diego se dirigió al cobertizo, para coger una de sus escopetas, y en un segundo se encontró frente al perro apuntándolo con dos cañones. Clavó sus ojos en los del animal y disparó sin vacilar. No divagó ni un instante. Lo tenía claro, era la primera vez que el perro le había desobedecido y sería la última. Diego no le concedía a nadie una segunda oportunidad. El animal se volcó hacia un lado. Durante los dos minutos que duró su agonía no dejó de mirar a su amo preguntándole: «¿Por qué?», con la rata muerta entre las patas delanteras. Diego quiso dar una lección al animal y a todos los que observaban la escena, pero fue *León* quien se la dio a él. De nada le sirvió al amo; de vuelta a casa iba diciendo que lo había matado por negarse a obedecer sus órdenes y entrar en el pajar, que el hecho de que ya hubiera cazado la rata era lo de menos. Desde que Pedro conocía a Diego había dudado de si su amigo, en el fondo, albergaba un atisbo de humanidad, que pareció asomar cuando conoció a Adela, pero aquel día despejó sus dudas. A veces, en un solo instante, una persona se define.

A pesar de haber sido testigo, una vez más, de la frialdad de su amigo, Pedro quedó satisfecho de aquella conversación y decidió abandonarla. Lucía estaba atendida por el momento, su conciencia quedó aliviada. De todas formas, decidió que a partir de ese momento él mismo vigilaría más de cerca lo que pasaba en la casucha.

La puerta de la despensa se abrió y apareció la gigantesca figura de Diego. El humo del cigarro enturbió de inmediato el ambiente de la habitación y su ronca voz reventó el silencio, como una bomba.

—¿Dónde están las dos mil pesetas que había en la mesa de la cocina? —dijo directamente a Juanito.

El chupete de Lucía paró en seco, por un momento dejó de respirar.

—No he sido yo, don Diego, no me he movido de aquí desde que llegué, y ella tampoco —contestó Juanito aparentemente tranquilo.

Diego estaba seguro de que quien hubiera cogido el dinero tendría que haber entrado por la despensa. Él no había salido de la casa desde que se levantó y nadie había entrado en ella.

—No me mientas, ladrón, el que se llevó el dinero tuvo que entrar por aquí.

—Ahora que lo dice, hace un rato estuvo por aquí mi primo Ángel y lo vi entrar en la despensa. Pero mi primo sería incapaz de una cosa así, es un buen muchacho, nunca le robaría, una vez le quitó a mi madre un duro y quedó escarmentado. —Inventaba su fábula sobre la marcha con una serenidad pasmosa, impropia de su edad; incluso defendió a su primo para dar más veracidad al relato—. Mire, aquí está, pregúntele usted mismo. —Se abrió la puerta de la calle.

En esta ocasión, Ángel había ido a casa de Lucía para dejarle un montón de ropa recién planchada. No le gustaba aparecer por allí cuando estaba Juanito, pero su tía se lo había pedido, decía que no podía esperar a la hora del almuerzo, que seguramente la niña no tendría ya nada que ponerse.

—¡Devuélveme las dos mil pesetas que me has robado de la

cocina esta mañana! —ordenó Diego al muchacho antes de que cerrara la puerta.

Después del relato de Juanito, Diego dio por hecho que Ángel había sido el autor de la fechoría.

—¿Qué? ¿Qué dos mil pesetas? No he estado aquí desde anoche. —Le temblaba la voz, lo que para Diego fue la confirmación de su autoría.

—No me mientas. Vacíate los bolsillos y sal de mi casa inmediatamente.

El muchacho obedeció. Metió las manos en sus bolsillos y tiró de sus fondos hacia fuera. Los dos billetes cayeron al suelo. Ángel miró el dinero espantado.

Diego recogió el dinero, agarró a Ángel de la parte superior de su camisa, a la altura del cuello y, como si de un saco de patatas se tratara, lo tiró a la calle.

—No vuelvas nunca más por aquí. ¡¿Me has oído?! —gritó al muchacho que lo miraba desde abajo con los ojos espantados—. Si te veo por mis tierras no dudaré en llevarte a la comisaria, esa gente sabe cómo tratar a los sinvergüenzas como tú.

Por primera vez, Lucía sintió unas imperiosas ganas de hablar y comprendió la importancia del lenguaje hablado. Pero no pudo, no estaba entrenada y no supo. Juanito había mentido, Ángel no había estado allí aquella mañana, había sido él quien entró en la despensa con la excusa de que le había parecido oír un ruido extraño. Inmediatamente después, se ausentó, alegando que había olvidado algo importante en su casa, y al rato volvió. Aprovechó su salida para dejar el dinero en los pantalones de su primo. Lo había planeado todo. Ella no conocía la mentira, su abuela nunca le había dicho una palabra que no fuera cierta, y en un principio, escuchando las explicaciones que Juanito daba a Diego, se sintió confusa. Pero con su agudeza, no tardó mucho en comprender la situación: Juanito había mentido, como el niño del cuento aquel que poco antes de morir le relató su abuela. «Entonces —se preguntó su inocente mente—, ¿para qué sirven las palabras si pueden ser mentira?» Creyó que no volvería a ver a Ángel, pero se quitó de un zarpazo aquel mal pensamiento.

Volvía a estar sola con Juanito, pero ahora se sentía insegura en su compañía. Había sacado su muñeca de la cama, ella la dejaba dormir un rato más mientras recibía sus clases matutinas, y había vuelto a la mesa. Miraba a Juanito asustada.

—Tranquilízate, Maldita —la llamaba como Diego—. No le pasará nada. Era la única manera de quitárnoslo de encima, no hacía más que molestar.

El chupete de Lucía saltaba nervioso entre su barbilla y sus ojos, que no pestañeaban, fijos en el déspota que acababa de revelársele.

Por supuesto, Ángel no pensaba dejar de visitar a Lucía, no podía dejarla abandonada en manos de Juanito. Era como Diego, un ser sin escrúpulos, capaz de cualquier cosa para conseguir sus objetivos. Obviando el parche, los dos tiranos hasta se parecían físicamente, incluso tenían la misma forma de gesticular. De no ser porque Juanito era su primo, hubiera apostado a que eran padre e hijo.

Despistar a Juanito no sería una tarea difícil. Su primo era ordenado y metódico hasta la crispación. Se imponía a sí mismo una férrea disciplina que no se saltaba bajo ningún concepto. A las ocho y media salía de casa para llevarle el desayuno a Lucía —él ya llevaba hora y media estudiando—, le daba un tiempo para desayunar y de nueve a diez la hora de clase. A la una y media salía de nuevo con el almuerzo, abandonando la casita a las tres en punto. La misma operación a las ocho y media de la noche, hora de la cena y de la última clase, que terminaba a las diez.

Por las mañanas le sería imposible ver a Lucía, tenía que ir a clase, pero las tardes serían perfectas, cuando Juanito se encontrara en su habitación, enterrado en libros. Los sábados y los domingos, que no había colegio, podría visitarla también por la mañana.

Había un segundo problema que también resolvió con astucia: don Diego. Para cruzar al camino que lo llevaba hasta la casa de Lucía se pondría una de las caretas de su primo, él no la echaría de menos, había al menos una docena de ellas repartidas por los rincones de la casa. A cierta distancia nadie podría distinguirlos: la misma altura, el mismo color y corte de pelo, una complexión parecida, vestían prácticamente igual... Diego nunca se acercaba al camino si veía que alguien lo recorría, levantaba la vista vagamente para asegurarse de quién era y seguía su tarea. Sabía que a veces se asomaba a la ventana, pero tendría la precaución de ponerse siempre de espaldas a esta. Podría ser descubierto, pero estaba más que dispuesto a asumir el riesgo.

Lucía escuchó unos pasos acercarse a la casa. Supo de quién eran. Su silencioso mundo le había dado la oportunidad de aprender a distinguir los matices de cada sonido. Inmediatamente, cerró los libros y se asomó a la ventana. Al ver el antifaz de Juanito, por un momento, pensó que se había equivocado y se sintió decepcionada.

—¡Hola, Lucía! Soy yo, Ángel —habló el muchacho empujando la puerta.

La niña le dedicó una sincera sonrisa tras su chupete. Se inclinó para alcanzar con la mano la careta y la señaló.

—¿Creías que no iba a volver? —preguntó Ángel quitándose el gran parche.

Lucía negó con la cabeza.

—¿Cómo puedes estar tan segura?

Ella se encogió de hombros.

—Lucía, tienes que aprender a hablar, yo te ayudaré, ¿vale? —Siguió hablándole ya sentados junto a la mesa, él de espaldas a la ventana—. ¿Qué te parece si lo intentamos hoy?

Lucía volvió a encogerse de hombros.

—A ver, empecemos con algo sencillo: a, aaa... Repite conmigo, aaa... —Nada; como única respuesta el luminoso violeta de sus ojos y el movimiento de su chupete—. Quítate el chupete, no podrás aprender con la boca ocupada.

Al principio, no le gustó la idea de quitarse el chupete, se llevó la mano a la boca y lo empujó contra sus labios para expresar su negativa. Después lo pensó mejor y se lo entregó.

—Así está mejor. Inténtalo de nuevo, aaa... —La niña abrió la boca, pero nada, no emitía sonido alguno.

Aquel día, Ángel no consiguió arrancar sonido alguno de la garganta de Lucía. Desilusionado, se dispuso a marcharse una hora antes de que apareciera su primo.

—No se lo diga a don Diego, don Pedro, si lo hace no podré volver más. Lucía me necesita —suplicaba Ángel desesperado.

Pedro había sorprendido a Ángel en casa de Lucía, en la misma puerta, justo antes de marcharse.

—No puedo hacer eso. —Aunque Pedro sintió una inmensa compasión por el muchacho, no podía traicionar a su amigo—. Diego te ha prohibido terminantemente pisar su casa, no deberías estar aquí, tiene que saberlo.

Lucía se acercó a Pedro y tiró de un lado de su chaqueta para obligarlo a mirarla.

—¿Qué quieres, Lucía? —Al mirarla, Pedro sintió cómo los ojos de la niña le hablaban.

El mundo de Lucía era tan pequeño... ¿Cómo iba él a estrecharle aún más el cerco? Por otro lado, qué tenía de malo que aquel muchacho le hiciera compañía a la niña, parecía un buen chico. Todo aquello era una historia descabellada, provocada por las absurdas obsesiones de Diego. Él no tenía por qué seguir su particular locura, pensó Pedro.

—Yo no fui quien robó el dinero, ni siquiera estuve aquí esa mañana. Fue mi primo Juanito que me tendió una trampa.

Pedro temió que a Lucía se le cayera la cabeza de tanto asentir para confirmar la versión de Ángel.

—Está bien, haremos un pacto: yo no te he visto aquí y tú a mi tampoco, ¿estamos de acuerdo?

—Completamente, esto no ha pasado. No se arrepentirá, don Pedro.

—Eso espero.

Pedro no tuvo la menor duda de que los niños decían la verdad. Al parecer, Diego y su hijo secreto se parecían mucho más de lo que se podría imaginar: tenían una mente igual de perversa. ¿Era posible que los genes tuvieran tanta fuerza que, a pesar de no haber tenido entre ellos contacto alguno, se parecieran tanto en el carácter? Lo del físico podía entenderlo, de hecho no comprendía cómo Diego no se había planteado la posibilidad de que Juanito fuera su hijo, ¡pero el carácter!

Pedro sabía que Juanito era hijo de Diego desde antes de que naciera. Luisa se lo había comentado hecha un mar de lágrimas estando embarazada, en la verbena del pueblo de aquel año. Él le preguntó si estaba segura, se suponía que había estado con dos hombres a la vez, y ella le respondió que estaba segurísima. Desde luego, el carácter frío y cruel del muchacho, además de su físico, era una prueba irrefutable.

Por segunda vez, iba a esconderle a Diego un hecho de su interés. Si por algún motivo se enterase de que le ocultaba tanta información..., no quería ni pensarlo.

Pedro cerró la puerta tras de sí, suavemente, como él hacía las cosas. Se quedó un momento parado en el umbral, pensando en aquel disparate, mientras se miraba los zapatos. Tenía que comprarse unos sin más demora. No es que fuera un hombre tacaño, más bien al contrario: disfrutaba de una economía saneada y gastaba sin resquemor todo lo que consideraba conveniente. Pero desde que su madre había dejado de comprarle la ropa, hacía ya más de un año, porque no se sentía segura cuando subía las escaleras del autobús, no se había comprado ni unos calcetines. No soportaba la idea de ir de compras y probarse las prendas una y otra vez. Ni siquiera había desarrollado el criterio suficiente como para saber qué le caía bien o no. Siempre había delegado esta tarea en su madre. No era consciente de lo fácil que era vestir a un hombre como él: un metro setenta y cinco, ochenta kilos de peso, ni un gramo de grasa... Ignoraba su elegancia natural, que hacía que con cualquier atuendo pareciera de lo más refinado, aunque Diego se empeñara en hacerle creer lo contrario. Alguna vez, su amigo le había preguntado por el establecimiento en el que su madre le compraba la ropa, con la intención de adquirir alguna de sus prendas, pensando que en él lucirían incluso mejor; era más alto y más fuerte. Diego era un hombre apuesto, y lo sabía, aunque tal vez se sobrevaloraba, y le gustaba acompañar su porte natural con ropa muy cara, según pensaba, para estar de acorde con su posición social. Aun así, no conseguía tener el genuino estilo de su amigo. Le faltaba lo principal: el sabio talante ante la vida de Pedro. Aunque jamás lo hubiera reconocido y censuraba abiertamente el aspecto descuidado de su amigo, en el fondo lo envidiaba. Pedro no tenía que hacer el más mínimo esfuerzo para ser admirado y respetado. A pesar de no destacar, aparentemente, por motivo alguno, siempre tuvo un gran éxito entre los amigos que ambos compartieron durante los años de juventud, y que, con el tiempo, solo lo fueron de Pedro. Debía ser por la habitual armonía que emanaba, tanto desde dentro como desde fuera, que todos querían disfrutar su compañía, incluso las muchachas.

El sonido apacible de la lluvia amenizaba la lánguida tarde. Cada gota parecía orquestada para tocar una dulce balada. Lucía disfrutaba el momento, mientras esperaba a su maestro tras los cristales; tenía una sensibilidad natural que se lo permitía. A pesar de su corta edad, sabía gozar de las cosas sencillas de la vida y, sin alcanzar a comprender por qué, se estremecía con facilidad.

El vecino le trajo una buena ración del delicioso estofado de Luisa. Estaba tan rico que lo apuró rebañando los restos con trocitos de pan. Ayudada por Juanito, se afanaba en despejar la mesa para desplegar los libros.

—Hoy vas a intentar escribir tu nombre, ya está bien de ma me mi mo mu y mi mamá me mima. Te sabes todo el abecedario, deberías ser capaz de combinar todas las letras entre sí sin problemas. ¡Deja eso, Maldita!, ya lo terminarás después.

Lucía soltó el estropajo y el plato, se secó las manos y bajó de la caja de cervezas que utilizaba para llegar al fregadero.

Siempre que se sentía insegura buscaba su chupete, fue un acto reflejo, en esta ocasión había olvidado que Juanito, hacía tiempo, lo había tirado por la ventana, en uno de sus ataques de autoritarismo. Desolada, se sentó junto a la mesa.

—A ver, escribe, Mal-di-ta.

La niña lo miró con gesto serio, por un momento dudó, pero decidió obedecer. Poniendo mucho cuidado en la caligrafía, escribió: «lucia», naturalmente en minúscula y sin acento, la única tilde que sabía poner era la que iba encima de la eñe. Después, levantó la vista desafiando a su maestro.

—Me sorprendes, no solo has aprendido a escribir en tiempo récord, sino que, además, parece que piensas por ti misma. No te conviene retarme de ese modo, me necesitas. Tú te llamas Maldita, así te llama tu padre y ese es tu nombre. A ver, vuelve a escribirlo. —Todavía Juanito estaba dispuesto a darle un margen para que rectificara.

La niña volvió al papel y escribió: «mi madre me puso lucia».

—¿Quién te ha contado esas historias? —Juanito empezó a ponerse violento, hasta tal punto, que no reparó en lo complicado de la frase que había escrito la Lucía. Algo se estaba escapando a su control y no le gustaba nada.

La pequeña le contestó con dos palabras escritas: «mi avuela».

—Tu abuela murió hace casi un año, ahora solo me tienes a mí, y si yo te digo que te llamas Maldita, ese es tu nombre. ¡Escríbelo!

Siguió escribiendo: «yo maldita tu lisiado».

—¿Quién te ha dicho que me llamo Lisiado?

Lucía lo miró asustada, Juanito estaba enfurecido.

—¡Escríbelo! ¿Quién te lo ha dicho?

Se encogió de hombros; se lo había dicho Ángel en un par de ocasiones, incluso él mismo, el primer día que se presentó en su casa, pero no pensaba delatar a su amigo y protector por nada del mundo. Así que recurrió al gesto que tan buen resultado le había dado en ocasiones difíciles.

—No te hagas la tonta, ya sabes escribir, pon el nombre de una vez.

Volvió a encoger los hombros.

—¡Que lo pongas he dicho!

Lucía agarró la libreta y, llena de furia, la rompió en mil pedazos.

—Tú lo has querido, me voy. Esta noche no vendré a traerte la cena. Puede que la soledad y el hambre te ayuden a recordar. Y aprovecha para limpiar esta pocilga, te vas a enterrar en mierda.

De camino a casa, Juanito iba ensimismado, mirando cómo sus pies lo llevaban uno tras otro, cada vez con más fuerza y rapidez. Estaba rabioso, envenenado por la sensación de impotencia, recriminándose por su falta de control en la situación. Lucía era una niña, tenía cuatro años y había tenido el valor de plantarle cara. «¿O cinco?», se preguntó mientras reflexionaba. «¡Qué más daba!», no podía permitirse perder el mando ante ella. Lucía era su ambicioso proyecto, si empezaba a sacar los pies del tiesto todo se iría al traste. No podía transigir, el plan debía cumplirse por encima de todo. Cuando empezó a darle clase, Lucía tenía solo tres años, eso fue lo que más lo entusiasmó. «Debe tener cuatro años y medio. No, casi cinco», volvió a dudar. Todo estaba por hacer la primera vez que la vio, o al menos eso creía él. Era una niña maleable y asustadiza. El único bosquejo que parecía haber en su personalidad era el miedo a salir a la calle, cosa que favorecía su proyecto enormemente; no tendría que preocuparse de aislarla de cualquier influencia externa. Física y mentalmente vivía desasistida, excluida del mundo. De todo lo que se escribiera en su vida él sería el autor. Se preguntaba quién le habría enseñado a pensar por sí misma. ¿Era posible que en el corto espacio de tiempo que convivió con su abuela, siendo casi un bebé, hubiera adquirido rasgos de su personalidad? ¿Fue su abuela quien le contó que lo llamaban Lisiado y había sido capaz de recordarlo?, se preguntaba angustiado. El incidente de aquel día era un contratiempo con el que no había contado, y que había ensombrecido la gran noticia: Lucía ya sabía escribir. El primer objetivo se había cumplido.

Eran las cinco de la tarde. Ángel sabía que su primo estaba atrincherado en su cuarto y que no saldría hasta pasadas las ocho. Había terminado los deberes, era el momento de visitar a Lucía. Se puso el chubasquero y las botas y se dispuso a salir.

—¿Adónde vas con este tiempo? —Su tía lo abordó a la salida.

—Por ahí. —Ángel optó por una respuesta recurrente, pero poco convincente.

—Pero si no hay ni un alma fuera, hace una tarde de perros.

—Voy a coger caracoles. —Se le ocurrió de repente, no era la primera vez que salía con algún vecino de los alrededores a recoger el molusco.

—Pues procura volver antes de que se haga de noche o cogerás otro de tus resfriados. ¿Has hecho tus deberes? —Luisa se esforzaba en actuar como una verdadera madre.

—Sí, sí —dijo ya saliendo por la puerta.

Un sentimiento de ternura hacia su tía lo invadió en aquel momento. Ella, tan pendiente de su hijo y de él, no tenía ni idea de lo que se traían entre manos. Era tan fácil de manipular...

—Lucía, ¿qué te pasa?

La niña estaba acurrucada en su cama, un leve brillo en las pestañas delataba un llanto reciente. El chupete, que hacía meses no se ponía, estaba atrapado entre los dientes. Tenía la mantita rosa envuelta en los pies y su muñeca de trapo pegada al pecho, como cuando la encontró por primera vez después de la muerte de su abuela. Parecía dormida, pero no estaba seguro.

En la zona de la habitación donde estaba ubicada la pequeña cocina, los utensilios de su almuerzo se mostraban con la espuma seca; sobre la mesa, el material escolar desordenado, como abandonado de súbito; y esparcidos por el suelo pequeños trozos de papel, algunos de ellos muy cerca de la pequeña estufa de butano que, aunque ya estaban en plena primavera, en aquel lóbrego lugar había que encender a primera hora de la mañana y al caer la tarde, y mucho más aquel día tan húmedo. Sintió escalofríos e, inmediatamente, se apresuró a mover el peligroso artilugio hacia un sitio más seguro. Seguidamente, volvió junto a la cama.

—Lucía, ¿estás bien?

La niña abrió lentamente los ojos, asomando en ellos una tristeza inusitada. Al ver a Ángel se enganchó a su cuello.

—¡Eh! ¿Qué pasa, pequeña? —preguntó emocionado, mientras ella se apretaba contra él con fuerza.

Ángel esperó pacientemente a que se saciara su necesidad de afecto, mientras correspondía generosamente. A los dos les hacía falta un abrazo en aquella tarde tan triste.

Una vez reconfortada, muy despacio, fue soltando a su protector y buscó su muñeca de nuevo.

—¿Qué ha pasado, Lucía?

Como siempre hacía cuando la respuesta no podía resumirse en un sí o un no, se encogió de hombros.

—Quítate el chupete, es una goma infecta y pegajosa, vas a coger una infección. Creí que ya no te lo ponías.

Ella obedeció y se lo quitó, pero lo conservó en su mano.

Ciertamente, hacía cinco meses que no se ponía el chupete, pero no por su propia voluntad. Juanito se lo arrancó violentamente en uno de sus brotes de autoritarismo y lo tiró por la ventana. Este cayó entre unos viejos cajones de madera que había amontonados en el exterior. Lucía lo tuvo localizado durante todo el tiempo y, esa tarde, decidió pescarlo desde la ventana, ayudada por el palo de la escoba, al que enganchó un trozo de alambre, que utilizaba para desatascar el sumidero, a modo de anzuelo. La tarea no fue fácil, casi precipita al exterior, mientras sus lágrimas se confundían con la lluvia. Pero lo consiguió. Lo lavó lo mejor que supo y se fue con él a la cama, húmeda y muerta de frío.

—¿Hay alguna forma de que me cuentes qué ha pasado hoy aquí? —Ángel adoptó un gesto serio.

A Lucía se le iluminaron los ojos, había una manera: ¡sabía escribir! Se dirigió a la mesa y, con cierto nerviosismo, hurgó entre los libros. Cogió el lápiz y después uno de los trozos de papel que había en el suelo. No se permitió el tiempo suficiente para acomodarse en la mesa. De rodillas en el suelo, escribió sobre una silla: «se a enfadado». Ángel la miraba extasiado, paladeando su inocencia, su frescura, su natural inteligencia, su cándida concentración sobre el papel, su forma de coger el lápiz, su manera de apartarse el pelo enmarañado que no le dejaba ver con claridad... Contemplar a Lucía lo hacía sentirse vivo, más humano, lo hacía sentir más. Ella era la parte más amable de su vida.

—¡Sabes escribir! Eso es extraordinario.

La niña sonrió orgullosa, insistiéndole en que cogiera el papel y leyera.

—¿Juanito se ha enfadado contigo? ¿Por qué?

La pequeña volvió a buscar otro trozo de papel para contestarle.

Pero Ángel ya tenía en su poder uno de los pedazos que había en el suelo, en el que todo quedaba explicado.

—Se ha enfadado porque lo has llamado Lisiado.

Ella asintió despacio, tenía miedo de que Ángel no aprobara su actitud y ser amonestada de nuevo.

—Ven aquí, pequeña —dijo señalando la silla para que se sentara frente a él—. Es fantástico lo pronto que has aprendido a escribir, por cierto, esta «a» se escribe con hache.

Ella se precipitó a escribir la letra que faltaba.

—Deja eso ahora. ¿Qué te parece si aprendes también a hablar? Dime, ¿cómo me llamo?

Lucía escribió su nombre en una esquina del papel que acababa de utilizar: «anjel».

—Ángel se pone con ge, pero...

Lucía se precipitó a corregir su error y escribió: «angel». Él le hubiera dicho que los nombres propios se escribían con mayúscula y que además el suyo llevaba acento en la a, pero no era lo que le interesaba en aquel momento, ya se lo explicaría su primo.

—Bien, muy bien, pero quiero que lo pronuncies, ya veo que sabes escribirlo.

Los dos estaban sentados junto a la mesa, como siempre, Ángel de espaldas a la ventana, por si Diego se asomaba que diera por hecho que era Juanito, y Lucía frente a ella.

—Venga, inténtalo por una vez, Ánn... gel.

—Juuu... Juu... —Consiguió decir con un gran esfuerzo.

—No, Lucía, Án-gel. ¿No iras a decir primero el nombre de Juanito?

—Juuu... —repitió.

Ángel se giró, para ver qué había en la ventana que tanto llamaba la atención de Lucía, y gritó:

—¡Juanito!

La niña señaló debajo de la cama. Ángel obedeció y se deslizó en un pispás, dejando la careta, que había utilizado para camuflarse por el camino, sobre la mesa. Lucía actuó con rapidez y la metió bajo el vestido de su muñeca azul, a la que abrazó con fuerza para que no cayera. Juanito se acercaba presuroso huyendo de la lluvia.

—¡¿Todavía no has recogido esta marranera?! —habló con furia antes de cerrar la puerta.

Lucía no quitaba ojo de la mesa; el chupete estaba a la vista. Sin soltar la muñeca, con la mano libre, hizo como si recogiera los libros y los puso encima de la deforme goma. Después se sentó en la cama y tiró con disimulo del filo de la colcha; la punta de una bota de Ángel asomaba por una esquina de la cama.

—Como ves, esto es una visita inesperada, como estás castigada sin cenar y no tendré que venir después, me he acercado un momento para ponerte tarea. ¿No pensarías que te ibas a librar de los deberes? Aquí te dejo unas cuentas para que las resuelvas y un texto para que lo copies y te lo aprendas. —Miró su reloj—. Son las seis y cuarto, tienes tiempo de sobra para limpiar y hacer tus deberes, total, no vas a perder tiempo en cenar. Más te vale obedecer y cumplir con tu trabajo si quieres desayunar mañana. Y suelta de una vez esa sucia muñeca, necesitas las dos manos para trabajar. —Lucía se aferró a ella más fuerte aún, lo desafiaba con su gesto.

Ángel estaba inmóvil, atónito, no podía creer lo que estaba escuchando. Sabía lo cruel y frío que podía llegar a ser su primo, pero nunca imaginó hasta el punto que llegaba su vileza hacia Lucía. Lo más duro no eran sus palabras, sino su tono, el despotismo con el que la miraba, el desprecio de su media mirada, que él podía atisbar por un huequecito que había quedado entre el suelo y la colcha. Sonrió para sí, desde luego la niña tenía carácter.

—Bueno, me voy, he venido solo a dejarte la tarea. ¡Jesús, qué imagen más patética! Deberías aplicarte más en vez de retarme, si quieres salir algún día de esta mierda de vida. —Dicho esto último se marchó.

Lucía se bajó enseguida del lecho, se agachó y levantó la colcha. Sus ojos asomaron bajo la cama con expresión triunfalista. Estaba contenta, satisfecha por su perfecta actuación y, por una vez, haber sido capaz de proteger a Ángel.

—Pequeña Lucía, eres toda una heroína. Serás una gran mujer —decía mientras salía de su escondite, sacudiéndose las pelusas y telarañas. «Desde luego a la casa le hace falta una limpieza general», pensó—. ¿Qué te parece si te ayudo a limpiar y luego hacemos los deberes juntos? Hoy no tenemos prisa, Juanito no vendrá hasta mañana.

La niña asintió contenta y cómplice, mientras levantaba el vestido de su muñeca para que su amigo viera dónde había escondido la careta.

—Por cierto, creo recordar que estabas a punto de decir tu primera palabra cuando llegó Juanito.

Ella se puso la mano en la boca manifestando sorpresa y alegría a la vez, con gesto pícaro.

Mientras la niña recogía la zona de la cocina, Ángel se puso a barrer y fregar el suelo de toda la casa, a la vez que iba recogiendo y poniendo en orden lo que encontraba a su paso. Los dos estaban contentos de tenerse, de ayudarse, de ser cómplices; trabajaban con alegría. Había más de nueve años de diferencia entre ellos, él era un muchacho y ella una niña pequeña, y, sin embargo, habían conectado.

—Ya está, hemos terminado, la casa está limpia y los deberes hechos. Tendrás que cenar, ¿cogemos algo de la despensa? —Hizo un intento de levantarse.

Pero Lucía lo paró en seco, agarrándolo del pantalón. Que Ángel entrara en la despensa era un riesgo innecesario, podría ser sorprendido. Ella ya se había aprendido las reglas del juego. Puso el oído tras la puerta y después comprobó que no salía luz bajo esta; esperó unos segundos y, cuando estuvo segura de que en la alacena reinaba el silencio absoluto, la abrió. Se empinó para encender la luz y entró sigilosa, despacio. Encender la luz era importante, aunque fuese de día, intuía que, tanto ella como Diego, se aseguraban de que por debajo de la puerta no asomara resplandor alguno para no ser sorprendidos el uno por el otro, a ninguno les apetecía encontrarse cara a cara.

Echó un vistazo alrededor y se decidió por un trozo de queso y unas nueces. También aprovechó para coger un pedazo de jabón, se le estaba acabando. Aliviada, cerró la puerta, para ella entrar en la despensa era toda una aventura llena de riesgo.

Cuando Ángel se fue, Lucía paseó la vista por su vivienda. Comprendió que todo estaba demasiado limpio y ordenado, Juanito sospecharía. Desordenó un poco los libros, que poco a poco estaban invadiendo cada rincón; desdobló los paños de cocina que había sobre la encimera, parecían doblados con escuadra y cartabón, ella era incapaz de hacer unos dobleces tan perfectos; echó unas migas de pan seco sobre la mesa... Cuando hubo terminado, volvió a mirar a su alrededor y quedó satisfecha.

Antes de dormir, dedicó un buen rato a una tarea que aquel día ella misma se había impuesto. Se metió en la cama y comenzó:

—Aaa... —Respiró profundamente—. Aaa... Aan...

Su garganta no estaba entrenada y el esfuerzo le producía algo de dolor. Pero tenía que conseguirlo, se lo debía a Ángel.

—Aaann... —Poco a poco parecía que sus cuerdas bocales iban obedeciendo.

Se levantó a beber agua, tenía la boca seca, y prosiguió:

—Ann... An-gé. —«Bien», se dijo a sí misma entusiasmada.

A los veinte minutos se quedó profundamente dormida, estaba extenuada. Al día siguiente continuaría su tarea.

En una semana consiguió pronunciar el nombre de Ángel correctamente y, además, aprendió a acompañarlo con un saludo: «Hola, Ángel», repetía muy satisfecha una y otra vez en sus largas horas de soledad.

Ángel empujó la puerta despacio, siempre la abría así, como con miedo de asustar a Lucía o encontrarse alguna sorpresa inesperada. Lucía lo estaba esperando.

—¡Hola, Ángel! —Lo dijo perfectamente, lo tenía muy ensayado, había esperado todo lo necesario.

—¡Lucía! ¡Has dicho mi nombre! Me has saludado y has dicho mi nombre. ¿Quién te ha enseñado a hablar? —Ángel supuso que había sido su primo.

Lucía señaló orgullosa su pecho con el dedo índice y repitió:

—Hola Ángel, hola Ángel.

Preso de un impulso incontrolable, el muchacho la abrazó con ternura.

—Eres increíble, pequeña.

—Hola Ángel, hola Ángel, hola Ángel... —repetía una y otra vez en el oído del chico, agarrada a su cuello.

—Para, para. ¿Te das cuenta, Lucía? Esto significa que pronto podrás hablar, no eres muda de nacimiento. ¡Es fantástico!

Ella asentía sin parar con alegría.

Y así fue, en unos meses, el vocabulario de Lucía contaba con más de quinientas palabras y, a partir de entonces, fue imparable. Aunque solo utilizaba el lenguaje hablado con Ángel; a Juanito le negó ese privilegio. No sabía exactamente por qué, sencillamente no quería compartir su secreto con él, solo con Ángel.

—Dicen por ahí que tienes encerrada a tu hija en el cortijo como si fuera un animal salvaje. ¡Je, je!, qué cosas tiene la gente. Habrá salido a su padre y no te fías de dejarla suelta. ¡Ah!, no, que su padre es un gatito manso incapaz de matar una mosca. —Isidro estaba haciendo una clara alusión a Juan, y todos los que estaban jugando en la mesa le entendieron perfectamente—. Entonces... habrá salido a su madre. Yo tendría cuidado con el Lisiado, dicen que se pasa el día entrando y saliendo de tu cortijo, no sea que él también haya salido a su padre, la historia se repita y te los encuentres un día de estos en el pajar.

—Voy con quinientas. —Pedro lo interrumpió bruscamente para zanjar la conversación. Además, tenía buenas cartas.

—Mira qué hombretón. Qué manera de apostar. Se nota que la nueva maestra te ha subido la moral. ¿Te la estás beneficiando ya? No te ofendas, pero a tu edad no creo que se te presenten muchas oportunidades. —Ahora Isidro arremetió contra Pedro, molesto por su interrupción.

Diego miró a Pedro con menosprecio, no le había hablado de su relación.

—Hay que reconocer que la muchacha tiene un culo... —Isidro siguió.

—Cierra de una vez la boca y trágate tu veneno, a ver si así nos libramos de ti de una puta vez —habló Adrián, el ambiente estaba cada vez más cargado y a él solo le interesaba acabar la partida.

—¿Por qué no dejas de tocarnos los huevos y seguimos la partida?, ¿o es que tu mujer ha terminado de beberse su herencia y no puedes apostar? —Diego entró en el juego de Isidro, mirándolo con provocación, fijamente a los ojos—. No sé por qué sigo viniendo los viernes a jugar la partida contigo, eres una rata.

—¿Porque no hay otro que iguale vuestras apuestas? —contestó Isidro con sarcasmo.

Nadie contestaba a las preguntas irónicas que se lanzaban unos a otros, para rebatir o confirmar sospechas. Los comentarios hirientes eran una manera cruel de desestabilizar al contrario, para hacerle perder la partida. Pero aquella tarde estaban llegando muy lejos.

Sobre la mesa había un montón de billetes de todos los colores; se estaban disputando más de veinte mil pesetas. En los años que llevaban jugando, nunca había subido tanto una apuesta.

—Yo paso —dijo Adrián dejando las cartas sobre la mesa.

—Mil más —dijo Isidro poniendo el dinero sobre el montón de un golpe seco.

Era mucho dinero. Diego había apostado una cantidad suficiente como para pagar una semana a sus jornaleros. Dudó un instante, pero igualó la apuesta. Echándose faroles Isidro era un maestro, seguramente no tendría más de una pareja. Se encendió otro cigarro y, aparentando absoluta seguridad, exhaló el humo de la primera calada sobre el montón de billetes en dirección a Isidro y subió la apuesta:

—Mil doscientas.

—Mil quinientas —dijo Pedro.

Diego miró a su amigo estupefacto. ¡Mil quinientas! Lo de Pedro no podía ser un farol. Él era transparente como el agua, en casi todas las manos, si no tenía buenas cartas, se retiraba el primero para no perder demasiado dinero. ¿Sería verdad que la maestra estuviera provocando en él aquel arranque de valentía? Los demás estaban tan desconcertados como él.

—Las veo. —Isidro siguió.

—Paso —dijo con firmeza Diego.

Diego se había quedado sin dinero y tenía por costumbre no jugarse más de lo que llevaba en el bolsillo. Ya había perdido bastante. Casualmente ese día llevaba más de lo acostumbrado; por la mañana había estado en la ciudad para comprar una cosechadora y finalmente no cerró el trato. El dinero que llevaba para la señal se fue con él a la partida y estaba íntegro sobre la mesa. Pedro, seguramente, se estaría jugando el suculento beneficio de la venta de unas tierras que acababa de negociarle a la estanquera.

—Full damas reyes. —Puso Pedro sus cartas bocarriba.

—Full reyes ases —dijo Isidro.

La impaciencia de Isidro lo delató. Tenía tantas ganas de echarle mano al dinero que no se concedió ni un segundo para pensar. Cuando se dio cuenta de su torpeza, las cartas ya estaban boca arriba.

—¿Se me ha olvidado sumar o hay cinco reyes sobre la mesa?

—habló Diego, inclinándose sobre las cartas y acercándose a Isidro, que lo tenía justo enfrente, mientras lo miraba cargado de ira.

Podía soportar sus despreciables comentarios, él también los hacía; pero el juego sucio era otra cosa. Para Diego era el peor de los robos, el más mezquino.

—¿Estás dando por hecho que he sido yo el que ha hecho trampa? —Isidro se puso de pie para dirigirse a Diego, adoptando una postura muy agresiva.

—Por supuesto que lo doy por hecho, no se puede ser más cretino que tú. No solo haces trampa, además eres tan rastrero que echas la culpa a otro. Esa sucia jugada solo puede ser tuya. Coge el dinero, Pedro, nos vamos.

—No tan deprisa. —Isidro puso bruscamente su mano sobre la de Pedro, que ya se disponía a coger el montón de billetes.

Paco, el dueño del bar, se acercó alarmado y habló por primera vez:

—Si vais a pegaros idos a la calle, no quiero líos con la Guardia Civil, ya hace tiempo que me tienen ganas.

—Vámonos, Diego, déjale el maldito dinero.

—De aquí no nos marchamos sin tu jodido dinero en el bolsillo. ¿Vas a dejar que esta sabandija te robe y se vaya de rositas? Yo no. Venga, Isidro, arreglemos esto fuera.

—No pienso ensuciarme las manos contigo. —Dicho esto se dispuso a marcharse.

El incidente no terminó ahí. Cuando Pedro estaba aparcando la moto junto a su casa, fue abordado por Isidro. La noche estaba muy oscura, no se dio cuenta de que lo estaba esperando en el pequeño soportal de su vivienda. Algo duro presionaba su costado.

—Dame el dinero. —Alguien le habló al oído.

Pedro no dudó ni un instante, sacó del bolsillo el fajo de billetes y este desapareció de su mano tan rápido como el nuevo dueño.

Diego había seguido a Pedro para protegerlo en secreto. Sospechó desde el principio que Isidro no daría por zanjada la tensa situación.

Por la esquina del tenebroso callejón, la sombra del sereno huía tarda tras su amo. El completo silencio hacía dudar de que tuviese compañía; el guardián de las calles respetaba a su única compañera de rondas y no la incomodaba con el sonido de sus pisadas.

Un estruendo ensordecedor rompió la noche, traspasando muros, puertas y ventanas. Mientras la confusión reverberaba en los tímpanos de los que dormitaban y, bajo su protección, alguien desapareció; una inconclusa figura, ella sí, escoltada por el eco de sus zapatos, siguió la estela del sereno.

Por las juntas de los adoquines intentaba escapar parte de la muerte que debutaba sobre la acera del callejón. Pijamas, camisetas de algodón y batas de franela corrían pegados a sus farolillos y linternas hacia el espectáculo.

«Es Isidro», «¿Está muerto?», «Creo que sí», «¡Que alguien llame al médico!»...

—¿Qué ha pasado? —preguntó Pedro, que acababa de asomar por su puerta seguido por su madre.

A sus pies, la cabeza de un hombre sobre el escalón, con la vista vuelta hacia atrás, lo miraba con espanto.

—Parece... Es Isidro. ¿Está muerto? —preguntó por lo evidente.

—Completamente —contestó el autoproclamado portavoz de la comitiva.

—¡Ay, mi Isidro! ¡Ayyy...! ¡Qué cosa más grande! —gritaba Pepa mientras su cuerpo, sostenido por dos mujeres de bastante más envergadura que ella, levitaba calle abajo.

—No dejéis que se acerque —ordenaba el jefe del grupo.

La enjuta mujer de Isidro, sustentada por fin por sus famélicos tobillos, se balanceaba de una forma arrítmica. El farol de un vecino a sus espaldas la hacía parecer un grotesco títere, iluminando su abundante y crespo cabello y el gran pañuelo que llevaba en la mano.

—¡Dejadme que lo vea!

Pepa se adelantó unos pasos a sus acompañantes y, en un descuido, el licor de la tarde la lanzó sobre los restos del marido.

Media hora más tarde, ante los numerosos asistentes, el médico certificó su muerte y la causa: dos cartuchos de una escopeta de caza habían reventado su estómago y columna.

La luna entraba por la ventana iluminando el vaso. El anillo de plata subía y bajaba de una forma compulsiva. No quiso encender la luz, no fuese causa de sospecha el hecho de que lo encontraran levantado a esas horas, si alguien se acercaba para darle la noticia.

Intentaba dar forma a los hechos acontecidos aquella noche, pero las imágenes jugaban caprichosas en su mente bajo la influencia del alcohol. Dos golpes secos en la puerta interrumpieron sus secretos pensamientos. Dando traspiés, consiguió llegar hasta el zaguán. Su torpe maniobra, al intentar coger la escopeta que guardaba tras la puerta, hizo caer la ropa que pendía del perchero. Sus pies se enredaron entre chaquetas y bufandas. Parte de la brasa del cigarro cayó sobre ellas.

—¿Quién va? —preguntó dando puntapiés tras la puerta.

—Soy yo, Pedro. Abre.

—¿Qué cojones haces aquí a estas horas?

—¿Tú qué crees? —preguntó con otra pregunta mientras pisoteaba una llama que asomaba por la ropa que yacía en el suelo de la entrada—. Cualquier día vas a amanecer entre ascuas.

Pedro tenía sobradas sospechas de que Diego, no solo sabía de sobra lo que había pasado en la puerta de su casa aquella noche, sino que, además, podría ser el autor. Aun así, le dio la noticia como si ignorara los hechos.

—Isidro ha muerto hace un par de horas en la misma puerta de mi casa. —Omitió aposta el detalle de que lo habían matado con una escopeta de caza, como hacían los detectives, por si a Diego le delataba el inconsciente y en la conversación revelaba algún dato que no podía conocer.

—Coño, ¡qué notición! Hombre, pues te agra... dezco la molestia de venir hasta aquí a estas horas para ale... alegrarme la noche. —La ingesta de alcohol estaba haciendo estragos en su lengua.

—¿Qué haces vestido y con las luces apagadas? —Estaba claro que todavía no se había metido en la cama.

—Ya ves, bebiendo en la oscuridad. Intentando ahorrar lo que he perdido esta... tarrr... de. Pero pasa, pasa... —contestó Diego, señalando tan torpemente con su brazo el interior de la casa que casi se va tras él—. Dime, ¿a qué has venido? —Caminaba ya por el pasillo agarrado a la pared, seguido de Pedro.

—Enciende la luz, vas a matarte.

—Enciéndela tú si quieres, a mí de poco me sirve, ¿no ves que esto... estoy ciego? ¡Je, je! Y dime, cuéntame cómo ha sucedido todo.

Se sentaron frente a frente en el salón, por fin bajo la luz eléctrica.

—Venga, cuéntame —insistió Diego ante la pasividad de su visitante, que lo miraba como estudiándolo.

—Hagamos un trato, tú me cuentas la primera parte, o sea, lo que pasó antes de que muriera, y yo termino la parte de la historia que no te sabes.

—¿Cómo? Creo que no te... te he entendido bien; perdona, es que estoy un poco espeso —dijo Diego mostrándole el vaso a su acompañante—. ¿Un vaso de aguardiente? —Ahora le mostró la botella antes de rellenar los vasos.

—Deja de hacerte el idiota. La Guardia Civil me ha interrogado, no me dejarán en paz hasta que descubran lo que ha pasado. Estaba muerto en mi misma puerta, de todos los que salimos alertados por... el cañonazo... yo era el único que estaba vestido. —Ya está, lo había dicho; a tomar viento su estrategia.

—¿Lo han matado? —El alcohol solo había afectado a su lengua, supo hacerse el sorprendido ante un hecho que conocía de primera mano.

—Escúchame, Diego, sé que lo sabes todo, que viste cómo me siguió hasta mi casa y me robó el dinero. Sé que esperaste a que cerrara la puerta para dispararle. Cuando oí el disparo todavía no había echado la llave. Supe que habías sido tú; estaba tan seguro que esperé unos minutos hasta volver a abrir la puerta, para darte tiempo a que desaparecieras y no sorprenderte. Luego te oí correr y arrancar la camioneta.

—Ya.

El monosílabo era toda una confesión. Diego comprendió que no tenía ningún sentido seguir haciéndose el idiota delante de su amigo, pero, literalmente, no había dicho absolutamente nada.

—Le he contado todo a la Guardia Civil —siguió relatando Pedro.

—¿Qué quieres decir con todo? —Diego se temió que el cándido de Pedro le hubiese contado a la Guardia Civil sus sospechas.

—Que Isidro hizo trampa, que fue una partida muy tensa desde el principio. Que cuando me disponía a entrar en mi casa Isidro me sorprendió y me amenazó con un arma, para obligarme a entregarle el dinero. Yo pensé que era un arma de fuego, pero resultó ser una barra de hierro. No se veía absolutamente nada.

—¡Je, je! Vaya con Isidro, qué claro tenía que tú no eras una amenaza para él, ni siquiera se molestó en coger una de sus escopetas.

—No se explican, como es natural, cómo es posible que los vecinos de los alrededores llegaran a la puerta de mi casa antes que yo. Les he dicho que tuve miedo de abrir y que el asesino nos pillara solos a mi madre y a mí, que no tenía con qué defenderme y por eso esperé unos minutos a que llegara más gente, ya sabes que no tengo armas en casa. Mi madre ha confirmado mi declaración, aunque cuando escuchó el disparo salió de su dormitorio dispuesta a abrir la puerta y tuve que sujetarla. No me ha hecho preguntas.

—No te preocupes, estoy convencido de que nunca sospecharán de ti. —La voz de Diego empezaba a sonar somnolienta.

—Yo no estoy tan seguro. Lo mataste tú ¿verdad?, lo mataste y le quitaste el dinero. Contéstame, Diego.

—No me obligues a responder tu pregunta, si lo hiciera, tendría que matarte. —De repente, pareció que el efecto del alcohol se había esfumado y habló con seguridad, intentando dar por concluida la conversación.

—Vendrán a interrogarte, preguntarán a todos los que estábamos en el bar de Paco durante la partida, ¿qué vas a decirles?

—Nada que contradiga tu declaración, no tengo nada nuevo que aportar. Cuando terminó la partida me vine a casa, a partir de ahí no tengo nada que decir, y tú tampoco ¿verdad?

—¿Tienes manzanilla? Estoy descompuesto, tengo una fatiga espantosa. —Pedro sabía que era absurdo insistir, la conversación había terminado.

—Debe quedar algo en una caja que hay en la despensa, no estoy seguro, yo no gasto esas mariconadas.

Pedro salió del salón en busca de la manzanilla. Mientras atravesaba el pasillo, suspiró profundamente.

La cocina olía a queso rancio, patatas podridas y sangre seca. Aunque aparentemente todo estaba en su lugar, había restos de suciedad por la encimera, los muebles y el suelo. La hornilla mostraba en su base medio centímetro de comida quemada. Dos trapos podridos despedían un olor insoportable. Un gato negro como la noche daba buena cuenta de una morcilla en el alféizar de la ventana, no se molestó en huir, se limitó a quedarse inmóvil ante la presencia humana, con la esperanza de confundirse en la oscuridad. La mesa estaba rodeada por media docena de sillas, solo una tenía el asiento limpio de polvo. Se notaba la prolongada ausencia femenina. Abrió la puerta de la despensa y fue sorprendido por la principal causa del hedor que reinaba en la cocina: dos sacos de patatas reposaban en el fluido de su descomposición. «¿Para qué guardaba un hombre solo tanta comida?», pensó. Aquello parecía el almacén de una gran familia: cinco garrafas de diez litros de aceite, gran cantidad de morcillas y chorizos suspendidos del techo, escoltando media docena de jamones. En la estantería de la derecha, varios quesos derramaban su sudor por las baldas hasta llegar al suelo y confundirse con la grasa que caía de los embutidos y jamones y la base putrefacta de cajas de ajos, cebollas e hierbas de todo tipo para condimentar.

A la izquierda, varias repisas mostraban más de un centenar de botes de conserva: uvas en aguardiente, aceitunas, mermelada, tomate... De cebollitas en vinagre debía haber al menos treinta; estaban allí desde antes de que muriera Adela. Aprendió a prepararlas para Diego, a él le encantaba comerlas para acompañar un buen puchero. Un par de arañas trepaban por los tarros. Sobre el suelo, cajas de verdura variada flanqueaban un pasillo que llevaba hasta la vivienda de Lucía. Un resplandor se colaba por debajo de la puerta. Pedro miró su reloj: las cuatro y media de la madrugada. Empujó con sigilo la puerta, un desagradable chirrido lo acompañó.

Lucía soñaba plácidamente sobre su cama. Se había quedado dormida mientras leía; un libro más grande que su pecho hacía de manta. A su lado la muñeca velaba sus sueños. Debía tener frío, así que Pedro se adentró en la estancia para taparla como es debido. «¿Qué edad debe tener ya esta criatura?», se preguntó, «¿cinco o seis?». Enseguida cayó en la cuenta: llevaba en este mundo el mismo tiempo que hacía de la muerte de su madre, poco más de cinco años y medio. Se acercó muy despacio para verla más de cerca y se quedó contemplándola unos minutos. Tenía puesto un pijama de chico, bastante más grande que ella, llevaba los bajos del pantalón y las mangas remangados con varios dobleces; su pelo estaba recogido con un cordón, la coleta que asomaba por sus hombros debía llegarle hasta la cintura. A pesar de no haber estado nunca bajo el sol, tenía la piel ligeramente aceitunada, sedosa como un melocotón. Así, con los ojos cerrados, sus pestañas llegaban casi a las mejillas. Era una criatura deliciosa.

Con extremo cuidado, extrajo el libro de sus manos: Hans Christian Andersen, *Cuentos para niños*, leyó para sí. Estaba abierto por «El patito feo». Él no sabía gran cosa sobre niños, pero le pareció una lectura demasiado complicada para una niña tan pequeña. Dejó el libro sobre los muchos que había en la mesa y, poco a poco, subió la colcha que estaba a sus pies y la tapó. Ella no se movió. Apagó la luz y, cuando se disponía a salir, se topó con el corpachón de Diego.

—¿Qué haces ahí? —No parecía enfadado, más bien extrañado.

—Vi la luz encendida y entré para apagarla, eso es todo.

—Bien, me gusta que te solidarices con mi forma de recuperar lo que pierdo en la taberna de Paco. —Hizo una de sus ironías—. ¿Cómo la has encontrado? —Diego quiso saber, pero hizo la pregunta con desdén y se dio la vuelta, dando a entender que la respuesta no le interesaba demasiado.

—Duerme tranquilamente, parece estar bien. ¿Sabes que ya ha aprendido a leer correctamente? Tenía un li...

—Me importa una mierda lo que sepa o no esa mocosa; para lo que le va a servir... Pero me tranquiliza saber que las idas y venidas del Lisiado son para eso. —Parecía que el efecto del aguardiente se le estaba pasando, hablaba sin trabarse—. Bueno, ¿qué?, ¿has encontrado la manzanilla?

—Sí, sí, voy a hervir agua. Si no te importa, me quedaré a dormir esta noche, mañana me iré temprano. Mi moto hace un ruido muy extraño, no me gustaría que me dejase tirado por esos caminos a estas horas.

—Cómprate ese jodido coche que tanto te gusta de una puta vez, hombre. Bueno, haz lo que quieras, yo me voy a la cama, presiento que mañana voy a tener un día ajetreado. ¡Joder!, estoy hecho polvo. —Y se dirigió al dormitorio agarrándose de la baranda como si tuviera que escalar el Everest y estuviera exhausto, mirando la cima abatido, como tantas noches.

Pedro se sintió un miserable. Mientras estaba trajinando en la cocina no podía dejar de pensar en cómo, poco a poco, apenas sin darse cuenta, se había convertido en el cómplice de un tirano. Se sentía como un cofre inaccesible donde todo el mundo depositaba sus más oscuros secretos, secretos que lo estaban destrozando por dentro. Comprendió que con su afán de proteger a todo el mundo, probablemente, estaba consiguiendo el efecto contrario, y que guardaba un montón de bombas que tarde o temprano explotarían, reventándolo a él en primer lugar. De todo aquello, lo que de verdad le preocupaba era el fatal destino que podría esperarle a una niña como Lucía, criada en cautividad, a merced de dos muchachos que se odiaban; pensó que tal vez esa alternativa fuese mejor que crecer bajo la villanía de Diego. Se le pasó por la cabeza que quizá debería dar parte a la Guardia Civil, pero inmediatamente se dio cuenta de que lo que tenía que decir carecía de consistencia. ¿Qué iba a denunciar?, que Diego tenía encerrada en la casucha a su hija como un animalillo, no era cierto, la niña no salía porque no quería; que no le daba de comer, tampoco era cierto, tenía la despensa a su disposición y comía caliente a diario; que no le estaba dando una educación, nada más lejos de la verdad, Lucía sabía leer con cinco años. Diego tenía las espaldas bien cubiertas. Eso sin contar la influencia que ejercía el terrateniente sobre las autoridades y lo difícil que tendría Pedro encontrar a alguien dispuesto a enfrentarse al señor feudal. Desde pequeño, de una forma o de otra, Diego había controlado a las personas que formaban parte de su vida atemorizando, chantajeando o manipulando. ¡Ay de aquel que osara pasar por encima de él! Isidro lo intentó y...

Abstraído en sus pensamientos, en un despiste, el vaso con la infusión hirviendo cayó de sus manos, reventando contra el suelo. Pedro pensó que el estruendo debía haber llegado hasta el último rincón del cortijo. Se quedó inmóvil, esperó a que Diego apareciera en la cocina. Nada, al parecer no se había enterado. Después pensó en Lucía. Abrió por segunda vez la puerta de la despensa y, de nuevo, vio luz bajo la puerta contigua.

—Lucía, pequeña, ¿te he despertado?

La niña estaba sobre su cama, agarrada a su muñeca, engarrotada, muerta de miedo. Miró a Pedro con los ojos desencajados.

—Tranquila, soy yo, Pedro. Se me ha caído un vaso al suelo, lo siento.

Lucía esbozó una tímida sonrisa al comprobar quién había empujado la puerta. ¡Era Pedro! Más tranquila, volvió a recostarse, y Pedro volvió a arroparla.

—Vuelve a dormirte, pequeña, no pasa nada.

Cuando Diego vio a Luis, con el rabillo del ojo, acercarse por el camino, se disponía a tomarse un aperitivo en el porche; hacía una mañana espléndida. Se encontraba ya sentado frente a un buen plato de jamón y una botella de vino, a un lado de la mesa y con los pies sobre una de las sillas libres, cuando la sombra de Luis lo cubrió. No se molestó en levantarse para recibirlo, ni siquiera lo miró a la cara. Luis se sentó frente a él, en el filo de la silla, no quería que pareciera que se tomaba ningún tipo de confianza, se había sentado solo porque tenía que escribir. Arrastró con la mano hacia un lado un montón de cáscaras de almendras que había sobre la mesa y abrió su libro de informes. «¡Qué buena mesa hizo mi tío!», pensó mientras la despejaba. En realidad, el famoso carpintero del pueblo hizo la mesa por encargo de su hermana, la madre de Luis, para amasar el pan en la tahona. Pero el cuarto don Diego la vio un día que pasaba por el taller y mandó a un mensajero a la carpintería para que la adquiriera por el triple de su valor. A su tío le hacía falta el dinero. Luego, el cacique, fue diciendo por ahí que la había mandado a hacer para él.

Diego permanecía inmutable, demostrando con su actitud cuánto le aburría aquel formalismo.

—¿Qué ocurrió durante la partida? —El agente no tenía ningún interés en perder su tiempo. Los del Valle nunca le habían caído bien y no se molestaba en disimularlo.

—Lo que tú ya sabes. No tengo nada que añadir a lo que ya te han contado los que estuvieron en el bar anteayer por la noche.

A Diego tampoco le caía bien Luisito, como lo llamaban en el pueblo a pesar de sus canas. De hecho, los del Valle nunca le habían comprado el pan a su madre, aunque de su tahona salían las mejores hogazas de la provincia.

—Ya, pero tienes que contármelo tú, para contrastar declaraciones, ¿comprendes? —contestó el representante de la autoridad con sarcasmo y desprecio.

—La partida comenzó a las siete y serían algo más de las once cuando descubrimos que Isidro estaba haciendo trampa, se produjo una desagradable discusión y finalmente nos marchamos, cada uno a su casa, o eso pensé —explicó Diego mirando al techo del porche, manifestando sin sutileza que la situación lo aburría soberanamente.

—¿Cuánto dinero había sobre la mesa?

—No estoy seguro.

—Más o menos.

—Fíate de lo que han dicho mis compañeros de partida, yo no me acuerdo. —No pensaba colaborar lo más mínimo.

—¿Por qué estás tan seguro de que fue Isidro el que hizo trampa?

—Solo podían haber sido Isidro o Pedro, tú conoces a Pedro ¿verdad?

—Sí, sí, claro.

— Y a Isidro, ¿lo conocías?

—También. —Sin darse cuenta, el interrogado estaba resultando ser él.

—Entonces ¿a qué viene esa pregunta? Pero come jamón hombre, está de muerte. El pan no te lo aconsejo, nada que ver con el de tu madre, ¡je, je!

—No, gracias. ¿Qué hiciste cuando saliste del bar de Paco?

—Cogí mi camioneta y volví al cortijo. Algunos viernes voy a la ciudad a buscar..., ya sabes. Pero se nos hizo demasiado tarde y estaba de muy mala leche.

—¿Hay alguien que pueda corroborarlo?

—Sí, mis vacas y mis cerdos, tengo una marrana a punto de parir y fui a echarle un vistazo. —Luisito lo miraba con un desprecio que no se molestaba en disimular.

—Hemos terminado por el momento, pero es muy probable que tengamos que interrogarte de nuevo en el transcurso de la investigación —dijo ya levantándose y recogiendo su material.

—Creo que os va a costar mucho encontrar al asesino de Isidro, sus enemigos se contaban a docenas, a la mayoría les debía dinero, era un ser despreciable. Cualquiera pudo esperarlo aquella noche para vengarse y, mira tú por dónde, de paso se cobró la deuda con el dinero que le acababa de robar a Pedro.

—¿Tú odiabas a Isidro? ¿Te debía dinero?

—Nunca le presté dinero, solo presto a la gente de palabra, o sea, a nadie, la gente de palabra no pide dinero. Y nunca lo odié, el odio es un sentimiento demasiado noble para malgastarlo con ratas. Solo me veía con él en las partidas de los viernes, porque era de los pocos que apostaban fuerte, de dónde sacara el dinero o a quién se lo pidiera no era mi problema.

Pero Luis no quería acabar el interrogatorio sin hacerle una última pregunta y a punto de marcharse se dio media vuelta:

—¿Qué tal está tu hija? —La pregunta tenía toda la intención, él también había oído los rumores que circulaban por el pueblo, tal vez fuese la única manera de pillarlo en algún descuido y amedrentarlo.

—Estupendamente. Ahora mismo está en la casa de los antiguos caseros. Le gusta estar allí y jugar a las casitas, ya sabes, cosas de niños. Si quieres puedes asomarte a la ventana y echarle un vistazo, la casa queda justo detrás.

—Lo haré antes de marcharme, no te quepa duda.

—Muy bien, hombre. —Diego estaba muy seguro de que no encontraría nada digno de apuntar en su libreta de informes.

Lo que Luis encontró tras la ventana era una postal idílica: una preciosa niña, rodeada de libros, muy concentrada en su tarea. A su alrededor parecía haber cierto orden y limpieza. Iba dispuesto a hacerle algunas preguntas a la cría, pero se dio cuenta de que, si quería cazar a su viejo enemigo, ese no era el camino, por mucho que se rumoreara en el pueblo.

Antes de que el curioso visitante se marchara, Lucía levantó la vista un momento de sus libros y le regaló una de sus mejores sonrisas. Estaba acostumbrada a que la gente se asomara por su ventana y no le daban miedo los extraños, ni siquiera la peculiar vestimenta del agente; solo temía a Diego, pero eso Luis no lo sabía.

El caso quedó sin resolver después de reiterados interrogatorios a todos los vecinos del pueblo que pudieran tener algún tipo de relación con la víctima, y a los conocidos de la ciudad con quienes Isidro tenía cuentas pendientes. La investigación llegó a un punto muerto. Aunque Luis seguía convencido de que tanto Diego como Pedro sabían más de lo que contaban. Una vez más, Diego salió ileso de su tropelía. Por otro lado, la mujer y los hijos de Isidro parecían más interesados en repartir la poca tierra que habían heredado que en averiguar quién perpetró el asesinato. En realidad, tanto para su familia como para los habitantes del pueblo, la muerte de Isidro fue un alivio.

Por su parte, tiempo después, Diego, a su manera, se encargó de devolver a Pedro el dinero que ganó en la partida y que tenía en su poder; no se hubiese quedado con él por nada del mundo, pero no encontraba la manera de dárselo sin levantar sospechas. De manera que esperó la oportunidad. Cuando Pedro decidió comprarse el coche, lo pagó en dos plazos: uno que dio como señal y compromiso para encargarlo, y otro que haría efectivo al recogerlo. Ya en el concesionario, frente a su esperado coche, se encontró con la sorpresa de que ya estaba pagado. «Vamos, hombre, no me vengas con remilgos a estas alturas, te aseguro que no me ha costado nada hacerte este regalo, absolutamente nada, ¿comprendes?», le dijo Diego cuando Pedro fue a buscarlo para pedirle explicaciones. El dueño del flamante coche dejó ahí la conversación; lo había comprendido todo perfectamente.

Eran la nueve de la mañana, Lucía se había quedado dormida. Había pasado una mala noche, después de que la caída del vaso la despertara le costó reconciliar el sueño. El joven maestro encontró a la niña sumida en un profundo sueño del que no quería marcharse. ¿Cómo abandonar un sueño en el que corría por la fresca hierba de la mano de su abuela bajo un limpio cielo? Ella no había disfrutado de esa realidad, pero la soñaba cada noche y sabía lo que se sentía.

Juanito, en un principio, se acercó a la cama con gesto de preocupación; que estuviera enferma era un fastidio, esa semana ya iban bastante retrasados en matemáticas. No había forma de que a Lucía se le metiera en la cabeza la división; él la dominaba perfectamente desde que tenía un año menos que ella. Por otro lado, era capaz de comprender cualquier texto a la perfección, siempre que fuese sobre materias que ella ya conocía. Si el muchacho, después de leer algún tema, le pedía a Lucía que hiciera un resumen, el resultado siempre superaba sus expectativas: hacía unas excelentes síntesis de los contenidos. Para Juanito era intrascendente que Lucía siguiera sin decir una palabra, de hecho no la alentaba en absoluto a hablar, su mudez era para él más bien una ventaja, consideraba que la gente charlatana lo único que pretendía con tanta palabrería era perder el tiempo. Todo lo que Lucía se veía obligada a comunicarle lo escribía en una libreta, que siempre tenía a mano. Si después de explicar algún tema a la niña le surgía alguna duda, rápidamente esta la escribía en la libreta. Desde la primera hoja las frases se sucedían sin sentido entre ellas: «¿como se escribe escelente?, ¿donde esta la hoja de la tabla del 7?, necesito ir al baño, no entiendo el problema número 2, dile a tu madre que las lentejas estavan muy buenas, ¿que verbos me tengo que estudiar para mañana?, Diego nos esta mirando por la bentana...». Las oraciones tenían bastantes faltas de ortografía, y Juanito siempre aprovechaba para rectificárselas y hacer que las escribiera de nuevo; las que tenían algún error iban seguidas de otra idéntica, pero escrita correctamente. Las últimas apenas tenían errores, y era raro encontrar una acompañada de su gemela perfecta.

Cuando Juanito comprobó que Lucía estaba en perfecto estado y que su único problema era que se había dejado llevar por la pereza, indignado, se decidió a despertarla:

—¡Despierta, Maldita! Tengo cosas mucho mejores que hacer que contemplar tu vagancia.

La niña abrió los ojos de inmediato. Asustada y aturdida se bajó de la cama, abandonando sus amuletos, y se dirigió al baño con un caminar algo torpe. En unos minutos estaba sentada frente a su maestro. Alrededor de los ojos sus pestañas húmedas parecían rayos de sol pintados por un niño; no se había entretenido en secarse la cara. Su coleta asomaba por delante del hombro derecho desmadejada, ya se peinaría como es debido después. Su estómago le estaba pidiendo al menos un vaso de leche caliente, pero no se atrevió a hacer esperar más a Juanito, cuyo medio rostro gritaba su mal humor. Él nunca esperaba a que desayunara. Se suponía que el desayuno que le traía cada mañana era para ese mismo día, pero ella lo guardaba para el día siguiente, de manera que cuando Juanito llegaba, en su estómago ya estaba el del día anterior, así no lo hacía esperar ni un segundo. El almuerzo y la cena eran otra cosa, normalmente venía caliente y listo para comer en el momento, así que comía lo más deprisa que podía, observada con impaciencia por el ojo de Juanito.

Ya sentada en la mesa, miró por primera vez al dictador. Se avecinaba tormenta, Juanito tenía en las manos el libro de cuentos con el que se había quedado dormida la noche antes. Al principio no comprendía por qué estaba sobre la mesa, pero enseguida recordó la visita nocturna de Pedro. El ojo de Juanito se iba a salir de su cueva.

—¿De dónde has sacado este libro?

Lucía pensó rápidamente, si se veía obligada a responder... «Ya está, estaba entre las cosas de mi abuela», pensó satisfecha. Para empezar, se encogió de hombros.

—No te hagas la tonta conmigo. ¿Quién te ha traído este libro?

Ella negó con la cabeza, jamás delataría a Ángel. ¡Jamás!

Ángel era el que le traía los libros de cuentos y novelas infantiles, que cogía de la misma biblioteca de la que su primo seleccionaba los que consideraba interesantes para instruir a Lucía: ortografía, matemáticas, historia, diccionarios..., todos libros de texto.

Juanito no quería dar el más mínimo abrigo a la fantasía de la niña. Estaba convencido de que ese tipo de lectura la distraería de lo importante y, sobre todo, la podía incitar a pensar en otros mundos que para ella estaban prohibidos. Lucía no tenía que desarrollar la imaginación ni pensar por sí misma, tenía que aprender, por supuesto, lo que su maestro considerara importante para su formación. Mientras el mundo emocional estuviera fuera de su alcance el experimento sería viable.

—No vas a contestarme. Muy bien, ya sabes que tu desobediencia tiene consecuencias y tendré que castigarte.

A la pequeña le importaba muy poco que Juanito estuviera un par de días sin llevarle la comida, tenía una alternativa mejor: que se la llevara Ángel. Pero no quería que sospechara de su primo. De manera que se levantó y se dirigió al baúl que estaba cerca de la ventana, lo señaló y esperó su reacción.

—¿El libro estaba en ese baúl? Bien, veamos qué más hay en el baúl de tu abuela.

Lucía se sentó encima del arcón, se dio cuenta de que nunca debió señalarlo. Hasta aquel momento había pasado desapercibido. Contenía los únicos referentes que tenía sobre sus orígenes, sus únicas posesiones.

—¡Quítate de ahí!

No se movió.

—¡Que te quites he dicho!

Siguió inmóvil, mirándolo con provocación. Sabía que él no se atrevería a tocarla para apartarla. Por alguna extraña razón para ella, Juanito evitaba a toda costa el contacto físico, lo que le proporcionaba una gran ventaja.

—Tú lo has querido, no puedo perder mi tiempo con una mocosa insolente como tú. Si lo que hay en ese baúl es para ti más importante que todo lo que yo te ofrezco, te dejaré a solas con él durante una semana. Te aconsejo que entre tanto reflexiones. Dentro de siete días volveré para darte una única oportunidad de continuar tus clases. —Por supuesto, estaba mintiendo, no dejaría en paz a Lucía por nada del mundo, y ella lo sabía—. Me parece que vas a tener que hurgar en la despensa mucho más de lo que te gustaría. —Él sabía que la despensa le daba pavor—. A ver si eres capaz de encontrar algo comestible.

Mientras Juanito lanzaba con despotismo sus amenazas, Lucía lo miraba con indiferencia. Aunque seguramente no comiera caliente a la hora propicia, sabía que Ángel le llevaría todo lo que pudiera sisarle a su tía de la cocina. Por supuesto, Luisa vivía al margen de los castigos que le imponía su hijo a Lucía y seguía apartándole una porción de sus guisos a la niña. Pero Juanito salía con la fiambrera y uno de sus libros de estudio de la casa y, al pasar por la cochinera, les echaba la comida de la niña a la pareja de cerdos que esperaba cada año la matanza. Luego se sentaba por los alrededores a estudiar para hacer algo de tiempo.

Pero Juanito no había terminado de hablar, tenía una última sorpresa para la niña: él sabía que, cuando la castigaba, su primo llevaba algo de comida a Lucía, aunque estaba seguro de que no se atrevía a entrar en la casa y pensaba que se la dejaba en la ventana. Había visto en varias ocasiones a Ángel rondar la casa, siempre a lo lejos, de manera que no pudo apreciar que se ponía su parche para usurparle la identidad. Nunca amenazó por esta causa a ninguno de los dos, total, Lucía no hablaba, no podía afectar a su educación que le dejara algo de comida en la ventana.

—Por cierto, debes saber que Ángel está en cama con una de sus fuertes infecciones de garganta, no creo que pueda levantarse en varios días. En fin, me voy. —A su medio rostro asomaba un sarcasmo impropio de un muchacho tan joven.

La mirada de Lucía se tornó lánguida y asustadiza. Sentada en el baúl, así desaliñada, parecía una triste y vieja muñeca. Rara vez había conseguido su déspota vecino arrancarle una expresión de tristeza, por mucho que la hubiera amedrentado. Su desolación era provocada por la enfermedad de Ángel. Cómo le hubiera gustado poder cuidarlo, como él había hecho tantas veces con ella, arriesgándose a que Diego lo echara a patadas de allí, o algo peor.

—Te dejo este estúpido libro de cuentos, tengo otro igual en casa. Creo que debería asegurarme de que sigue en su lugar. —Y lo tiró al pequeño fregadero que estaba lleno de agua jabonosa—. No te olvides de tus tareas, tendrás que seguir el plan de estudios estos días tú sola.

Con una espantosa mueca en la cara, al intentar sacar una irónica sonrisa de su deforme boca, dio un portazo y se marchó.

Lucía fue corriendo al fregadero, casi se cae al intentar subirse en el cajón, llevada por la premura. Sacó como pudo el montón de celulosa chorreante. ¡Tenía que recuperarlo! Debía volver ileso a su lugar. Para ella un libro era un tesoro, un amigo y un compañero de soledad, su mejor consuelo, pero sobre todo, quería terminar de leer sus maravillosos cuentos. Aquel era el libro más bonito que había caído en sus manos. A los que traía Juanito les debía casi todo lo que sabía, eran importantes porque sin ellos no podría haber disfrutado del que tenía en las manos. Pero a los cuentos de Christian Andersen..., a ellos les debía algo mucho más importante: la posibilidad de soñar. En ellos había encontrado amigos que sentían el mundo igual que ella. Todavía recordaba las primeras frases del cuento de «La abuela»: «Abuelita es muy vieja, tiene muchas arrugas, y el pelo completamente blanco, pero sus ojos brillan como estrellas, solo que mucho más hermosos, pues su expresión es dulce, y da gusto mirarlos. También sabe cuentos maravillosos...» Se estremeció mientras recordaba aquellas palabras. Ese cuento le había hecho revivir los felices días con su abuela. Ella no lo hubiera podido explicar mejor.

De pronto cayó en la cuenta, todo el tiempo había estado pensando en sí misma. ¿Y Ángel?, ¿qué pasaría con él cuando Juanito se diera cuenta de que el libro que estaba goteando en sus manos era el mismo que faltaba en la biblioteca de su casa? Ángel estaba enfermo, ¿cómo iban a arreglárselas para ponerse de acuerdo y solventar la situación?, y ¿qué iba a comer ella en los próximos días? Se recriminó por su egoísmo. Sobreviviría. Ahora lo importante era salvar aquel maravilloso libro. Echó a un lado lo que había sobre la mesa y lo puso encima de esta. Después se dirigió al baño y regresó con una vieja toalla. «Si esta toalla es capaz de secar mi abundante cabello, hará lo mismo con las hojas del libro», pensó, muy satisfecha de haber encontrado una solución. Lo envolvió cuidadosamente en la toalla, como si fuera un bebé, y con sus manos comenzó a darle pequeños apretones para que la ósmosis hiciera el trabajo. Cuando estuvo satisfecha, se dirigió a la ventana. Hacía una mañana muy soleada. Separó con primor la celulosa del algodón y puso el libro al sol sobre el poyete de la ventana, pensó que abierto los rayos del sol harían mucho mejor su trabajo, y lo abrió al azar. Algo borrosas, sus letras contaban:

«Y se recostó, tomó aliento y se durmió. Pero cada vez estaba más quieta, su rostro estaba lleno de paz y felicidad, como si la luz del sol se derramara sobre él. Y entonces dijeron que había muerto.

La pusieron en el ataúd negro, donde yacía envuelta en su blanco sudario. Estaba bellísima aunque tenía los ojos cerrados, todas las arrugas habían desaparecido y tenía la sonrisa en los labios. Su cabello era blanco como la plata, muy noble, no daba...»

La casualidad había hecho que el libro quedara abierto por donde más lo necesitaba, releyendo la muerte de «La abuela» de Andersen recordó la de la suya. Dos lágrimas recorrieron sus mejillas. Su inocencia no le permitió llorarla como se merecía, hacía ya casi tres años, pero a medida que adquiría conciencia, iba comprendiendo cuánto la extrañaba y la importancia de su legado. Juanito nunca metería sus sucias manos en el baúl, ¡nunca!, porque encerraba lo único que le pertenecía, su verdadera identidad. «No olvides nunca quién eres, cariño, tú eres Lucía del Valle Espinosa. Todo esto te pertenece y algún día será tuyo. No permitas que difamen el nombre de tu madre, lo único que hizo desde que llegó a este mundo fue amar, y así murió, por amor a ti», le repetía incansable su abuela cada día, con la esperanza de que la niña memorizara sus palabras. Carmen no llegó a saberlo, pero lo consiguió. Aunque Lucía nunca le repitió una sola de sus palabras y ni siquiera llegaba a comprender con claridad el mensaje de su abuela, en su mente quedaron grabadas de la misma forma que si hubiesen sido un verso infantil. Gracias a que se aprendió el mensaje antes de que muriera su abuela, casi tres años después, podía entender su significado.

Llena de nostalgia, abrió una vez más el baúl. ¡Allí estaban sus raíces! Cada objeto contaba una historia con absoluta claridad, reconfortándola, devolviéndole la identidad que intentaban robarle Diego y Juanito. Uno a uno, sacó los recuerdos de Adela que su abuela había guardado: un pañuelo de seda de su madre, rosa y suave, como la mantita que le compró a ella antes de que naciera; una postal de Navidad, escrita por ella misma desde Madrid a su novio Diego durante unas vacaciones que pasó con unos tíos —en ella le contaba a su futuro marido cómo lo añoraba y sus ansias por volver para preparar la boda—; una cajita de carey que contenía su anillo de casada y un colgante en forma de corazón; un libro de Santa Teresa de Jesús, que leería cuando estuviese preparada —lo había intentado, pero no conseguía entenderlo aún—; una Biblia encuadernada en piel con los filos dorados y las pastas unidas por una cinta de la misma piel y un broche —este libro también tendría que dejarlo para más adelante—; dos diarios de su puño y letra, que aún no se había atrevido ni siquiera a abrir; una foto de su boda con Diego —se la veía feliz, sonreía y sus ojos brillaban—, y un dedal de plata. Todo flotando sobre el tul de su vestido de novia. Esas eran las pocas pertenencias que, después de la muerte de su hija, Carmen había conseguido salvar de la gran hoguera que Diego hizo a unos metros del cortijo tres días después de enterrar a su esposa.

Después de beberse una botella de vino, poseído por uno de sus ataques de cólera, Diego vació todos los armarios de la casa y seleccionó todo aquello que pertenecía a Adela o que le recordara su matrimonio. Vestidos, zapatos, cajas con recuerdos, álbumes de fotografías, objetos de tocador..., incluso algunas muñecas que ella había guardado desde su infancia por si tenía una hija, todo ardía en la gran fogata, cuya humareda envolvía la finca, ennegreciendo el claro día, tan esperado después de las sucesivas tormentas. Cuando Carmen advirtió las intenciones de su yerno, cogió a la pequeña recién nacida, la metió dentro del capazo y la encerró en el baño contiguo a su habitación, por miedo a que sus pequeños pulmones no asimilaran la humareda. Después acercó la mecedora a la ventana abierta y se sentó. Impávida, se quedó mirando las llamas, dejando que el negro humo penetrara en la habitación. Así permaneció hasta que se apagó el último rescoldo, respirando con fuerza, dejando que los recuerdos de su hija la invadieran hasta casi ahogarla. Quiso gritar, pero su sufrimiento era tal que no encontró fuerzas. Estaba a punto de caer desfallecida cuando el llanto de Lucía la devolvió a la vida. Por ella sobrevivió, solo por ella.

Escuchó que la puerta de su dormitorio se abría. No se molestó en abrir los ojos, sería su tía con alguno de sus remedios caseros. Se sentía como si le hubieran dado una fuerte paliza, le dolía cada centímetro del cuerpo. Tenía unos escalofríos tan fuertes que, aún bajo el gran peso del cúmulo de mantas, le hacían temblar convulsivamente, y la garganta le punzaba como si la tuviera en carne viva.

—¿Qué hacía el libro de los cuentos de Andersen en casa de la Maldita? —No se molestó en saludar ni preguntar por la salud; le importaba muy poco.

—¿Qué? —Ángel no había oído bien a su primo, no estaba para charlas. Lo último que deseaba en aquel momento era discutir con él.

—¿Que cuándo le has llevado a la maldita niña el libro de los cuentos de Andersen? —repitió levantando la voz.

Ángel se dio un tiempo para responder, necesitaba darle una respuesta coherente y le dolía hasta pensar.

—¡¿Me has oído?! —Juanito levantó aún más la voz.

—No recuerdo haberle llevado ese li... ¡Ah! Sí, sí —Intentaba ser un actor convincente—. Pero eso fue hace mucho tiempo, cuando vivía su abuela. Recuerdo que doña Carmen me pidió que le buscara un libro de cuentos para leérselo a su nieta. Le llevé el primero que encontré, supongo que sería ese. —No estaba seguro de si su versión coincidiría con la de la niña, pero sí lo estaba de que nunca lo delataría.

—Debiste pedirme permiso, esos libros eran de mi abuelo, no tienes derecho a prestarlos, tu torpeza le ha costado un duro castigo a la Maldita. —Se arrepintió de haber dicho esto último, no convenía que nadie supiera lo que pasaba entre él y su alumna, pero no pudo resistir la tentación de hacerlo sufrir.

—¿Que has castigado a Lucía? —No podía levantar la voz, la garganta le iba a reventar. Tragó saliva, sangre, pensó—. ¿Por qué? ¿Quién te has creído que eres? —Hizo un intento de incorporarse para poder mirarlo a la cara.

—¿Es que no podéis estar ni un minuto sin discutir? —Luisa irrumpió en la habitación con una bandeja en las manos.

—Tranquila, madre, ya me voy, solo he venido a preguntarle por la salud, pero parece que además de enfermo está de mal humor.

—Vale, vale, dejadlo ya.

Cuando Ángel volvió a quedarse solo, intentó sacar de su maltrecho cerebro algo de lucidez para reflexionar sobre la nueva situación. No podía pensar con claridad, no imaginaba qué clase de castigo le habría impuesto su primo a la pequeña. La única forma de averiguarlo era haciéndole una visita. Lucía le necesitaba y tenía que ir aunque fuese a rastras. La aspirina que su tía le había dado media hora antes parecía surtir algún efecto: la fiebre había bajado un poco y los dolores eran más soportables. Tendría que salir por la ventana y dar un rodeo, si su tía lo veía salir de casa se lo impediría.

Con mucha precaución al principio, se fue incorporando en la cama. Al sacar medio cuerpo de las mantas, volvió a sentir frío y a temblar. Caminó hacia el armario para coger ropa de abrigo. Sus pasos eran inseguros, sintió que se mareaba, la habitación le daba vueltas. Regresó a la cama para vestirse sentado.

A duras penas consiguió saltar la ventana. Hubiera querido pasar antes por la cocina y coger algo de comida para Lucía, pero su tía estaba preparando el almuerzo, de manera que solo podría llevarle el trozo de bizcocho que él había sido incapaz de desayunarse. Tendría que atravesar el pequeño bosque de eucaliptos, no podía arriesgarse a que su tía lo viera desde la cocina alejarse por el camino que atravesaba la ladera.

Los últimos cien metros fueron los peores. Las rodillas se le doblaban, la vista se le nublaba y sentía unas náuseas espantosas. Finalmente vomitó, la aspirina y el medio vaso de leche que la acompañó. Comprendió que si cuando decidió visitar a Lucía se sintió mejor fue mera sugestión; la aspirina estaba sin digerir.

Por fin, se encontró frente a la puerta y, con un hilo de voz, llamó a Lucía mientras la empujaba:

—Lucía, Lucía —pronunció su nombre bajito, como siempre, para no asustarla, aunque en aquella ocasión no hubiera podido levantar más la voz, estaba exhausto.

—¡Ángel! —Lucía siempre lo recibía con alegría—. No te esperaba, Juanito me ha dicho que estabas enfermo.

—La verdad es que me encuentro fatal. ¿Me dejas que me eche en tu cama?, no me tengo en pie. —Y se tumbó sin esperar respuesta, después de tirar sobre la mesa el trozo de bizcocho.

—¿Quieres algo? No tenías que haber venido. Qué mala cara tienes —dijo la pequeña agachándose y apoyando los codos en la cama para verlo mejor.

—No te acerques tanto, Lucía, no quiero contagiarte.

—Vale —dijo la niña apartándose un poquito.

—Juanito te ha castigado, ¿verdad, pequeña? —preguntó de inmediato por el tema que lo había llevado hasta allí.

—Sí, dice que no va a traerme la comida en una semana. Pero no me importa, hay comida en la despensa.

—Bueno, ya encontraré la manera de traerte algo, te he dejado un trozo de bizcocho en la mesa.

—No te preocupes, Ángel, no debes salir de la cama hasta que estés mejor, me las arreglaré. —A su corta edad, Lucía era una niña muy consciente y compasiva.

—¿Vas a estar una semana a queso y carne de membrillo, sin ni siquiera un trozo de pan?

—También hay manzanas, y tomates, y nueces y..., y almendras, ¡ya se partirlas! Además, Pedro viene cada dos días a saludarme, le diré que me traiga leche y pan. —Intentaba convencerlo con argumentos de peso para que no se preocupara por ella y se cuidara.

—Bueno, bueno. Lucía, ¿te acuerdas de la caja de aspirinas que te traje hace tiempo para tu dolor de garganta?

—Sí —contestó rápidamente—, creo que queda alguna.

—¡¿Alguna?! —Ángel levantó milagrosamente la voz, el comentario de la niña lo había asustado—. Si te traje una caja entera. ¿Te las has tomado tú sola sin consultarme?

A la pequeña le preocupó la reacción de Ángel e intentó explicarse rápidamente para tranquilizarlo:

—Solo media cada vez, como tú me dijiste. Yo... a veces me encuentro mal.

—No vuelvas a tomar medicinas sin consultarme, ¿comprendes? —Bajó un poco el tono al ver la triste expresión de Lucía.

—Sí.

—Las medicinas no deben tomarse a la ligera.

—Pero a veces me he encontrado enferma y estaba sola, ¿cómo voy a consultarte? También he tomado jarabe para la tos, creo que me he bebido la mitad, pero solo cuando tenía mucha tos y no podía dormir, y a cucharaditas pequeñas, como tú me dijiste. —No quería ocultarle nada a su protector—. ¿Estás enfadado conmigo?

—No, pequeña, no estoy enfadado. Anda, dame una de esas aspirinas y un poco de agua.

—Vale, pero solo media, son muy peligrosas.

—A mí puedes dármela entera, soy mucho mayor que tú.

—¡Ah! —Y se dirigió a la zona de la cocina muy dispuesta y contenta de ser ella quien, por una vez, cuidaba a Ángel.

Lucía abrió el pequeño cajón donde guardaba los cubiertos y cogió la caja de aspirinas. Después se dispuso a llenar un vaso de agua. Mientras Ángel observaba cómo la niña se subía en el cajón para poder llegar al grifo y llenar el vaso, pensó que, vista con distancia, aquella situación debía parecer una locura. Lucía vivía sola desde los tres años y medio. Se aseaba y peinaba sola, limpiaba su casa prácticamente sin ayuda e, incluso, era su propia enfermera. Por suerte, tenía una salud de hierro y no había necesitado especiales cuidados; que cogiera un resfriado de vez en cuando estaba dentro de lo normal, sobre todo teniendo en cuenta el lugar tan umbrío donde vivía. A pesar de las horas que pasaba sola, nunca se quejaba, no se aburría jamás. Cualquier tarea, por nimia que fuera, la entusiasmaba, y ponía en ella todo su empeño. Era una niña excepcional, un tesoro, un tesoro escondido.

Ya había llenado el vaso. Lo soltó sobre el filo del fregadero para bajarse del cajón y así poder agarrarse al poyo de mármol con las dos manos. Una vez con los pies en el suelo, se inclinó un poco para volver a coger el vaso. Toda la maniobra la realizó muy concentrada, como si fuera una niña mayor. Pero no lo era, por eso resultaba tan graciosa. Primero le llevó el vaso a Ángel, cogido con las dos manos, caminando despacito, mirando el agua, para asegurarse de que no cayera al suelo. Después volvió rápidamente a por la caja de aspirinas y cogió una.

—Tómatela, verás cómo te encuentras mejor.

—Gracias. Lucía, tú no lo sabes, pero eres muy bonita.

—Sí, lo sé —contestó la pequeña con seguridad mientras esperaba con las manos entrelazadas a que Ángel se tomara la aspirina.

—¡Ah, sí!

—Claro, mi abuela me decía todos los días que era la niña más bonita del mundo.

—Pero si eras muy pequeña, ¿cómo puedes acordarte?

—La escuchaba con mucha atención, me hubiera gustado decirle que ella también era la abuela más bonita del mundo, pero no sabía hablar.

—¿Qué le has dicho a Juanito cuando te ha preguntado por el libro?

—Que era de mi abuela y lo saqué del baúl. ¿Y tú?

—Que se lo dejé hace años a tu abuela porque me pidió un libro de cuentos para leértelos.

—¡Je, je...! —Lucía soltó una risa muy simpática por la que asomaba su pequeña dentadura mellada y a los lados dos pequeños hoyitos.

—¿Dónde está el libro?

—En la ventana; Juanito lo tiró al agua, pero yo lo rescaté rápidamente y lo puse al sol. Me encanta ese libro, y todavía me quedan muchos cuentos por leer. Voy a mover las hojas para que no se peguen. —Muy dispuesta, se dirigió a coger el cajón para llevarlo hasta la ventana y alcanzar el libro.

—Tengo que irme, Lucía, si mi tía se da cuenta de que no estoy en mi cuarto le dará un ataque.

—Vale. ¿Estás mejor?

—Sí, creo que estoy un poco mejor.

—Me alegro de verle, señor Pedro. —A su salida Ángel se encontró con Pedro.

—Igualmente. ¿Te encuentras bien? —Pedro observó de inmediato el mal estado del muchacho.

—Pues la verdad es que me encuentro fatal, debería estar en la cama, pero Juanito ha decidido castigar a Lucía y no traerle comida caliente durante una semana y he venido arrastrándome para saber de ella. Creo que esta semana va a necesitar ayuda extra por su parte, no puede alimentarse tantos días con lo que hay en la despensa.

—No te preocupes, Ángel, tú sabes que, a mi manera, también estoy pendiente de ella. Y, aunque no te lo parezca, Diego también sabe en todo momento cómo está, si se da cuenta de que Juanito no aparece, procurará dejar lo necesario en la despensa. —Pedro quiso justificar a su amigo ante el muchacho; se sintió ridículo.

—Sí, bueno, ya. Tengo que irme. Muchas gracias, señor Pedro.

—Hasta pronto, que te mejores.

Pedro se acercó hasta la ventana de la casucha y dio dos toques con el puño en el cristal. Le sorprendió encontrarse con el libro de Andersen de par en par tomando un baño de sol. La pequeña se acercó y le sonrió.

—¡Hola, Lucía! ¿Qué tal estás?

Ella asintió para contestar. A Pedro tampoco le hablaba, solo a Ángel, el único en quien confiaba plenamente.

—¿Has desayunado?

Ella volvió a mover la cabeza afirmativamente sin dejar de sonreír.

Durante esa semana, Pedro se ocupó de que en la despensa no faltaran alimentos básicos como pan, leche, plátanos, jamón y queso ya cortados en lonchas, mantequilla, pescado en conserva fuera ya de la lata para que la niña pudiera comerlo... Él mismo se acercaba cada tarde y, después de saludarla por la ventana, se dirigía a la vivienda principal y desde allí accedía a la despensa.

Diego estaba al tanto de la situación. No se molestaba por que Pedro estuviera ocupándose de ese menester, muy al contrario, para él suponía un alivio. Cuando su amigo le comentó que el Lisiado había castigado a la niña se echó a reír y dijo: «Qué huevos tiene el Lisiado. ¿De quién los habrá heredado? A saber, teniendo en cuenta lo golfa que es su madre.» Pedro se estremeció.

A medida que pasaba el tiempo, Lucía se hacía cada vez más autosuficiente. Poco a poco, empezó a hacer pinitos en la cocina. Primero se atrevió con una tortilla francesa, en la despensa nunca faltaban huevos. Al final resultó una masa deforme de un extraño color, a pesar de haber seguido al pie de la letra las instrucciones del libro de cocina que le proporcionó Ángel. Cuando se sentó frente a su cena lo hizo llena de satisfacción. Quizá no era la mejor tortilla del mundo, incluso puede que fuera la peor, pero era la primera tortilla que se hacía ella misma y, después de la infinidad de contratiempos que se sucedieron en su elaboración, allí estaba, sobre su plato, esperándola junto a un buen trozo de pan. Estuvo a punto de abandonar la ingestión de la..., bueno, del huevo cocinado, cuando probó el primer bocado; era lo más amargo que había probado en su vida. Tal vez no había entendido bien el concepto de medio fuego, o lo que era realmente una pizca de sal. Finalmente se obligó a sí misma y no dejó ni resto, con una gran porción de pan acompañando cada trozo de lo que en realidad parecía un pedazo de cartón quemado, para paliar su desagradable sabor. Ella sabía que un huevo en aquellos tiempos tenía un valor incalculable, aparte de que, según su libro, contenía una gran cantidad de proteínas; había oído a Diego decirle al capataz que tuviera cuidado con su segadora porque valía un huevo. También le había contado Ángel que la mujer que planchaba en casa de su tía era capaz de trabajar todo el día por una docena de huevos. No había mucha coherencia entre lo que opinaban unos y otros sobre el valor de un huevo. Su lógica le decía que la planchadora debería de cambiar la docena de huevos por doce segadoras para salir de su miseria. Tendría que aclarar sus dudas sobre los huevos con Ángel. De cualquier forma, no estaba dispuesta a tirar un huevo a la basura.

Estaba a punto de cumplir los siete años y tenía altura suficiente como para no tener que utilizar el cajón de madera para llegar al fregadero. La necesidad había hecho que se volviera muy ágil con las manos y realizaba las tareas de la casa con rapidez y eficacia. Limpiaba, planchaba, se lavaba su ropa... No había tarea que se le resistiera —bueno, cocinar, pero estaba en ello—; si no había aprendido antes era porque Ángel le tenía prohibido utilizar el fogón. Levantada la prohibición, con ayuda de sus libros, estaba segura de que en unos meses podría hacerse ella sola la comida. De seguir así, en poco tiempo, lo único que necesitaría de los demás para sobrevivir sería que le proporcionaran del exterior lo que no encontrara en la despensa.

Seguía negándose a salir de su casa, ni siquiera se atrevía a poner un pie fuera del escalón. Ese era su único miedo. Desde que aprendió a caminar, había oído muchas veces a su abuela y a Diego decir que su seguridad dependía de que no saliera de la casucha. Algo en su interior le decía que mientras cumpliera esa elemental norma su mundo seguiría siendo perfecto y, a su manera, podría crecer feliz.

Además de haber conseguido a su edad ser autosuficiente, la cualidad más extraordinaria en ella era su capacidad de adquirir conocimientos. Cuanto más aprendía más aumentaba su curiosidad. En su pequeño mundo, el universo se había colado contenido en libros, y ella lo exploraba incansable cada día: matemáticas, geografía, biología, historia..., todo despertaba en ella un gran interés. Aunque de todas las disciplinas, las que más le fascinaban eran las relacionadas con el arte, quizá porque su maestro las consideraba innecesarias para su formación, una pérdida de tiempo; como al resto de los mortales, lo prohibido la seducía especialmente.

Juanito pensaba que la pintura, la música o la literatura eran materias totalmente subjetivas, inútiles para la sociedad, inventadas por hombres entregados a la pereza. Lucía debía crecer totalmente al margen de ese mundo que solo habitaba en la imaginación. Dar rienda suelta a la fantasía era incompatible con la lógica y el conocimiento a través de la observación, y hacía que la gente enloqueciera por la imposibilidad de llevar a la práctica ideas absurdas, fruto de los desvaríos del exceso de ocio. Todo lo que una persona debía saber —según le decía Juanito— estaba en el mundo que la rodeaba; una pequeña parte ya conocida y el resto aún por explorar, pero totalmente real.

Si alguna vez Juanito se permitió soñar que volvía a ser bello y que, con su atractivo e inteligencia, conquistaba un mundo que se rendía a sus pies seducido por sus encantos, todo acabó al despertar y mirarse de nuevo al espejo. El insoportable dolor que le provocaba la cruel realidad solo era consecuencia de haberse permitido soñar y dejar que su mente se abstrajera de sus verdaderas circunstancias. De manera que exilió de su mente la imaginación, los sueños, la ilusión..., y sobre todo los recuerdos de sus primeros años, cuando a cada instante escuchaba de los mayores que era el niño más guapo que habían conocido; esa parte de su memoria solo le hacía sufrir. A los cuatro años dejó de tener un físico perfecto y había que eliminar la posibilidad de fantasear con lo que pudo haber sido y ya nunca sería. Cuando volvió del hospital, después del desgraciado accidente, se encontró con que a partir de ese momento, además de convivir con su dantesca nueva imagen, tendría que hacerlo con su primo el resto de su vida. Su tía había muerto, y la posibilidad de que Ángel viviera con ellos solo una temporada se había esfumado. Luisa estaba dispuesta a educar a los dos niños como hermanos. Ángel también era un niño especialmente agraciado; de hecho, cuando eran pequeños, los mayores que los conocían solían compararlos: «Aunque los dos son guapísimos, Juanito es todavía más perfecto», comentaban. Después del incidente del brasero, los comentarios eran muy distintos. La mayoría de la gente era prudente y, de hacer algún comentario, se limitaban a elogiar ligeramente el aspecto de Ángel. Pero los más necios seguían haciendo comparaciones, aunque ahora decían: «Ay que ver qué pena de chiquillo, si era más guapo que su primo.» Solo encontró una manera de sobrevivir a la hostil situación: despreciando de plano todo aquello que no pudiera racionalizar, incluidas las personas que anteriormente habían sido tan queridas para él.

Desde el principio de su convivencia, los primos no se molestaron en disimular la mutua antipatía que se tenían. Cuando se sentaban a la mesa apenas se saludaban, si acaso, Juanito le decía a Ángel con desdén: «¿Qué?», y Ángel le contestaba con indiferencia: «¿Qué de qué?» A Juan le importaba muy poco que los niños no se entendieran. En cambio, a Luisa le ponía muy nerviosa la tensa situación que había entre ellos y los incitaba continuamente a compartir algo más de su tiempo para que se conocieran mejor. «¡Jesús! ¿Cómo puede ser que dos muchachos de la misma edad no tengan nada que decirse durante días?», comentaba cada día mientras ponía la mesa. «Ya ves», era lo más que oía, siempre de parte de su hijo. Juanito, no solo economizaba sus palabras con su primo, también lo hacía con sus padres; pensaba que no tenía absolutamente nada en común con dos seres tan pueriles y no se molestaba en disimularlo; lo cierto es que los trataba como a esclavos. Ángel, en cambio, se mostraba agradecido por el acogimiento de sus tíos y procuraba interesarse por sus tareas y colaborar en ellas. «¿Se está recuperando la Flaca?», preguntaba por las cuestiones que preocupaban a su tío: las vacas. «Parece que está mejor, nunca ha tenido buena salud, pero siempre ha dado buena leche...», su tío le contestaba agradecido por su interés. Ángel conseguía así iniciar una conversación relajada en la mesa, ante la indiferencia de Juanito, que comía sin pausa para volver lo antes posible a su habitación, lo cual su padre agradecía.

Juan no se sentía cómodo hablando de sus vacas ante él, sabía que Juanito desdeñaba su trabajo. En alguna ocasión, su hijo le había comentado a su padre durante el almuerzo: «Hueles a mierda, no hay quien saboree la comida con este pestazo en la mesa. No entiendo por qué tienes que hacer el trabajo de un mozo siendo el dueño del cortijo», y Juan le contestaba: «Te sorprendería lo que puede enseñarte una vaca.» Por supuesto, Juanito pensaba que las vacas eran animales estúpidos y sumisos, cuya existencia dependía de que alguien les tirara de las ubres. Desde pequeño, su aversión por las vacas había sido tan fuerte que aborreció la leche. No soportaba el tufo a establo que despedían los dos cántaros de leche recién ordeñada que su padre dejaba cada mañana en la cocina. A él se le antojaba un olor agrio y dulzón que se le pegaba a las vías respiratorias, recordándole los excrementos de los establos el resto del día. Siempre llevaba un buen puñado de caramelos Pictolín en el bolsillo. Cada vez que al respirar notaba cómo la tufarada de la paja húmeda inundaba sus entrañas, se echaba uno a la boca para solaparla, aunque fuese por unos minutos.

A pesar de su férreo empeño en excluir a su alumna de todo sentimiento, el esfuerzo fue en vano. Vivía engañado. Alguien mostró ese otro mundo a Lucía: su mayor enemigo. Aquel que creía haber apartado de su proyecto se había convertido en el verdadero protagonista de la formación de la niña. Y, en realidad, los conocimientos que Juanito le aportaba, se habían convertido en meras herramientas, importantes, pero secundarias, que no hacían más que ayudar a desarrollar y pulir con brillantez el talento artístico de la pequeña. Juanito no sospechaba lo que verdaderamente estaba ocurriendo en la mente de Lucía; cometió un grave error: nunca le importó que Lucía no hablara, prefirió que no se expresara. No la conocía.

Ángel se encargó de proporcionarle a Lucía todos los libros prohibidos por su maestro: clásicos de la literatura, historia del arte, libros de música, de pintura, de poemas..., todos fascinaban a la niña. Dos Lucías estaban creciendo, y en perfecta armonía.

A los seis años Lucía empezó a escribir un diario. En él contaba sus vivencias desde una perspectiva sentida y reflexiva; escribía poemas, hacía bellos dibujos... En su diario vivía la Lucía oculta a los ojos de Juanito. Lo escondía bajo el colchón, ni siquiera Ángel sabía de su existencia; esa parcela de su vida le pertenecía solo a ella. En apenas un año había acumulado cuatro diarios de cien páginas. Los que estaban acabados los guardaba en el baúl, junto a las cosas de su madre y los libros que le traía Ángel.

También aprendió a amar la música. La vieja radio de su abuela y las bonitas canciones que dejó en su memoria se encargaron de ello. Después de casi tres años sepultada entre el reducido menaje de cocina que contenía el aparador, una tarde de invierno, Lucía decidió rescatar la radio de su abuela. La enchufó, buscó una frecuencia que le llegara con claridad y sonó la trompeta de Louis Armstrong, irrumpiendo con fuerza en los confines de aquella fría y silenciosa tarde. Rápidamente, con el corazón desbocado por la sorpresa, bajó el volumen. Y así, con el suave ronquido de la trompeta envolviendo los rincones de su pequeño mundo, se quedó dormida. A partir de ese día, la música y los libros prohibidos la ayudaron a paliar la soledad de sus noches. Alguna vez hizo un intento de cambiar la frecuencia de la radio, para escuchar lo que ofrecían otras cadenas; nada, solo palabras. Estas ya estaban en los libros. Y enseguida volvía a girar la rueda, asustada, creyendo que quizá su curiosidad le hubiera robado la música de su vieja caja. Cuando volvían a sonar las bellas notas respiraba aliviada. Trompetas, violines, guitarras, pianos..., la llevaron cada noche al mundo de los sueños.

Lucía despertaba muy temprano, al menos una hora antes de que llegara Juanito. Lo primero que hacía, incluso antes de ir al baño, era guardar la lectura clandestina en el baúl, meter su diario bajo el colchón y colocar la radio en el aparador. De ese modo, la Lucía racional, la que Juanito esperaba encontrar cada mañana, se ponía en marcha, mientras la otra dormía por los rincones.

Mientras recorría una vez más el camino que lo llevaba a casa de la niña, Ángel recordó que era uno de agosto; en unas semanas, la pequeña cumpliría siete años; en cuanto llegara, le preguntaría qué quería para su séptimo cumpleaños. Sonrió para sí al recordar cuando, en su sexto cumpleaños, le hizo esa misma pregunta y, muy segura y preocupada, Lucía le pidió una dentadura nueva, como la de su abuela. La noche anterior se le había caído un diente y se le estaban moviendo otros dos. Ella no albergaba ninguna duda de que los perdería todos en unos días y sus encías quedarían completamente desnudas, como las de doña Carmen. A Ángel le costó mucho convencerla de que los dientes que se le estaban cayendo serían renovados en poco tiempo por otros que, si se los cuidaba, serían para toda la vida. Después de una larga conversación, y de obligar a Ángel a buscar en la biblioteca de su casa algún libro que corroborara su teoría, ella quedó satisfecha, y decidió que, por lo pronto, no necesitaba una dentadura. Comprendió que para que los nuevos dientes que estaban por salir no volvieran a caer, el regalo ideal para su sexto cumpleaños sería un cepillo de dientes y un bote de pasta dental. Por supuesto, Ángel le proporcionó lo que tan convencida le pidió la niña, pero no para su cumpleaños, para este día le regaló una edición de *La Cenicienta* con unas ilustraciones preciosas; a ella le pareció el mejor regalo del mundo, lo leyó tantas veces que llegó a sabérselo de memoria.

—Pronto será tu cumpleaños, ¿tienes algún deseo en especial? —preguntó Ángel a la niña esa bonita tarde de verano, mientras ella doblaba con precisión la ropa que acababa de recoger de las sillas. Se negaba a tender fuera y pisar el exterior.

—Sí, aprender a tocar el violín —dijo con naturalidad, mientras se afanaba en aplastar con sus manos el cuello de una camisa. No había manera de alisar aquellas retorcidas arrugas, tendría que plancharla.

—¿Qué? ¿Tú sabes lo que me estás pidiendo? Pero pequeña, eso no es algo que pueda realizarse en un solo día. Se requiere cierto talento y destreza para tocar un instrumento musical y, por supuesto, un maestro. Además, ¿de dónde voy a sacar un violín?

—Yo tengo talento, puedo repetir en mi mente las melodías que escucho en la radio por las noches, incluso tengo un violín en mi cabeza que se inventa otras nuevas. Con mi radio, un violín y libros de música, podría aprender a tocar. Ensayaría todos los días y con el tiempo tendría deste... dertre...

—Destreza —la ayudó Ángel.

—Eso, destreza.

—Eres extraordinaria, Lucía, sé que puedes conseguir todo aquello que te propongas, pero olvidas que el universo que quieres explorar está fuera de estas paredes y tú no quieres salir de ellas.

—No tengo que salir y explorar el universo, cuando deseas algo con todas tus fuerzas viene a ti. —Ahora miraba a su amigo con candidez.

—¡Ah, sí! ¿Y dónde has aprendido tú eso? —Le sonrió sorprendido—. ¿En tus libros?

—No lo he leído, lo sé.

—Lo siento, pequeña, por el momento creo que tendrás que abandonar tu sueño.

—No, nunca abandonaré mis sueños, por el momento tendré que esperar. —Hablaba muy segura, mientras despejaba la mesa para planchar en ella.

Ángel se quedó sin palabras, no podía explicarse cómo ni por qué, pero la inteligencia de Lucía lo abrumaba. Iba a cumplir tan solo siete años, vivía prácticamente aislada, ¿cómo era posible que razonara mejor que los adultos que conocía?

Finalmente, el día del séptimo cumpleaños de Lucía, Ángel apareció en la casita con un viejo violín. Recordó que su tía guardaba uno en el trastero, alguien de su familia lo tocaba y años atrás le correspondió en herencia junto con un montón de trastos más y algo de dinero. Estaba convencido de que Luisa no lo echaría de menos. Encontrar el arco entre tanto cachivache fue una tarea difícil, a punto estuvo de abandonarla cuando por fin lo vio asomar bajo un antiguo sofá. La faena no terminó ahí, después tuvo que ir a la ciudad con su tía en dos ocasiones, para encargar y recoger, en una tienda especializada en instrumentos musicales, un método para violín, la cinta del arco y las cuatro cuerdas; el viejo violín las tenía tan deterioradas que colgaban de las clavijas como tirabuzones. Aunque lo más complicado para Ángel fue conseguir que su tía no sospechara y se preguntara a qué venía el interés de su sobrino por ir a la ciudad. Tuvo que decirle que necesitaba buscar información en la biblioteca para un trabajo de clase y camuflar las compras en su cartera. No quería que se lo contara a su hijo.

Era martes, 23 de agosto, séptimo cumpleaños de Lucía. A las cinco de la tarde hacía un calor espantoso. La niña tenía la puerta entreabierta, con la esperanza de que se generara una corriente de aire con la ventana y así mitigar el bochorno que hacía en la casucha. Antes de entrar, Ángel la vio desde la abertura de la puerta: Lucía bregaba con un pantalón en el fregadero de la cocina, alguna mancha se le resistía. Había crecido lo suficiente como para no tener que utilizar el cajón, pero, aun así, tenía que adoptar una postura muy incómoda para trabajar en el fregadero y apoyaba los brazos en el filo para mantenerlos en alto. Parte de su negra melena flotaba sobre el agua. Llevaba ropa que había sido de Ángel años atrás: una camisa blanca y un pantalón corto amarrado con una cinta para que no se desprendiera de su pequeña cintura. Estaba descalza y sus pies se inclinaban continuamente sobre un charco de agua. Ángel pensó que no había visto a ninguna chica que le sentara tan bien semejante atuendo —bueno, en realidad no conocía a ninguna que vistiera así—. Era la criatura de apariencia más salvaje y deliciosa a la vez que había visto jamás. Se quedó unos minutos observándola antes de llamar su atención. Ella, aunque estaba de espaldas, lo sabía.

—¡Lucía!

—¡Hola, Ángel! —La niña se volvió con la sonrisa puesta.

—¡Feliz cumpleaños! —dijo, y seguidamente se quitó el parche y le plantó un beso en la frente.

—Gracias. ¿Qué me traes? —preguntó la niña mientras se secaba las manos a restregones contra su pantalón y un hilo de agua que caía de su pelo empapaba su camisa.

—Te lo enseñaré cuando te seques los pies y te calces, cualquier día vas a resbalar y hacerte daño.

En un periquete, Lucía sacó unas sandalias que guardaba bajo la cama y se las puso.

—Ya está, enséñame lo que traes en ese saco.

Ángel apoyó el bulto en el suelo, desató la cinta que lo amarraba y el saco cayó descubriendo su regalo.

—¡Un violín! ¿Es para mí? —La alegría de Lucía inundó la habitación.

—No veo a nadie más aquí.

—¿Cómo lo has conseguido?

—Bueno, eso es largo de contar.

—Es mucho más bonito de lo que pensaba, en los dibujos de mis libros se ve gris.

—He tenido que enlucirlo un poco, cuando lo encontré también estaba bastante gris. También te he traído varios métodos para aprender a tocar el violín, supuse que te vendrían bien —dijo Ángel mostrándole los cuadernos que llevaba bajo el brazo—. ¿Lucía? —Tuvo que llamar su atención, no apartaba los ojos del instrumento.

—Sí, sí. —Cogió los cuadernos sin mirarlos—. ¡Qué bonito! Gracias, Ángel. Gracias por todo lo que haces por mí.

Lucía se enganchó a su cuello sin soltar los cuadernos. Sus negras pestañas brillaban por la humedad, acentuando más aún el color de sus ojos.

—Me alegro de haberte hecho tan feliz el día de tu cumpleaños —habló Ángel al oído de la niña, mientras ella apretaba su cuello emocionada—. Espero que mi regalo no se convierta en un problema, tocar el violín no es una tarea tan silenciosa como leer, no creo que puedas llevar en secreto esta nueva actividad.

Por fin Lucía se soltó del cuello de su amigo. Se secó las lágrimas con la mano que tenía libre y se puso muy seria para contestarle:

—Ya lo había pensado cuando te lo pedí, tocaré por la noche, cuando Juanito se marche, no creo que el sonido llegue hasta vuestra casa. A Diego no le importará, en realidad no le importa nada de lo que hago, mientras no pise su casa.

—¿Y qué pasará si le comenta algo a Juanito? —Existía esa posibilidad.

—No lo creo, apenas se saludan cuando se encuentran, los he visto algunas veces por la ventana y a ninguno de los dos les interesa hablar de nada, y mucho menos de mí. Tú mismo te has cruzado con él y... —Se refería a Diego, con Juanito no se encontraba por el camino porque todo estaba muy estudiado.

—Sí, sí, apenas dice buenas y guardando las distancias, a veces he pensado si se habrá dado cuenta de que en realidad no soy Juanito e intenta evitar una desagradable conversación.

—No lo sé, pero con Juanito hace igual. Si sabe que eres tú el que viene a verme haciéndote pasar por tu primo, ha decidido ignorarte y, desde luego, no se lo ha dicho a Juanito. Creo que le conviene no meterse con vosotros, no quiere intervenir en nada que tenga que ver conmigo, supongo que le interesa que todo siga igual para no tener que ocuparse de mí —explicó mientras el semblante se le tornaba triste y, por un momento, olvidaba su violín. Una vez más, sus palabras mostraban la brillante sensibilidad e inteligencia que había heredado de su madre.

—Lo siento, Lucía, siento mucho que perdieras tan pequeña a las personas que más te quisieron. Creo que la vida no ha sido justa contigo.

—¿Tú me quieres, Ángel?

—¡Por supuesto! Muchísimo, ya lo sabes.

—Pues entonces tengo más suerte que mucha gente. Los dos tenemos suerte, aunque nos dejaron solos muy pequeños, nos hemos encontrado.

—Llevas razón, no debemos quejarnos. Tengo que irme, aquí te dejo con tu nuevo juguete, acuérdate de esconderlo. —Se quedó mirando el baúl y lo señaló—. Creo que cabrá ahí.

—Sí. ¡Je, je! —rio con picardía y complicidad y, una vez más, la alegría de sus ojos encandilaron la triste vida del muchacho.

Ángel recorrió el sendero que lo llevaba a casa dando saltitos y silbando, como un chiquillo despreocupado y feliz que no hubiera conocido aún el lado oscuro de la vida. Se sentía dichoso. Haber hecho feliz a Lucía había disipado sus pesares, de repente, todo volvía a valer la pena. Ángel tenía dieciséis años. Los últimos momentos dichosos que recordaba se remontaban al último verano que pasó con su madre: cuando ella, para entretenerlo en las largas y solitarias tardes, lo ayudaba a recoger semillas de don Pedro, para que luego él las ensartara en una hebra de hilo e hiciera pulseras y collares para regalárselos. ¡Qué sonrisa más tierna tenía su madre! Mientras él se afanaba en su tarea de hacer bellas joyas, ella cosía, y de vez en cuando paraba para mirarlo: «¡Qué bonito es mi niño!», era la única expresión que estaba seguro de haberle escuchado más de una vez. Por eso no entendía cómo era posible que Lucía recordara tantas frases de su abuela, siendo sus recuerdos de una edad anterior a la suya. Lucía no era una criatura normal, pensó.

Una vez más, Pedro se encaminó hacia el cortijo de Diego con la intención de hablarle a su amigo sobre la niña. Casi diariamente se asomaba a la ventana de la antigua casa de los caseros para comprobar cómo estaba Lucía; parecía crecer feliz. Unas veces la encontraba sola y otras acompañada por alguno de los muchachos, que él difícilmente distinguía entre sí. De espaldas a la ventana parecían idénticos, aunque por la hora del día podía intuirlo: a media mañana y media tarde, solo podía ser Ángel. ¡Juanito era tan metódico y previsible! Aunque a simple vista la pequeña no manifestaba problemas graves en su crecimiento, incluso parecía sonreír con frecuencia, su conciencia no lo dejaba tranquilo. Pensaba en Adela, a la que tanto quiso y admiró, de la que estuvo enamorado desde que era un niño. Si ella levantara la cabeza... si pudiera ver a su hija, encerrada entre cuatro paredes, abandonada como un perro por el hombre a quien entregó la vida... Todo hubiera sido tan distinto si Adela hubiera sobrevivido.

A mitad de camino decidió sentarse, sobre una piedra que encontró bajo uno de los centenarios eucaliptos. «¡Adela!», gritó en el silencio como si estuviera herido de muerte. «¿Qué extraña fuerza te hizo enamorarte de tu verdugo?» Las lágrimas llegaron a mojar su camisa, olvidó coger un pañuelo antes de salir, y no quería apartarlas con las manos y que el gesto lo delatara: dos mujeres se acercaban por el camino. Eran Luisa y una prima de esta. Pedro se quedó fijo mirando el suelo, intentando aparentar normalidad; era una tarde muy calurosa, el hecho de que se hubiera sentado en el camino bajo el fresco abrigo de los eucaliptos no sería sospechoso. Pensó que debía haber esperado unos metros para sentarse, dentro de las tierras de Diego, que no eran un lugar de paso.

—¿Tomando un poco el fresco? —preguntó Luisa a modo de saludo.

—Sí, hace una tarde infernal —contestó Pedro.

—Venga, hasta luego. —Parecían tener prisa.

«Por ti, Adela, por ti», hablaba en voz baja. «Seguiré esta mentira por ti. No permitiré que Diego destruya a tu hija. Mantendré esta falsa amistad para poder estar cerca de Lucía y contarle algún día quién fuiste y quién es ella.»

Reanudando el camino se sentía confuso. La firme decisión que había tomado antes de dirigirse al cortijo empezó a tambalearse. De repente no estaba tan seguro de qué era lo mejor para Lucía, tal vez todo se resolviera con el tiempo.

Hizo el resto del sendero muy despacio, dándose tiempo para tomar una decisión. Era domingo, se había esmerado en vestirse adecuadamente, no tenía ganas de escuchar las persistentes críticas de Diego sobre su atuendo. Incluso, se había echado un poco de loción perfumada después de afeitarse, el frasco llevaba más de un año esperando el momento, se lo había regalado... su hermana mayor o ¿fue un regalo de su madre para su cumpleaños?, se preguntó; entre sus pensamientos sobre las cuestiones que le preocupaban, se colaban otros nimios cada vez que un olor a jarabe dulzón golpeaba su nariz, tenía la sensación de ir acompañado por un extraño. Se miró los zapatos, había olvidado cepillarlos un poco, su aspecto terroso desmerecía el resto de su imagen. Se paró un momento y se frotó cada zapato con la pantorrilla de la pierna contraria. Ahora las puntas de los zapatos lucían como perlas de azabache entre el barro y en la zona trasera de su impecable pantalón beige llevaba tatuadas dos manchas de polvo, revueltas con el betún que usó en la última boda, pero él no las veía.

Hablaría con Diego, alguien tenía que hacerlo.

Antes de dirigirse a la puerta principal, dio un rodeo a la vivienda para ver a la niña. Lucía estaba sola, sentada frente a un montón de libros y libretas, muy concentrada. No parecía haber advertido la presencia de Pedro; pero sí. Dio dos golpes en el cristal de la ventana abierta y la niña lo saludó con la mano y una inocente sonrisa. Llevaba su abundante cabello cogido en una desgarbada trenza, una camisa a cuadros de chico cuyas mangas parecía que hubiesen sido arrancadas y un pantalón corto marrón. Estaba descalza. A pesar de todo, era lo menos parecido a un muchacho. Pedro le hizo un gesto con la mano para que se acercara y Lucía obedeció con agrado.

—¡Hola, Lucía! ¿Cómo estás?

La niña asintió afirmativamente mientras abría los brazos mostrando las palmas de las manos, como diciéndole que la mirara, que estaba estupendamente. El hecho de negarse a hablar había dado lugar a que desarrollara un lenguaje gesticular muy gracioso.

—Me alegro. Ya veo que estás haciendo tus deberes, no te entretengo. Sabes que si necesitas algo solo tienes que pedírmelo, ¿verdad?

Lucía corrió rápidamente a por su libreta de apuntes y escribió: «Necesito libretas, un sacapuntas, una goma de borrar y lápices de colores.» Antes de entregarle la libreta a Pedro, se arrepintió y volvió a escribir: «Bueno, los lápices de colores no los necesito. Gracias.» Todo sin una falta de ortografía.

A Pedro le sorprendió la bonita y correcta caligrafía de la niña. Antes de devolverle la libreta, leyó rápidamente algunas frases que estaban escritas, en la misma página, anteriormente: «No entiendo el segundo problema. Ya me sé los ríos. Necesito ropa interior...» La última frase lo conmovió. Definitivamente, Lucía necesitaba compañía femenina, alguien que al menos estuviera pendiente de los asuntos propios de una niña de su edad. Sintió escalofríos, aquello era una locura, ¿o no? Como hombre sabio que era, él dudaba de casi todo.

La puerta principal de la mansión estaba abierta. Pedro no se molestó en llamar y avanzó por el fresco pasillo sin pedir permiso, agradecido por la pequeña tregua que le ofrecía en aquella sofocante tarde, el hecho de que estuviera ubicado en el centro de la robusta vivienda construida con anchos muros lo convertía en un oscuro túnel, pero aislado de la calina. La salita donde Adela pasó su embarazo no estaba totalmente cerrada, como lo había estado desde que murió. Pedro empujó la puerta levemente y se asomó. La persiana de la habitación estaba echada. En la penumbra, la mecedora de Adela parecía balancearse sutilmente. Por un momento, Pedro pensó que el fantasma de Adela se estaba meciendo; aunque la ventana estaba abierta ante la persiana, la corriente era inexistente, aquella tarde ni siquiera corría la más leve brisa. A la derecha de la mecedora, el costurero de Adela se alzaba sobre sus largas patas; cerrado parecía una mesita auxiliar. Pero estaba abierto de par en par, y su interior sobresalía revuelto como si alguien hubiera buscado algo con prisa. A la izquierda de la puerta, una mesa redonda, vestida con un faldón, mostraba sobre ella la silueta de una botita de bebé y otra a medio hacer con la aguja de croché aún enganchada. Pedro supo lo que estaba haciendo Adela en el momento que la muerte y la vida, cogidas de la mano con complicidad, fueron a buscarla. Siete años llevaba la inconclusa labor esperando.

—¿Qué haces ahí mirando? Pasa de una vez.

—¡Jesús! Qué susto me has dado, pensaba que no había nadie en la habitación. —De repente, Pedro se dio cuenta de su torpeza; por el espaldar de la mecedora asomaba un trozo del sombrero de Diego—. ¿Qué haces aquí?

—Estoy en mi casa, ¿recuerdas? —Él siempre tan desagradable.

—Ya, claro. Vengo de ver a Lucía. —Abordó la conversación sin preámbulos.

—¿Vienes a que te dé las gracias?

—No estaría mal por una vez, pero te las puedes ahorrar, no lo hago por ti.

—Ten cuidado con lo que dices, no me hagas sospechar también de ti.

—No me toques las narices, Diego. —Pedro no iba a consentir de ninguna manera que Diego insinuara siquiera que él pudiera haber tocado a Adela. Jamás lo intentó, ni ella se lo hubiera permitido. Diego lo sabía, lo sabía todo: lo que Pedro había sentido por Adela desde niño y que su lealtad estaba por encima de cualquiera de sus deseos. Su ironía era una forma de reírse de la situación.

—¿Qué quieres?

—¿Qué vas a hacer con Lucía?

—No te cansas nunca ¿eh? Nada, ya estoy haciendo suficiente dejándola vivir bajo mi techo, no empieces con ese tema otra vez.

—Si estás tan seguro de que no es tu hija, ¿por qué dejas que siga viviendo aquí?

—No puedo echarla, la gente ya ha hablado demasiado, no voy a permitir que sigan mancillando a los del Valle por culpa de esa maldita niña. Las cosas están bien así.

—Nunca te ha importado demasiado la gente.

—Que la gente dedique su tiempo libre a inventar chismes me importa muy poco, pero si echara de mi casa a la Maldita les daría una prueba, eso es diferente.

—Ya la has echado de tu casa.

—La casa de los caseros también es mía. —La conversación se estaba tornando absurda.

Pedro estaba echado sobre el filo de la ventana, frente a Diego. Este se mecía cada vez con más fuerza. Estaba nervioso, a punto de acabar la conversación con malos modos. Tiró de la cuerda de la persiana para iluminar el rostro de Diego y le sujetó la mecedora pisando uno de los travesaños curvos de un golpe. Quería obligarlo a escuchar con atención.

—¿La has mirado alguna vez a los ojos?

—Te estás pasando, Pedro.

Su intento de imponerse le sorprendió. Diego jamás había consentido que cuestionaran sus decisiones. En su orden de prioridades, rectificar sus errores o pedir perdón no ocupaban ni el último lugar, aunque en su fuero interno era consciente de que en su vida sentimental solo había acumulado fracasos. ¡Antes morir que arrodillarse!, lo tenía muy claro. Él pertenecía a ese reducido grupo de hombres que habían venido al mundo para conquistarlo y dominarlo, sin sentimentalismos, sin permitirse debilidades, siempre hacia delante, con paso firme. A sus treinta y cuatro años, estaba completamente solo; la soledad del líder, se decía a sí mismo. Muy pocos llegan a la cima, la mayoría lo intentan, pero van quedando en el camino seducidos por banalidades. Para él, eran seres débiles.

—¿La has mirado a los ojos? —Pedro volvió a preguntar, sabiendo a lo que se exponía.

—¿Qué hay en los ojos de la Maldita?

—Son de color violeta.

Se produjo un incómodo silencio. Pedro le estaba tocando el lado más vulnerable. Incluso Diego tenía una debilidad: su madre. Sabía de qué color eran los ojos de Lucía, tuvo el infortunio de sorprenderlos una de las veces que se asomó a la ventana, cuando aún vivía su suegra. Pero solo una vez, después se impuso el olvido de aquellos frescos y claros manantiales violetas que lo llevaron a su más tierna infancia, cuando todavía su madre iluminaba la casa con ellos, y la llenaba de abrazos y sonrisas. Aquellos cuatro primeros años de su vida pasaron como una estrella fugaz, pero le dieron la única felicidad que había conocido. Abrigaba la esperanza de que Pedro no se atreviera a abordar ese tema con él. No estaba preparado para responder, no quería.

—Muy bien, gracias por la información. Quiero estar solo.

—Son iguales que los de tu madre.

Diego dio un fuerte puntapié al zapato que sujetaba la mecedora. Volvió a mecerse. ¡Nadie tenía los ojos iguales a los de su madre! Eran únicos. Había guardado en lo más hondo las frescas miradas que aliviaron la dura disciplina a la que lo sometía su padre. Después de que ella se marchara, cada vez que su padre cargaba su amargura sobre él, recurría a ellos para sentirse seguro, aunque solo fuese por un momento. La mirada de su madre dormitaba aún en algún lugar de su mente y, cuando la evocaba, lo inundaba de gozo. Nadie que la conociera pudo olvidar sus ojos, cómo iba a hacerlo él.

Desde el día que ella salió del cortijo, quedó totalmente prohibido por su padre nombrarla, no era como si estuviera muerta, era como si no hubiese existido. Jamás supo lo que pasó aquel día. Solo recordaba que cuando volvió de corretear los campos con su perro, ella ya no estaba allí. La llamó; no estaba en la cocina, ni en el jardín, ni... La casa estaba vacía. ¡Mamá! ¡Mamá! Nada. En su lugar apareció su padre, avanzando por el pasillo como una bestia embravecida. Llevaba un machete en la mano que goteaba... ¿sangre?, ya no estaba seguro, el tiempo moldea los recuerdos a su capricho. Pero sí recordaba aún los rojos ojos de su padre, fuera de sus órbitas, y sus palabras: «Mamá no está, se ha ido y no volverá jamás. No vuelvas a nombrarla en esta casa, hazte a la idea de que nunca existió.» Después, conforme fue creciendo, escuchó mil comentarios en el colegio, en el mercado, en los bares... Todo el mundo creía saber lo que había pasado: unos decían que había engañado a su marido y él la había echado, otros que él la había matado en un ataque de celos y, los más, que se había marchado con uno de los jornaleros, que casualmente desapareció sin decir palabra el mismo día que ella. La verdad se fue a la tumba con su padre. Diego nunca tuvo el valor de preguntarle por ella, dio por hecho que, independientemente de los motivos, su padre había hecho lo correcto. Día tras día, año tras año, tuvo que ahogar sus preguntas, sus recuerdos; de su silencio dependía que no perdiera también a su padre.

—Yo no tuve madre. Nadie puede parecerse a quien no existió. —Miró a Pedro arrojando por sus ojos todo el rencor que tenía encerrado—. ¿Lo entiendes?

Pero, esta vez, Pedro encontró el valor suficiente como para sobreponerse a la actitud desafiante de Diego. Era muy arriesgado, estaba en su casa, hurgando en su herida más dolorosa y dispuesto a censurarlo abiertamente. Sorprendentemente, en aquel momento no le tenía ningún miedo, más bien sentía compasión por él. Lo único que realmente temía era que lo echara de su casa y no pudiera volver a ver a la niña. Lucía lo necesitaba, necesitaba que alguien hablara por ella, que la defendieran, que velaran por sus derechos. Pensó en Adela, por un instante tuvo la tentación de marcharse sin más, al recordar el sufrimiento que le provocó durante el embarazo el hombre que tenía enfrente, pero siguió allí.

—Sí, claro que lo entiendo. Entiendo que has decidido enterrar todo aquello que no puedes comprender. Entiendo que eres un cobarde, que has decidido esconderte detrás de tu mal carácter y tu arrogancia para no encontrarte cara a cara con la ver...

—No voy a consentir...

—Déjalo ya, Diego, hoy no te van a servir tus amenazas, hoy no. Lucía es tu hija, Adela nunca te engañó.

—¡Cállate! Vete de mi casa.

—Como quieras. Pero tarde o temprano te encontrarás con la realidad por más que te empeñes en huir de ella —dijo para terminar, y se marchó.

Estaba satisfecho, había conseguido mucho más de lo que esperaba. Había tenido la oportunidad de decirle lo que pensaba y, pasados unos días, podría volver al cortijo como si nada. Antes de salir de las tierras de Diego, volvió a asomarse a la ventana de Lucía. Allí seguía, en el mismo lugar, con la misma labor. Se quedó mirándola largo rato, usurpándole un trozo de intimidad a la pequeña. Ella, aunque no había levantado la cabeza de su libro, lo sabía. Siempre sabía cuando alguien se paraba en la ventana y quién era. Incluso su oído era capaz de reconocer los pasos de cada cual: los secos y pesados de Diego, como los de Juanito, pero más contundentes; los sigilosos y rápidos de Ángel; y los ligeros e inseguros de Pedro, como los de un niño distraído. Tampoco pasaban desapercibidos para ella los de algunos trabajadores que recorrían el camino de atrás para ir a trabajar, atropellados por las mañanas, con prisa, y lentos y torpes por las tardes, cansados. Lucía tenía un oído muy fino. En su pequeño mundo, carente de sorpresas, todo ocurría repetitivamente y a horas determinadas. Le fue fácil familiarizarse con los sonidos que la rodeaban. Juanito nunca miraba por la ventana, empujaba la puerta con dominio, como si entrara en su propia casa, de lunes a viernes, a las ocho y media de la mañana, una y media de la tarde y ocho y media de la noche. En cambio Ángel se aproximaba reduciendo el paso cuando ya estaba cerca de la casa y se asomaba con timidez a la ventana, con la misma actitud empujaba la puerta, siempre a media mañana y a media tarde, o los fines de semana a cualquier hora. Pedro era más imprevisible, podía asomarse a la ventana en cualquier momento: hasta tres veces al día, o dejaba pasar dos jornadas, y no necesariamente entraba en la casa; en muchas ocasiones solo daba dos golpecitos en el cristal, saludaba y le preguntaba si necesitaba algo. Le gustaba Pedro, le hablaba con palabras que podía entender, con cariño, como si para dirigirse a ella sacara el niño que fue. Diego en cambio pasaba por su puerta a cierta distancia, rápidamente, como si tuviera prisa. Miraba por la ventana de soslayo, sin acercarse demasiado, solo para comprobar si todo seguía inalterable. Diego no le gustaba, y agradecía que mantuviera las distancias. Nadie se lo había confirmado abiertamente, ni ella lo había preguntado, pero estaba segura de que el gigante del sombrero era su padre. Todo el mundo tenía un padre, lo había leído: «Todos los seres humanos somos fruto de una relación sexual entre un hombre y una mujer adultos.» Su madre fue Adela, siempre lo supo, nunca se lo habían ocultado y se referían a ella como su madre. Pero quién era su padre fue algo que averiguó poco a poco. Pedro, Ángel y Juanito se referían a él como Diego o el dueño del cortijo. ¿Por qué nadie se atrevía a nombrarlo como su padre? Tenía claro que Diego y su madre tuvieron una relación, la fotografía de la boda y el traje de novia que guardaba en el baúl lo constataban, y no parecía que su madre hubiese tenido otra relación con hombre alguno. Estaba claro: Diego era su padre. El hecho de haber averiguado una cuestión tan fundamental en la vida de un ser humano, lejos de aclarar sus dudas, hacía que surgieran mil más: ¿Por qué le había prohibido vivir con él? ¿Por qué no podía llamarlo papá? ¿Por qué su abuela le odió tanto? Tendría que preguntárselo a Ángel, o tal vez a Pedro, que parecía tener más relación con Diego. En aquel momento Pedro estaba en su ventana, podía aprovechar, pero no, primero le preguntaría a Ángel.

Pedro estaba a punto de marcharse cuando Lucía levantó la vista de su libro y le dedicó una sonrisa.

—Hasta pronto, Lucía. Te traeré lo que me has pedido.

La niña asintió con alegría y lo despidió con la mano.

Una figura femenina y desgarbada, que a cada paso tenía que dedicar un tiempo a recolocar sus huesos, se acercaba hacia Pedro por el camino que recorría parte de la finca de Diego.

—Buenas tardes, caballero.

—Muy buenas.

—¿Usted no será por casualidad don Diego?

—No, lo siento, me llamo Pedro.

—Verá, me dirijo a la casa de este señor para pedirle trabajo. ¿Viene usted de allí? ¿Sabe si está en su casa?

—Sí, está en su casa, acabo de estar con él.

—Pues voy a ver si me recibe. Yo es que trabajo en casa de Juan, ¿sabe usted quién es? —Inmediatamente se dio cuenta de que no debía haber contado este detalle a un amigo de Diego, conocía la enemistad entre los vecinos.

Pedro asintió abrumado, la mujer hablaba muy deprisa y con seguridad. No le dejaba el tiempo necesario para contestarle como era debido.

—Principalmente me ocupo de lavar, planchar y ayudar a la señora en la casa. Claro, solo tengo libres las tardes, la señora me necesita por las mañanas. Con lo que gano allí no tengo suficiente para sacar adelante a mis cinco hijos. —Pedro no daba crédito, la mujer le estaba contando su vida sin conocerlo, y, en aquel momento, le costaba concentrarse en sus palabras—. Se me ha ocurrido que a don Diego podría venirle muy bien que le echara una mano en la casa. Había pensado pedir trabajo en el pueblo, pero me pilla muy lejos para ir y venir en el día, pasaría la mitad del tiempo en el camino, yo vivo allí arriba en la colina. —Dirigió su dedo índice hacia el lugar—. El cortijo de don Diego es muy grande, tiene que haber trabajo para mí. —Mientras hablaba mantenía las manos metidas en los bolsillos de su impoluto delantal, con una de ellas hacía sonar continuamente unas monedas, seguramente el jornal que había recibido en casa de Juan—. Él es viudo ¿no?

—Sí. —A Pedro no le dio tiempo a decir más.

—Ya ve usted, viudo y con una hija pequeña, seguro que le viene bien que le eche una mano.

Herminia no tenía ni idea de lo acertadas que eran sus palabras. Por supuesto que a Diego y a Lucía les vendría muy bien la presencia de una mujer en el cortijo, sobre todo a Lucía. La miró detenidamente, a pesar de tener a sus espaldas muchas horas de trabajo y de mostrar graves problemas de huesos, se la veía aseada y con energía suficiente como para seguir trabajando un par de jornadas seguidas. Padecía un fuerte estrabismo y, mientras hablaba, Pedro tenía la sensación de ser ignorado y de que Herminia conversaba con un acompañante invisible que estuviera a su derecha. Tenía un hombro más alto que otro, lo que hacía que la ropa pareciera colgarle de un lado. Su asimetría física era muy acusada. Observándola más detenidamente, se dio cuenta dónde estaba su problema de huesos: tenía una pierna bastante más corta que la otra, por eso uno de sus zapatos se alzaba sobre una suela de unos quince centímetros más alta que la del otro. Este era el motivo de su extraño caminar y de que pareciese que su cuerpo amenazara constantemente con precipitar hacia un lado. Obviando sus dolencias, era una mujer de aspecto saludable, de cuarenta y tantos años, pensó Pedro.

—Pues la verdad es que sí, que le vendría muy bien que le echaran una mano en casa, aunque no estoy seguro de que esté dispuesto a aceptarla, se ha acostumbrado a vivir solo y no parece molestarle la mugre que se le está acumulando por los rincones. —Pensó que había hablado demasiado a una extraña, pero estaba dicho—. En fin, todo es cuestión de intentarlo. Le deseo suerte —quiso terminar Pedro, ya dispuesto a reanudar su camino.

—Ay, si usted quisiera acompañarme, seguro que si aparezco sola ni siquiera me recibe. Parece usted un buen hombre, y dicen por ahí que Diego tiene muy mal carácter. No sabe usted la falta que me hace el traba...

—No creo que mi compañía pueda ayu...

—Venga, no sea usted así. —Herminia no estaba dispuesta a dejarse vencer tan fácilmente, y Pedro, verdaderamente, era un buen hombre.

Finalmente, Herminia consiguió trabajo en el cortijo. A pesar de la discusión que había mantenido momentos antes con Pedro, Diego no opuso ninguna resistencia a recibirlo de nuevo y con semejante compañía y proposición. Eso sí, impuso a Herminia unas condiciones que no podía saltarse bajo ningún concepto: no quería chismes, si se enteraba de que Herminia se dedicaba a ir contando por ahí lo más mínimo de los asuntos del cortijo, la pondría en la calle inmediatamente —Herminia era lista, omitió deliberadamente que por las mañanas trabajaba en la casa de Juan, sabía más de lo que parecía—; no podría llevarse de la finca nada sin permiso del capataz, «¡Ni un pimiento!», le dijo Diego poniendo mucho énfasis; y no quería que le nombrara a la niña jamás, si quería visitarla era su problema. A Herminia no le sorprendió el modo en que se refirió a su hija, todo el mundo en el pueblo conocía la mala relación que tenía con ella, hacía tiempo que se rumoreaba que no estaba en un colegio y que vivía en la zona trasera del cortijo.

—Ya ve usted, diez duros a la semana, y no va a darme ni un pimiento para los niños. ¿Ha visto usted las espuertas de verduras que tenía al sol en la puerta de la casa? Con el calor que hace para mañana estará todo hecho caldo. ¡Ay! Con lo bien que les vendría a mis niños un gazpacho esta noche —decía Herminia a Pedro mientras salían de la finca.

—No se preocupe, es verdad que don Diego tiene muy mal genio, pero ninguno de sus empleados se queja de su forma de pagar. Le ha dicho que no se lleve nada sin su permiso, lo que no quiere decir...

—¡Señora! ¡Señora! —El capataz estaba llamando a voces a Herminia con unos canastos en la mano.

Rápidamente, Herminia volvió sobre sus pasos; a pesar de su cojera, tan ligera que a Pedro le costaba trabajo alcanzarla. Verdaderamente, aquella mujer debía estar muy necesitada, se dijo Pedro.

Los canastos estaban a rebosar: tomates, pimientos, cebollas, ajos, judías verdes, media docena de huevos y una botella de aceite. En un instante Pedro se reconcilió con Diego, era un hombre lleno de defectos atroces, pero su generosidad estaba fuera de toda duda; por eso, a pesar de su agrio carácter, los jornaleros del pueblo preferían trabajar en su finca.

Con un canasto en cada mano, Herminia salió del cortijo como loca, ni siquiera permitió que Pedro la ayudara a aliviar su carga el tramo del camino que debían hacer juntos. Los canastos eran suyos, para ella un gran tesoro, por nada del mundo iba a soltarlos, aunque tendría que hacer un esfuerzo ciclópeo para transportarlos durante los dos kilómetros que la separaban de su modesta casa en la colina.

—Y yo hablando mal de este buen hombre —relataba Herminia—, si es que tenía que haber nacido muda. —Pedro sonrió para sí, mientras miraba cómo se balanceaban los canastos con el vaivén de su cojera y los huevos luchaban por mantenerse dentro; solo le hubiese faltado eso, que hubiera nacido muda—. No se va a arrepentir de haberme dado trabajo, ya lo verá usted —decía a Pedro entre los resuellos provocados por el esfuerzo.

Los pasos que rompían su silencio se hacían cada vez más contundentes. Eran completamente extraños para ella, sonaban irregulares, carentes de toda sincronía. La curiosidad la llevó hasta la ventana. La mujer que se dirigía hacia su casa caminaba como si estuviera bajando una interminable escalera.

—¡Hola, niña! —saludó Herminia mientras se apoyaba en el filo de la ventana.

Lucía ni se inmutó, miraba a Herminia fijamente, intentando atrapar aquel ojo que huía por su derecha y la desconcertaba. Pensó que los humanos podían tener miradas muy distintas. A saber: Juanito miraba con un solo ojo, Diego..., Diego no miraba, Ángel no apartaba sus ojos de ella y aquella mujer miraba en dos direcciones. Sintió unas ganas irrefrenables de ponerse ante el espejo del baño y examinar sus ojos, pero no era el momento; aunque tenía muy claro que sus ojos también eran diferentes, al menos de otro color.

—¡Madre mía! Qué ojos. Tú eres Lucía, ¿no?

La niña asintió tímidamente, mientras pensaba que, efectivamente, también sus ojos sorprendían a los demás. Tuvo claro que los ojos eran como una seña de identidad.

—Ay, qué tonta soy, yo me llamo Herminia, y a partir de hoy voy a trabajar todas las tardes en el cortijo, para encargarme de la limpieza y la ropa, ya sabes. Así que me tienes a tu disposición. Intentaré venir todos los días a darte una vuelta, puedes pedirme lo que necesites. ¿Qué edad tienes? —cambió de tema radicalmente.

Lucía mostró sus manos con siete dedos extendidos y una sonrisa; empezaba a mostrarse más confiada. Pasada la primera impresión, Herminia le pareció simpática.

—Mira, la misma que mi Rosi. ¿Estás subida a algún sitio? —preguntó la curiosa señora, dudando de que con siete años la ventana enmarcara a la niña más abajo del pecho.

Lucía movió la cabeza hacia los lados con gesto de extrañeza. Había entendido la pregunta, aunque no comprendía el interés que tenía la mujer por saber si estaba sobre el suelo o sobre el cajón, hacía meses que no lo utilizaba.

—Pues estás muy alta para tu edad. Lo mismo es que mi Rosi es más bajita de lo normal. Claro, si es que el alma mía come muy poco. Desde que nació ha sido muy delicada para comer, no había manera de que me cogiera el pecho.

Lucía no entendió la importancia que tenía en el crecimiento que su Rosi no le hubiera cogido el pecho; aunque, pensándolo bien, ella se crio entre los de su abuela, tal vez por eso le había parecido tan alta a Herminia. Le miró los pechos; desde luego, nada que ver con los de su abuela. Tendría que buscar información en algún libro, había algo que se le escapaba.

Herminia, ignorando la extraña expresión de la niña, que miraba fijamente su pecho, siguió:

—La verdad es que tampoco tenía mucho que darle y, cuando dejó el pecho, tampoco he podido darle mucho más. Sopa de ajo y pan duro ha sido el plato de casi todos los días en mi casa. Ahora, que mi Mari solo tiene dos años más y parece su madre. Anda que no le han sentado bien a mi Mari las sopas de ajo; ¡está más lustrosa!, y tiene unos colores mi niña. Los varones tampoco me han dado muchos problemas, los dos mayores son unos mulos y mi Pepito, el que tiene dos años, ahora mismo se cría bien con la teta y unas gachas de leche y pan rallado al día. —Hablaba y hablaba mientras Lucía intentaba seguirla desconcertada—. Y a ti, ¿quién te da de comer, hija mía? —Lucía señaló con el índice hacia el estrecho camino que llegaba hasta la casa de Juan mientras se preguntaba por qué Herminia la llamaba hija mía—. ¡Ah!, claro, el plato que Luisa aparta todos los días y deja sobre el poyo de la cocina es para ti. Así estás tan guapa, si es que en esa casa se come muy bien, no hay más que ver a los muchachos. Bueno, al pobre Juanito de poco le sirve. ¡Qué cosas más grandes pasan! —Ella seguía, echada en el filo de la ventana; si Lucía se hubiese marchado no se habría dado ni cuenta—. Hay que ver lo listo que le ha salido el niño a doña Luisa, si no fuera por la desgracia que tiene en la cara, habría llegado a ser una eminencia, político o algo así. ¡Qué vida esta! ¡Ay! —suspiró.

Lucía decidió hacerla pasar, Herminia tenía charla para rato y estaba cansada de estar de pie, sin apoyo alguno; no podía echarse sobre el filo de la ventana, Herminia tenía medio cuerpo prácticamente dentro de la casa. Dio los tres pasos a la derecha que la separaban de la puerta y la abrió de par en par, invitándola a pasar.

—Gracias, niña, pero hoy no puedo, ya tendría que estar trabajando. ¡Uf! Qué tarde se me ha hecho. Mañana, mañana echaremos otro ratito de charla, guapa. ¿Quieres que te traiga algo?

—Lucía negó y la despidió con la mano.

Le gustó Herminia, le gustó mucho escucharla; que le hablara de sus hijas, de otras niñas como ella. Sabía que ella no era la única que habitaba en el planeta, sus libros le habían contado historias de princesas, de muchachas pobres, ricas, tristes, alegres..., y, naturalmente, Ángel le había comentado que en su colegio había conocido a muchas niñas de su edad. Pero nunca había visto a ninguna. Herminia tenía dos hijas, una de su misma edad, y vivían en la casita de la colina. Quizás, algún día, quisieran ir a visitarla y se hicieran amigas, como ella y Ángel. La visita de Herminia la había hecho soñar, y lo único que le apetecía en aquel momento era escribirlo en su diario, eran las cinco de la tarde, tenía las tareas hechas y Juanito no volvería hasta las ocho y media. Así que se dispuso a escribir:

«Hoy he tenido una visita inesperada. Se llama Herminia. Herminia habla mucho y me ha contado un montón de cosas en un momento. Tiene cinco hijos, dos de ellos son niñas como yo, se llaman Rosi y Mari. ¡Dos niñas de mi edad! Puede que algún día vengan a visitarme. ¡Qué tontería! Ellas se tienen la una a la otra, no necesitan una amiga. Herminia me gusta, es capaz de contar cosas muy tristes sin perder la sonrisa y también puede mirarme con un ojo mientras con el otro observa lo que hay a mi alrededor. Me ha dicho que mañana volverá. No sé por qué, pero estoy deseando volver a verla...»

—¡Lucía! ¡Lucía!

—¡Ángel!

—¿Se puede saber qué es lo que escribes con tanto interés que ni siquiera te has dado cuenta de mi llegada?

—Lo siento. No sabes lo que me ha pasado hoy, ha venido alguien a verme...

Lucía le contó con gran entusiasmo lo acontecido aquella tarde. Para ella, encontrarse frente a frente con alguien de su mismo género, después de años, fue como si de repente las posibilidades de su pequeño universo se hubiesen multiplicado. Ahora, cuando escuchase pasos acercarse, tendría que reconocerlos entre cinco. Bueno, los de Herminia serían muy fáciles de reconocer. Lo mejor era que Herminia no parecía exigirle nada a cambio de su visita, solo que la escuchara, y a ella ¡le gustaba tanto escuchar! Cada historia del mundo exterior para Lucía era un tesoro del que volvían a nacer mil historias más. Ángel le hablaba de sus compañeros, de sus problemas con el profesor de matemáticas, de lo que añoraba a su madre..., pero no entendía nada de chicas. En cambio, Herminia le traería a casa ese otro mundo que tanto extrañaba y, quizás, algún día, a sus hijas.

—Ay, señor Diego, esa niña está muy sola —habló Herminia a su patrón mientras cortaba contra su pecho un buen trozo de hogaza para acompañar los huevos con jamón que ya estaban sobre la mesa frente a Diego—, yo creo que por eso no habla.

Diego soltó la loncha de jamón serrano que estaba a punto de engullir para mirarla y dar énfasis a lo que tenía que decirle, pero ella se le adelantó:

—¡Jesús! Don Diego, no me mire usted así. Parece que fuese a asesinarme. Ande, coma, coma. ¡Bendito sea Dios! Qué manera de mirar.

—Te dije desde el primer momento que no me la nombraras. No quiero saber absolutamente nada de lo que pasa en esa casucha, ¿lo has entendido? Si esa niña se ha atrincherado allí es por voluntad propia, no sale porque no quiere.

—¡Huy! Porque no quiere, pero si tiene siete años. Qué sabrá una niña tan pequeña de lo que quiere o no. Claro, como la pobre no habla, tampoco sabemos lo que piensa.

—¡Que no habla! Habla más que tú, que ya es decir. —Sin darse cuenta, Diego estaba abordando una conversación que él mismo había prohibido en su casa. Herminia tenía la virtud de obviar sus órdenes y conseguir que él también las pasara por alto—. Alguna vez la he oído hablar desde la despensa con el primo del Lisiado, ¿cómo se llama?

—Ángel, se llama Ángel, don Diego.

—Pues eso. No se le ocurra decirle a la Maldita que sé que la visita ese desgraciado. —Herminia le puso un gesto muy desagradable al oír cómo la llamaba—. Le tengo prohibida la entrada en el cortijo desde hace mucho tiempo, si me doy por enterado tendré que volver a echarlo y, total, a mí qué me importa.

—Pues hace usted muy bien, hace usted pero que muy bien. —Le daba la razón la astuta mujer para que se sintiera cómodo y siguiera largando. Le hubiera dicho que Ángel era un buen chico, pero claro, entonces tendría que contarle que trabajaba en su casa y eso pondría en peligro aquel nuevo trabajo que tanto alivio estaba suponiendo para los estómagos de sus hijos—. Entonces, ¿la niña habla? Ay que ver, qué cosas.

—Ya le digo, no es oro todo lo que reluce.

—Buenooo..., si lo sabré yo. No tiene usted más que mirarme a mí: ¿quién diría que mi abuelo fue un ilustre gallego?, hasta escribió libros.

—Nadie, Herminia, nadie —dijo Diego mientras rebañaba el resto de yema de huevo con un buen pellizco de pan.

—Pues eso. —Haciendo un gran esfuerzo, Herminia se obligó a sí misma a terminar la conversación, pisaba terreno peligroso y, por esa noche, era suficiente.

—Bueno, voy a dar una vuelta por el pueblo, es pronto para acostarme. —Se levantó buscando la cajetilla de tabaco en el bolsillo de su camisa—. ¿Qué se oye?

—No sé —contestó Herminia.

Pero los dos sabían que era un violín. Solo podía ser Lucía. Ninguno quiso volver a nombrarla.

—Bueno, pues me voy. Si quiere la acerco en la camioneta hacia su casa. —Se sorprendió a sí mismo al hacer tal ofrecimiento.

—Ay, muchas gracias, don Diego, pero ya me voy luego con mi hijo y el Julián cuando terminen de arreglar las cuadras.

—¿Su hijo también trabaja para mí? —Y se marchó sin darle tiempo a contestar.

Aunque ya estaba sola en la cocina, casi susurrando, contestó la pregunta: «¿Y quién no trabaja para usted?» En realidad el hijo mayor de Herminia llevaba trabajando en el cortijo tan solo una semana, lo mismo que su madre; parecía que las penurias de Herminia habían acabado gracias a Diego.

Sentado en la camioneta, de camino hacia el bar de Paco, su mente se empeñaba en repasar, una y otra vez, la conversación que había mantenido un rato antes con Herminia; aunque jamás lo reconocería ante nadie, a él también le gustaba Herminia. Sin la cojera y el estrabismo, y un poco menos charlatana, su padre la hubiera considerado la mujer perfecta: ni tonta ni lista, ni fea ni guapa, trabajadora, alegre y una leona para su casa. Hacía mucho tiempo que no se sentía tan relajado, capaz de disfrutar de algo tan cotidiano para él como un paseo en su camioneta hacia el pueblo. Llevaba la ventanilla abierta; la fresca brisa de aquella noche de finales de septiembre arrancaba los últimos olores verdes al campo, antes de que el otoño y sus primeros fríos arrasaran con ellos de un plumazo. Se sintió tan sorprendido de ser capaz de apreciarlos que paró la camioneta bajo una vieja encina para eternizar el momento. Un grillo rezagado puso música al momento. Sus entrañas, repentinamente laxas, estaban diluyendo su voluntad y, a su pesar, su mente se estaba inundando de pensamientos que él creía ya enterrados, controlados. «¡Adela! Qué injusta fue tu despedida. ¿Por qué? No debiste entrar en el pajar con Juan»; lo que ocurriera o no aquel día, ya no importaba. La actitud en la que los sorprendió fue reveladora; entre ellos había una complicidad ofensiva para un marido como él. ¿Cómo pudo atreverse a abrazar al vecino bajo su propio techo? Pensó que su reacción estaba más que justificada. Lo peor fue la hora. El hecho de que el cortijo estuviera tan concurrido aquella mañana, y de que él, llevado por la ira, alarmara al personal, que acudió a las inmediaciones del pajar, fue crucial; sin testigos, tal vez, solo tal vez, se hubiera retractado y, aunque nunca la hubiera perdonado, todo habría quedado entre ellos, y, quién sabe si, con el tiempo... Pero la tragedia se representó en la misma puerta de su casa y ante parte del pueblo. De hecho, con respecto a su padre, él fue bastante benevolente dejándola vivir en el cortijo. Su propia madre fue arrojada a la calle con cuatro trapos por un hecho parecido, según contaban las malas lenguas del pueblo. ¡Su madre! ¿Dónde estaría su madre? Probablemente muerta. «¡Mamá!», gritó el niño que vivía en su interior, al que sesgaron la infancia aquel día y dejó de jugar entre el maíz, y de chapotear en al riachuelo, y de tirarse a la paja desde el alféizar del granero, y de dormirse rendido en los brazos de su madre. «¡Mamá!», gritó con desesperación, dejando que su voz atravesara el grueso muro de amargura, con la esperanza de que ella contestara al fin.

La luna llena de aquella noche reverberaba en el charco de sangre que no conseguía evaporarse de su mente. ¿De quién era la sangre que recorría lo que a él le pareció un arma mortal, buscando el suelo? O, ¿no era un arma? Quizás era el machete con el que su padre degollaba a los marranos. Quizás el charco no era tan grande. Tal vez Dieguito se asustó y magnificó la situación. Pero, si estaba viva, ¿por qué nunca regresó? ¿Cómo pudo olvidarse de su hijo? «¡Mamá!» El niño la seguía llamándola sin consuelo. Nunca lo sabría, lo que pasó aquel día ya había sido digerido por los gusanos del panteón de todos los Diegos. Su corazón no podría jamás hacer justicia; no era posible sin conocer la verdad. Las dudas y rencores que él arrastraba como yugos también serían, algún día, alimento para los gusanos del panteón de los Diegos. Su mente le estaba tendiendo una trampa, había bajado la guardia y había caído en ella. «¡Adela!», de nuevo. Lo cierto es que la quiso a morir, y su ausencia había ahogado su espíritu. Pero seguía siendo un del Valle y aún le quedaba ser el quinto don Diego que engrosara la lista del mausoleo. Era, con diferencia, el mejor mausoleo del pueblo. No, era el mejor de la ciudad. Los hombres se quitaban el sombrero cuando leían sobre el frío mármol el dorado apellido. Ignoraban, ¿o no?, los tétricos secretos que se escondían tras la piedra. Los pobres eran así, respetaban la opulencia, seguramente porque conservaban la ingenuidad; la astucia se desarrolla cuando tienes algo que defender y ellos solo tenían hambre y trabajo. ¿De qué otro modo puede un hombre que va enjugándose las lágrimas tras el ataúd de un ser querido, hacer un paréntesis en su propia pena para dedicarle una inclinación de cabeza al apellido de los Diegos? «¡Adela!», otra vez. ¿Por qué te fuiste sin saber cuánto te quise? ¿Por qué te encerré para siempre en la oscura morada de tus verdugos? ¿Acaso se quitan el sombrero por ti?

La colilla cayó de su mano temblorosa. El flamante pantalón azul dio paso a un boquete en su bragueta. Daba igual, esa noche, la Gata tendría que venderse a otro cliente, otro que no fuese acompañado por la conciencia.

Eran casi las diez de la noche y todavía tenía que escurrir la ropa que había dejado en remojo por la mañana y ponerse el pijama. A las diez echaban en la radio esa música que tanto le gustaba. La ponía bajita, muy bajita, apenas para oírla bajo su violín. Así aprendió a tocarlo, acompañando, solo de oído, las preciosas melodías que salían de la caja mágica que heredó de su abuela. Simultáneamente, se preocupó de aprender cómo se llamaba cada nota. El proceso de aprendizaje le resultó relativamente fácil. En los manuales que le regaló Ángel había algunas canciones que ella conocía de haberlas escuchado en la radio y las había cantado mentalmente casi a la primera. Las sílabas de las letras de las canciones estaban separadas por guiones, cada guion indicaba un cambio de nota, y debajo de dichas sílabas estaba escrita la nota correspondiente. Después aprendió el símbolo de cada nota y a representarlas en el pentagrama, siempre ayudada de libros explicativos de la materia; la comprensión de la lectura no significaba problema alguno para ella. Fue así como en unos meses aprendió a escribir música, a la vez que practicaba con su violín; todo, ¡ella sola!, y su insaciable interés por aprender. Cuando necesitaba alguna explicación extra, Ángel le traía algún libro de la biblioteca de su casa, donde podía encontrar la información.

Mientras esperaba a su hijo, Herminia decidió dejarse guiar por la música y hacer una visita a Lucía.

Allí estaba, sentada en la cama, parecía una muñequita de porcelana pegada a su violín, de esas tan caras que adornan las casas de los ricos. Estaba tan concentrada que no advirtió la presencia de Herminia en la ventana. Parecía que llevase toda una vida tocándolo. Herminia observó la escena complacida. Sobre el pequeño poyete de la cocina, la vieja radio de madera de cerezo; su deliciosa música, apenas audible, huía suavemente buscando el oído de Lucía. A dos metros de la radio, entre la barbilla de la niña y su clavícula, el violín, pegado a ella como si naciera de su cuerpo, acunado tiernamente. Sus manos lo arrullaban y acariciaban a sabiendas de que cualquier movimiento inexacto rompería el encantamiento. Tenía la cabeza inclinada hacia la izquierda, atenta a la respuesta que le devolvía tanto mimo. En aquel momento, Lucía estaba en otro mundo, no en su mundo particular, en otro mucho más sublime, ese en el que abandonamos la identidad y nos unimos a la esencia original, donde no existe el tiempo, ni el lugar; solo sientes.

Herminia supo que en esa casa estaba aconteciendo el milagro, un milagro que te asalta pocas veces en la vida, pero que, cuando ocurre, te reconcilia con tu existencia y, sin la más mínima explicación, te hace comprender el porqué de todas las preguntas. Estremecida, hizo un gran esfuerzo para no romper el momento; un leve suspiro suyo podría arrancar a la niña del paraíso, inmersa en el segundo movimiento del Concierto para Violín y Orquesta de Bruch. La contempló a placer.

Era una fría noche de febrero, el único enchufe de la estancia estaba ocupado por la radio. Para paliar el frío, Lucía se había echado su mantita rosa sobre las rodillas. Unos gruesos calcetines azul marino asomaban entre la manta y el suelo; seguramente de los muchachos, el derecho tenía un agujero importante y por él asomaba su dedo gordo, violáceo por el frío. El viejo pijama de franela ahora le quedaba pequeño y, bajo sus mangas, asomaba una camiseta blanca de algodón, al menos cuatro tallas mayor de lo debido. Sus tiernas manos se movían con delicadeza y destreza, ignorando el frío que soportaban y los mechones negros que intentaban enredarlas. Los ojos cerrados, cautivos en su interior, no había nada que mirar, solo escuchar. «¡Qué bonita es!», pensó Herminia. Lucía era de esas criaturas que habían nacido para que la naturaleza se complaciera en ellas, mostrando al mundo lo que es capaz de llegar a surgir de su seno.

Una linterna a lo lejos llamó su atención, su hijo la estaba buscando. Emocionada y en silencio, se marchó. Renovada, reconciliada con el mundo.

Al día siguiente volvió a visitarla antes de comenzar su trabajo en el cortijo. Cuando se acercó al cristal, comprobó que estaba acompañada de Juanito, los dos inmersos en un montón de libros. Miró el reloj, aquel día era más temprano de lo normal, volvería más tarde.

Las cuatro y media, Juanito ya se habría marchado. En cuanto terminara de cambiar las sábanas de la monumental cama de Diego, iría a ver a Lucía. Le gustaba su trabajo; al contrario de lo que pudiera parecer, le dejaba margen para la creatividad. Diego le dejaba absoluta libertad, era un hombre chapado a la antigua, las labores del hogar no le interesaban lo más mínimo. Si contrató a Herminia fue principalmente porque podía permitírselo de sobra y por mera inercia: contratar a trabajadores de todo tipo era una tarea diaria para él. Además, estaba cansado de oír que necesitaba ayuda, que la casa estaba cada vez más deslucida.

«Ya está. ¡Qué bonita me ha quedado!», susurraba Herminia mientras miraba la cama, solo ella podía apreciar aquel trabajo. El olor a lavanda y naftalina inundaba la habitación. Acarició el embozo de la sábana, sus dedos resbalaron por el fino bordado de hilo, despacio, disfrutando del tacto. Se retiró unos pasos y volvió a mirarla. La cama era magnífica: de sólida madera tallada hasta el último rincón. Pero sin ella, se dijo, no podría lucir tan bella: el colchón bien mullido, cada capa que lo envolvía sin la más mínima arruga, como la piel de un niño, y dispuesta en su justo lugar, almidonada y planchada a la perfección. ¡Y todo lo habían hecho sus manos! En lo que ella hacía, era la mejor.

Una gélida brisa invernal se colaba por la ventana entreabierta, meciendo los inmaculados visillos. Pero, a simple vista, la habitación resultaba cálida. Las alfombras de piel de oveja para los pies, limpias y peinadas. Sobre el aparador, los retratos de los otros Diegos, bien colocados, acompañados por un par de claveles dispuestos en un jarrón de cristal labrado; los clavos, mecheros y cajetillas de tabaco arrugadas y a medio terminar, que Diego dejaba sobre él cada noche, metidos en el primer cajón de la izquierda. Un último vistazo a su alrededor la transportó a su infancia, donde aún todo estaba en orden, perfecto. Diego no tenía la capacidad de apreciar su trabajo, ¿y qué? Ella sí. Mucho más que suficiente para sentirse orgullosa. Satisfecha, cerró la puerta tras de sí, con las sábanas sucias en su regazo y una envidiable sonrisa.

Con una cacerolita, llena de asadura en salsa con almendras, en la mano, se encaminó hacia la salida. El día antes le había pedido a Diego que le dejara sobre la cocina los avíos necesarios y, como siempre, se había encontrado cantidad suficiente para dar de comer a todos los jornaleros; Diego no podría comerse aquella gran perola ni en una semana, y ella tenía prohibido llevarse alimentos del cortijo. Pero si le llevaba a Lucía un poquito..., al fin y al cabo era su hija. El guiso le había salido especialmente bueno, Diego se iba a chupar los dedos.

—Mis normas parece que no van contigo. —Diego la sorprendió a la salida—. ¿Adónde vas con esa cacerola?

—¡Ay! —Herminia iba ensimismada y se llevó un susto soberbio—. Don Diego, qué susto me ha dado.

Diego le llevaba toda la cabeza en altura. Con la mirada fija en un botón de su camisa, a Herminia su pecho le pareció inmenso

—lo era—. La cazuela estaba a rebosar, al chocar contra la barriga del Goliat parte del líquido cayó sobre su ropa. Herminia bajó la vista y contempló el desastre antes de volver a hablar:

—Lo siento, don Diego, no me lo esperaba.

—Ya veo, ya. ¿Adónde piensas que vas con esa olla?

Por fin Herminia reaccionó:

—¡Ah! No es para mí, don Diego, iba a llevársela a la niña, era demasiada comida para un hombre solo y, total, para tirarla, pues...

—Está bien, está bien, Herminia. Pero haga el favor de no darle más vueltas al cortijo, si quiere ir a la casucha hágalo por la despensa.

—Es que yo no sabía si usted...

—Voy a cambiarme, me ha puesto usted perdido.

—Luci, Luci, soy yo —llamó Herminia a la niña mientras daba unos suaves golpes en la puerta antes de entrar para no asustarla.

Desde que Lucía dejó de utilizar el viejo cajón de madera para alcanzar el fregadero, lo usaba para apontocar la puerta de la despensa; esta no tenía cerrojo y el ruido que producía la caja contra el suelo al ser arrastrada la alertaría enseguida de cualquier visita inesperada.

Estaba en el baño. Bajo el sonido del agua le pareció oír unos golpes secos. Rápidamente, se subió el enorme pantalón de pana y se abrochó la correa —sin ella no había manera de mantenerlo en su lugar—. Llevada por la premura, antes de salir, mientras luchaba con la hebilla de la correa, se asomó por la rajita de la puerta. Se quedó paralizada tras ella. ¿Sería Diego? ¿Qué querría? «Ya está, viene a quitarme el violín, seguro que no lo dejo dormir por las noches», pensó. Las piernas empezaron a temblarle. A pesar de vivir sola, era la primera vez que sentía auténtico miedo. Si después de tantos años Diego se había decidido a entrar... Se quedó mirando cómo el agua del lavabo rebosaba y saltaba por los filos en pequeñas cascadas. Quiso cerrar el grifo, o quitar el tapón, pero sus músculos no le respondían. Los dos calzoncillos, que tiempo atrás fueron de Ángel y ahora eran su ropa interior, flotaban en la superficie antojándoseles siniestras figuras. Sus viejas zapatillas se estaban encharcando. En un intento de no perder la razón, fijó sus ojos en el chorro que iba desde la boca del grifo hasta la cristalina superficie; observar las caprichosas formas que adoptaba en su caída la ayudaba a no desmoronarse. Tenía la espalda contra la puerta, alguien la empujaba desde fuera. «¡Yo soy más fuerte! ¡Yo soy más fuerte!», gritaba en su interior, tensa como un garrote. «¡Yo soy mucho más fuerte»! Como la peana de una estatua, sus pies fueron deslizándose por el agua.

Unos mechones castaños asomaron por la abertura de la puerta.

—Luci, cariño, ¿estás bien? —La voz de Herminia sonaba angustiada—. Me estás preocupando.

Empujó con más fuerza y la puerta cedió. Abrazada a sí misma, intentando controlar sus temblores, la pequeña miró a Herminia con los párpados separados hasta lo imposible. No la veía; aún era prisionera del pánico y no había vuelto a la vida real.

—¡Luci! —Herminia había decidido acortarle el nombre, como había hecho con sus cinco hijos—. Vuelve en ti. Soy yo, Herminia. —Y se lanzó a abrazarla—. Lo siento mucho, pequeña —decía, consciente de que su entrada por la puerta de la despensa había sido la causa del pánico que la poseía.

De repente, Herminia se dio cuenta del desastre que estaba causando el agua y, sin soltar a la niña, buscó con su mano izquierda el tapón en el fondo del lavabo.

—Ya pasó todo, pequeña. ¡Qué estúpida soy! Venga, ya está.

Lucía comenzó a llorar y el llanto la sacó de su pesadilla. Y allí de pie, mientras la humedad subía por sus medias, Herminia esperó pacientemente a que Lucía se consolara en su pecho. El desconsuelo de Lucía empapó su delantal.

Poco a poco, entre sollozos, sus sentidos comenzaron a reaccionar, resucitándola: ¡Qué bien olía la ropa de aquella mujer! ¡Qué fríos sentía los pies! ¡Qué saladas estaban sus lágrimas!

¡Qué especialmente triste estaba aquel invierno el camino que avistaba de soslayo por la ventana desde la puerta del cuarto de baño! ¡Qué cálida le sonaba la voz que la consolaba en aquel momento! Ya está. Había escapado de las garras del pánico. Por unos momentos, había caído en el lado oscuro; pero el pecho de Herminia la había rescatado, devolviéndole primero los sentidos y después la voluntad. Había vuelto a su pequeño mundo, que por unos instantes creyó perder; pero con una lección aprendida: su mente, tan llena de recursos, escondía emboscadas y había caído en una, ahora que conocía esos fantasmas oportunistas, no podría explorarla a su antojo. Ya no estaba segura entre sus paredes; las puertas, las ventanas, los grifos..., podían convertirse en armas letales.

Un profundo suspiro acabó con los sollozos. Herminia se separó un poco de la niña para poder mirarla.

—¿Estás mejor?

Dos piélagos de invierno la sorprendieron. Profundos. Salvajes. Inmensos. ¡Tan honestos! ¡Tan vivos!

—¿Luci? —La niña reaccionó y asintió—. Criatura, ¿por qué vives aquí encerrada?, el mundo tiene derecho a tenerte. Tengo que irme, pero si te hago falta me quedo.

Sus ojos arrojaron comprensión, volvió a mover la cabeza afirmativamente y dio un paso atrás. Con sus gestos quiso decirle a Herminia que podía marcharse. Por supuesto que prefería que se quedara, nadie la necesitaba en aquel momento más que ella. Aun así, la dejaba marchar. Juanito le había enseñado a poner en su justo lugar el deber y la necesidad; para él, por supuesto, solo había una necesidad antes que el deber: la necesidad de acostarse con el deber cumplido, todo lo demás podía esperar. «Pero por favor, ¡vuelve en cuanto puedas!», le decía con la mirada.

—Volveré después. Y cámbiate de ropa, por si no te has dado cuenta, te has orinado. Es imposible que el agua haya podido llegar hasta tu... bragueta. ¡Jesús! —Se quedó mirándola perpleja—. Tengo que conseguirte un par de vestidos decentes.

Lucía la despidió agitando suavemente la mano. Una mano

amoratada, con las uñas carcomidas por la sosa del jabón, llena de sabañones y rasguños. ¡Una mano tan tierna e inocente! «¡Jesús! ¡Jesús!», iba relatando Herminia mientras recorría de nuevo la despensa, «Qué criatura más bonita». Y de la luz —la casita de Lucia—, pasó al purgatorio —la despensa—, y del purgatorio al infierno —la gran mansión de Diego—; pero ella sabía burlarlo, estaba preparada, lo había tenido frente a frente durante los años que vivió en la magnífica y fría casa de sus padres. «¡Jesús! Qué pasillo más frío y oscuro», seguía mascullando dirigiéndose hacia la escalera.

—Bueno, me voy. Intenta resolver sola estos problemas. Mañana empezaremos a estudiar los decimales y, si nos da tiempo, el Renacimiento. Esta semana has estado especialmente distraída. No sé lo que te pasa últimamente, pero estás en Babia.

Herminia esperaba detrás de la puerta de la despensa a que se marchara Juanito para visitar a la niña. ¡Qué extraño le resultaba aquel muchacho! Tan frío, tan aparentemente seguro detrás de su peculiar antifaz. ¿Cómo era posible que el encanto de Lucía no lo hubiera conquistado? Hasta cierto punto, lo de Diego era normal, no tenía trato con ella; pero Juanito, que podía contemplarla a diario... El diablo se complacía en su hijo, su semilla lo había superado.

Lucía había remediado como pudo el desastre ocurrido horas atrás, pero el piso estaba sucio. Los calzoncillos seguían en el lavabo del baño y en el suelo un montón de ropa empapada por lavar. En el fregadero de la cocina se amontonaban los cacharros sucios... Secar tanta agua le había llevado toda la tarde y parecía algo cansada. Herminia se dispuso rápidamente a echarle una mano. Pero Lucía la cogió del brazo y la obligó a sentarse a su lado, junto a la mesa. Quería que le contara cosas de sus hijas, ya haría ella las tareas más tarde.

—¿Qué quieres, Luci? ¿Por qué no me dejas echarte una mano?

La niña cogió su libreta y escribió: «Háblame de tu Mari y tu Rosi, pregúntales si quieren venir a verme.»

Herminia leyó con disimulo y apartó aparentando desprecio la libreta hacia un lado.

—Ay, no va a poder ser, no sé leer, hija mía.

Lucía la miró decepcionada, ¿cómo era posible que Herminia no supiera leer a su edad?

Claro que Herminia sabía leer, y escribir, y muchas cosas más que nunca le habían servido de mucho en su sencilla vida. Pero mientras Lucía le mostraba la libreta tuvo una idea: si la niña tenía tanto interés en conocer a sus hijas, y ella se negaba a leer, tendría que hablar.

De la decepción pasó al asombro y Lucía observó a Herminia con los ojos muy abiertos, «¡Tan mayor y no sabe leer!».

—Pero eso no importa, ¿verdad Luci?, porque como tú sabes hablar, no hay ningún problema.

Lucía supo enseguida que la estaba chantajeando y dio un pequeño empujón a la libreta que estaba sobre la mesa para que Herminia volviera a intentarlo.

—No, no voy a traer a mis hijas hasta que me lo pidas tú misma, con esa boquita tan bonita que Dios te ha dado —le dijo con autoridad, confirmando las sospechas de Lucía—. Así que piénsatelo bien mientras te lavo la ropa. Mira cómo tienes las manos; si es que el agua sale como la nieve. —Y se levantó dispuesta a realizar su tarea ante la mirada de enfado de la niña.

Cuando Herminia salió del baño, con un barreño repleto de ropa entre las manos, Lucía estaba comiéndose la asadura en salsa de almendras. Tragó lo que en ese momento saboreaba y con entusiasmo dijo:

—Me encanta este guiso. ¿Les dirás a tus hijas que me gustaría conocerlas?

—Claro que sí, pequeña, ya les he hablado de ti y están deseando conocerte. Tienes la voz tan bonita como todo lo demás.

—¿De verdad? ¿Ellas también quieren conocerme?

—Sí, es que les he hablado muy bien de ti. Venga, termina de cenar mientras tiendo la ropa. Tranquila, no tendrás que salir a recogerla, yo lo haré mañana. ¿No vas a comer más?

—Es que... estoy tan emocionada... ¿Cuándo crees que podrán venir a verme?

—Pues tendrá que ser un fin de semana; este va a ser imposible, se van con mi cuñado a recoger aceitunas, tal vez el siguiente. Ahora que lo pienso, ¿por qué no vas tú con ellas y pasas el domingo en el campo?

Lucía se puso muy tensa. Empujó el plato y comenzó a reunir las migas que estaban dispersas por la mesa en un montoncito.

—¿Qué? ¿No vas a decir nada?

No, ya no iba a decir nada. Se había vuelto a encerrar en su mundo. Nunca saldría de allí. Ella pensaba que mientras cumpliera esa sencilla norma todo seguiría así, como a ella le gustaba. Aquella era la única manera de conservar la vida. ¿Es que Herminia no lo sabía?

—¿Luci? ¿Vengo a recogerte el domingo? —Herminia llevaba rato en la puerta con el barreño en la mano.

Lucía buscó la libreta que hablaba por ella y escribió, muy grande, en una sola página: «No.»

—Deja esa estúpida libreta y háblame.

«No, no, no...», escribió, mostrándose muy enfadada, una y otra vez.

—De acuerdo, volveré cuando decidas hablar de nuevo.

Lucía vio desde la ventana cómo Herminia tendía la ropa; esperanzada: quizá volviera a entrar, aunque solo fuese para dejar el barreño. Pero no volvió, lo dejó en la puerta; si Lucía estaba enfadada, Herminia lo estaba mucho más. La forma en que escribió en la libreta repetidamente la palabra «no», le pareció una falta de educación y, desde luego, ella no estaba dispuesta a consentírselo, por mucha ternura que le inspirara. Más pena que le daba a ella su Rosi cuando era pequeña..., y todavía; siempre enferma, tan pálida y con su triste mirada. No le permitió ni una pataleta. Los problemas de salud podrían desaparecer algún día, pero la mala educación se quedaría para toda la vida.

Miró en derredor. Era muy tarde y tenía muchas cosas que hacer. No estaba de ánimo. Recogió los restos de la cena de la mesa, con lo cual siguió acumulando cacharros sucios en el fregadero; al estar integrada la cocina en la única habitación de la vivienda, el orden y la limpieza de aquella era fundamental. Donde quiera que mirara, todo le recordaba que había tenido un mal día. Se acercó al baúl; pero lo pensó mejor, tampoco tenía ganas de tocar el violín. Por primera vez, se sintió sola. Ni sus libros ni su música eran suficiente compañía aquella noche. Necesitaba un abrazo, apoyar su cabeza entre los cálidos y acogedores pechos de su abuela. Al fin, se decidió a coger la muñeca, meterse con ella en la cama y obligarla a que la abrazara, poniendo sus inertes brazos alrededor de su cuello. «Abrázame fuerte, así, más fuerte», le decía a su muñeca estrujando su cintura y apretando los párpados. Herminia seguía fuera, no se marchó hasta que la vio meterse en la cama y apagó la luz. Ella, como siempre, lo sabía; aunque lo que pasara fuera de sus paredes poco la reconfortaba.

Le dolían los brazos de tenerlos en tensión para mantener los cacharros que enjabonaba dentro del barreño; todavía no tenía la altura suficiente como para manejarse con soltura en la cocina.

¡No volvería jamás a acumular tantos! El filo del fregadero, donde estaba metido el balde, le llegaba justo por debajo de los hombros. Tenía todo el torso mojado y la espuma se acumulaba en su pecho como si del laborioso encaje de un babero se tratara. Le hervían los huesos de las manos: había calentado un poco de agua, pero llevaba tanto tiempo fregando que se había quedado helada. No podía más, las manos le dolían tanto que no acertaba a mantener aquel plato sujeto. Volvería a calentar agua; no tendría tiempo de hacer sus deberes: el viejo despertador marcaba casi la una de la tarde, en poco más de media hora aparecería Juanito. Estaba orgullosa de haber aprendido a interpretar el movimiento de las manecillas del reloj y que, de nuevo, el tictac acompañara sus sueños, como cuando vivía su abuela. Mientras se calentaba el agua decidió resolver alguno de los problemas que aquella mañana su duro maestro le había dejado como tarea.

Solo uno más, uno más y listo. El agua hervía con fuerza, cada vez con más fuerza. ¡Plaf, pluf, glup...! «A ver, la coma va..., hay que contar solo un lugar», hablaba a sus paredes. Se le cayó el lápiz; no sentía las manos. Aprovechó para encender la estufa. «Eso es, doscientas cincuenta unidades son dos centenas y media.» Le castañeaban los dientes. Pero ya estaba: los diez problemas resueltos, Juanito no se enfadaría. Las capitales de los países de Europa las memorizaría en cinco minutos. Volvió al rincón de la cocina y aprovechó el vapor que desprendía la olla para calentarse las manos y, por unos instantes, volvieron a obedecerle.

Unas tenues sombras jugaban en la pared con la luz que entraba por la ventana. Volvió su rostro y vio cómo los trapos bailaban en el cordel ignorando que solo transitaba una gélida brisa. ¡Herminia! Estaba recogiendo la ropa. Se acercó a la ventana para observarla tras el cristal. Pero ella a su tarea, obviando su presencia. Cogía un trapo, lo doblaba primorosamente y lo ponía en el barreño, que aún seguía en la puerta. Solo quedaban un par de calcetines y se marcharía. Lucía golpeó el cristal. Nada.

—¡Hola, Herminia! —Se decidió por fin a abrir la ventana para saludarla.

—¡Anda! Pero si Luci vuelve a hablar. ¿Qué pasa, pequeña?, ¿se te ha pasado el enfado?

—Sí.

—Me alegro —dijo mientras doblaba sobre sí mismos los dos calcetines.

—¿Les dirás a tus hijas que vengan a verme?

—Tengo prisa, hablaremos luego. Coge este barreño o se congelarán los trapos. ¡Qué frío hace! Y apaga esa olla, mujer, se va a quedar sin agua.

—Voy.

Herminia dejó el barreño junto a la puerta y se marchó. Tenía tanta prisa que no se molestó en entrar. Todavía le quedaban un par de horas de trabajo en el cortijo de Juan. Se había arriesgado a recorrer los trescientos metros y ausentarse durante un buen rato porque estaba inquieta y quería comprobar cómo estaba Lucía.

Lucía fue rápidamente a apagar la hornilla, después abrió la puerta y, sin sacar un pie fuera, arrastró el barreño hacia el interior. En unos segundos sus delicadas manos volvieron a tomar el color de sus ojos. ¡Qué mañana! Antes de cerrar se dio cuenta de que Juanito ya venía por el camino, se estaba cruzando con Herminia.

La danza del arco cesó por un momento. Tic, tac, tic, tac... Las diez menos cuarto, Herminia no vendría esa noche. Tic, tac, tic, tac... El arco volvió a danzar. Pero sí apareció; el viejo cajón le dio paso y, con la llegada de Herminia, en el mundo de Lucía todos los sueños volvían a ser posibles.

—¡Has venido!

—Sí, me ha traído tu música. Mira qué recogidito está todo. Has trabajado mucho hoy, eh.

—Sí, bueno, Ángel me ha ayudado un poco esta tarde.

—Ya veo. A ver, dame esas manos —se sentó en la cama junto a ella y sacó del bolsillo de su delantal un pequeño tarro de cristal que contenía una sustancia viscosa—, vamos a intentar aliviarlas un poco. ¡Madre mía! Si te están sangrando.

—Me duelen.

—¿Cómo no te van a doler, hija? ¡Qué barbaridad!

Mientras Herminia examinaba sus manos, mirando su crespo flequillo, Lucía volvió a preguntarle:

—¿Traerás a tus hijas? ¡Ay! Me haces daño.

—Que sí, Luci, que sí, traeré a mis niñas. Pero no te preocupes de eso ahora, lo primero es arreglar este desastre. ¡Jesús, Jesús!

Herminia dejó las manos de Lucía sobre su delantal mientras arrastraba con sus dedos una pequeña cantidad de vaselina del bote. La niña la miraba pacientemente.

—Me gusta cómo me miras sin mirarme, es gracioso —dijo Lucía inocentemente, haciendo alusión al estrabismo de Herminia.

—¡Ah, sí! Pues eres la primera persona a la que le gusta mi manera de mirar. —Herminia no se molestó en absoluto por el comentario de la niña, muy al contrario.

—Es mejor que tener un solo ojo que te mira siempre enfadado, como el de Juanito; o tener dos enfadados como Diego.

Herminia cayó en la cuenta del por qué a la niña no le parecía extraña su mirada, ciertamente las miradas de las pocas personas que conocía eran muy diferentes entre sí.

—¿Y qué te parece cómo mira Ángel?

—Ángel mira con cariño, con los dos ojos, como tú, pero en la misma dirección. Me gustan mucho los ojos de Ángel.

Herminia se maravilló. Lucía tenía un alma tan pura que era capaz de ver más allá de lo perfecto o imperfecto físicamente. Su fino sexto sentido le permitía reconocer el amor bajo cualquier extraña forma. Su concepto de belleza iba más allá de la piel, tal vez porque su espacio era muy pequeño y no estaba contaminada por los cánones establecidos.

—Así, muy despacito —decía mientras envolvía las delgadas manos de la niña con las suyas, deslizando sus gruesos dedos con suavidad y maestría—, hacia arriba y hacia abajo, suavecito, sin olvidar pasar entre los dedos. Ahora un pequeño masajito en el sabañón del dedo índice. Por encima, por debajo, todo casi a la vez, que no quede ni un huequecito. Ahora la izquierda; hacia arriba, hacia abajo...

—Herminia ¿sabes la hora que es? —Desde que había aprendido, miraba la hora a cada instante. Estaba tan orgullosa... Quizá porque su concepto del tiempo era muy distinto al que tenía el resto de la gente, le había costado especialmente entender el movimiento de las agujas del reloj.

—Sss... A veces surgen tareas tan importantes que todo lo demás debe esperar —le contestó Herminia.

—¿Como cuando llueve mucho y tengo que dejarlo todo para secar el agua que entra por debajo de la puerta?

—Eso es.

—¡Ah! Vale.

—Ahora veamos cómo tienes los pies.

—¿Los pies también?

—¿Cuántos calcetines te pones? —le preguntó Herminia asombrada mientras le quitaba el tercer calcetín de lana de su pie derecho.

—Todos los que cogen en las zapatillas de Ángel, así estoy más calentita y no se me caen las zapatillas.

—¿Sabes que las uñas de los pies también hay que cortarlas de vez en cuando?

—¡Ah! Es que como no se ven.

Los pies no estaban tan mal, con un ligero masajito fue suficiente. Le pidió unas tijeras a la niña y le cortó las uñas. Cuando acabó su tarea, cerró el bote de vaselina y sacó de su bolsillo unos guantes. Muy seria, miró a la niña y le habló:

—Ahora voy a ponerte estos guantes, eran de mi madre, que Dios la tenga en su gloria. No se te ocurra quitártelos para nada, y no metas las manos en agua fría en unos días, ¿lo has entendido? Yo te lavaré la ropa y fregaré los cacharros.

—Pero Herminia, ¿cómo voy a tocar el violín con esto? Y ¿cómo haré mis deberes? —dijo mirándose las manos enfundadas en los enormes guantes de piel marrón.

—Tienes razón, no había pensado en eso. —Herminia comprendió que no podía dejarla allí encerrada sin hacer nada, ella en su lugar se volvería loca—. ¡Perdóname, madre! —dijo mirando al techo mientras le sacaba los guantes.

Herminia buscó las tijeras entre las arrugas de la colcha de la cama y, sin vacilar ni un momento, cortó cuatro centímetros de cada dedo del guante.

—Solucionado. A ver qué tal ahora.

Herminia se dirigió al rincón de la cocina para lavarse las manos mientras Lucía se miraba perpleja la punta de los dedos. Un extraño olor la llevó a curiosear detrás de la cortinilla que había debajo del fregadero.

—¿Qué hacen todos estos cacharros sucios aquí debajo?

—Es que no quería que Juanito se enfadara conmigo y me dolían tanto...

—¡Ay, Señor, Señor! —Y se dispuso a fregar.

—Herminia ven, corre, asómate a la ventana. ¡Mira! Están cayendo bolitas blancas del cielo —dijo Lucía con asombro.

—Está nevando, Luci.

—Como en los cuentos de Andersen.

—Sí, como en los cuentos de Andersen. Ahora vuelvo. —Y desapareció por la despensa como una exhalación.

Herminia no pudo irse a casa, ni su hijo, ni cuatro de los jornaleros; todos los que se encontraban en el cortijo esa tarde quedaron atrapados. Diego le ofreció dormir en el antiguo dormitorio de su suegra, pero ella prefirió pasar la noche con Lucía.

—Toca un ratito el violín, Luci —le dijo Herminia ya metida en la cama mientras la observaba leer sus maravillosos cuentos sentada en una silla junto a la estufa.

Lucía siempre leía un buen rato en la cama antes de dormir, pero esa noche no quiso incomodar a Herminia.

Estaba levantada desde las seis de la mañana. Le dolían los pies y la espalda. Había trabajado ocho horas en la casa de Juan, donde hacía el trabajo de dos mujeres; la señora Luisa no la dejaba ni respirar. Y después había estado toda la tarde lavando y planchando ropa en el cortijo de Diego; aunque algo más relajada, no había una señora de la casa vigilando su trabajo y exigiendo lo que ella misma era incapaz de hacer. Sentía un suave hormigueo en la cabeza que la instaba a dormir y desconectar por unas horas de su dura vida. Pero no quería perderse el magnífico espectáculo.

En aquel momento Lucía escenificaba la cara más amable y bella de la vida, no había nada más allá. Herminia se dio un tiempo, no, todo el tiempo, para contemplarla. ¡Era una estampa bellísima!: el perfil de Lucía y el violín enmarcaban el lado derecho de la ventana, parecía que la nieve se posara en su pelo y en sus pestañas; y sus dedos, que asomaban a los guantes como primaveras en invierno, bailaban entre los copos regalando música. «Tú no lo sabes, Luci, pero me estás reconciliando con la vida», pensó. Tenía las piernas cruzadas sobre la silla, como anudadas, entre calcetines y cuadros de franela, ¡con tanta gracia!, tan ajenas. Y se mecía con las notas, un poquito, suavemente, como los copos caían. «Tú no lo sabes, Luci, pero has cerrado el círculo y esta noche el todo y la nada se han fundido, y sé quién soy. Y no me importa nada, solo quiero que no dejes de tocar». La emoción resbaló por sus mejillas y los muros de su mente se desmoronaron como si fueran de fina arena, permitiendo que de nuevo todo fuera posible, como cuando era niña. «No me importa nada, solo quiero que esa niña no deje de tocar. Tú no lo sabes, Luci, pero tienes las llaves del paraíso.»

Al día siguiente seguía nevando; la nieve las hizo prisioneras durante dos días.

—¿De quién es lo que tocabas anoche? —le preguntó Herminia a Lucía con las notas de la noche anterior aún reverberando en la cabeza.

—Mnn... —Se paró a pensar paseando su inocente mirada por el techo y con el dedo índice entre los labios—. Espera, espera. Mnn... No me acuerdo, pero su nombre está en uno de mis libros —dijo con la cabeza ya metida en el baúl.

Herminia la miraba sorprendida, con la escoba entre las manos, apoyada en el pecho. No se cansaba de mirarla. Siempre le habían gustado los niños, pero Luci especialmente, aunque no entendía por qué. ¿Quizá por su extraordinario candor? Qué tontería; todos los niños eran ingenuos. Tal vez ella tuviera un valor añadido: su especial juicio. Porque, a medida que desarrollan la inteligencia, los niños van perdiendo la inocencia. Pero ella no. Sí, era eso lo que la maravillaba, eso unido a su salvaje belleza.

—Pero chiquilla, ¿qué guardas en ese baúl?

—Las cosas importantes. Aquí está. —Y así, de rodillas frente al baúl, se puso a pasar las páginas de un libro—. La obra es de Jules Massenet, solo de violín del segundo acto de Medi... Meditatión reli... gi... euse, conocido como Meditatión de Tha... ïs. Es un compositor francés, por eso resulta tan raro pronunciar su nombre y el de la obra. Es bonita ¿verdad?

—Y que lo digas, hija, y que lo digas.

—Estoy ensayando mucho para tocarla el día del cumpleaños de Ángel, será una sorpresa. ¿Tú crees que le gustará?

—Le va a encantar. Pues ale, toca, toca, que ya me ocupo yo de las tareas.

—Pero tengo que hacer mis deberes.

—¡Bah! No te preocupes, hoy no vendrá Juanito, la nieve debe de llegar hasta la cintura. ¡Uf! Sigue nevando —dijo mirando la ventana—, espero que podamos apañarnos con lo que hay en la despensa para comer. Bueno, si nos falta algo, ya lo cogeré yo de la cocina de Diego.

—¡Je, je! —Lucía soltó su pícara sonrisa.

Finalmente, Herminia cocinó un riquísimo puchero en la cocina principal del cortijo con el que alivió los estómagos y el frío de Diego, su hijo y los jornaleros que aún seguían encerrados. Después, compartió otro tanto con Lucía en la casucha. No se había visto una nevada igual desde hacía décadas.

—¡Ya va!, ¡ya va! —Doña Rosa arrastraba los pies como si las suelas de sus zapatillas fueran de plomo—. ¿Sí? ¿Qué desea? —consiguió decir algo agitada después de abrir la puerta.

Un abrigo negro de astracán estaba plantado en el umbral de su puerta. Debía de haber alguien en su interior, porque a su cuello alzado asomaba una cabecita con abundante y plateado cabello, muy corto para ser de una mujer. Unas gafas oscuras ocupaban el espacio que quedaba entre el crespo y mal cortado flequillo y el cuello del abrigo. Por los bajos descosidos del gabán asomaban dos finos tobillos enfundados en unos leotardos de lana gris, que acababan en unas viejas zapatillas de paño estampadas con gastadas flores burdeos. Quien habitaba dentro del enorme abrigo no acertaba a decir palabra y estaba muerta de frío; temblaba como una hoja.

—Perdón, señora, ¿puedo ayudarla en algo?

—¿Tanto tiempo ha pasado que ya no me reconoces?

—¡Ana! ¡Dios Santo! ¿Qué haces aquí?

—¿No vas a invitarme a pasar? —Ana tenía un frío espantoso.

—Sí, claro, pasa, pasa. ¡Madre mía! —dijo Rosa mientras la acompañaba a la salita de estar. Las dos conocían el camino.

Ya sentadas en la mesa camilla, al calor del brasero, Ana se quitó las gafas, pero no el abrigo; fuera hacía un frío que dolía y necesitaba un tiempo junto a las ascuas para entrar en calor. Había caminado más de una hora desde la estación hasta allí sobre el hielo que había quedado después de la nevada; prefirió caminar a esperar ¡Dios sabría hasta cuando!, y congelarse en la parada del autobús. Aunque aquel día por fin el sol se había dignado a dorar los campos, aún seguían bajo cero.

Arrimó los pies al brasero y sintió cómo las suelas de goma de sus zapatillas se calentaban, resucitando los dedos de sus pies.

—Si te hubieras quitado las gafas antes de llamar a la puerta, te habría reconocido enseguida, sigues teniendo los ojos más bonitos de la ciudad.

—¿Por qué dejaste de visitarme? —Ana obvió el piropo, estaba resentida con su vieja amiga—. Llegué a pensar que habías muerto.

—Las dos últimas veces que fui a verte me quedé esperándote en el patio, pensé que ya no querías mi compañía y después...

—Estuve enferma, hubo un tiempo en que casi me vuelvo loca de verdad. —Ana la interrumpió.

—Nadie me lo dijo.

—No es una enfermedad rara estar mal de la cabeza en un manicomio, ¿no crees?

—Entiendo. Pero ¿cómo pudiste pensar que había muerto?, no dejé de mandarte bombones en tu santo y en Navidad.

—No me los entregaron.

—Ya. —Rosa supo que alguien se había endulzado la vida a su costa—. Pero cuéntame, ¿cómo es que has vuelto?

—Hace unos días ingresó en el manicomio una nuera de Isidro y, en uno de los pocos momentos de lucidez que tiene, me contó que a su suegro lo habían asesinado hace unos años en la puerta de su casa. Como sabes, nunca existió razón alguna para que yo estuviera ingresada entre locos. Hace cuatro años que se jubiló el director del psiquiátrico que, sobornado por Diego, elaboró el informe falso que me condenaba a estar encerrada en el manicomio el resto de mi vida. Después de revisar mi caso, el nuevo director me dijo que podía marcharme cuando quisiera; es increíble, pero todavía queda gente honrada. Pero no sabía adónde ir; qué podía encontrar aquí a mi regreso. La muerte de Isidro cambia las cosas: muertos los dos hombres que podían hacer daño a Dieguito para vengarse de mí si regresaba, nada me impedía volver y explicarle a mi hijo por qué me marché. Tienes que ayudarme, Rosa. —Rosa no parpadeaba—. Necesito que mi hijo sepa que estoy aquí, viva, que sepa lo que pasó, que jamás lo abandoné. Cuéntame: ¿qué ha sido de él?, ¿está bien?

—Sí, sí, está bien, se casó hace años y... bueno, ahora vive solo con... —Rosa no estaba segura de la información que podía tener Ana, ni de si ella debía proporcionársela; en aquel momento estaba muy confusa, prefirió desviar la conversación—. ¿Vas a aparecer de repente en el cortijo?

—No lo sé, todavía no lo he pensado. Necesito que me dejes vivir en tu casita de la loma.

—Pero si aquello es un cuchitril; ni siquiera hay electricidad, y está a tres kilómetros del pueblo, ¿cómo vas a sobrevivir allí con estos fríos? La vivienda de la taberna sigue siendo tuya...

—Sobreviviré. —Ana la interrumpió—. No quiero que por el momento la gente del pueblo sepa que he vuelto. Ya pensaré en la manera de conseguir que alguien me lleve algo de comida y carbón para calentarme.

—Se lo diré a mi hijo Pedro, él nos guardará el secreto, aunque es muy amigo de Diego, no se lo dirá.

—¿Estás segura? —Ana dudó que entre dos buenos amigos pudiese haber un secreto tan importante.

—Sí, creo que es la persona adecuada. Pero dime, ¿qué pasó aquel día para que salieras de esa forma tan repentina de la casa de Diego y desaparecieras tantos años?

En el pueblo se había especulado mucho, incluso hubo gente

que aseguró que don Diego la había matado y enterrado bajo sus tierras. Rosa sabía dónde estaba y lo que había ocurrido detrás de aquella boda, pero nunca llegó a enterarse del motivo que la hizo salir de repente y de incógnito del cortijo, abandonando a su hijo y para no volver jamás.

—Isidro llegó al cortijo a media mañana como loco. —Ana comenzó a relatarle los hechos—. Había estado bebiendo toda la noche y estaba muy ebrio. El día anterior se había enterado de que Diego había hecho una extraña maniobra para quitarle unas tierras colindantes a las suyas; necesitaba el pozo que había en ellas. Diego supo que Isidro las había puesto en venta a sus espaldas porque no quería que él se quedara con ellas. Creo que Diego hizo un trato con el capataz, Alfonso, ¿te acuerdas?

—Sí, claro —contestó Ana con rapidez, apremiándola para que siguiera su narración.

—Alfonso compró las tierras y luego se las revendió a Diego. Yo ignoraba todo eso, Diego y yo apenas nos hablábamos. Cuando Isidro se enteró de que sus tierras habían pasado a manos de su peor enemigo, se emborrachó para armarse de valor y decirle a Diego todo lo que pensaba. Llegó al cortijo fuera de sí, dando voces y diciendo, una y otra vez, que había consentido que se quedara con su hijo, pero que nunca le permitiría a un del Valle disfrutar las tierras de su familia. Era época de matanza, ¿recuerdas?

—Sí, sí. —Rosa estaba deseando escuchar el desenlace.

—Creo que en un principio Diego no lo escuchó por el ruido que hacían los marranos. Yo no sabía qué hacer, tuve miedo, pensé que si Diego llegaba a oírlo lo mataría allí mismo, pensé en Dieguito. Solo se me ocurrió decirle que Diego estaba en el piso de arriba, en nuestro dormitorio, para hacerlo subir e intentar calmarlo a puerta cerrada y evitar que Diego escuchara sus voces. En unos minutos se vino abajo y cayó desplomado sobre nuestra cama. Yo... no sabía lo que hacer. Pensé en llamar a Alfonso y pedirle que lo llevara a su casa; ya sabes lo discreto que era. Cuando Isidro vio a Alfonso en el dormitorio, a pesar de su enorme borrachera, reaccionó. Se dio cuenta de que aquella situación le daba la oportunidad de vengarse y comenzó a gritar que había ido al cortijo para hacerme otro hijo ya que Diego no valía ni para eso. En aquel momento Diego entraba por la puerta del dormitorio.

—¡Madre mía! —Rosa estaba atónita, no pestañeaba—. Y ¿qué dijo Diego?

—Nada, no dijo absolutamente nada. Entre Alfonso y él arrastraron a Isidro hasta la camioneta por la puerta de atrás, por la vivienda de los caseros, para que nadie se diera cuenta, y después Alfonso lo llevó hasta su casa. A la salida volvió a caer medio muerto y nadie lo oyó. Yo seguía en el dormitorio, sin saber qué hacer, imagínate mi desesperación. Luego entró Diego para decirme que tenía el resto de la mañana para recoger mis cosas y que, si decidía dejar a Dieguito en el cortijo, él lo educaría como si fuera su propio hijo, pero que yo había roto mi promesa y no podía seguir allí ni un día más, que no podía arriesgarse a deshonrar el apellido de su familia. Me dijo que haría un trato con Isidro: le devolvería sus tierras a cambio de que jamás dijera que Dieguito era su hijo.

—Pero ¿tú no le explicaste que Isidro no había ido al cortijo por causa tuya, que no te estabas viendo con él?

—No quiso escucharme, estaba convencido de que nos habíamos acostado en su cama, bueno, en la mía, porque Diego seguía durmiendo en su dormitorio de soltero. Pensé llevarme a mi hijo, pero... ¿adónde podía ir? Como sabes, acabábamos de enterrar a mi madre y mi padre nunca me hubiera acogido después de saber que Dieguito fue fruto de..., bueno, ya sabes cómo era. Creo que al final lo supo todo, nunca se preocupó de ir a visitarme, ni de ayudarme a salir de allí, ni siquiera me escribió unas letras. Sé que murió pocos años después, supongo que lleno de amargura.

—Sí, a la semana de marcharte cerró la taberna y en la casa solo entraba su hermana Soledad para cuidarlo. Después de ser tan conocido en el pueblo, por poco no nos enteramos de su muerte; fue todo tan extraño... —quiso aclararle Rosa.

—No sabes cómo me dolió marcharme de aquella manera, sin

despedirme de mi hijo, mientras Diego seguía con la matanza como si nada. Alfonso me llevó hasta la vieja casa en la que él había vivido durante el año que fue guardabosques. Allí estuve durante dos días, loca de desesperación; el tiempo justo que Diego tardó en arreglar los papeles para ingresarme en el manicomio. Llegué a pensar en quitarme la vida. Solo pensaba en mi hijo; pero sabía que conmigo lo único que le esperaba era miseria y deshonra. Diego lo trataba como a un hijo, esa es la verdad, y estaba dispuesto a dejárselo todo. ¿Qué podía ofrecerle yo? ¿Qué habrías hecho tú? —Ana buscó compasión y complicidad en Rosa.

—Eso ya no importa, agua pasada no mueve molinos —le dijo para no contestarle lo que realmente pensaba y no hacerle más daño. Pero en realidad ella lo tenía muy claro: nunca se hubiera casado con un hombre al que no amaba, simplemente por dinero y seguridad.

Rosa no reaccionaba. Siempre creyó que Ana acabaría sus días en el psiquiátrico. Cierto era que ingresó sin problemas de salud; pero después de todo lo que había pasado y habiendo vivido tantos años entre enfermos mentales..., tenía muchas papeletas. Últimamente apenas pensaba en ella y, cuando lo hacía, contemplaba la posibilidad de que hubiera muerto y no mandarle más bombones; pero claro, de haber fallecido, alguien le hubiera dado la noticia, ¿o no? Habían pasado tantos años... Nunca supo lo que pasó en realidad. Solo recordaba que aquella tarde, mientras un espantoso viento extirpaba el sol del horizonte, entre los fuertes golpes de la persiana oyó que aporreaban el cristal de la ventana de su dormitorio con desesperación: «Tengo que irme, posiblemente para siempre, vigila a mi hijo, Rosa», y alguien la arrancó de las rejas.

Frente a los envejecidos ojos de Ana, Rosa recordó el revuelo que hubo entre la población durante los días previos al enlace. La boda estaba en marcha; en unos meses sería la esposa del hombre más rico del pueblo, de la ciudad tal vez. Por muy bonitos que fuesen sus ojos, de los que se hablaba más allá de aquellas tierras, era la hija del tabernero. ¿Por qué seguía encontrándose con Isidro cuando su padre cerraba la taberna? Se había enamorado. Hay cosas que no tienen explicación, y el por qué y de quién nos enamoramos es una de ellas. Por más que su amiga Rosa le aconsejó lo contrario, ella seguía abriéndole a su amante la trastienda de la taberna cada noche, para entregarse a la pasión entre botellas de vino y restos de comida. Porque antes de Isidro nadie había conseguido que olvidara su mísera vida; porque de ella solo habían deseado sus ojos, no su pasado, ni su ignorancia, ni su vulgaridad, ni su pobreza... Pero Isidro la quiso entera; aunque solo fuera un rato cada noche, así lo sentía ella. Después vino la propuesta de matrimonio de don Diego. Se sintió tan halagada que no supo negarse.

Don Diego tenía casi veinte años más que ella. Prometió a su suegro no tocarla hasta el día de la boda, como si ella fuese una damisela. ¡Sus padres estaban tan ilusionados! Nunca había estado tan concurrida la taberna. Todo el mundo hablaba del próximo enlace: don Diego, el soltero de oro, después de haber sido seducido durante décadas por todas las muchachas solteras del pueblo, se había decidido por la hija de Andrés, quizá la única que nunca había puesto sus lindos ojos en él, la única que no había soñado con vivir en su cortijo como la señora del Valle, quizá por eso. Y cumplió lo prometido, no la tocó. Por eso, cuando Ana supo que estaba embarazada no tuvo alternativa, ni la quería, y se vio obligada a decírselo. No sabía cómo librarse de aquella boda y la naturaleza se lo puso fácil, le dio la excusa perfecta. En el fondo se alegró ante la expectativa de acabar con aquella pantomima y casarse finalmente con quien de verdad amaba, aunque supusiera una gran decepción para sus padres y la comidilla del pueblo durante mucho tiempo. Primero hablaría con Isidro y después con don Diego —dos meses antes de la boda todavía lo llamaba don Diego—. Rosa recordaba perfectamente la noche que Ana la sacó de la cama para contarle lo que había pasado llorando sin consuelo. Entonces ella ya era una mujer casada y con dos hijos.

—Deja de llorar, Ana, vas a despertar a los niños y a Lucas. Vamos a la cocina, te haré una tila.

En la cocina, frente a una taza de tila, Ana consiguió controlar su llanto y se desahogó:

—Estoy embarazada.

—¿Qué? ¿No podías haber esperado unos meses? —Rosa sabía que su desesperación debía ser causa de un motivo mayor, pero no quería creérselo e hizo la pregunta como si diera por hecho que el hijo que esperaba fuera de Diego.

—Es de Isidro.

—Era de esperar. Te lo adver...

—Lo sé, pero ya está hecho. Esta mañana fui a contárselo a Isidro. Lo quiero, Rosa, tú mejor que nadie lo sabes. En el fondo me alegré de la noticia, yo pensaba que... Isidro no quiere saber nada de este hijo. —Se llevó la mano al vientre—. Dice que quién le asegura a él que sea suyo. Que es muy joven y que no estaba en sus planes casarse, y menos conmigo; que lo nuestro era una simple diversión y así debí entenderlo yo. ¡Qué estúpida he sido! ¿Cómo pude pensar que un hombre que nunca se ha opuesto a mi boda con don Diego sentía el más mínimo respeto por mí, y mucho menos que me amaba? «¡Vete! ¡Vete! No quiero problemas con los del Valle», fue lo último que dijo. —Nuevamente rompió a llorar.

—¿Qué vas a hacer ahora?

—El día no ha terminado ahí, esta tarde he ido a ver a don Diego. No podía engañarlo, nosotros nunca..., ya sabes, él siempre me ha respetado, pero aunque no hubiese sido así se lo habría dicho, no podría vivir sabiendo que mi marido estaba criando a un hijo que no es suyo.

—¿Y qué ha pasado?

—Me ha escuchado sin inmutarse, y cuando he terminado me ha preguntado que si sigo queriendo casarme con él.

—No puede ser, y ¿tú qué le has dicho?

—La verdad, que no lo sé. Estoy tan dolida y confundida que no puedo pensar. Me ha dado dos días para reflexionar y, en caso de aceptar, solo me pondrá dos condiciones: que nadie sepa jamás que el niño no es suyo y dormir en camas separadas toda nuestra vida matrimonial; yo deberé serle fiel e ignorar sus compañías femeninas. Ya ves, él tampoco me quiere, ninguno de los dos me ha querido nunca. Espero que, si decido casarme, todo esto quede para siempre entre tú y yo, no quiero ni imaginarme lo que pasaría si don Diego descubre que me he ido de la lengua.

Rosa sabía por qué don Diego le había propuesto seguir adelante con la boda. Era un hombre altivo y engreído, había esperado muchos años para escoger una mujer y finalmente se había arriesgado decidiéndose por la hija del tabernero. Había sucumbido a sus ojos a pesar de tener a toda la familia en contra. Aquel hecho tan deplorable echaría su honor por los suelos, mancillaría su apellido. Era tan frío y orgulloso como para seguir adelante con la boda y meter a Ana y a su hijo bajo su techo a cambio de que no le perdieran el respeto que, según él, se habían ganado los del Valle a través de generaciones.

—Tu padre te echará de la casa, ¿adónde vas a ir?

—Creo que me casaré con don Diego, no veo otra salida.

—Sí, creo que es lo mejor que puedes hacer. Tranquilízate, deja de llorar, no creo que sea bueno para lo que llevas dentro. ¿De cuánto tiempo estás?

—De dos meses.

—No podrás disimularlo el día de la boda, tu padre va a pensar que Diego ha roto su promesa, aunque, pensándolo bien, creo que está tan ilusionado con tu enlace que ese detalle lo pasará por alto.

—Mientras no sospeche que es de Isidro... Nadie debe saber de quién es este hijo jamás. —Volvió a tocarse el vientre—. No se te ocurra decírselo a nadie, ni siquiera a tu marido. —Paró de sollozar para ponerse solemne.

—No te preocupes, sé cuánto te juegas, después de esta noche esta conversación quedará olvidada, no volveremos a hablar de esto jamás.

Y así fue, nunca volvieron a recordar aquella conversación hasta ese día.

Mientras Rosa escuchaba a su vieja amiga y recordaba los

acontecimientos de antaño, deslizaba con nerviosismo de un lado al otro, por la cadena que colgaba de su cuello, una medalla de oro de la Virgen del Carmen.

Desde niña, Ana había sido desinhibida y atolondrada. Cuando se convirtió en una mujer, comenzó a vestirse de forma atrevida: le gustaba provocar a los clientes de la taberna. Los muchachos del pueblo la rondaban buscando placer, para después casarse con otras de mejor reputación, como hizo finalmente Isidro. Aunque este no tardó mucho en descubrir que la Pepa tenía graves problemas con la bebida e igualmente fue la comidilla del pueblo por causa de una mujer. Decente sí que era la Pepa, ella nunca coqueteó con hombre alguno, ni siquiera con el suyo. Cuántas noches Isidro añoró la generosidad del cuerpo de Ana cuando volvía a casa y se encontraba a su mujer tirada en el sofá como un trapo y la botella de aguardiente vacía en el suelo. ¡Cómo se arrepintió de haber rechazado a la hija del tabernero! Ni siquiera las muchachas del burdel de la carretera le habían dado por dinero la mitad de lo que le había regalado Ana. Ella fue la primera. ¡Qué estúpido fue pensando que su alegre forma de complacerlo era lo normal! En el pueblo se rumoreaba que don Diego no dormía con su mujer; a él le gustaba pensar que había sido el único, como así era. Se regocijaba en la idea de que don Diego, por una vez, se había quedado con sus sobras, con lo que él había desechado. Pero a la vez vivía atormentado pensando que un del Valle estaba educando a su hijo. Poco a poco, se fue envenenando y se convirtió en un hombre déspota y cruel. Aunque se llevó el secreto a la tumba, y cumplió la promesa que le hizo a don Diego del Valle aquel día, cuando firmó ante notario las escrituras a cambio de su silencio. Toda la vida supo que lo que en realidad guardaba como un tesoro bajo el colchón, junto al dinero que le escondía a la Pepa, era la venta de un hijo a cambio de unos terrenos que ni siquiera le importaban, con la única intención de impedir que su enemigo se hiciera más rico. Fue un hombre amargado toda su vida. Cuando Dieguito se hizo un hombre y empezaron las partidas de los viernes, lejos de tratarlo como lo que era en realidad, su propio hijo, escupía su veneno contra él, en un último intento de vengarse de su viejo enemigo, ya bajo tierra. Sentía un extraño placer cuando Diego se sentaba frente a él, tan seguro de que su apellido lo elevaba por encima del populacho; su apellido de papel, sin la sangre correspondiente que lo avalara. Isidro tenía fama de tramposo; verdaderamente, guardaba un as bajo la manga y su contrincante, tan listo como se creía, ni lo sospechaba. Hubo ocasiones en las que estuvo tentado de decírselo y disfrutar de ese momento. Hizo un trato con el cuarto don Diego y ya estaba bajo tierra. Pero si le enseñaba el as dejaría de disfrutar del pequeño placer de los viernes; además, se vería obligado a dar un sinfín de explicaciones a su familia y aumentaría aún más su ya mala reputación en el pueblo; la amargura lo había convertido en un hombre ruin.

La última consecuencia de aquella larga cadena de despropósitos era Lucía. Ella era la heredera legítima del legado: el cortijo, las tierras, el desprecio de Isidro, el miedo de Ana, el orgullo del cuarto don Diego, el rencor de su padre, la muerte de su madre, la pena de su abuela..., y las venganzas de todos ellos. Todo le pertenecía por derecho propio desde el momento en que su abuelo decidió inscribir a su padre en el registro como un del Valle y, aunque en realidad fuese nieta natural de Isidro, era hija legítima del último don Diego del Valle; era la última del Valle a todos los efectos. Pero Diego había decidido desposeerla de todo y, sin darse cuenta, con su decisión había roto la cadena de venganzas, manteniéndola al margen de los pecados que hubiera tenido que arrastrar toda su vida. Ella vivía feliz, era el eslabón de la cadena que indica el final de una historia y el comienzo de otra.

Mientras Rosa le servía a su hijo un suculento plato de lentejas con chorizo, distraídamente, como queriendo desdramatizar la bomba que iba a soltar, inició la conversación:

—Necesito que me hagas un favor.

—Tú dirás, madre.

—Verás... —No sabía cómo empezar.

—¿Qué? Me estás preocupando. —Ella callaba mientras Pedro la miraba remover el humeante plato de lentejas para que se le enfriara—. ¿Pasa algo grave, madre?

—Ana ha vuelto —soltó por fin, levantando la vista del plato de lentejas.

—¡Ah! Muy bien. ¿Quién es Ana? —No tenía ni idea de a quién se refería su madre.

—La madre de Diego.

Pedro se quedó paralizado, trataba de asegurarse de que había oído bien. Asimilada la noticia, habló:

—¿Ana? ¿Estás segura? Pero si todo el pueblo creía que estaba...

—Muerta, ya lo sé, yo también lo creía, pero regresó anoche. —Lo que el pueblo no sabía, ni su hijo tampoco, es que ella supo durante muchos años dónde se encontraba.

—Pero... ¿dónde ha estado todos estos años? ¿Por qué ha vuelto?

—No quieras saber más de lo necesario, no te conviene por tu amistad con Diego. Está en la casa de la loma, quiere quedarse allí hasta encontrar la manera de hablar con él. Por el momento no quiere que nadie la vea. Tienes que prometerme que no le dirás nada a Diego; si te lo he contado es porque necesito que le lleves unas cosas para que sobreviva mientras se decide, yo no tengo las piernas para darme esas caminatas cargada como una burra.

—De acuerdo, cuenta conmigo. En cuanto termine de comer me pasaré por allí. ¿Y ella? ¿Qué sabe ella de Diego? ¿Sabe que tiene una nieta? —Inmediatamente Pedro pensó en Lucía, quizá la vuelta de su abuela le diera la oportunidad de salir de aquel agujero.

—Creo que no, yo no se lo he dicho. Imagino que cuando te vea te preguntará todo lo que desee saber sobre su hijo, tú decides lo que contarle o no.

Una vez más, Pedro tendría que ocultarle a Diego una importante información; parecía que su destino estuviera ligado al de su amigo con la única misión de ser el guardián de los secretos que todos los que le rodeaban querían ocultarle. Cómo le apetecía en aquellos momentos marcharse del pueblo para siempre; abrir la caja de Pandora y desvincularse de una vez de aquella cascada de misterios, dejando que se desollaran unos a otros como fieras, como lo que eran.

De una forma u otra, siempre había sido la sombra de Diego, desde que era un niño: él era más guapo, más rico, de mejor familia, jugaba mejor a las canicas, sacaba mejores notas, más digno de Adela, más... Pedro había sido un chico de notable alto; pero el sobresaliente era siempre para Diego. No es que lo envidiara; de hecho, en el fondo lo compadecía. No, no solo en el fondo, en la superficie también, lo compadecía abiertamente, al fin y al cabo, dejaría en este mundo toda la podredumbre que le habían entregado a él. La vida le había colmado de bienes y dones, y sin embargo vivía angustiado. Cuando nació, se suponía que había caído en un mundo infinito, tan infinito como su mente por estrenar, lleno de posibilidades y puertas abiertas que llevaban a otro sinfín de puertas. Tal vez crecer sea para todos los mortales lo mismo: ir cerrando puertas. Quizá seamos el resultado de todas las puertas que se cerraron, el producto de restar todas las cosas que no pasaron. Pero a él se le cerraron todas a los cuatro años, cuando su madre desapareció de su vida y las infinitas posibilidades que lo esperaban se marcharon con ella, y toda la luz que alumbraba su destino, dejándolo en las tinieblas para siempre.

¿Cómo podía Pedro juzgarlo, qué derecho tenía? Diego había sobrevivido a un mundo sin afecto; estaba mal herido, pero era un superviviente. Desde que tuvo uso de razón aprendió que la vida era una batalla agotadora, en la que permitirte la más mínima tregua para lamer tus heridas era darle una oportunidad al contrario y podía significar la muerte. Le enseñaron que cualquiera podía ser su enemigo y estar acechándolo. Era como una fiera convencida de que todos querían darle caza, y a cada instante rugía para mantener el mundo a raya; sangraba por dentro, pero ahogaba el dolor con su rugido, nadie debía sospechar que era vulnerable. Buscaba respeto, pero solo le tenían miedo.

Mientras que hablaba con Manuel, el veterinario, en la puerta de la casa de este, Diego avistaba de soslayo cómo Pedro se afanaba en atar una gran caja a su motocicleta observado por su madre; parecían enfrascados en una discusión liviana.

—Tengo una motocicleta, madre, no un tren de mercancías; ¿cómo pretendes que cargue con todo eso? —Rosa pretendía que, además de las dos cajas que ya estaban atadas a la motocicleta, su hijo también cargara con un cesto lleno de naranjas y peras.

—Puedes colgarlo en el manillar.

—¿En el manillar? Anda, métete en casa, vas a coger frío. Tendré que dar dos viajes —le decía muy concentrado en su tarea; metiendo y sacando una cuerda de la parte trasera de la moto para asegurar la carga.

Diego decidió acercarse, tenía la camioneta aparcada a unos metros, quizá Pedro necesitara ayuda para transportar todo aquello.

Unas enormes botas aparecieron ante sus ojos orientados al suelo.

—¿Qué tal, doña Rosa? —saludó primero a la madre de Pedro y después se dirigió a este—. ¿Necesitas ayuda? Tengo la camioneta aparcada al final de la calle. Espera, voy a por ella y te ayudo a llevar todo esto. Están todas las calles cubiertas de hielo, te vas a matar con la moto tan cargada. —Y sin esperar respuesta se dio media vuelta.

—¡No! —contestó Pedro muy nervioso—. Déjalo, ya he terminado de amarrar este bulto, ya hago yo el recado en un salto.

A Diego le extrañó la violenta contestación de su amigo y se volvió de nuevo. Normalmente no era un hombre curioso y solía hacer las preguntas precisas, era de la opinión de que la verdad no se conseguía preguntando, todo el mundo sabía mentir, y prefería llegar a ella por medio de la observación. Pero la actitud de Pedro lo motivó y le preguntó:

—¿Para quién es todo esto?

—Es un encargo para... la madre de Paqui, voy a llevarlo a su casa, esta tarde irá a recogerlo un familiar para llevárselo a su madre a la ciudad —dijo lo primero que se le ocurrió, aunque no resultó nada convincente.

—¿Y estás montando todo este follón para recorrer trescientos metros? —La maestra vivía muy cerca, unas calles más arriba.

Diego comprendió que había puesto a Pedro en un aprieto y decidió despedirse:

—Bueno, tú sabrás. Tengo que irme. ¿Nos vemos mañana para ir a la ciudad como quedamos?

—Sí, sí, claro. Hasta mañana. —Se despidió aliviado.

Pero Diego no se marchó a casa, sabía que lo que Pedro se traía entre manos debía ser algo que le concernía de alguna manera; de otro modo, ¿por qué iba a ocultárselo? Se subió a la camioneta y se marchó; pero aparcó en la calle paralela. A los dos minutos oyó arrancar la motocicleta de Pedro y después la vio salir por la bocacalle colindante, dirección norte. No iba a la casa de la maestra, ni tampoco a la ciudad, se dirigía a campo abierto, el único destino plausible era la antigua casa de sus padres, abandonada desde hacía más de treinta años; cuando eran muchachos los dos amigos habían pasado allí algunas noches de verano y sabía en las condiciones que estaba. Aquello no tenía ningún sentido.

No podía seguirlo, no había forma de camuflar la camioneta por aquel camino, pero se acercaría en mejor momento. Estaba claro que en la vieja casa de los Torres estaba viviendo alguien; alguien que tenía mucho interés en esconderse. Pero ¿por qué Pedro no quería contárselo? Tal vez lo había prometido; Pedro era tan ingenuo y fácil de convencer... Seguro que cualquier chalado le había pedido ayuda y había sido incapaz de negarse, quizás un ex presidiario, o un indigente, a saber. No se le ocurría que pudiera ser cualquier otro el motivo. Lo más curioso era que doña Rosa parecía ser cómplice.

Llegó arrecido, apenas sentía las piernas y los brazos; como le había advertido Diego, estuvo a punto de salirse del camino en un par de ocasiones. Apagó la moto y antes de desatar los bultos quiso asegurarse de que había alguien en la vivienda.

La casa tenía un aspecto deprimente, mucho peor de lo que recordaba, más parecía un lugar para guardar bestias que la morada de un ser humano: la madera de la puerta y las ventanas parecían cartón mojado; las tejas que quedaban en el techo se mostraban desordenadas, habían sido empujadas por la maleza que asomaba entre los restos de nieve que a duras penas resistían su batalla contra el astro sol; sus muros de piedra parecían las paletas de un pintor descuidado que se hubiese dedicado durante años a pintar paisajes bucólicos; y los postigos estaban cerrados a cal y canto, seguramente los cristales estarían rotos y Ana había sacrificado la luz para resguardarse del frío. Él nació en aquella casa y pasó en ella los cinco primeros años de su vida. Tenía un vago recuerdo de aquel tiempo y no se parecía en nada a lo que ahora contemplaban sus ojos. Recordó el pequeño camino que conducía hasta la puerta flanqueado por los rosales rojos que su madre plantó y que cuidaba con tanto mimo. Evocó los postigos color cerezo que contrastaban con el lustre de la piedra, siempre de par en par. Y, por un momento, vio las sábanas níveas ondeando en la pequeña pradera como orgullosas banderas. El tétrico paisaje que lo rodeaba no tenía nada que ver con el que acompañó su niñez; durante el tiempo que vivió allí, siempre fue primavera.

Tocó la puerta mientras la llamaba:

—¡Ana! ¿Está usted ahí? ¡Ana!

—Empuja desde fuera, la puerta se ha hinchado por la humedad y está atascada. —Se oyó una voz demasiado provecta para pertenecer a alguien que aún no había cumplido los sesenta.

—¡Hola, Ana! ¿Qué tal está? —Quiso mostrar un fingido entusiasmo, para él la situación no era plato de gusto—. Soy Pedro, el hijo de Rosa. —De un empujón la puerta cedió y se coló en la casa.

—¡Pedro! —Ella sí estaba emocionada—. Estás tan... Qué tontería, cómo vas a estar, como lo que eres: un hombre.

Pedro hubiera querido decirle que, aunque él apenas la recordaba, no esperaba encontrarse con una mujer tan anciana; pero habría sido una desconsideración, además de un comentario trivial teniendo en cuenta la trascendencia de los motivos que lo habían llevado hasta allí y que no le estaba haciendo una visita de cortesía. Además, tenía un frío terrible y estaba loco por meter los bultos y entrar.

—Aquí hace un frío espantoso. Voy a coger los paquetes que le he traído en la moto, creo que hay algo de carbón. ¡Jesús, qué frío! —Y se volvió de inmediato dejándola parada en la puerta.

Se sentía confuso. Ana lo observaba bajo su viejo abrigo y la bufanda que había colocado a modo de velo en su cabeza. Sus manos engarrotadas intentaban desatar lo más rápido posible los bultos de la moto.

—A ver, ¿dónde ponemos esto? —le preguntó de nuevo en el interior a la mujer que lo seguía como un perrillo faldero.

La casa era gélida y desoladora. Un montón de hojas secas y porquería se amontonaban en un rincón bajo una vieja escoba; Ana había estado despejando el suelo de aquella pocilga. La única luz de la estancia se colaba por un ventanuco trasero que aún conservaba el cristal y por las rajas de los postigos y un agujero que había en la puerta principal donde debería estar la cerradura. Una mesa, dos sillas y un cochambroso camastro eran todo el mobiliario existente. Una enorme chimenea presidía la habitación. Daba la impresión de que aquel lugar, en algún momento, había servido de refugio a algún caminante. Había velas a medio consumir sobre la chimenea, una manta deshilachada sobre el catre, dos botellas de vino vacías en un rincón... Su madre nunca hubiera dejado allí todo aquello.

Recordó que en la parte trasera había un pequeño cobertizo donde guardaban la leña; quizás hubiera algo. Sin decir una palabra salió por la puerta de atrás y al momento volvió con un montón de troncos sobre los brazos.

—Hay algo de leña en el cobertizo, creo que no es la primera en habitar esta... —miró su entorno dudando— casa desde que nos fuimos. Vamos a ver si la chimenea sigue funcionando y calentamos esta nevera antes de que perezcamos. ¡Qué frío! —dijo frotándose las manos después de haber dejado la leña en el suelo. —No recuerdo un invierno tan duro.

Conversaba sobre cosas triviales mientras encendía la chimenea, para acercar posiciones y, una vez caldeado el ambiente, sentarse a charlar con algo más de confianza. Ana lo observaba sin decir palabra, tiritando como un cachorrillo; el hecho de haber abierto las puertas había aumentado el frío aún más y no podía ni pensar, solo deseaba que la chimenea ardiera de una vez y acercar a ella sus manos y pies, antes de que se le cayeran los dedos a trozos.

—Listo, acerque una silla y siéntese junto al fuego, está usted entumecida.

Fue en aquel momento, y por primera vez, cuando Pedro la miró directamente a los ojos y, súbitamente, se sumergió en ellos, como cuando miraba a Lucía. No le cupo ninguna duda: Ana era la abuela de Lucía. Pensó en Diego, pero se obligó a seguir con la insustancial conversación.

—Habrá que reponer los cristales, esto es insufrible.

Ana pensó que no estaba en sus planes quedarse mucho tiempo en aquella covacha, pero una buena chimenea y cristales en las ventanas quizá la harían cambiar de opinión. Conforme entraba en calor, su estómago iba tomando protagonismo; tenía un hambre canina, llevaba muchas horas sin comer. Por una de las cajas asomaba lo que parecía media hogaza y un trozo de chorizo.

—¿Tienes una navaja? —le preguntó a Pedro que todavía estaba agachado frente a la chimenea.

—Creo que mi madre ha echado una en las cajas.

Rosa había pensado en todo: pan, chorizo, leche, un trozo de bizcocho, unos arenques ahumados, un vaso, un plato, productos y utensilios para fregar..., incluso una garrafa de agua por si no había podido sacarla del pozo. Pero sí, el pozo seguía teniendo agua y, milagrosamente, no se había congelado. Limpió un poco la mesa y se dispuso a comer.

—Mi madre le ha preparado también un canasto de fruta, pero

no cogía en la moto, se lo traeré después —le dijo Pedro al verla comer con tantas ganas.

—Gracias, Pedro.

Pedro no le contestó, solo esperaba que aquella situación no se prolongara demasiado.

Con el estómago lleno y algo menos de frío, aunque aún no se había quitado ni el abrigo ni la bufanda, Ana se sentó frente al fuego junto a Pedro. Ninguno de los dos encontraba la forma de abordar la conversación que ocupaba sus mentes.

Por fin, Ana se decidió:

—Creo que Dieguito y tú seguís siendo amigos.

—Sí, desde que éramos pequeños, ya sabe, de hecho antes de venir hemos estado hablando. —A Ana le dio un vuelco el corazón.

—No le habrás dicho que he vuelto.

—No, no le he dicho nada, ha sido un encuentro casual. Él piensa que usted está muerta, aunque nunca haya recibido tal noticia, estos años de silencio han sido más que reveladores. —Puso énfasis en sus últimas agrias palabras.

—Bueno, pronto tendrá noticias mías. No me juzgues, no tienes ni idea de lo que ha sido de mi vida. —Ana se daba cuenta de su actitud resentida—. Pero dime, ¿cómo ha sido la vida de mi hijo todos estos años? Cuéntame cosas de él. Creo que se casó.

—Sí, se casó, pero... —No estaba seguro de que empezar la conversación por la parte más ácida fuera lo más acertado.

—¿Qué? —Ana lo apremió.

—Es viudo, su mujer murió hace más de siete años. Prácticamente al año de su boda.

—¡Jesús! No tenía ni idea, tu madre no...

—Murió de parto, la niña vivió. —Ya estaba dicho todo lo que pensaba decirle, no iba a contarle ni un detalle más.

Ana enmudeció, apenas dijo alguna palabra hasta que media hora después Pedro se marchó. No sabía qué decir, tuvo miedo de saber más; algo en el modo de hablar de Pedro le decía que detrás de sus palabras se escondía una historia oscura, otra más.

Durante el resto del día su cabeza no paró de darle vueltas a lo mismo: ¡tenía una nieta! Esta noticia no la había contemplado, y mucho menos que su hijo, a los treinta y cinco años, fuera viudo. Ni siquiera le preguntó a Pedro cómo se llamaba la niña. ¿Qué otras sorpresas le depararía la vida a su edad? Teniendo en cuenta la posición de su hijo, seguramente, la habría internado en un buen colegio, ¿o no? ¿Cómo se las iba a arreglar un hombre joven y viudo viviendo con una niña? Las preguntas se agolpaban en su mente como si una enorme bandada de pájaros quisiera meterse en una pequeña cueva. Tal vez debió llevarse a su hijo aquel día, pero ahora, probablemente, tendría lo mismo que ella: nada. Pensó que hizo lo correcto, justificándose una y otra vez; ahora Diego tenía un buen nivel social, un apellido, tierras, bienes..., una hija. ¿Cómo se tomaría la noticia de que su verdadero padre era Isidro? Dudó de si debería seguir guardando el secreto. Fue la última duda que la asaltó antes de quedarse dormida sobre el cochambroso catre frente a las últimas ascuas de la chimenea.

Después de los fríos meses de febrero y marzo parecía que la primavera quisiese dar un adelanto al paisaje y, en tan solo dos semanas, el álamo que enmarcaba la ventana mostraba con timidez unos brotecitos verdes; casi imaginarios. Era un domingo magnífico y Lucía había abierto la ventana de par en par dejando que el sol entrara orgulloso hasta su cama. Tenía la radio puesta, muy bajita. Los sábados y domingos Juanito descansaba de su ardua tarea de maestro, nunca se había saltado esa norma y ella podía poner la música a su antojo. Tampoco los trabajadores pululaban por el cortijo, naturalmente, la mayoría de ellos se marchaba el sábado por la tarde para no volver hasta el lunes bien temprano, solo aparecía el encargado de ordeñar las vacas. El único que no solía faltar era Ángel.

Aprovechando la benevolencia de la naturaleza, se dispuso a lavar la ropa que se había acumulado durante la semana. Gracias a Herminia, que había ordenado a su hijo que le instalara unos cordeles cerca del filo de la ventana, ahora podía tender al aire libre sin salir de casa, siempre que el tiempo lo permitía, ayudada por una silla, claro está; todavía no tenía suficiente estatura como para llegar a ellos con holgura. Ya no tendría que convivir con los charquitos que se formaban en el suelo cuando echaba la ropa húmeda sobre las sillas; por más que la estrujaba y la dejaba escurrir en el lavabo siempre quedaban restos de agua.

Satisfecha por el trabajo realizado, se dispuso, por primera vez, a tender en sus cordeles; había lavado hasta el último calcetín. Colocó bajo la ventana las dos sillas que tenía, una para subirse y la otra para poner el barreño y no tener que estar bajando y subiendo de la silla cada vez que fuese a coger un trapo; ella pensaba en todo. En la radio, un tal Antonio Machín cantaba «Angelitos negros», o al menos eso creía que había dicho la locutora, ¡la tenía tan bajita!

Estaba terminando su accidentada tarea —un calcetín y unos calzoncillos habían caído de sus manos al exterior— cuando Los Panchos cantaban «Quizá, quizá, quizá». A lo lejos, por el pequeño sendero que recorría la colina, avistó dos figuras. Esperó a que estuvieran más cerca, echada en la ventana. Era Herminia y... ¡sí! Quien la acompañaba debía de ser su hija. Había cumplido su promesa. Las saludó con la mano muy entusiasmada y fue correspondida. Rápidamente colocó las sillas y el barreño en su lugar y abrió la puerta. Desde el umbral, con la punta de las zapatillas de paño fuera del escalón, esperó a que recorrieran el tramo que les faltaba. Se miró un momento los pies: ¡uf!, casi se precipita a la calle llevada por la ansiedad de acercarse todo lo posible a su inminente visita.

—¡Herminia, has traído a tu hija! —la saludó con alegría y un efusivo abrazo.

—¡Hola, Luci! —saludó Rosi, también a ella parecía alegrarle el encuentro.

Lucía se quedó mirando a la niña un momento. Los rayos del sol iluminaban su pelo antojándosele los hilos de cobre que asomaban por el cable de su radio o hebras de azafrán. ¡Tenía el pelo anaranjado! Nunca antes había visto un pelo así. Sus ojos eran negros y pequeños como granos de café, lo que resaltaba su palidez. Unas manchitas marrones que salpicaban sus mejillas y su nariz entronaban su mirada, paliando un poco su lividez y lilas ojeras. Lucía, con su natural intuición, supo ver bajo el aspecto enfermizo de Rosi a una niña vivaracha e inteligente que luchaba estoicamente contra su escasa salud. Desde el escalón le pareció diminuta, y estaba segura de que aun bajándolo le llevaba al menos una cuarta; no parecía que tuviera su misma edad, pero eso ya se lo había advertido Herminia en varias ocasiones. Vestía una gruesa rebeca azul marino, una falda celeste y unos leotardos de gruesa lana del color de su chaquetilla. Sus zapatos eran viejos, pero brillaban como espejos, como su rojo pelo. No podía dejar de mirarla, era la primera vez que se encontraba frente a frente con una niña de su edad.

Rosi empezó a impacientarse, Lucía tardaba en devolverle el saludo. Se sentía algo decepcionada, su madre le había dicho que su visita sería un gran motivo de alegría para Luci, pero solo había mostrado entusiasmo con Herminia. Quizás esperaba a alguien de su tamaño.

—¡Hola, Rosi! —Por fin.

Herminia se hizo paso entre las niñas y estas la siguieron hacia el interior. Soltó un par de bolsos sobre la mesa y habló:

—Bueno, yo os dejo, he prometido a mi marido ayudarlo con el huerto del vecino, el pobre está ya muy mayor, y nos viene muy bien ese dinerito extra. Después tengo esperándome una montaña de ropa para planchar, así que volveré esta tarde. ¿Seréis capaces de cuidaros solas? —preguntó medio en broma—. No se os ocurra salir de aquí hasta que vuelva —siguió la broma y se marchó; de más sabía que Lucía no pisaría la calle, y su Rosi tampoco.

Aquel domingo fue uno de los mejores de su vida. Rosi resultó ser una niña muy simpática y activa. Le trajo un montón de ropa de su hermana Mari y Lucía pasó gran parte de la mañana probándosela; casi toda le quedaba perfecta, incluso un par de zapatos. Rosi tuvo que ayudarla en las pruebas, nunca se había puesto un vestido; cuando era casi un bebé se los ponía su abuela, y era incapaz de averiguar ella sola qué parte era la delantera o la trasera. Cuando Lucía vio cómo sus piernas asomaban a la altura de la rodilla por debajo de la falda, le entró una risa contagiosa que Rosi acompañó muy divertida. Luego jugaron a las mamás con un par de muñecas que Rosi había llevado; las vestían, las desvestían, las peinaban, que si una trenza aquí, que si dos coletas... Lucía seguía a su nueva amiga, su única amiga, imitándola en todo. Era la primera vez que jugaba a las muñecas y le pareció un juego muy divertido. Le hubiera gustado jugar con su muñeca azul, pero era de trapo y el pelo de lana, resultaba muy difícil peinarla y vestirla, de manera que la sentó en una silla para que observara a las cuatro.

Diego estaba en la casa, el humo de su cigarrillo se paseaba por las inmediaciones delatándolo. Si estaba fuera o con las ventanas abiertas, Pedro pensó que forzosamente tenía que estar oyendo la algarabía que llegaba de la zona trasera.

Qué curioso resultaba que aquella tierra encerrara dos mundos tan distintos; ¿cómo era posible que hubiesen conseguido cohabitar sin llegar a tocarse? Habían hecho un extraño pacto: mientras ninguno de los dos se inmiscuyera en la vida del otro vivirían a salvo del peligro que les acechaba. Esa débil línea que los separaba estaba a punto de romperse. Estaban abocados a encontrarse. Las vidas de Diego y Lucía no eran líneas paralelas y con el paso del tiempo se estaban acercando. Pedro pensó que tal vez estuviera en su mano paliar el inevitable y catastrófico choque y pudiera hacer de resorte en el encuentro.

Diego estaba en la puerta limpiando los cañones de sus escopetas; sobre la mesa debía haber al menos diez. Ataviado de domingo: su mejor sombrero, recién afeitado y perfumado, estrenando una magnífica cazadora de ante, camisa y pantalones planchados con esmero, y zapatos relucientes. Daba la impresión de que había colocado sus cabellos con escuadra y cartabón y parecían aún húmedos; pero no: se había echado gomina. A pesar de sus grandes proporciones, para nada resultaba obeso; sus ciento veinte kilos le daban más bien un aspecto robusto y atractivo. Era un viudo muy cotizado más allá de las fronteras del pueblo.

Con un ojo guiñado, envuelto en el humo del cigarro que sostenía con la comisura de los labios, y el otro enmarcado en la boca del cañón, Diego saludó distraídamente a la sombra que se había parado a su izquierda:

—¿Qué pasa, Pedro? —dijo tras el vaivén del cigarro que apenas conseguía mantener en su sitio—. ¿Cómo es que no estás disfrutando de este maravilloso domingo con tu maestrita? —Él siempre tan sarcástico y desagradecido.

A Pedro le molestaba enormemente que se refiriera a su novia como la maestrita, su relación no era una aventura pasajera, como él pensaba. Paqui y él estaban comprometidos, pero no quiso darle explicaciones, no valía la pena.

—Ya ves, he preferido venir a aguantarte un rato. —Siguió con el juego de palabras sarcástico.

Unas carcajadas lejanas se colaron entre los agrios saludos.

—Parece que la casucha de la Maldita está hoy muy concurrida —se arrepintió de inmediato de haber hablado de la niña, seguro que Pedro aprovecharía para hacerle algún comentario sobre ella.

—Creo que ha venido a jugar con ella la hija de Herminia. —Lo dedujo por pura lógica.

—¡Ya! La hija de Herminia y el primito del Lisiado; ya ni se molesta en ponerse el parche para pasar por su primo, como lo pille el Lisiado usurpando su identidad cualquier día se va a montar una buena. La verdad es que me importa muy poco lo que pase ahí atrás, mientras no pisen mi territorio. Bueno, desembucha, ¿a qué has venido? —Sospechó desde el principio que su viejo amigo había ido hasta su casa un domingo a la hora de la siesta por algo más que hacer una visita de cortesía.

—¿No vas a ofrecerme un vaso de vino? —Prefería conversar sentado.

Diego apartó la escopeta de sus ojos para mirar el reloj.

—¡Coño, Pedro! No son ni las cinco, ya vas a empezar a beber, no es propio de ti. Ayúdame a recoger esto, sacaré una botella de ese vino que tanto te gusta. Me tienes en ascuas. ¿Qué puede ser tan grave que no te atreves a decírmelo sin el efecto del alcohol?

Ya sentados en la mesa de madera que había bajo el porche y con el primer vaso de vino calentándole la sangre, Diego le habló:

—Bueno ¿qué?, ¿me cuentas lo que te preocupa o nos bebemos otro? —Y llenó los vasos.

—Tu madre está en el pueblo.

Los dos perdieron sus miradas en el horizonte durante largo rato, inmóviles, azotados de vez en cuando por inocentes carcajadas.

Una robusta mano envuelta en espeso vello cogió con parsimonia la botella y rellenó los vasos de vino. Un lento sorbo sonó bajo el ala del sombrero. Pedro bebió todo el contenido de su vaso de un trago.

Eran ya las seis y media de la tarde. Dos botellas de vino sobre la mesa: una vacía y otra casi. Las carcajadas cesaron. El horizonte se desvaneció ante sus ojos. Más de una hora llevaban en silencio, parecía que estuviesen echando un pulso: el primero que hable pierde. Pero no. Diego se tomaba su tiempo para asimilar la noticia, completamente ausente, ignorando su compañía, al margen del universo. Conocía a Pedro casi tanto como a sí mismo, o al menos él tenía la certeza, y si se había atrevido a soltarle aquella bomba, con toda seguridad su madre estaba en el pueblo, en la casa de la loma, a quince minutos de allí. Para ella eran los víveres que doña Rosa había preparado.

Pedro esperaba pacientemente, respetando el difícil momento de Diego. Por primera vez, le resultaba imposible leer la mente de su amigo. Tenía la mirada perdida, no estaba. Solo le quedaba esperar a que volviera. Se estaba tomando el tiempo necesario para deliberar y dar una respuesta; no era de los que se desdecían, de su boca solo saldría una sentencia firme.

Sin apartar la mirada del infinito, Diego habló por fin:

—Mi madre está muerta, murió el día que me abandonó, y todo el que habla con muertos para mí también lo está. —Ahora se levantó y miró a Pedro, que seguía sin moverse—. Voy a asearme un poco, he quedado con «la Gata». —Cambió de tema dando carpetazo a la solemne conversación que había llevado a Pedro hasta allí—. Y, por el amor de Dios, Pedro, cómprate una chaqueta para los domingos, tienes esa llena de lamparones. —Terminó caminando hacia el interior de la casa con los vasos y las botellas en las manos.

Pedro se quedó allí plantado en el porche, envuelto en la penumbra, mirándose la chaqueta; no le parecía que estuviera tan sucia. Pero inmediatamente retornó al tema que lo inquietaba. ¿Y ahora qué? Diego, además de haber rechazado con rotundidad un encuentro con su madre, le había dejado claro que no iba a permitir que él estuviera mediando entre los dos, o estaba con Diego o con su madre. No podría seguir yendo a la loma; no sabía cómo, pero Diego siempre terminaba enterándose de todo. No quería arriesgar la amistad que tenía con él, sobre todo por Lucía. ¡Lucía! Ella no lo sabía pero, mientras sobrevivía en su isla, el mundo al que pertenecía se desmoronaba. Sentía que él era la única oportunidad que la niña tenía de reconciliarse con sus raíces, pero no acertaba a encontrar la manera. Su cabeza daba mil vueltas a la situación mientras se dirigía hacia su motocicleta. Decidió volverse, antes de marcharse saludaría a la niña y le entregaría el material que le había comprado.

Asomarse a la ventana de Lucía era como observar un trocito del paraíso, otra dimensión en la que, a pesar del reducido espacio, las cosas más sencillas se mostraban con una belleza extraordinaria, inmensa. En aquel lugar vivía el lado más amable de la vida. Al menos una sonrisa estaba asegurada. ¿Qué derecho tenía nadie a destruir todo aquello?

Allí estaba, tan alegre y diligente como siempre. Recogiendo su casita después del ajetreado domingo. Parecía que bailara con la escoba llevada por la música de su radio. Ella supo que Pedro estaba allí y se acercó a la ventana.

—¡Hola, Lucía! —Por supuesto, Lucía le dedicó una de sus inocentes sonrisas que Pedro agradeció especialmente en aquel momento—. Te traigo algunas cosas. —Y le mostró el paquete.

Lucía se apresuró a abrirlo: tres libretas, dos lápices, una goma, un sacapuntas, ¡una caja con cuarenta y ocho lápices de colores!..., esto último le hizo una ilusión especial y, aunque su expresión era más que reveladora, quiso darle las gracias y corrió a por su libreta.

—Déjalo, Lucía, sé que sabes hablar.

—Muchas gracias. El primer dibujo que haga con estos lápices será para ti. ¿Te gustaría? —La tierna voz de la niña lo estremeció—. ¿Quieres pasar?

—No, gracias, en otra ocasión. —Tenía tiempo, pero no se encontraba bien, demasiado vino tal vez.

Pedro saludó rápidamente y dejó los dos paquetes sobre la mesa. No quiso sentarse, quería ser breve y marcharse.

—Escúcheme bien, Ana, le he dicho a su hijo que está en el pueblo. —Ella no parpadeaba—. Dice que para él... —No quería hacerle daño, pero tenía que decirle la verdad—. Bueno, que está muerta desde el día que lo abandonó. —Una tormenta se desató en sus inmensos océanos—. Lo siento, Ana, pero no estoy seguro de poder volver, Diego me ha amenazado con romper nuestra amistad si sigo viéndola. En fin, ya encontraré la manera de que no le falte lo necesario. Creo que lo mejor sería que se instalara en la taberna de sus padres, tarde o temprano todo el mundo sabrá que ha vuelto.

—Yo no lo abandoné —habló con la voz rota—, renuncié a él para no privarlo de una vida mejor; tienes que contárselo.

—No creo que me permita volver a hablarle de usted. Lo siento, su hijo es bastante testarudo.

A pesar de lo que le dolía dejarla en aquel estado, se marchó.

Ante la negativa de Pedro de volver a la loma, Rosa contó a su hijo toda la historia de Ana: que Isidro era su verdadero padre, que don Diego lo supo desde el primer momento, que la echó de la casa pensando que seguía viéndose con él... Le habló de las tierras que causaron el dislate y que Ana se marchó sola ante las amenazas de su marido de quitarle a su hijo el apellido y la herencia.

Cuando su madre terminó de relatarle la trágica historia, Pedro se quedó largo tiempo sentado en el sillón, mirando la jaula de la ventana. Los jilgueros cantaban y revoloteaban al sol. Cómo envidió sus alegres y fugaces existencias. Siempre los había visto como desgraciados prisioneros de su madre; nacidos para alegrarle las mañanas y que se creyera dueña al menos de trozo de la inmensa naturaleza. En una ocasión les abrió la jaula y, pasados unos minutos, allí seguían; fieles, ajenos al mundo que les esperaba. Preferían, tal vez, regalar su canto a quien era capaz de apreciarlo. «¡Sal de ahí, *Boina*! —Su madre le había puesto ese nombre a uno de ellos porque las plumas de su cabeza eran más largas de lo normal y dispuestas en horizontal; verdaderamente parecía que tuviera puesta una boina—. Te estoy ofreciendo la libertad», le dio Pedro una última oportunidad antes de volver a cerrar la jaula al más espabilado de los dos jilgueros. Pero *Boina* siguió cantando ajeno a la abertura de los barrotes, como si su canto encerrara preguntas irónicas: «¿Crees que envidio el mundo en el que vives y que necesito salir para ser feliz? ¿Acaso mi canto no es suficiente muestra de mi felicidad? ¿Eres tú, ahí fuera, más feliz que yo?» Pensó que *Boina* era como Lucía, vivía feliz en su encierro. Tal vez, la libertad es un concepto que va mucho más allá de muros y barrotes, y lo que de verdad nos hace prisioneros es el miedo, que nos acompaña allá donde estemos.

Se acabó, él ya no era el mismo. Como un satélite había pasado toda su vida rondando a Diego, atrapado en el magnetismo que lo rodeaba. Hablaría con Paqui. Ella era madre soltera, había dejado a su hijo al cuidado de su madre en la ciudad. Cuando consiguió la plaza de maestra en el pueblo no se atrevió a llevarlo consigo, tenía miedo a que lo discriminaran por ser hijo de padre desconocido o que incluso perdiera su trabajo. El único en el pueblo que sabía de la existencia de Santiago era Pedro; una vez más, se prestó a ser portador de un oscuro secreto.

Pero ya no pensaba seguirles el juego. Él sí quería salir de su jaula. Se casaría con Paqui y le daría el apellido a Santiago. Celebraría la boda con una gran fiesta. Llevaría al niño a todas partes, abiertamente: a cazar, a jugar a la plaza, al bar de Paco..., orgulloso; orgulloso de su hijo, como debe ser. Y si la gente quería hablar, que hablara.

Encima de la máquina de coser de su madre el gato dormitaba. «¿Cuántos años piensa vivir ese jodido gato?», se preguntó Pedro. Nunca había soportado su caminar altivo, paseándose por la casa como si fuese su feudo. Era capaz de pasar horas mirando a Pedro con desafío y, aunque él se sabía bajo su mirada inquisidora, nunca le dio el gusto de corresponderle. Ni siquiera su aspecto era motivo de la arrogancia que manifestaba: pardo como el humo y deforme como un viejo cojín. Su madre no se había cansado en todos esos años de alabarlo: «Es un gato tan bueno y cariñoso...» ¿Cariñoso? ¿Hacer ochos entre las piernas de su ama para rascarse el lomo era ser cariñoso? Ella lo decía siempre en presencia de su hijo, para recordarle que su gato le daba el afecto que él le negaba. Cuando le hablaba de las virtudes de su *Sultán*, él siempre le decía: «Si yo comiera lo mejor de tu cocina y durmiera en el más limpio y mullido de tus cojines, sin estar obligado a trabajar, haría mucho más que sobarte los tobillos para no perder mis privilegios.»

Se contagió del sopor del viejo gato y se quedó dormido antes del almuerzo. Pensó que estaba perdiendo la juventud mientras se rendía al peso de sus párpados. Él siempre deseó tener un perro, un perro grande, que no se escondiera entre las macetas del patio para ocultar su miserable vida. Pero siempre hubo un «*Sultán*», incluso dos, cuyas vidas se hubiesen sentido amenazadas. «Me casaré con Paqui, aunque la intachable honra de mi madre peligre con un nieto bastardo, y me compraré un perro muy grande», fue su último pensamiento antes de caer en la nada.

Un solo día en la vida de Lucía era mucho más que toda la existencia de muchos de sus semejantes. Aprendía mil cosas: matemáticas, ciencias, geografía, historia, lenguaje...; leía, escribía, y dedicaba un tiempo a estudiar música y tocar el violín. Además de sacar tiempo para limpiar su casa y atender las visitas, que cada vez eran más numerosas: Pedro, Herminia, Rosi, Juanito y Ángel desfilaban por allí casi a diario. Ella siempre los recibía con entusiasmo y disposición. Seguía negándose a salir al mundo y el mundo venía a ella.

Los fines de semana, como para el resto de la humanidad, eran especiales para Lucía. Los deberes que Juanito le encargaba los viernes antes de irse, los hacía inmediatamente, y el sábado amanecía libre de las obligaciones más pesadas. Hacía tiempo que Juanito había dejado de ir los sábados por la mañana; desde que Lucía sabía cocinar no era imprescindible la comida caliente, aunque durante la semana Luisa seguía mandándole aquellos platos que más le gustaban, aprovechando las idas y venidas de su hijo.

Contra todo pronóstico, Lucía era feliz. No deseaba nada que hubiera más allá de sus paredes.

Aunque el cielo había echado el telón aquella mañana y su actor principal se encontraba tras él, no hacía frío. Le gustaba el otoño. Esa última semana de octubre le ofrecía una paz que ella apreciaba y saboreaba especialmente. Parecía que todo estuviera esperando, con la tranquilidad de quien tiene seguro lo venidero. Los árboles esperaban la caída de sus hojas, los campos la lluvia, los pájaros el momento de marcharse..., y ella esperaba a que todo, una vez más, ocurriera. Era consciente de que sin su mirada violeta no tendría sentido que las hojas cayeran ante su ventana, la lluvia golpeara los cristales o los pájaros impulsaran el vuelo en el cordel. Tenía la plena seguridad de que todo aquello ocurría para ella, y así era.

Herminia doblaba primorosamente la ropa que acababa de recoger, ante la amenaza de lluvia. Mientras, la niña parecía en trance, después de haber cerrado repentinamente el libro de oraciones de su madre que había rescatado del baúl. La mujer la observaba con el rabillo del ojo.

—¿En qué piensas, Luci?

—En Dios —respondió de inmediato con su natural sinceridad—. ¿Tú lo conoces?

—Ay, qué cosas preguntas. Pues verás, así, conocerlo como a ti, cara a cara, no he tenido la dicha, pero creo en él y sé que existe.

—¿Y cómo puedes estar segura de que existe si no lo has visto?

—Es difícil de explicar, a ver... ¿qué sientes tú cuando escuchas una música que te gusta?

—Pues..., espera, tengo que pensarlo. —Lucía se quedó unos instantes mirando al techo con el libro entre las manos. Herminia esperaba pacientemente mientras doblaba la última prenda de la niña—. Es difícil —dijo al fin—, siento que mi corazón es tan feliz que se me olvida todo o, no, no, es al revés, es como si todo fuese más... ¿importante? Ya sé, la música hace que sienta mucho más; si escucho una música alegre, me pongo más alegre de lo normal y, si es triste, más triste de lo normal. Es como si de pronto, cuando enciendo la radio, entendiese cuánto importan las cosas más sencillas; no es lo mismo fregar los cacharros con música que sin ella.

—¿Y puedes verla?

—No, Herminia, la música no se ve, se siente.

—Pues algo así pasa con Dios, sabes que existe porque lo sientes, porque, como tú dices, con Él las cosas más sencillas se vuelven importantes y las más difíciles se soportan mejor, aunque no lo puedas demostrar.

—¡Ah!, ya lo entiendo. ¿Y tú le rezas?

—A todas horas, hija, a todas horas.

—¿Y para qué?

—Para no sentirme sola. Estás muy preguntona hoy, ¿no?

—Pero si tienes a tu marido y a tus hijos, ¿cómo puedes sentirte sola?

—Ay, Luci, cuando seas mayor te darás cuenta de que por mucha gente que tengas alrededor que te quiera, a veces te sientes sola. Ya ves tú si me quiere mi marido, pues a veces se enfada y me dice unas cosas..., entonces hablo con Dios, le rezo una oración y se me pasa la tristeza. Si es que por más que nos empeñemos hay cosas de las que no podemos protegernos unos a otros, y entonces sientes mucho miedo, y ahí está Dios, que te alivia lo imposible, ¿comprendes?

—Solo un poquito. Mi abuela rezaba conmigo antes de acostarnos.

—Pero niña, eras muy pequeña, ¿cómo puedes acordarte? —Herminia había terminado de su tarea y había acercado una silla a la mesa para sentarse frente a Lucía.

—Sí, ¡ji, ji!, y me acuerdo de la oración, la rezo en mi cabeza todas la noches; bueno, a veces estoy tan cansada que me quedo dormida antes de terminarla; ¿tú crees que Dios se enfadará conmigo por eso?

—Seguro que no, ¿cómo iba a enfadarse nadie contigo? Pero ¿de verdad te acuerdas?, si ni siquiera sabías hablar.

—Sí, ¿te la digo?

—A ver.

—Jesusito de mi vida, / tú eres niño como yo, / por eso te quiero tanto, / y te doy mi corazón. // Tómalo, tuyo es, mío no. // Cuatro esquinitas / tiene mi cama, / cuatro angelitos / que me las guardan, / dos de día y dos de noche. // Hasta mañana si Dios quiere.

—¡Jesús, Jesús! Si no lo veo, no lo creo.

—¿Quién es Jesusito?

—El hijo de Dios, que también fue niño.

—¡Ah! ¿Es el mismo que tú nombras todo el día cuando dices ¡Jesús, Jesús!? —Lucía dijo estas dos últimas palabras poniendo el mismo énfasis que ponía siempre Herminia al pronunciarlas.

—Sí, ese. —Se sintió aliviada de que ella misma hubiera respondido a su pregunta y confió en que dejara la conversación.

—Entonces, ¿Dios tuvo un hijo? —La niña seguía.

—Sí, pero en realidad todos somos sus hijos. —Se arrepintió

de inmediato de haber hecho el último comentario, si la niña seguía preguntando no sabría qué decirle; ella misma no lo tenía muy claro.

—¿Yo también?

—Sí, tú también.

—Creo que no lo entiendo. Entonces...

—Bueno, otro día seguimos, tengo que irme. —Herminia terminó la conversación temiéndose lo peor.

—Vale.

—Adiós, Luci, lo mismo mañana traigo a mi Rosi. —Y se marchó, dejando a Lucía en la misma posición que comenzó la conversación, con el libro entre las manos.

—Hasta mañana, Herminia.

A los quince minutos, a lo lejos, escuchó unas voces que la sacaron de su peculiar meditación. Corrió hacia la ventana. La quietud de aquella mañana otoñal permitía que llegaran hasta ella algunas frases: «Quítate ese parche, estás ridículo», parecía la voz de Juanito, «todo el mundo sabe que usurpas mi personalidad para rondar a la Maldita.» Lucía avistó a unos cien metros con quién discutía Juanito. «Se llama Lucía», Ángel gritó. Los dos muchachos, que físicamente ya eran hombres hechos y derechos y bastante fornidos, estaban a punto de llegar a las manos. El corazón de Lucía quería salirse por su boca. En su amable y tranquilo mundo, nunca había vivido una situación parecida. Era cierto que Juanito tenía un carácter hosco, pero con ella no había pasado de hablarle con cierta agresividad y despotismo.

Habían empezado a darse empujones. «Se acabó, es la última vez que te acercas a su casa, hablaré con Diego, él se ocupará de ti», decía Juanito. «Eres tan cobarde que tienes que buscar ayuda y recurrir a tus sucios trucos para solucionar tus problemas. ¿Por qué no los solucionamos nosotros solos?», habló ahora Ángel. Juanito empujó con tanta ira a Ángel que este cayó al suelo y su primo se abalanzó sobre él y empezó a propinarle golpes a diestra y siniestra. Lucía solo acertaba a ver una maraña de piernas, brazos y cabezas forcejeando de una forma inútil.

Supo que Ángel corría peligro. Tenía que ayudarlo. Corrió hacia la puerta y la abrió de par en par de una forma instintiva. Pero sus pies se clavaron en el peldaño de la salida; no podía moverlos. Tenía las piernas como columnas de piedra. Por más que su mente le mandaba órdenes para que avanzaran, se mostraban sin vida. Ya no descifraba lo que decían los muchachos; gemían y rugían como animales. Una fuerte angustia le oprimía el pecho.

—Jesusito de mi vida, / tú eres niño como yo... —Supo que ese era el momento de rezar, ese momento de soledad al que se refería Herminia.

En verdad sus oraciones fueron escuchadas y, aunque no consiguió mover los pies del escalón, su garganta venció el miedo.

—¡Suéltalo, Juanito! —La voz de Lucía corrió por el camino como un relámpago, haciendo temblar la tierra.

Lo había conseguido, de alguna forma, parte de ella había traspasado los límites. Por primera vez, se había sentido obligada a hacerse presente en el mundo exterior; quizá su actuación no había sido suficiente, pero para ella era todo un logro y, por unos instantes, se sintió orgullosa.

Juanito supo que aquel grito clamoroso en defensa de la víctima era de Lucía. Desde el primer momento no tuvo la más mínima duda de que había sido ella. Pero aun así, su curiosidad le hizo volver la cabeza; era la primera vez que escuchaba su voz. Ángel aprovechó el momento de distracción de su primo para escabullirse.

—Métete en casa, Lucía —gritó Ángel temiendo que ella fuera la próxima víctima de la ira de su primo.

Diego estaba echando de comer a los caballos. Ni siquiera sabía por qué conservaba aquellas viejas bestias; desde que compró la camioneta y los tractores de carga, no habían hecho otra cosa que comer. Estaba absorto en sus pensamientos cuando el grito de Lucía lo interrumpió. Paró un momento para prestar más atención y escuchó, más en la lejanía, la voz de Ángel. Dudó unos momentos, pero finalmente decidió acudir al lugar del que provenían las voces. Antes de emprender la marcha, entró un momento en su casa para coger una de las escopetas, siempre a punto, que guardaba detrás de la puerta. Rodeó el cortijo sin demasiada premura, maldiciéndose a sí mismo por no haber parado a tiempo el chorro de visitas que llegaban a sus tierras por el camino de atrás.

Lucía seguía clavada en el umbral de su puerta. Diego pasó a escasos metros sin dedicarle ni una fugaz mirada, como si no estuviera, con los ojos fijos en el sendero que llevaba hasta el cortijo de Juan, y que años atrás las dos familias recorrían sin reparo. «Malditos muchachos de mierda», iba mascullando mientras apretaba el paso para alcanzarlos.

Después del shock que supuso para Juanito saber que Lucía hablaba y que Ángel era cómplice de su secreto, su ira explotó, hasta tal punto, que sus fuerzas alcanzaron las de un enorme animal y consiguió de nuevo inmovilizar a Ángel, presionándole el pecho bajo sus rodillas y agarrando su cuello con las manos.

—¡Separaos!

Los muchachos seguían forcejeando como fieras. Juanito acababa de coger una piedra con la intención de golpear a Ángel en la cabeza. Estaba fuera de sí. Con el forcejeo había perdido el parche y su rostro se veía como un terrible monstruo enfurecido.

—¡Suelta esa piedra, Lisiado! —Diego gritó con tanta fuerza que el corazón de Lucía tembló—. ¡Suéltala, maldita sea!, o te meto un cartucho en tu horrible cara. —Y disparó un tiro al aire.

El capataz y un par de jornaleros, que eran el escaso personal que esa mañana estaba en el cortijo, corrieron al lugar. Amenazado por la escopeta de Diego y forzado por los fuertes brazos de los dos jornaleros, Juanito soltó por fin a su víctima, que sangraba por la nariz como un marrano en el matadero.

—Mírame con el único ojo que tienes y escúchame con atención: no quiero volver a verte por aquí, ni a ti tampoco, el resto de mis días. —Miró un segundo a Ángel—. Si queréis pegaros hacedlo en vuestras tierras, este camino está en las mías. Si se os ocurre volver a pisarlo, no dudaré en volaros la cabeza alegando que creí ser amenazado por animales salvajes, que es lo que sois

—habló, todo el tiempo sin dejar de apuntar a Juanito con su escopeta.

Por supuesto, Diego se estaba tirando un farol, nunca se metería en semejante lío por algo que no valía la pena. Pero ellos le creyeron sin vacilar. Diego era toda una leyenda más allá de los límites del pueblo; todo el mundo le tenía miedo, aunque él lo confundía con respeto.

—Pero Lucía... —Ángel se atrevió a nombrar a la niña delante de su padre con la voz quebrada, no por el miedo, sino por el dolor físico que empezaba a notar, pero fue interrumpido inmediatamente.

—Creo que no lo has entendido. Se acabó, esta es la última vez que pisáis mis tierras. ¡Marchaos! Marchaos antes de que apriete el gatillo.

Juanito había emprendido la marcha antes de que terminara su frase y al momento le siguió Ángel, cojeando y agarrándose el estómago, intentando sacar fuerzas para aparentar dignidad.

—Lucía, entra en casa. —Unas manos la arrastraron al interior con seguridad y ternura—. Venga, mi niña, ya pasó todo. Esto tenía que ocurrir tarde o temprano.

La puerta de la casucha se cerró.

El lunes siguiente a la pelea que protagonizaron los primos en las tierras de Diego, dos guardias civiles se personaron en el cortijo de Juan. Luisa abrió la puerta; casi se muere del susto al ver los tricornios. Pensó que su marido había tenido un accidente con la moto, había ido a la ciudad y llovía torrencialmente. Traían una carta certificada que notificaba a Juan haber sido multado con quinientas pesetas por allanamiento de morada, y otra con una orden de alejamiento para todos los miembros de su familia. Diego se había dado prisa en solucionar el molesto problema. Una vez más, había demostrado la gran influencia que ejercía en la zona su apellido.

Cuando Juan recibió la noticia a la hora del almuerzo, con todos sentados en la mesa, habló con determinación:

—Se terminaron las visitas a la casa de Diego. ¡¿Me habéis oído?! —Miró primero a Juanito, cosa que solía evitar a toda costa, y después a la enorme nariz amoratada de su sobrino político—. Esta vez no voy a ceder y, creedme, el que se atreva a desobedecerme sufrirá las consecuencias. Esto va para ti también. —Se dirigió ahora desafiante a su mujer.

—¡Herminia! —Juan no había terminado.

Herminia estaba en la cocina, ordenando la despensa, con la oreja puesta en el comedor. Dio un respingo y contestó:

—Sí, don Juan. —Fue al encuentro del dueño de la casa sin soltar los botes de conserva que tenía en las manos. No se acostumbraba a llamarlo «don Juan», era lo menos parecido a un viril galán, con sus facciones y ademanes visiblemente afeminados.

—Haz el favor de escucharme un momento.

—Dígame, don Ju...

—Deja de llamarme «don Juan» en ese tonito, no estoy para guasas, y creo que lo que tengo que decirte a ti también te va a quitar el buen humor. —Todos miraban a Juan sorprendidos.

—¡Ay! Qué cosas tiene usted, no me estaba riendo...

—Ya, bueno. Estás despedida. Lo siento, esto no tiene nada que ver con tu forma de trabajar, de hecho creo que mi mujer está muy contenta contigo, ¿no es así? —Miró a Luisa.

—Por supuesto. ¿A qué viene todo esto?

Luisa no podía creérselo, era la primera vez que veía a su marido entrometerse en asuntos domésticos, a pesar de que ella sabía que no le eran indiferentes; lo había visto pasar el dedo por los muebles y revisar la ropa de la plancha.

—La cuestión es que no puedo permitir que Diego se entere de que trabajas aquí por las mañanas. No quiero volver a tener ni un solo problema más con él. Y como tengo oído que te paga más y mejor que yo, no voy a ponerte en el compromiso de elegir. Mañana se te pagará y será tu último día.

—¡Ay!, pero don..., perdone, así de pronto. Yo nunca... —Herminia casi se echa a llorar.

—Lo sé, siempre has sido muy discreta. No sabes cuánto siento que tengas que pagar el pato de todo esto. —Se levantó de la mesa y se marchó, dejando el caldo de gallina intacto y a todos desconcertados.

—¿Qué le pasa a este hombre mío?

Fue lo último que se escuchó en el comedor antes de que Luisa se quedara sola en la mesa y comenzara a sorber el líquido de su cuchara haciendo alarde de lo que siempre decía: «Por muy gordo que sea el disgusto, yo nunca me peleo ni con la comida ni con la cama.»

Llovía a cántaros, pero no soportaba estar allí dentro en aquel momento. Su perro movía el rabo y giraba a su alrededor dispuesto a salir con él. Juan le abrió la puerta para que le dejase ponerse las botas tranquilo. Antes de salir, cogió su sombrero del perchero y un destartalado paraguas negro. Llovía demasiado en aquel momento y se quedó bajo el porche mirando cómo caía el agua. «Creo que será mejor que nos quedemos aquí sentados y esperemos a que escampe un poco», le dijo a su perro mientras le pasaba la mano por el lomo. *Lobo* se sentó frente a su amo jadeante, por mucho que le apeteciera dar un paseo, no pensaba marcharse sin él. Cien cataratas bajaban por las tejas del porche. Juan se sentó en la mecedora desde la que avistaba todas las tierras de Diego, observado por su pastor alemán.

Nunca había sido feliz. Desde que empezó a tener uso de razón supo que él era distinto. Su madre lo bañaba con la puerta del baño bien atrancada para que ninguna de las sirvientas entrara. Jamás se habló en su casa de su problema físico; tanto sus padres, como sus dos hermanos mayores, guardaron el secreto como si les fuera la vida en ello. Toda la familia lo trataba como si fuese un varón, pero él, en sus primeros años de conciencia, no estuvo seguro de lo que era; no solo porque su físico no encajaba en ninguno de los dos sexos, ni siquiera interiormente era capaz de inclinarse por alguno de ellos. Cuando sus compañeros de colegio comenzaron a hacer competiciones para comprobar quién meaba más lejos, comprendió la dimensión de su problema y se volvió un niño solitario.

Su hermano mayor era un aventurero y se marchó a hacer las Américas con su parte de la herencia; mientras vivieron sus padres solo recibieron de él una postal cada Navidad. Y Cristóbal, el segundo de sus hermanos, con quien pasaba largos ratos jugando al ajedrez, se marchó a un colegio mayor de la capital para estudiar Derecho; rara vez iba a visitarlos. Juan siempre tuvo la sensación de que los dos huyeron de la incomodidad de vivir con aquel secreto, o de la hipocresía con la que lo habían enterrado sus padres.

Él hubiera querido estudiar Arquitectura, ese había sido su sueño de muchacho. Tenía la capacidad, en el colegio siempre fue de los primeros de su clase y era un gran aficionado a la lectura, igual que su padre. Pero, a punto de cumplir su sueño, su antecesor cayó enfermo, y en el lecho de muerte le pidió que se hiciese cargo de su madre y de la finca. Su sensible carácter le impidió negarle el último deseo a su padre, y una vez hecha la promesa fue incapaz de romperla. Después, Teresa empezó a incitarlo a que se buscara una mujer, obviando el motivo por el que él nunca se había acercado a muchacha alguna. Esta insistencia escapaba a su comprensión; aunque jamás hubieran abordado el tema, de más sabía ella su imposibilidad de cumplir con las obligaciones conyugales propias del matrimonio. ¿Acaso el secreto familiar lo había enterrado tan hondo que no lo recordaba? No, le estaba preparando una boda como una vulgar alcahueta.

La madre de Juan sufría en su interior los rumores que corrían por el pueblo: que si el hijo de Teresa era amanerado, que si no se le conocía novia alguna, que si siempre estaba bajo las faldas de su madre... Una sonada boda daría carpetazo a las habladurías. La sobrina de don Mauricio era perfecta.

Luisa nació en la ciudad. A los diecisiete años empezó a trabajar en el bufete de un afamado abogado, casado desde hacía quince años y con cinco hijos. Una noche, su madre, alertada por los quejidos de Luisa, acudió a su dormitorio. A las tres de la mañana su hija yacía sobre un charco de sangre y, sobre él, un trocito de carne de no más de un cuarto de kilo. Para ocultar semejante vergüenza y evitar que siguiera viéndose clandestinamente con el abogado, los padres de Luisa la mandaron al pueblo con sus tíos, exponiéndoles el motivo.

Clara, la tía política de Luisa, y la madre de Juan, Teresa, eran amigas desde niñas. Una tarde, mientras las dos bordaban en el patio, Clara no pudo más y se desahogó. Estaba harta de la sobrina de Mauricio. No paraba de causarle problemas de todo tipo: se levantaba tarde, no colaboraba en casa, se negaba a obedecerla y se escapaba a cada instante para coquetear con los muchachos del taller vecino. No podía más. Desde que Luisa había llegado a su casa las peleas con su marido eran constantes. La única forma de librarse de ella era que se echase un novio y se casase. A medida que Teresa la escuchaba iba elaborando su plan.

La boda se celebró en unos meses. Todo el mundo parecía ganar con aquella unión: Teresa acabaría con los rumores, Juan tendría con quien compartir su asfixiante soledad, Luisa saldría de la casa de sus tíos y tendría por fin su propia vida, Clara se libraría de su molesta sobrina y la cuñada de esta le estaría eternamente agradecida por haberle conseguido a su hija una salida tan digna teniendo en cuenta las circunstancias.

Por supuesto, días antes del enlace, Juan le explicó a Luisa las condiciones en las que se casaba. A ella no le importó, lo único que quería era salir de la casa de sus tíos.

Pasaron la luna de miel a orillas del Cantábrico, en una pequeña casita propiedad de don Mauricio, en la que entraron dos absolutos desconocidos que en apenas quinces días llegaron a entenderse como almas gemelas. Fueron dos semanas de encierro, suficientes para compensar el noviazgo que debió preceder al enlace. Un gran ventanal que mantuvieron de par en par noche y día les permitía contemplar desde la vasta cama cómo arremetía a golpes el océano contra el acantilado, en un incesante intento de llegar hasta su lecho. Solo salían al atardecer. Caminaban hasta la playa vecina, la paseaban de lado a lado, una y otra vez, bajo sus atardeceres de julio, y regresaban abrazados como amantes clandestinos. Luisa descubrió cuánto amor y habilidad encerraban los dedos de su recién estrenado esposo, y él comprendió el gozo de dar placer. Estuvo tan cerca de ser un hombre completo que casi lo fue.

Cuando los esposos volvieron, Teresa encontró en los ojos de su hijo una seguridad desconocida. Juan saludó a su madre con un gesto muy parecido a la alegría, le dio un beso en la frente, casi cálido, y después la miró agradecido, sin evitar el curioso examen al que lo estaba sometiendo. «Contémplame a placer», parecía decirle Juan a su madre, «esta vez no voy a huir de tu mirada, no me avergüenzo de nada, porque hoy hay una mujer prendida de mi brazo que sonríe, y creo que es gracias a mí.»

Teresa fue para Luisa su cómplice incondicional. Más que como una suegra, ni siquiera como una madre, se comportaba como una abuela chocha, a la que todo lo que hacía su nieta le parecía un hecho extraordinario, digno de las mayores alabanzas. Más que dejarla hacer, porque Luisa hacía muy poco, la dejaba deshacer, permitiendo que sitiara toda su casa como si siempre le hubiese pertenecido. Mientras, Teresa iba replegándose en un rincón cada vez más reducido para dejar todo el espacio a la inesperada alegría que había surgido de aquella unión, no fuera a perturbarla con su sola presencia. Al anochecer, el matrimonio se encerraba en el suntuoso dormitorio que ella misma había mandado hacer al mejor carpintero de la ciudad, y entonces aprovechaba para poner orden entre tanto júbilo y desenfado. No podía imaginar lo que ocurría detrás de la puerta del alcoba de los recién casados, ni cómo había conseguido su hijo resolver su imposible misión, pero a través de la gruesa madera de la puerta le llegaban olas de risotadas y susurros que denunciaban alegría y entendimiento.

Algunas mañanas, cansada de esperar el chirrido de la puerta, que le devolvería la tranquilidad de saber que no habían muerto de gozo, Teresa les preparaba un suculento desayuno. Daba dos golpecitos suaves en la puerta y dejaba la bandeja en el suelo para marcharse inmediatamente; no quería encontrarse frente a frente con el pudor de su hijo, y que llevado por la vergüenza pusiera coto al desenfreno. Nada debía parecer evidente, pero lo era.

A pesar de su difícil agonía, Teresa murió feliz, y durante los tres meses que precedieron a su muerte, desde la cama creía seguir oyendo la algarabía de las noches de amor de la pareja. Se fue sin saber que su nuera estaba embarazada, lo que hubiese borrado la tenue sonrisa que se llevó al otro mundo y le hubiera revelado que aquellos últimos gemidos roncos, que le llegaron hasta su lecho de muerte, no eran de su hijo, que por aquel entonces se levantaba muy temprano cada día para pasarlo en la ciudad buscando una última medicina milagrosa para su madre o resolviendo los incontables encargos que le hacía para poner en orden el testamento. Juan pasaba horas y horas en los registros y notarías intentando cumplir con el último deseo de su madre: «No permitas que tus hermanos vendan esta casa en la que Luisa y tú habéis encontrado la felicidad», le decía en sus momentos lúcidos todos los días. Teresa no sospechaba que el tiempo y el esfuerzo que su hijo estaba dedicando a conservar el hogar era lo que lo estaba llevando a su abandono.

A sus veintitantos años, Luisa era una mujer insaciable. Por aquel entonces Diego había decidido abrir un camino entre la maleza en la zona trasera de su cortijo; la mayor parte del alimento que utilizaba para las vacas lo recogía de las tierras, también de su propiedad, que se encontraban en la zona noreste, a espaldas de la vivienda. Resultaba muy tedioso el transporte a través de los matorrales y Alfonso, con su buen juicio, le había sugerido varias veces que despejara el sendero para que pudiese pasar el tractor. El camino llegaba hasta pocos metros de la casa de Juan, diez pasos más y hubiese desembocado en la puerta de la cocina de su vivienda. Fue el padre de Diego, el cuarto don Diego, el que, después de mucho insistir, consiguió que el padre de Juan le vendiera toda aquella tierra incultivable.

Diego recorría varias veces al día el sendero para comprobar el trabajo de los jornaleros y, a veces, pasaba ratos echando una mano. Luisa lo veía desde la cocina, en la que pasaba largos ratos sentada frente a una taza de café, sin hacer nada, mirando a los trabajadores y, sobre todo, mirando a Diego. Le parecía todo un ejemplar de masculinidad; solía quitarse la camisa y sus músculos asomaban vigorosos por la blanquísima camiseta sin mangas. Bajo el ala de su sombrero, la bruma que despedía su cigarrillo le empañaba el rostro; ella intuía con acierto que debía ser duro y anguloso. Lo veía tan alto, fuerte y seguro..., y a ella las mañanas se le hacían tan largas... Un día decidió asomarse a la ventana sin remilgos, estuvo mirándolo con descaro largo rato. Él se supo observado. La puerta de la cocina estaba entreabierta. Diego recorrió con diligencia los diez metros de las tierras vecinas, como si tuviera que dar un recado urgente, y entró.

—¿Me estás buscando. Luisa? —Él sabía de Luisa más de lo que ella podía imaginar, como era normal en un Diego del Valle.

—No, pero me alegro de que hayas venido —contestó con picardía.

No se dijeron ni una sola palabra más. Ella lo agarró de la camiseta y lo condujo por unas estrechas escaleras que subían desde la cocina hasta el granero. Y allí, entre mazorcas y cabezas de ajos, Diego se desahogó y ella se encendió cada vez más. Y en llamas la dejó. No estaba en los planes del hombretón más que desfogar sus instintos, los de ella no eran su problema. Ella lo dejó hacer y le perdonó que la dejase incendiada, que no se hubiese parado siquiera a contemplar su desnudez, ni a disfrutar del cálido terciopelo de su piel. Le perdonó incluso que no la hubiese mirado a los ojos ni una sola vez; tal vez tuvo miedo de ser sorprendido y por eso había actuado con tanta rapidez. Luisa lo vio marcharse mientras se abrochaba la correa del pantalón, con la falda de capa amontonada en la cintura, las bragas enganchadas en los tobillos, las mazorcas a su derecha y las cabezas de ajos a su izquierda.

Lo perdonó esa primera vez, y siete veces más. Ocho encuentros bruscos y fugaces fueron suficientes para que Luisa comprendiera que su amante solo servía para encender el fuego que luego su marido, triste y agotado por la situación que estaba viviendo y antes de irse al dormitorio de su madre para vigilar su agonía, tenía que apagar por la noche, no fuera que su esposa pereciera víctima de las llamas.

La novena mañana, cuando Diego fue a comprobar el último tramo del camino, encontró la puerta y la ventana de la cocina cerradas a cal y canto, y con los visillos corridos. Pensó que doña Teresa debía de haber muerto la noche anterior y que tendría que esperar el luto de rigor. Pero Teresa murió tres semanas más tarde y, después de llorarla como es debido, Luisa y Juan volvieron a sus juegos desenfadados y a recorrer la casa, que ahora les pertenecía, a placer, llenándola de risotadas y jadeos.

La efímera historia de Luisa con el vecino hubiera quedado sepultada como Teresa de no haber sido porque algo de Diego quedó dentro de la casa, ahora cerrada herméticamente por la zona de la cocina.

Luisa supo que algo se revolvía dentro de ella. Las náuseas y los mareos matutinos le habían robado la alegría y toda clase de apetito. Se resistía a creer que los fugaces encuentros hubieran dejado tal huella en su cuerpo. Por la mañana, mientras vomitaba los huevos fritos, que había aborrecido toda su vida y ahora no podía irse a dormir sin cenárselos, tomaba conciencia de su realidad a espasmos estomacales. Miraba su ropa interior a cada instante, con ansiedad, con la esperanza de que la menstruación la liberara de su pesar. Pero no llegó.

Un frío domingo de noviembre, mientras retozaba bajo las mantas con su esposo y la mano lánguida y tibia de este decidió pasearse por su cuerpo para hacerla feliz una vez más, su índice se paró en el ombligo. En el año y medio que llevaban casados, él se había aprendido su cuerpo y su mente a la perfección y sabía que algo estaba ocurriendo entre sus caderas y en su ánimo; hacía semanas que Luisa no se estremecía con sus caricias y que le sonreía con desgana.

—Si no fuera porque es imposible pensaría que estás embarazada —dijo bromeando para esconder su preocupación; lo único que se le ocurría era que su esposa estuviera enferma; el solo hecho de pensarlo le hacía daño.

—Creo que estoy embarazada —dijo ella mirando la complicada lámpara de cristales del techo.

La luz que atravesaba la persiana de la ventana iluminó una sola lágrima que resbaló por su rostro hasta desaparecer en la oreja.

—Ay, mi preciosa loca, mis dedos son mágicos pero no hacen milagros —dijo bromeando, mientras su mente le revelaba la triste realidad.

Ella no se atrevió a mirarlo a los ojos, esperó unos minutos a que su esposo reaccionara y le impusiera el castigo que se merecía.

Cansada de mirar las lágrimas de la araña del techo, ahogada de dolor por el pecado, decidió levantarse. El silencio de Juan la estaba asfixiando. Muy despacio, como en una ceremonia solemne, alargando el momento para dar una última oportunidad de responder a su esposo, cogió la bata de seda que le regaló su suegra y se la puso ya sentada en la cama, de espaldas al marido ultrajado, escondiendo la vergüenza que la torturaba, incluso más que los huevos fritos de la noche anterior.

Después de pasar por el baño, se dirigió a la cocina para prepararle el desayuno a Juan, entre ascos y arcadas, que aquella mañana habían pasado a segundo plano. Nunca antes se había sentido tan abatida, ni siquiera cuando su madre descubrió su lío con el abogado. No le hubiese importado morirse en aquel momento y dejar de oír al jilguero que cantaba en la ventana insistente, contándole lo maravillosa que era la vida. Qué sabría él de la vida si no tenía conciencia, sin haber pecado, sin tener la capacidad de traicionar. Cómo lo envidió.

No fue el olor a pan tostado lo que llevó esa mañana de domingo a Juan a la cocina, ni su deseo de preguntarle a su esposa, una vez más, si le satisfacía su peculiar vida conyugal y que ella le contestara de nuevo que no había pito en el mundo que jugara mejor que sus manos. Esta vez la siguió esperando un porqué. Dedicó unos minutos a encender la chimenea de la estancia y después se sentó frente a la mesa que había junto a la ventana; un tímido sol comenzó a calentar la franela de su pijama. Dejó que sus ojos recorrieran el recién abierto camino que llegaba hasta el cortijo vecino y tuvo una revelación. Recordó haber visto en días anteriores a varios hombres limpiando la maleza del terreno y a Diego supervisando el lugar. Ella lo observaba desde el ángulo opuesto de la cocina con el rabillo del ojo.

—Dime que no ha sido él —dijo sin apartar la vista del sendero. Su voz sonaba temblorosa, estaba a punto de echarse a llorar.

Luisa se acercó a la mesa, dejó sobre ella el pan tostado y la mantequilla, y se volvió para coger los tazones del café; sin mirarlo, sin decir palabra, mientras él la seguía con la mirada perpleja.

Ella no iba a defenderse. Qué decir; no había justificación. Tampoco se atrevía a pedirle perdón, en aquellas rancias tierras un hombre no tenía la potestad de eximir a su esposa de un agravio semejante. Solo el cura, en nombre de Dios, podía aliviar su carga. La salida más digna para el marido mancillado era poner de patitas en la calle a la adúltera desagradecida.

Más de una hora estuvo Juan alternando su mirada entre las frías tostadas y la sangrante herida de la tierra vecina que desembocaba casi en su mesa; mientras el llanto de Luisa reventaba en el dormitorio.

Fue su madre la que convenció a su padre para que vendiera de una vez las tierras tan ansiadas por su vecino; había llegado a ofrecerle más del doble de su valor. Era un terreno incultivable, salpicado de viejos eucaliptos e invadido por insondables matorrales. Ese dinero les vendría muy bien para ampliar el establo y comprar un buen número de vacas. El negocio se les estaba dando bien, hacía unos meses que una fábrica de lácteos les compraba la leche a buen precio y ya no tenían que tener el portón siempre abierto al chorreo de compradores particulares que desfilaban por la casa desde por la mañana temprano. Su padre se resistía, decía que aquella abrupta pared los defendía de la maldad que emanaba del terreno vecino. Mientras perdía su húmeda mirada en el paisaje, Juan se vio jugando al pilla-pilla entre los árboles con sus hermanos. Hubo un tiempo, muy corto, en el que todo fue perfecto. «El día que derriben esa pared natural la maldición de los del Valle se colará en nuestra casa», decía su padre cada vez que Teresa intentaba disuadirlo. Juan pensó en cuánta razón llevaba, con los ojos clavados en la llaga.

Fue allí donde nació su extraña amistad con Adela. Juan ya la conocía, eran primos lejanos y se habían visto desde niños en numerosos eventos familiares. Le parecía la muchacha más bonita del mundo, a él y a todo el que la contemplaba; ella era la belleza hecha carne. Adela se sentaba al límite, como ella decía, bajo la vieja higuera que tantas meriendas solitarias le resolvió a Juan durante su infancia. Su tronco había quedado encerrado en el lado oscuro, pero su gigantesca copa, por alguna extraña razón, solo daba frutos por el lado que invadía las tierras de Juan. Ella se recostaba sobre el tronco para escribir en su diario, lejos de todo, buscando soledad, de espaldas al caserón de don Diego, de su esposo; dispuesta para que nadie en la finca pudiera verla. Pero él sí avistaba desde la cocina, entre las ramas, las alegres flores de sus vestidos. Una tarde se vio obligado a saludarla. El viento había arrastrado una sábana hasta la débil alambrada que marcaba el territorio y Luisa le pidió que fuera a recogerla. A partir de ese día fueron confidentes, pero nada más. Por supuesto que se enamoró de ella, como todos, pero era un amor de ensueño, que se colaba en su imaginación de una forma inofensiva con su beneplácito, solo para aliviar su amor real, por el que luchaba y sufría: Luisa. No se permitió a sí mismo recrear en su mente ni siquiera una imagen erótica junto a ella. Si alguna vez su fantasía le jugó una mala pasada, regresó de inmediato a su realidad con Luisa; no hubiese sido capaz de traicionarla ni en esa parcela del alma que nadie comparte. Sabía ahuyentar los fantasmas, estaba entrenado.

Cuando asumió sus limitaciones y tuvo conciencia de que él no era un hombre completo, decidió no compadecerse de sí mismo jamás y buscar una alternativa digna, y Luisa se la ofreció. A veces, después de sus pasatiempos de cama, en los que él solo daba y ella solo recibía, la curiosidad lo llevaba a interrogar a su esposa:

—Dime, Luisa, tú que has conocido otra relación, ¿cómo es un hombre verdadero? —No era una pregunta morbosa, quería examinarla, saber cómo se sentía a su lado, si echaba algo de menos.

—Un hombre verdadero eres tú —decía sujetándole la mirada para que leyera en sus ojos la sinceridad; lo decía convencida—. Estoy segura de que ningún otro hombre podría hacerme sentir más mujer que tú. Es una suerte estar obligada a gozar por los dos. —Y le ofrecía una sonrisa que escondía algo de compasión y frustración, pero no por lo que ella echase en falta, sino por lo que nunca podría ofrecerle.

Aquel día, después de descubrir la traición de Luisa, le pareció imposible volver a confiar en sus palabras, estaba claro que no era suficiente hombre para ella, ni para mujer alguna. Se sintió estúpido. ¿Cómo pudo pensar que una relación tan singular funcionaría? Necesitaba estar solo, pensar en todo lo ocurrido. Se dirigió a la biblioteca donde su padre pasó media vida buscando entre sus libros las respuestas a sus innumerables dudas. Allí pasó tres días. Solo salía para ir al baño y comer lo suficiente para no desfallecer.

Luisa pasó todo ese tiempo deambulando por la casa como un espectro, y despachando como podía a todos los que llamaban a la puerta preguntando por Juan por uno u otro motivo; les decía que su marido estaba en cama con gripe. Llegó a pensar que aquella situación se prolongaría por el resto de su vida. Las tres noches que pasó sola dando vueltas en la cama le parecieron interminables. Al amanecer, agotada por el llanto y la desolación, se abandonaba a un tortuoso sueño, convencida de que estaba muriéndose, de que por fin acabaría su martirio.

Su madre no hubiese hecho un drama de la noticia, pensaba Juan en aquellos días; estaba seguro de cómo hubiera solventado la situación. Le hubiera dicho que ese hijo era el milagro que necesitaban, que todo el mundo ganaba con la inesperada noticia: él podría ser padre, algo inimaginable hasta entonces; Luisa cumpliría el sueño de toda mujer; y la gente dejaría de hablar. Como siempre decía: «Las cosas que no se cuentan no han pasado.» Nadie tenía por qué enterarse del adulterio de Luisa y se acabarían los rumores, aunque se muriera por dentro al pensar que Diego era el verdadero padre de su supuesto nieto; guardar secretos dolorosos se le daba muy bien a doña Teresa. Pero él no sabía si Luisa estaba enamorada de Diego, si seguían viéndose, o si le había dado la noticia del embarazo a su amante. Por supuesto, aunque Diego hubiese renegado de ese hijo y Luisa ya no se estuviera viendo con él, el hecho de que su enemigo más acérrimo sospechara siquiera que el niño que iba a nacer en su hogar podía ser suyo cambiaba las cosas; Juan no estaba dispuesto a ser el resto de su vida la diana de las ironías de un del Valle.

Creyó volverse loco entre aquellas paredes de libros. Era verdad que Luisa y él no se habían casado enamorados, pero querían quererse, y pusieron tanto empeño que lo consiguieron, o al menos eso creía él. Cuando se la imaginaba en brazos de... ¡Diego!, se retorcía de celos. Durante las setenta horas que estuvo enclaustrado, sintió que su corazón estaba herido de muerte, la felicidad que acababa de vivir con su esposa la sintió lejana, como un sueño que casi hubiese tocado cuando era otro y que le hizo llegar a creer en los milagros.

Sus párpados hinchados de tanto estar en remojo se abrieron lentamente. Los rayos de la luz del día que entraban por la ventana se clavaron en sus pupilas como alfileres. Juan llevaba desde el amanecer mirándola, sentado en la calzadora. Ella se frotó los ojos para borrar la imagen que creía se había escapado de su último sueño, pero siguió allí, imperturbable a su despertar, fría como una estatua de mármol.

—¡Juan! —exclamó con una tímida y espontánea sonrisa. Por un momento olvidó su tragedia.

—¿Sigues viéndote con...?

Había tenido tres interminables días para pensar y concluyeron en que la decisión dependería de tres preguntas claves.

—¡No!

—¿Sabe que estás embarazada?

—¡No!

—¿Lo quieres? —Bajo su grave apariencia se le quebró la voz, pero se repuso enseguida.

—¡No! ¡No! ¡No! Sé que te resultará imposible creerme, pero este error solo me ha servido para darme cuenta de cuánto te quiero. —Estaba siendo sincera, sus lágrimas empezaron a brotar de nuevo.

—Ahora no, Luisa, tus palabras de amor solo me hacen daño. —Ella se esforzaba por ahogar su llanto en la garganta—. Puedes quedarte si eso es lo que quieres, pero, por ahora, no esperes nada de mí.

—Y... ¿qué hacemos con...? —Se tocó la tripa.

—Es nuestro, solo nuestro. Otra cosa, si es niño se llamará Juan, y si es niña, Teresa, no quiero que nadie dude de quién es su padre.

Juan dio por terminada la conversación y se marchó, caminando despacio, con la frente alta. Sentía que había tomado la decisión acertada.

La traición de Luisa fue un error afortunado. El enorme sufrimiento que le supuso expiar su pecado la transformó en otra mujer: más sensata, serena y consciente. La bondad de Juan fue toda una lección para ella, nadie hasta entonces le había ofrecido tanta generosidad. Supo aguantar el malestar que se instaló en su hogar por muchos meses. Soportó la presión que suponía la desconfianza de Juan, su recelo, su indiferencia, los almuerzos en silencio y los chirridos de la puerta de la biblioteca, como abatida por un fantasma. Aprendió a llorar sin público, a ahogar sus suspiros, a sufrir sin esperar consuelo. Hasta el día en que Juan se sentó en el salón frente a ella y se quedó mirando su abultado vientre bajo la tela del camisón. Faltaban tres semanas para el parto. Ella, sobrecogida por la sorpresa, no se inmutó, no fuese que se desvaneciera aquel sueño. Con las manos entrelazadas bajo sus entrañas, lo miró implorando perdón.

—¿Duele? —le preguntó él.

—¿Qué?

—¿Que si te duele cuando se mueve? En este momento parece desesperado por salir —dijo Juan con la vista puesta en la bola que se paseaba por la barriga de Luisa.

—No, no duele. Duele mucho más tu indiferencia.

Durante los años siguientes volvieron a vivir algo parecido a la felicidad, aunque después del accidente de Juanito a Luisa se le agrió un poco el carácter. Todo volvió a cambiar el día que las llamas los despertaron a media noche.

Con el tiempo, Juan había reunido un buen número de vacas y decidió entramparse hasta las cejas para comprar unos ordeñadores automáticos y reformar los establos. Después, la empresa que le compraba la leche quebró y estuvo a punto de perderlo todo. Tuvo que despedir a los trabajadores y tenía el ganado desatendido. A veces dejaba libres a las vacas para que pastaran en la poca tierra que le quedaba y en varias ocasiones pisotearon la fina alambrada y pasaron en manada a las tierras de Diego buscando pasto.

El anterior había sido uno de esos días y Juan estaba seguro de que el incendio de aquella noche era obra de su vecino para darle un escarmiento. Pero esta vez se había extralimitado y su trastada había devastado las escasas tierras que le quedaban y los establos; y casi le cuesta la vida a su familia. El hecho de que Diego fuese el único de los alrededores que no se acercó esa noche para ayudar a sofocar las llamas se lo confirmó.

Cuando Luisa y él acabaron con el último rescoldo ya era casi medio día. Abatidos, se quedaron mirando el paisaje desolador. Los arriates donde hacía solo unas horas lucían las margaritas pintando de colores la fachada, ahora humeaban ennegreciendo su hogar. Los que fueron frondosos árboles frutales se alzaban entre el hollín como esqueletos siniestros. Y la mitad del ganado yacía sobre el terreno como una gruesa alfombra agonizante.

Juan pensó que era el fin. La posibilidad de saldar sus deudas y evitar que las pirañas que acechaban su hogar se lo quitaran todo se había esfumado, como lo estaba haciendo el humo de sus tierras. Con el fuego de la noche aún en la mirada, llevado por el dolor y la rabia, se dirigió hacia la zona de la alambrada que el día anterior habían derribado sus vacas. Por primera vez pisó el maldito sendero, y una fiera indomable se despertó en su interior. Adela lo vio llegar desde el pajar y al verlo en semejante estado, negro de hollín y de ira, lo obligó a entrar. La historia se repitió.

—Tranquilízate, Juan. No ha sido Diego. Llegó esta mañana después de estar dos días en la capital —le decía Adela mientras lo abrazaba y él rompía a llorar como un niño.

Y así fue como su desgracia se convirtió en la desgracia de Adela; al ser sorprendida por su marido abrazando a otro en el pajar.

Lo que Juan no podía imaginar era que el causante de aquel panorama dantesco había sido su propio hijo, un del Valle al fin y al cabo. Estaba alimentando a uno de aquellos cuervos en su propia casa.

La tarde anterior al incendio Juanito escuchó la conversación que mantenían las compañeras de costura de su madre. Las tres estaban en el patio, bordando sus mantelerías de punto de cruz bajo la ventana de su dormitorio. Su madre había ido a la cocina a preparar una tila para, según escuchó, aliviar los dolores menstruales de la única que estaba soltera, y lo seguiría estando por mucho tiempo, por mucho que preparara su ajuar, pensaba Juanito observando entre las cortinas su desagradable gesto. Al momento, pasó por delante de ellas su primo. Aprovechando la ausencia de Luisa se pusieron a cuchichear y comentar, una vez más, lo guapísimo que estaba Ángel y la lástima que había sido que las ascuas del brasero deformaran la bonita cara de Juanito. «Yo lo vi una vez sin parche y es un monstruo», decía una de ellas, «¡Ay!, de verdad, qué pena de hijo, con lo buen mozo que hubiera podido ser», «Normal que no quiera ir a la escuela, si es que con esa cara tienen que huir de él espantados. ¡Angelito!, qué pena me da», dijo la soltera lanzando un fingido suspiro. Estaba harto de las comparaciones que todo el mundo hacía entre su primo y él, harto de que Ángel se paseara orgulloso entre las visitas a sabiendas de los comentarios que despertaba. Odiaba a su primo con todas sus fuerzas.

Esperó a que cayera la noche y que Ángel hiciera su acostumbrada visita al establo para acariciar al viejo caballo. Se dirigió a la zona trasera de los establos y se agachó tras el ventanuco al que solía asomarse el animal. Llevaba una caja de fósforos en el bolsillo, cuando Ángel apareciera echaría uno encendido sobre la paja del caballo, con la única intención de quemarle el rostro a su enemigo y arrebatarle su belleza. Después podría decir que su primo no se acercaba al establo del viejo caballo solo para acariciarlo, que aprovechaba para fumarse un cigarrillo y que seguramente esa habría sido la causa del incendio. La historia no le resultaría nada extraña a su padre, él mismo había empezado a fumar a esa edad tan temprana. Su primo daría otra versión, pero sus padres siempre lo creían a él, al menos hasta aquel momento.

Fue la travesura malévola de un niño de ocho años, que, aunque bastante inteligente para su edad, no había calculado bien su plan y le salió mal. Mientras encendía el fósforo para arrojarlo por la ventana, Ángel se marchó. Lo echó encendido a la paja sin comprobar si seguía allí y salió corriendo. El cálido viento de principios de otoño y los secos matorrales hicieron el resto.

Ángel sospechó de su primo desde el principio, lo vio entrar presuroso en la casa aquella noche después de visitar su caballo. Parecía nervioso y se preocupó de entrar por la puerta de atrás para no ser visto, y cerró con cuidado. Cuando encontró al viejo caballo carbonizado, se abrazó a él con tal fuerza que hicieron falta dos hombres para separarlo.

Ninguno de los primos volvió a la casita de Lucía. Juanito por miedo a la escopeta de don Diego y Ángel porque supo que había llegado la hora de marcharse. Tenía dieciocho años y un tío en la ciudad deseoso de invertir parte de su dinero en darle una carrera. Don Francisco, su tío, tenía dos hijas, pero nunca habían sentido la tentación de leer otro libro que no fuera *El Santoral*. Si no se había marchado antes había sido solo por Lucía. Pero ya podía valerse por sí misma, y tenía a Herminia y a sus hijas.

Separarse de la pequeña Lucía fue la decisión más difícil que tomó en toda su vida. Sus ojos se le aparecían en las clases de anatomía, en las de biología, por los pasillos de la vieja facultad, a media noche... Mil veces estuvo tentado de abandonarlo todo y volver a jugar al parchís las tardes de domingo, a escuchar su violín, a envolverse en sus espontáneas sonrisas. ¿Era posible que se hubiese enamorado de una niña?, se preguntaba a veces, cuando el violeta de sus ojos aparecía en las miradas de las innumerables chicas que lo cortejaban.

Era el muchacho más cotizado del elegante barrio donde ahora vivía, un buen mozo con un futuro prometedor; algo inconsciente de sus posibilidades, lo que le daba un aire ingenuo que hacía morir de amor a las muchachas. Aparecieron primas lejanas por doquier, todas ellas ideales para un futuro enlace. Se dejaban caer por la casa de su tío con cualquier excusa, y se las ingeniaban de las formas más rocambolescas para ser invitadas a las fiestas en las que él se encontraba. Pero él siempre se excusaba con ellas argumentando que no era tan bueno como parecía y terminó siendo el amor platónico de todas las que lo conocían, incluso de otras muchas que habían oído hablar maravillas de él y no disfrutaban de la oportunidad de tenerlo frente a frente.

Ángel estaba en cuarto de Medicina cuando conoció la verdadera anatomía del cuerpo femenino. Pasaba sala con uno de sus profesores cuando se encontró, en la habitación doscientos treinta y cuatro, con Maribel, con un brazo en cabestrillo y la pierna contraria colgada del techo. El profesor Velasco lo dejó solo con ella, tenía mucho trabajo y pensó que cambiar unas vendas y comprobar el color de los dedos que salían de la escayola era algo que podía hacer su alumno sin ayuda. Al día siguiente comprobaría el estado de su enferma con más tranquilidad y, tal vez, le daría el alta.

En realidad, Maribel no necesitaba estar colgada de un gancho, su pierna estaba evolucionando perfectamente; pero las enfermeras no paraban de darle quejas de la habitación doscientos treinta y cuatro y el doctor Velasco decidió amarrarla de nuevo. Maribel era una enferma díscola y desvergonzada. El doctor Velasco la había desenganchado anteriormente del techo y los dos días que estuvo libre los pasó en el pabellón de los hombres, provocándolos y armando escándalo. Hacía dos semanas que sus fracturas no necesitaban cuidados hospitalarios y que podía estar descolgada, pero la sospecha de que las costillas, que se había roto cuando cayó por la escalera del teatro de variedades donde trabajaba, hubiesen dañado uno de sus pulmones, obligó al médico a postergar su decisión de darle el alta. Cuando la vio por primera vez postrada en la camilla, en la sala de urgencias, el doctor Velasco necesitó un buen rato para sobreponerse de la impresión: su cara parecía pintada por un niño, con escandalosos colores que habían sido desdibujados por las lágrimas del dolor; su pelo se alzaba sobre su cabeza como una torre encendida en llamas, milagrosamente todos los cabellos seguían en su lugar, las enfermeras tuvieron que dedicar largo tiempo a desmontar aquella construcción indestructible, mientras Maribel despotricaba como loca toda clase de improperios; y vestía solo una malla roja de lentejuelas y unos tacones imposibles.

Cuando el doctor Velasco pasó a verla al día siguiente, tuvo que entrar dos veces a la habitación para asegurarse de que era ella. Sin su disfraz de cabaretera, dormida como estaba, parecía un ángel, y lo era, un ángel caído, perverso y salvaje hasta la temeridad.

Ángel le descolgó la pierna para examinarla con comodidad, estaba nervioso, resultaba demasiado obvio que era un simple estudiante y temía el recelo de la paciente.

Una vez liberada del inmueble, Maribel saltó de la cama y cerró la puerta de la habitación. Se echó sobre la puerta y miró con deseo a Ángel.

—Tranquilo, muchacho, no hay nada que reconocer que no esté sano como una pera. ¿Nadie te ha dicho que me tienen amarrada como a un perro por miedo a que le muerda a alguien?

—Tengo que reconocerte el pecho —dijo Ángel intentando aguantar el tipo ante una situación que no acababa de comprender.

—Eso está hecho. —Maribel dio dos pasos a pata coja con habilidad hacia la derecha y se metió en el baño.

Ángel la siguió titubeante, con la única intención de acabar su tarea. La encontró como Dios la trajo al mundo, en unos segundos Maribel había desatado las tiras de su camisón y este se encontraba a sus pies. La escayola de su pierna y el vendaje del codo eran su único atuendo, y no fueron impedimento alguno para reptar por el cuerpo del futuro doctor como una anguila. Al principio, Ángel se quedó petrificado, dejándola hacer a su antojo, no tenía claro si aquello le estaba gustando o no, pero bastaron unos minutos para saberlo. Era una mujer experta. Cuando se dio cuenta de que él no lo era, afrontó el reto con profesionalidad y puso todo su empeño en que la primera experiencia de Ángel fuera inolvidable, por mera vanidad y porque era lo único que realmente hacía bien: dejar una huella imborrable en su larga colección de amantes.

Cuando el doctor Velasco preguntó a Ángel cómo estaba la paciente de la doscientos treinta y cuatro, él, ruborizado como un niño, solo acertó a decir:

—Bien, bien, la paciente está estupendamente. Quiero decir...

—Sí, sé lo que quieres decir, ¿por qué crees que te la encasqueté? Soy un hombre casado, y el jefe de planta.

No volvió a verla en varios meses, hasta el día que leyó en el periódico un anuncio que decía: «Maribel García Montes, apodada "La Guindilla", estrena revista como *vedette* principal en el teatro de variedades más importante de la ciudad.»

Se sentó en la primera fila de la derecha, al lado del pasillo. Era el primero de una larga fila de caballeros que no parecían tener nada en común entre ellos: intelectuales, muchachos imberbes, señores con bastón..., ocupaban atentos, como escolares, las dos primeras filas. Ella lo reconoció enseguida, y cuando bajó las escaleras para coquetear con sus admiradores, se sentó sobre sus rodillas para cantarle al oído. Ángel creyó ser el único hombre sobre la Tierra, hasta que después ella se sentó sobre el espectador que tenía a su derecha, y luego en el siguiente, y el siguiente..., y adivinó que las dos primeras filas estaban ocupadas por parte de sus trofeos de cama. Cuando terminó la función, se acercó a su camerino con la esperanza de repetir aquel único encuentro. Pero en la puerta se agolpaban los mismos que babeaban diez minutos antes a sus pies y comprendió que debería haber guardado su intenso y revelador recuerdo en el álbum de la memoria; que debió entender aquel recuerdo como un regalo irrepetible. De regreso a su casa, caminando por las solitarias calles de la ciudad, recuperó la autoestima. Y la humillación que había sufrido ante el camerino de La Guindilla entre ramos de flores y sombreros de toda índole, se esfumó tan pronto como evocó la escena del cuarto de baño de la habitación doscientos treinta y cuatro, cuando, por fin, Maribel le abrió la puerta del deseo y le ayudó a cruzarla. Él había sido para ella uno más de su interminable lista, pero para Ángel, Maribel fue la primera; nada podía cambiar ese hecho.

Ana caminaba segura, con paso firme, mirando al frente. Se había esmerado como hacía muchos años atrás para tener un aspecto espléndido. Estaba levantada desde el alba para encender la chimenea, con la que calentó el agua para lavarse. Tuvo que acarrear varios cubos desde el pozo hasta conseguir toda la que necesitaba. Se lavó la cabeza con esmero y luego se preparó un baño de espuma en una gran tina que encontró en el cobertizo. Tenía la ropa limpia y bien planchada desde el día anterior; también encontró una vieja plancha de carbón. Cepilló su pelo y se colocó unos pendientes que realzaban el color de sus ojos, aunque no le hacían falta.

Cuando Rosa la vio, no podía creer que se tratara de la misma mujer que apareció como un fantasma en el umbral de su puerta unas semanas antes. Ana estaba allí para hablar con Pedro e intentar convencerlo de que la llevara hasta el cortijo de su hijo. No fue tarea fácil. Pedro accedió. Pero se negó a dejarla dentro de los límites de las tierras de Diego y le hizo prometer que no diría quién la había llevado; en la última discusión que mantuvo con Diego, este le dejó muy claro que no iba a permitirle que hiciera de mediador entre su madre y él.

Paró el recién estrenado vehículo a doscientos metros del sendero que la llevaría a su destino. Ana tuvo suerte: el día anterior le entregaron a Pedro su esperado coche; no era un trayecto muy cómodo para llevar a una señora de su edad de paquete en la motocicleta. Cuando Ana se bajó del vehículo, la miró con pesadumbre desde la ventanilla y le deseó suerte, aunque en realidad sus palabras de aliento sonaron a pésame.

Desde aquel punto, una muralla verde impedía la visión de la casa. Ana hizo el giro del camino que bordeaba los árboles y... allí estaba, la mansión maldita. Sintió una fuerte sacudida que casi la derriba. Por un momento se creyó incapaz de dar un paso más. Todo estaba tal y como lo recordaba, aunque echó de menos las enredaderas que ella misma plantó en los macetones de la entrada principal; durante los cuatro años y medio que estuvo casada, aquellas hiedras tuvieron tiempo de trepar por las dos grandes columnas de mármol que custodiaban la entrada, dándole a la fachada un aspecto muy señorial. Seguramente su marido dejó que se secaran, como todo lo que le recordara a ella.

La ventana del dormitorio nupcial, ubicado en la segunda planta, estaba de par en par, igual que las del salón, que estaban justo debajo; alguien se ocupaba de ventilar debidamente las estancias más habitadas. Se vio a sí misma las mañanas de verano empujando los postigos hacia fuera, aspirando el perfume tempranero de los campos de cereales y bañada por los primeros rayos de sol. Hubo un tiempo, muy corto, en el que casi fue feliz; un tiempo en el que casi se enamora de su marido y, llena de esperanza, se propuso conquistarlo. Pensó que tal vez lo hubiera conseguido de no ser por la inoportuna aparición de Isidro. «Isidro. ¡Qué estúpida fui!», pensó al recordar el peor día de su vida, una vez más.

Sin darse cuenta, se encontró frente a la mansión de sus horrores, hubiese jurado que llevaba tiempo inmóvil, y que la casa fue la que avanzó intentando devorarla; no era consciente de que había caminado con más firmeza y seguridad que en toda su vida. De hecho, el capataz la había divisado desde lejos y, al verla tan decidida, dio por hecho que don Diego la estaba esperando.

El gran porche avanzaba cinco metros a lo largo de toda la fachada. No había nadie, pero lo había habido poco antes: las migas de pan, la botella vacía y la navaja que estaban sobre la mesa de la derecha lo confirmaban. Las tres sillas de anea que rodeaban la mesa parecían aún calientes. A la izquierda, un robusto tablero se alzaba sobre sus patas y exponía numerosos canastos repletos de verdura variada. Ella lo recordaba en el patio de las matanzas, colindante a la cocina, en él descuartizaban a los marranos con hachas y machetes. Sintió escalofríos. La puerta principal estaba abierta, pero no se atrevió a empujarla para divisar mejor el interior ni a llamar a nadie. Decidió sentarse a esperar, tarde o temprano alguien tendría que pasar por allí.

—¿Se le ofrece algo, señora?—Herminia salía con un gran barreño de ropa, dispuesta a aprovechar el sol, cuando fue sorprendida por la espalda de Ana.

Ana volvió su rostro y, más sorprendida aún que su interlocutora, la saludó con agrado:

—Buenos días, estoy esperando a... al dueño del cortijo.

Por un momento, Herminia pensó que Ana era una rival que había llegado hasta allí para usurparle el trabajo, pero, cuando la miró a los ojos, supo quién era. No le cupo la menor duda. Le habían contado que estaba muerta; si lo estaba, por supuesto, era ella y se había levantado de su tumba.

—¿Es usted...? —quiso preguntarle Herminia mientras apoyaba el pesado barreño en su cadera.

—Ana, me llamo Ana. —No se atrevió a identificarse como la madre de Diego.

—Ya. Venga conmigo, voy a enseñarle algo mientras espera a don Diego.

La guio hasta la zona trasera y la instó con un movimiento de mano a que se acercara con sigilo a la ventana.

Lucía había oído los pasos arrítmicos de Herminia acompañados de otros que no identificó. Se sabía observada por un extraño, pero no le importó, estaba acostumbrada. Pelaba unas patatas para su almuerzo mientras escuchaba la radio muy bajita. Su nueva cuidadora le había dicho mil veces que no era necesario que se hiciera la comida; desde que dejó la casa de Juan trabajaba allí desde por la mañana y cocinaba todos los días para Diego. Pero Lucía quería ser autosuficiente y le gustaba aprender, aunque muchas veces terminaba pidiéndole a Herminia un plato de comida caliente ante la imposibilidad de comerse sus guisos.

—Es...

—Lucía, la hija de Diego, su nieta —aclaró Herminia sin remilgos.

—Parece triste. —El manso oleaje que inundó los ojos de Ana bañó los surcos de su rostro. Estaba muy emocionada.

—Bueno, es que está pasando un mal momento, hace poco que se ha marchado su mejor amigo, pero es una niña muy alegre.

—Es muy bonita —dijo la abuela entre sordos sollozos—. Es más que bonita, es preciosa.

—Y lista. Es una criatura extraordinaria. ¿Quiere que pasemos?

—No sé... No, tengo que pensar, estoy demasiado nerviosa, no me esperaba esta sorpresa, no me encuentro bien.

—La comprendo. Y ¿qué le parece si se espera un rato y, en cuanto termine mis tareas, se viene conmigo a mi casa y hablamos tranquilamente? No me queda mucho, en media hora estaré lista.

—Sí, muchas gracias, creo que es lo mejor. He venido para hablar con... mi hijo, pero ahora... —Sacó un pañuelo de su pecho y se secó las lágrimas.

Durante los veinte minutos que estuvo esperando a Herminia, Ana se quedó a un lado de la ventana, escondida. De vez en cuando se asomaba y miraba por un segundo a la niña y volvía a esconderse; no quería ser sorprendida, en aquel momento no hubiese sabido qué decirle. Lucía supo que la visita que había acompañado a Herminia era una mujer de edad, por su tono de voz, y que se quedó sola cerca de la ventana un buen rato.

Estuvieron charlando durante horas frente a varias tazas de tila. Herminia le contó todo lo que sabía: los rumores que habían corrido por el pueblo durante décadas y todo lo que ella misma había presenciado. Por su parte, Ana le relató su verdadera historia, que distaba mucho de lo que le habían comentado a su nueva amiga. Después, hablaron de Lucía.

—¿Qué vas a hacer? —Empezaron a tutearse.

Herminia no tenía costumbre de tutear a las personas que pertenecían a un estatus superior al suyo, pero no le hacía falta ser muy astuta, aunque lo era, para darse cuenta de que Ana pertenecía a su misma clase social y que su boda con un del Valle había sido algo puntual que no reflejaba su aspecto en absoluto. Aunque, desde luego, Ana era una señora educada, estaba muy limpia y olía a gloria, tenía cierto aire vulgar, propio de la hija de un tabernero.

—Tengo que hablar con mi hijo.

—Te echará antes de que abras la boca, no es de los que dan su brazo a torcer. ¡Jesús!, tenéis los mismos ojos, si don Diego os viera juntas, no dudaría de que Lucía es su hija.

—Ayúdame, Herminia, tú estás en esa casa a diario. —Ana le cogió la mano para hablarle.

—Se nota que no conoces a tu hijo, él... Haremos una cosa, quédate en mi casa unos días, te ayudaré a que conozcas a tu nieta, a ver qué se nos ocurre mientras tanto, no puedo hacer más.

—Pero...

—Te quedarás aquí, no se hablé más.

Ana miró a su alrededor. La familia de Herminia era muy humilde, todo denunciaba escasez: las sillas necesitaban un arreglo, las ventanas cristales nuevos y unas cortinas, la cocina unos azulejos, sus hijos zapatos decentes y la despensa, seguramente, precisaba de todo, a juzgar por el escaso menú que estaba preparando Herminia para la cena. Se emocionó por el hecho de que alguien que la acababa de conocer fuese tan generosa como para compartir lo poco que tenía.

En ese momento asomó a la cocina el marido de Herminia, visiblemente cansado. Al escuchar las palabras de Ana intervino:

—No se preocupe, señora, Herminia es una experta en multiplicar el pan, ya nos apañaremos.

Herminia le preparó a Ana un camastro en el cuarto de sus hijas y, aquella primera noche, Ana tuvo la oportunidad de saber más de Lucía. Rosi hablaba con orgullo de su amiga. Le contó que su nieta la ayudaba con sus tareas del colegio, que los domingos cocinaba para las dos, que nunca se enfadaba... Le contó todas las cosas que hacían juntas, naturalmente, desde la perspectiva de una niña. Sin darse cuenta, Ana empezó a querer a Lucía, y supo que por fin su vida tenía sentido. Comprendió por qué Dios había permitido que sobreviviera a tantos años estériles, en los que cada noche se acostaba con la ilusión de que fuera la última. Se recordó deambulando como un perro abandonado por el patio del manicomio, esperando desesperada la muerte, rezando para que Dios se la llevara, segura de que había tenido un descuido y se había olvidado de ella, y de que, algún día, sus oraciones serían escuchadas y todo acabaría. Ahora se daba cuenta de que nunca estuvo dejada de la mano de Dios; estaba a la espera de cumplir una misión. Habría que esperar para comprobar si era capaz de llevarla a cabo.

—¡Luci!

—¿Sí? —se escuchó desde dentro.

A la niña le extrañó que Herminia llegara por la puerta de salida, hacía mucho tiempo que entraba por la despensa, a no ser que le hubiera recogido antes la ropa. No había trapos tendidos.

—Vengo con alguien que quiere conocerte —le contestó, ya dentro de la casa y con Ana en el mismo umbral.

—Hola, Lucía —la saludó Ana intentando controlar la emoción que la embargaba.

Abuela y nieta se miraron un momento. Lucía supo de inmediato que aquella mujer no era una completa desconocida. Reconoció en Ana algo de sí misma que le fue revelado en el acto. Tuvo la completa seguridad de que Ana era algo suyo, o que ella era algo de Ana. De igual modo, intuyó que la acompañante de Herminia sería la causa del fin de la vida que conocía. Su mente no estaba analizando el momento, lo que supo no fue fruto del razonamiento. Fueron sus entrañas las que dieron un vuelco y la hicieron temblar durante los cinco segundos que sus ojos estuvieron agarrados a los de Ana.

—Hola. —La voz de Lucía sonó trémula, como lo estaban sus pupilas y todo su cuerpo.

—Me llamo Ana.

—¿Qué estabas haciendo, Luci? —Herminia quiso dar naturalidad al momento.

—Estudiando historia, Pedro me trajo ayer unos libros con unas fotografías muy bonitas. —Su alma de niña olvidó por un momento la situación y quiso compartir con Herminia la ilusión que le había hecho que Pedro le regalara los libros.

—Pero niña, si ese libro es más gordo que tu cabeza —le dijo Herminia al avistar el vasto libro que había abierto sobre la mesa.

—Sí —contestó, esta vez sin la dulce risita que solía seguir a los comentarios graciosos de Herminia.

—¿Te importa que nos sentemos un momento?, Ana quiere hablar contigo.

—Vale.

Poco a poco se iba recuperando, al fin y al cabo era una niña, muy intuitiva, pero una niña; todavía tenía un corazón sano, capaz de recuperarse en un minuto, de olvidar e ilusionarse de nuevo con facilidad.

Ana estaba atónita, aunque Herminia ya le había contado cómo vivía Lucía, verlo con sus propios ojos... Era una niña preciosa y encantadora. No podía dejar de mirarla. Herminia sabía lo que estaba sintiendo.

Con gracia y rapidez, Lucía despejó la mesa y dejó todo bien dispuesto sobre el pequeño aparador con la intención de continuar más tarde. Lo que le dio tiempo a Ana para observar su alrededor; había libros por todas partes: sobre las sillas, en el rincón de la cocina, apilados en el suelo contra la pared...; ahora que Juanito no la visitaba no tenía la necesidad de esconder los que no eran de su gusto bajo el lecho o en el baúl. El violín estaba sobre la cama, como dormido, descansando hasta el anochecer.

Ana no había sido conocida en el pueblo por ser una muchacha especialmente sensible y refinada, pero en sus años de cautiverio tuvo tiempo de pensar y se reinventó a sí misma para poder sobrevivir. Tuvo oportunidad de profundizar en las almas que vagaban en su entorno, sumidas en sus sueños y pesadillas. Al principio rechazó a la que sería su comunidad durante muchos años, como si todos tuvieran la peste. Aborreció sus caminares perdidos, sus palabras incoherentes, las babas que manaban de sus bocas, que no eran más que el reflujo de tanta medicación, que dejaban los labios flácidos, sin identidad; pero sobre todo, odiaba sus ojos: unos espantados, otros entornados permanentemente, la mayoría fijos en la nada, todos incapaces de llorar o reír. Los enfermos de aquel hospital eran despojos del alma que ya se había ido, o que estaba a punto de marcharse con la ayuda de algún tratamiento; algunos de ellos ni siquiera la habían tenido. Eran cuerpos condenados a vivir el tiempo estipulado bajo camisones blancos.

Pero poco después, ella y otra interna, a la que tampoco administraban la medicación mortal, si acaso algún antidepresivo para resistir el encierro, se hicieron amigas de una de las enfermeras. Encarnita les contó muchas de las historias que escondían los internos tras sus miradas de plástico: Blas fue arrojado por las escaleras con tres años, un traumatismo cerebral le arrancó la posibilidad de convertirse en un hombre y su madre, cuando descubrió que tendría que ser su esclava durante toda la vida, lo abandonó en la puerta de un hospicio, ella, la misma que lo tiró por las escaleras, fue incapaz de soportar su llanto una sola noche; Rosario sobrevivió a la muerte de sus tres hijos el día que su marido decidió acabar a tiros con ellos, se pasaba el día diciendo que su Ramón no era tan malo; María no nació normal y su padre la mantuvo encerrada en el sótano hasta que murió, cuando ella tenía solo siete años, los sucesivos hospicios por los que pasó se encargaron de convertirla en una loca en toda regla; Lucas era un caso aparte, en él vivían dos personas, una perversa y otra inteligente y bondadosa que los médicos cada vez se atrevían menos a dejar salir y acabaron por ahogarla a medicamentos y cadenas. Así llegó a conocer a cientos de ellos. Pocos consiguieron salir de allí del brazo de algún familiar que les hubiera guardado el amor. Casi todos acababan sus días bajo el camisón o la camisa de fuerza; unos gracias a un momento de lucidez que les permitió acabar voluntariamente con su inútil vida y otros al sucumbir al progresivo aumento de la medicación. No vio a ninguno que se lo llevara la vejez.

Las tardes de visita eran las peores. Todos recién bañados, peinados y perfumados con el jabón que hacían las monjas del convento vecino, dando vueltas por la impoluta sala de recepción y el jardín. Casi todos habían sido visitados alguna vez, como ella, pero muy pocos seguían recibiendo las migas de amor que les administraba el hospital una vez a la semana para que no tuvieran que despedir por fin su alma. El espectáculo de los jueves a las cuatro de la tarde fue lo que rescató a Ana de un destino idéntico al de sus compañeros. Todos ellos esperaban, tenían esperanza, a pesar de lo que pareciera. Ella se agarró a ese atisbo de humanidad y quiso conocerlos, ayudarlos, y lejos de envenenar su espíritu, lo purgó.

Salió de sus cavilaciones en cuanto la niña se sentó a la mesa.

—Lucía, ¿tú sabes quién eres? —le preguntó a su nieta mirándola con dulzura, consciente del daño que podía hacerle.

—Pues... Lucía, tú lo has dicho.

—Lucía ¿y qué más?, todos tenemos apellidos.

—Yo no, Juanito me lo dijo una vez, los niños que no tienen familia no tienen apellidos.

En su momento, Juanito la engañó, pero para nada Lucía creía ahora en aquellas palabras de su perverso maestro. Ella tenía muy claro que todo el mundo era hijo de alguien y que tenía una familia, muerta o viva. Pero, intuyendo la intención que había en la pregunta de Ana, prefirió dar una respuesta hostil, con la esperanza de que acabara aquella conversación tan incómoda.

Ana no estaba segura de poder seguir aquel interrogatorio sin desmoronarse. Herminia la observaba en silencio.

—¿Sabes quién es Diego?

—¿Don Diego?, el dueño del cortijo. —Lucía sabía perfectamente adónde quería conducirla Ana, y aquel juego no le estaba gustando.

—Diego es tu padre.

—Él dice que no, y tiene que saberlo mejor que nadie.

—Es tu padre, créeme, yo lo sé. —Lucía también lo sabía—. Yo soy la madre de Diego, ¿comprendes lo que quiero decirte?

—Sí, pero no comprendo por qué has venido a decírmelo. A mí no me importa no tener apellido, estoy bien así, ¿verdad, Herminia? —Buscó la complicidad de la única persona de confianza que le quedaba, mientras Ana se marchaba hacia la salida para poder llorar a gusto.

—Luci. —Herminia le cogió las manos y la miró con seriedad—. No puedes seguir aquí encerrada, tarde o temprano tendrás que luchar por tener un lugar en el mundo que hay fuera. Ana es tu abuela, ha venido a ayudarte, dale una oportunidad.

—Puede venir a verme siempre que quiera.

Por primera vez, Herminia la sintió esquiva, tenía el miedo en los ojos.

—¡Doña Ana! —También Juan reconoció enseguida sus ojos únicos e imperturbables al tiempo. Aunque era prácticamente un muchacho cuando su vecina se marchó, no los había olvidado—. ¿De dónde ha salido? Todos creíamos...

—Hola Juan, ¿puedo hablar contigo? —Ana ya había previsto la impresión que iba a causar en Juan y obvió su reacción.

—¿Conmigo? ¡Jesús! Sí, claro, pase, pase.

Sentados en la cocina y después de que Juan le presentara a su mujer y pidiera a esta que los dejara solos, algo más repuesto de la insólita sorpresa, Juan le preguntó por el motivo de su visita y Ana contestó sin rodeos:

—Quiero sacar a Lucía de esa casucha y necesito tu ayuda.

—Ah, no, no. Ha venido al lugar equivocado.

Juanito se dirigió a la cocina, para calmar la sed que le había provocado el bacalao de su madre, cuando escuchó una conversación que despertó su curiosidad. Decidió salir de casa, y sentarse bajo la ventana de la cocina.

—Sé que Lucía no es tu hija. —Fue directa al grano, aquello no era una visita de cortesía.

—¿Y? Todo el mundo lo sabe, menos su hijo.

Juan estaba nervioso y se puso a juguetear con los limones que había sobre la mesa.

—No me has entendido, sé que no puedes tener hijos y que probablemente Juanito también sea hijo de Diego —le aseguró Ana.

—¿Qué le hace sospechar semejante cosa? —Su nerviosismo iba en aumento, uno de los limones rodó hasta el suelo.

—No es una sospecha, tú no pudiste dejar embarazada ni a

tu mujer ni a Adela. Escúchame, Juan, no me hagas entrar en detalles, Lucía y Juanito son mis nietos y, casualmente, los dos viven encarcelados. He venido a ayudarlos y no puedes negarme ese derecho.

La cabeza de Juan empezó a dar vueltas: Ana no se estaba tirando un farol, hablaba con seguridad. Tal vez su madre le hizo alguna confidencia cuando eran vecinas; o quizá tuvo un mal momento y la desesperación la llevó a desahogarse con ella.

Había sido Herminia la que había desvelado a Ana ese detalle tan importante; cuando estuvo trabajando en casa de Juan no pudo evitar escuchar una conversación muy reveladora. Ella no era de las que iban contando chismes de casa en casa y archivó la conversación en su memoria con el propósito de olvidarla. Pero la aparición de Ana fue un hecho excepcional y, aun a riesgo de desatar los fantasmas más dormidos de la casa de los horrores, supo que tenía derecho a saberlo, por Juanito y, sobre todo, por Lucía.

—¿Qué quiere que haga?

—Tienes que tener algún informe médico que acredite tu problema, necesito que me lo des para enseñárselo a Diego.

—¿Usted sabe lo que me está pidiendo y la polvareda que se podría levantar?

—Sí, pero no voy a permitir que Lucía siga viviendo en el basurero de la casa que le pertenece por derecho propio, estoy decidida a sacarla de allí aunque me cueste la misma vida. Comprenderás que los problemas que te pueda acarrear mi decisión, para mí no tienen importancia.

—Tengo que hablar con Luisa, ella tiene mucho que perder con todo esto. Vuelva mañana, le daré lo que me pide —dijo levantándose de la silla, invitando a Ana a marcharse; Luisa acababa de aparecer en la cocina.

La furia de Juanito aumentaba a medida que avanzaba la conversación. ¿Cómo habían podido engañarlo durante toda su vida? Odiaba a Diego más que a nadie en el mundo. ¡A su padre! El que le había prohibido pisar sus tierras y ver a Lucía. ¡Su hermana! Se volvió loco. Tenía que impedir que Diego y Lucía se enteraran de todo y solo hallaba una forma de hacerlo: quemar el cortijo con los dos dentro. Esta vez no podía fallar como las anteriores: cuando calculó mal al empujar a su primo al brasero y terminó cayendo él, y cuando volvió a intentarlo en el establo y solo consiguió carbonizar al viejo caballo y la mitad del terreno con las vacas dentro. Estaba decidido, pero esa noche no, necesitaba algo de tiempo para organizarse.

—Me caso, Diego, y me voy a vivir a otra ciudad. Quiero formar una familia, cambiar de vida, no podría ser feliz en esta tierra anclada en el pasado.

Se encontraban en la cocina de Diego. Pedro estaba de pie, apoyado sobre la encimera. Conversaba con su amigo tranquilo, mientras observaba cómo este sacaba unos trozos de carne de la orza para la cena de los dos, concentrado en su tarea, como si Pedro le estuviera hablando de algo trivial.

—Espero que tengas hambre, yo estoy medio cenado —dijo Pedro, entremezclando en la conversación comentarios banales, para quitar hierro al asunto.

Pedro tenía la intención de contarle a Diego todo lo que debía saber, no quería llevarse ningún secreto a su nueva vida y prefería que se mantuviese relajado. Diego callaba y seguía con la tarea.

—¿Me estás escuchando? —preguntó cansado de esperar una réplica a su comentario.

—¿Crees que me he vuelto sordo de la noche a la mañana? —Como de costumbre, Diego recurrió a su desarrollada ironía para distanciarse de la incómoda situación—. ¿Qué quieres que te diga? Anda, haz algo y corta un buen trozo de pan.

Pedro se dirigió hacia la puerta de la cocina. Detrás, colgada de una alcayata, estaba la bolsa del pan. Antes de sacar la hogaza, leyó para sí el primoroso bordado de cruz: «Pan de Diego y Adela.» Lo había leído muchas veces, igual que las iniciales de las toallas del baño, pero esa noche aquellas letras gritaban. ¡Con cuánto amor preparó Adela su futuro junto a Diego, su hogar! Tal vez las toallas y la bolsa del pan, además de Lucía, eran lo único que recordaban a Adela en el cortijo; lo único que no ardió en la hoguera. Aquel día, el juego de toallas estaba colocado en el baño nupcial, la bolsa del pan escondida tras la puerta y Lucía a buen recaudo con su abuela. ¡Cuántas cosas buenas esperaba Adela de la vida!, que se merecía más que ninguna otra mujer.

Se volvió hacia la mesa sin mirar a su compañero, en ese momento una ráfaga de resentimiento lo invadía y sentía que el diablo estaba plantado ante él, necesitaba unos segundos para cerrar el libro de su memoria.

—¿Le has conseguido por fin un buen trato a la viuda del Cabezón? —preguntó Diego, siguiendo con su táctica de ignorar las palabras de Pedro.

Él mismo estuvo a punto de comprar las tierras de la estanquera, la viuda, pero cuando las recorrió en su camioneta, acompañado de Pedro, supo que eran como comprar un cartón abandonado; era la zona más árida y empinada de la comarca y para poder sembrar algo hubiese tenido que hacer bancales, no valía la pena.

—He conseguido vendérselas, que no es poco —le contestó por cortesía.

Pedro esperaba que Diego le hubiese comentado algo sobre la visita que debió tener días antes y así iniciar la conversación que le interesaba. Pero nada. Él era así, las cosas que lo incomodaban las enterraba como si fueran cadáveres.

Pedro no había visto a Ana desde el día que la llevó hasta allí, lo único que sabía es que ya no estaba en la casa de la loma, según le había comentado su madre. Quizá Diego la había echado a patadas de su casa y ella había decidido, esta vez por voluntad propia, desaparecer de nuevo. O tal vez... Diego era capaz de cualquier cosa. Eliminó de un plumazo su macabra ocurrencia; que Diego hubiera usado sus influencias para devolver a su madre al manicomio era demasiado cruel.

—¿Vas a marcharte ahora que has conseguido ser el corredor más cotizado de los pueblos de los alrededores? Creo que tus negocios van mejor que nunca —dijo Diego distraídamente mientras masticaba un trozo de carne.

—Sí, así es. No lo hago por ella, a Paqui no le importaría quedarse aquí a vivir, lo hago por mí.

—¿Y vas a... cargar con un hijo que no es tuyo? No tienes arreglo, Pedro.

Pedro lo miró estupefacto. No entendía cómo Diego conseguía enterarse de todo. Un hombre que ignoraba su propio pasado, que aborrecía los cotilleos y que jamás formaba parte de los corrillos donde se construían las vidas ajenas a partir de tres o cuatro hechos inconclusos. Decía que siempre había una mente perversa que despejaba las incógnitas inventando los datos, siempre sombríos, que se necesitaban para hilar la historia. Él tenía su propia estrategia para averiguar lo que pudiera interesarle e ignorar aquello que pusiera en peligro su aparente seguridad.

—¿Cómo sabes que Paqui tiene un hijo?

—¿Y para quién sino son los caramelos que llevas en el bolsillo? Por Dios, cómprate una chaqueta, vas a envenenar al chaval.

—Podrían ser para Lucía.

—Ya has ido a verla y le has dejado los dos libros que tenías ayer en el asiento del acompañante de tu coche. Además, ¿para quién era la máquina de tren que compraste el mes pasado en la juguetería?, o ¿es que estás volviendo a la niñez de repente? Te vi con el dependiente de la juguetería frente al escaparate señalando el tren.

—Bueno, ¿y qué? Me importa un bledo que Paqui sea madre.

Pedro estaba molesto, no porque Diego hubiera descubierto que Paqui tenía un hijo, sino por la forma tan despectiva en que se había referido a su decisión de casarse con una madre soltera y estar dispuesto a ejercer de padre del hijo de otro. Una vez más, la conversación que en un principio él inició con la intención de censurar a Diego, había dado un giro y era él el censurado y el que estaba dando explicaciones. Su enfado hizo que el tono de voz se le endureciera. Después de un par de minutos de tensión, engullendo en silencio, volvió a hablar:

—Alguien tiene que cargar con los hijos que otros abandonan, ¿no crees? —Puso mucho énfasis y sarcasmo en la pregunta.

—Sé valiente y habla claro, Pedro; dame la oportunidad de contestarte como es debido.

—¿Qué pasó la mañana que tu madre vino a verte? ¿Por qué desde entonces nadie ha vuelto a verla?

—No la he visto desde el día que abandonó esta casa para siempre. —Diego estaba muy sorprendido, casi en estado de shock, pero su mirada se mantuvo fría y directa.

Pedro sabía que Diego no mentía, no era de los que se escondían detrás de una mentira para defenderse, si la hubiera visto esa mañana le habría contestado que se estaba metiendo en donde no lo llamaban, o lo hubiese echado a la calle.

—Pues estuvo aquí, yo mismo la traje.

—Pues se arrepentiría en el último momento. —Había parado de cenar para abordar la conversación, pero parecía sereno.

Cualquier otra persona, dada la bomba que acababa de soltar Pedro, hubiese hecho mil preguntas. Pero Diego no. Tenía la extraña habilidad de parecer distante en los asuntos que más le concernían, como si estuviera hablando de una tercera persona y, claro, como a él no le gustaba hablar de nadie ni las habladurías, se mostraba esquivo ante el chismorreo.

—Me extraña, venía decidida a contarte algo que deberías saber. Le costó mucho convencerme de que la trajera.

—¿Qué sabe esa... señora lo que yo debo o no saber si no me conoce? —Sacó un cigarro del bolsillo de su camisa y lo encendió, pausadamente.

—Hay cosas que todo el mundo debe saber, incluso tú, como quién es su padre.

¡Ale!, ya estaba dicho, ahora solo quedaba esperar a que la bestia encolerizara. Estaba preparado, Pedro contaba con la peor de sus reacciones.

—¿Qué estás insinuando? —Se estaba poniendo nervioso, pero la curiosidad contuvo su furia.

—Hay una historia que tú ignoras. ¿Nunca te has parado a pensar por qué tu madre desapareció de la noche a la mañana?

Por supuesto que Diego lo había pensado, un millón de veces, cada día.

—No hay motivo lo bastante fuerte como para que una madre abandone a un hijo. Pero no sé por qué estoy hablando contigo de esto otra vez.

—Porque me conoces y sabes que no te mentiría. —La voz de Pedro sonaba insegura, se estaba dando cuenta de que, una vez más, hacía el idiota y Diego seguía teniendo la sartén por el mango.

Diego dio una calada a su cigarrillo y miró a Pedro a través del humo con una mezcla de chulería e indiferencia, dispuesto a dejar que terminara la historia que se traía preparada, por pura compasión, como si fuese él quien le estuviera haciendo un favor escuchando sus pamplinas y dejando que se desahogara.

Pedro obvió el desdén de su acompañante y siguió:

—Tu padre tenía casi cuarenta años cuando decidió casarse, quería formar una familia y se le estaba pasando la edad. Supongo que eligió a tu madre porque sus ojos lo cautivaron y por pura vanidad. —La paciencia de Diego se acababa como su cigarro—. Era el soltero de oro de la comarca, y el hecho de que eligiera a una muchacha sencilla le dio mucha popularidad y le reportó muchos halagos; supongo que se sentiría como el príncipe en el cuento de «La Cenicienta». Puedes imaginarte el revuelo que se formaría por aquel entonces en el pueblo y los alrededores. No voy a entrar en si la quería o no. —Diego encendió otro cigarro con la colilla del anterior, estaba bebiendo, pero despacio—. Tu madre tenía relaciones con otro muchacho del pueblo, con el que siguió viéndose a pesar de que la boda estaba en marcha.

—Creo que ya he oído bastante.

—No, Diego, esta vez no vas a callarme, si me echas gritaré desde fuera lo que tengo que decirte.

Pedro se retrepó en la silla, buscando una posición más cómoda, aparentando parsimonia. Necesitaba dar la impresión de que no podría sacarlo de allí a no ser que utilizara la fuerza, y creía que no llegaría a eso.

—Acaba de una vez.

—Tu madre ya estaba embarazada de tres meses cuando se casó, puedes comprobar este dato comparando tu fecha de nacimiento con la de la boda.

Diego conocía el hecho desde el día que tuvo que arreglar unos papeles para poner en orden una de las propiedades que heredó de los del Valle. Para él fue un signo más del carácter alegre y descuidado de su madre; era de los que pensaban que una mujer iba embarazada a su boda solo por su culpa; el hombre... ya se sabe, hace lo natural, ser hombre.

—Tu padre no la había tocado, de hecho, según ella, nunca la tocó y, de ser cierto, y yo creo que lo es, la conclusión es clara.

Como de costumbre en Diego, cuando se sentía acorralado por una conversación incómoda, provocó un largo silencio. Pedro lo agradeció enormemente. Seguía allí, todo un logro. Pero se estaba guardando la parte más escabrosa: la identidad de su padre, y no tenía ninguna intención de revelársela a menos que se sintiera obligado, eso era algo que Diego debía preguntarle a su madre.

La declaración de Pedro encajaba en su memoria, en realidad le había dado las piezas de un inconcluso puzle. Pedro no lo sabía, pero no era la primera vez que a Diego le insinuaban aquel hecho. En más de una ocasión, la Gata le había hecho comentarios que le provocaron grandes carcajadas. Su padre había sido un cliente asiduo del viejo prostíbulo donde ella trabajaba. La dueña del local fue la preferida del cuarto don Diego, hasta tal punto, que cuando la encontraba indispuesta se marchaba sin recibir el servicio requerido. La Rubia, la dueña del prostíbulo, no solo había sido su compañera de cama durante años, además, fue su confesora y le guardaba sus más oscuros secretos. Ella nunca los hubiera revelado, de no haber sido porque los años se cebaron en su salud mental y comenzó a padecer unos episodios de enajenación en los que vociferaba las confidencias que durante años le habían entregado sus mejores clientes. Cuando se reunía con sus chicas en el almuerzo, las entretenía contándoles los trapos sucios que escondían las mejores familias de la comarca. Era su forma de vengarse, su manera de cobrar lo que realmente valían sus servicios. «Ninguno de todos esos señoritingos merece su apellido», decía una y otra vez a voces cuando veía a sus antiguos clientes cruzar los pasillos con alguna de sus chicas y recordaba cuando la preferían a ella. Según le contaba la Gata, el tiempo fue ratificando cada una de esas palabras, no se inventaba ni una coma. Poco después de que la Rubia perdiera totalmente la cabeza, fue sustituida para controlar el prostíbulo por la mejor de sus acólitas: la Gata, que obligó a la antigua jefa a mantenerse encerrada en su cuarto durante las horas que se abría el negocio. A los setenta y ocho años aún seguía viva, postrada en una cama, casi cadáver. «Ahí va don Diego, el peor de todos», le contó la Gata lo que gritaba la vieja ama la noche que su padre ya no preguntó por ella y lo vio pasar por la puerta de su dormitorio acompañado por una de las chicas: con iguales curvas que ella, la misma seguridad, el mismo rubio oxigenado, pero mucho más joven y tonta. «¿Todavía no has sido capaz de meterle mano a tu mujer?», siguió vociferando ante la sorpresa de todas las chicas y los numerosos clientes de aquella noche de sábado.

No era la única pieza del puzle que ahora encajaba: también se había preguntado, cuando tuvo uso de razón, por qué recordaba que sus padres dormían en habitaciones separadas. Supo que las declaraciones de Pedro podrían ser verdad y que no tenía sentido negarse a sí mismo, solo a sí mismo, tal evidencia. Se sumió en sus pensamientos, ignorando el paso del tiempo y la impaciencia de su acompañante. Pensó, por aquella única vez, que lo poco que conocía de su progenitor lo había heredado: igual que él, había renegado de la mujer que lo amó y de su propio hijo. «¡Adela! ¿Qué hacías en el pajar abrazada a mi enemigo?», fue su último pensamiento.

—¿Hueles eso? Algo se quema. —Diego rompió el interminable silencio.

Juanito no podía dilucidar la conversación que llegaba como un rumor desde la habitación vecina, pero sabía de lo que estaban hablando. Después de la larga charla que habían mantenido aquella noche en su dormitorio, por fin, sus padres se habían dormido; sus ronquidos de perros viejos se paseaban por los pasillos de la casa. Los despreciaba hasta lo más profundo, aborrecía sus miserables vidas, sus miedos, su ignorancia. No fue necesario que actuara con sigilo, no los despertaría ni una bomba.

Se dirigió al antiguo establo, donde ahora su padre guardaba todas las herramientas necesarias para cultivar sus escasas tierras, y cogió uno de los bidones de gasolina que almacenaba. Cogió también una linterna, era la noche más negra que recordaba. No fue fácil transportar los veinticinco litros de gasolina hasta el cortijo de Diego; a medio camino, recordó que había olvidado los fósforos y tuvo que abandonar la garrafa para volver. Cuando regresó, pasó largo rato paseando la luz de la linterna por entre los matorrales hasta que la encontró. A pesar del incidente no pensó en echarse atrás ni por un momento, no solo porque tenía un motivo concreto, además, el hecho de imaginar las llamas devorando todo lo que encontraran a su paso lo llenaba de placer. Juanito era un pirómano.

Por el camino recordó las innumerables veces que tuvo que contenerse para no empujar a su padre cuando atizaba la gran chimenea de la cocina. Si alguna vez incumplió su estricto horario de estudio, fue para contemplar aquel fuego que lo atrapaba y hechizaba hasta olvidarse de su tormentosa existencia. Era la única fuerza capaz de dejarlo sin voluntad. Se acercaba hasta tal punto a la chimenea que casi sentía hervir su sangre y su piel se inflamaba y encendía como las mismas llamas. Su madre lo amonestaba constantemente cuando lo veía ausente frente al fuego, temiendo que se desfigurara la otra mitad del rostro.

Supo que Diego no estaba solo en la casa, el flamante vehículo que había aparcado en la puerta anunciaba visita, seguramente, Pedro se habría comprado por fin un coche. Estuvo tentado de esperar a que se marchara, pero vio luz en la cocina y cuando se asomó por la ventana se encontró a los dos amigos frente a frente en silencio, parecía que fueran a pasar la noche en aquel absurdo estado. Miró a Diego unos segundos, ¡a su padre!, y su inminente fechoría recobró todo el sentido. Lo maldijo para sí mil veces. Maldijo su altanería, su soberbia, su cigarro, el sombrero que colgaba de su silla, su casa, sus tierras..., maldijo a su maldita hija y el día que los engendró a los dos. Pensó que su madre también debería estar allí dentro, pero eso era algo que tendría que solucionar en otra ocasión. En cuanto a Pedro..., para él ni fu ni fa, daños colaterales.

Lucía sabía que Juanito merodeaba por los alrededores; conocía sus pasos mejor que las notas de su violín. Estaba escribiendo en el diario cuando escuchó el leve crujido de los guijarros al ser aplastados por unos zapatos. Incluso sospechó que Juanito trasportaba algo pesado. Se sobrecogió. Dejó la tarea, cogió su muñeca de la silla y volvió a la cama. Desde el rincón donde se atrincheró, pudo ver la luz de la linterna que aparecía y desaparecía entre el marco de su ventana como si bailara una siniestra danza. Algo le decía que aquella noche cambiaría su vida, o... algo peor. Consciente de que la muerte la acechaba, volvió a salir de su cama para recoger todo aquello que quería llevarse a donde quiera que terminara esa noche. Cuando tuvo sobre la cama sus diarios, los de su madre, su muñeca y su violín, pensó que necesitaría algo para meterlo todo. Miró a su alrededor a modo de despedida de izquierda a derecha: contra la pared, su tesoro, su baúl; después la ventana, por la que todo el mundo se asomaba para contemplar a Lucía en el país de las maravillas; a continuación estaba la puerta que se negaba a cruzar, hacía poco que le había dado una mano de barniz, se apresuró a echar el enorme cerrojo que hizo poner su abuela; tal vez por primera vez, descubrió que ya lo alcanzaba sin necesidad de subirse al cajón; seguidamente se encontró con el aparador, con su escaso menaje, la radio y un montón de libros sobre él; al lado la cocina, con su pequeño fregadero sobre la cortinilla de cuadros que escondía el cubo de la basura, y a su derecha un trocito de mármol con una cacerolita encima que contenía los restos de la cena que le había traído Herminia; después estaba ella, sobre la cama; y para terminar la puerta de la despensa y la del baño, el baúl y vuelta a empezar. Todo salpicado de libros bien apilados. Sobre la mesa central había gran cantidad de material escolar: libretas, dos lapiceros, uno con lápices de grafito y otro con colores, un diccionario, una buena cantidad de libros de texto dispuestos en dos montones. El lugar olía como el aula de un colegio, como lo que era, olía a lo que contenía, pero con una sola alumna. A sus nueve años había conseguido que su casita fuera un reflejo de ella misma: muy pequeña para tanta luz, para tanta curiosidad, para tanto talento; como era ella.

La bolsa del pan que colgaba del pomo de la puerta de la despensa podría valerle para meter todo lo que había sobre su cama. Estaba muy nerviosa, tenía las manos frías y sudorosas y le temblaban, como el resto del cuerpo. Le costó desenganchar la talega, no estaba segura de reunir las fuerzas necesarias para llevar a cabo su tarea. Sacó los trocitos de pan que guardaba en la bolsa y metió sus pertenencias más queridas, menos su muñeca, que le haría compañía en el duro trance. El mástil del violín asomaba por la abertura. Hubiera querido guardar también todos sus libros, pero... ¿dónde?

Arrinconada sobre su cama, abrazada a su muñeca y con la bolsa del pan colocada el hombro para asegurarse de que se iría con ella, llena de pavor, esperó el fin.

Herminia se levantó para ir al baño. Tenía que cruzar un patio al aire libre para llegar hasta él. Esperaba que pronto tuviesen ahorrado lo suficiente para hacer un baño dentro de la vivienda y así evitar la mayoría de los resfriados que toda la familia cogía en invierno. El viento soplaba en dirección a su casa y notó un fuerte olor a quemado. Se dirigió hasta la cancela desde donde avistaba todo el valle y parte del cortijo de don Diego entre los árboles. Era una noche negra, sin luna. El resplandor que coronaba el horizonte, en un principio, se le antojó un extraño amanecer; pero no eran ni las dos de la madrugada.

—Despierta, Ana, despierta. —Herminia zarandeó a su nueva inquilina.

Su marido y su hijo mayor ya estaban vistiéndose.

—¿Qué pasa? —preguntó Ana aturdida.

—Tenemos que irnos, hay fuego en la casa de tu hijo.

—¡Lucía! —Fue la primera imagen que a Ana se le vino a la cabeza.

El marido de Herminia había alertado a los vecinos más próximos y algunos ya bajaban hacia el valle con los hijos varones de sus casas que ya tenían suficiente edad, cargados con cubos y palas por si había que hacer un cortafuego.

No había concluido su tarea cuando vio salir de la vivienda a Diego y su amigo. Se escondió en los establos hasta tener la oportunidad de salir corriendo. Diego llevaba una escopeta y blasfemaba como un loco.

—Esto es obra de un maldito cabrón, hay al menos cuatro focos alrededor de toda la casa. —Tropezó con el bidón de gasolina vacío—. Vigila esta zona, yo voy por la parte de atrás, es posible que ese hijo de puta esté todavía aquí —ordenó a Pedro.

«¡Lucía!», igual que Ana, fue lo primero que pensó Pedro al ver que las llamas empezaban a rodearlos. Haciendo caso omiso a las palabras de Diego, volvió a entrar en la casa buscando la despensa. Oyó el estallido de los cristales de la cocina y recorrió el largo y oscuro pasillo presa del pánico; siguiendo el rastro del humo, que cuanto más avanzaba más se concentraba. La cocina ya era irrespirable. Rápidamente, arrancó de un tirón el mantel de la mesa, lo puso bajo el grifo y se lo acercó al rostro; no estaba seguro de estar haciendo lo correcto pero sus pulmones empezaban a colapsarse. Al abrir la despensa una inmensa nube se adelantó a sus pasos. Tras la siguiente puerta estaba Lucía. La vivienda de la niña tenía la luz encendida, pero no se veía absolutamente nada. Una inmensa llamarada asomaba por la ventana. Giró a su derecha y palpó con desesperación la cama. En ese momento se fue la luz.

—¡Dios Santo! Ven aquí, pequeña, salgamos de este infierno.

Un cuerpo flácido yacía en sus brazos. Hubiese querido examinarla y deshacerse de la bolsa que colgaba de su cuerpo, cogida a una cuerda que cruzaba su pecho, pero no había tiempo; Lucía se había asegurado de que no cayera de su hombro metiendo también la cabeza por la cinta.

La salida más próxima a la calle estaba totalmente bloqueada por las llamas, tendría que volver a atravesar el ala derecha de la casa. Cogió el mantel mojado y se cubrió junto a la niña, dispuesto a recorrer nuevamente el largo pasillo. El fuego había conseguido entrar dentro de la vivienda, alimentándose de las persianas, marcos exteriores y cortinas. Sintió que se ahogaba, como si el fuego naciera de su interior. Caminaba completamente a ciegas. Un fuerte resplandor al final del corredor lo situó. Pensó que morirían, no podrían salir por la puerta principal: el zaguán y la subida de las escaleras ya eran pasto de las llamas.

El antiguo dormitorio de doña Carmen tenía la puerta cerrada, recordó dónde se situaba la ventana y pensó que podría ser una salida. Abrió la puerta y comprobó que a través de los visillos no se veía ningún resplandor, el cuarto aún estaba limpio de humo, por unos instantes, pudo respirar, antes de que una nube negra se le adelantara. Con la niña en brazos, que ya empezaba a pesarle, y la bolsa del pan, con el mástil asomando, aprisionada entre sus cuerpos, consiguió abrir la ventana; no fue tarea fácil desatascar el pestillo en aquellas condiciones. Entre crujidos, chasquidos y estallidos, escuchó voces cercanas: «Hagamos dos cadenas desde los pozos hasta las casas», los vecinos habían empezado a organizarse.

Las llamas estaban a un par de metros de los establos; si no salía de allí rápidamente, el fuego bloquearía la entrada y moriría. Sabía que la casa estaba rodeada por los vecinos que habían acudido a sofocar el incendio y se arriesgaba a ser el primer sospechoso al huir. Una vez más, había calculado mal su tropelía. Una llama asomó por el quicio de la puerta y el miedo decidió por él, empujándolo hacia el exterior como escupido por una fuerza bruta.

—¡Alto ahí, hijo de puta! —Diego lo había visto salir y no dudó en apuntarlo con su escopeta.

Su primer tiro no dio en el blanco.

El cortijo estaba rodeado por hombres y mujeres, y seguían bajando más por el cerro que lo protegía de los vientos del norte. Unas treinta personas se habían dividido en dos filas dispuestas a los costados de la mansión, uniendo esta con los dos pozos que había en el terreno: uno al este y otro al oeste. Se pasaban cubos de agua unos a otros. El capataz se encargaba de transportar en su moto, nuevamente hasta los pozos, los recipientes vacíos que se acumulaban al final de las colas. Otros hombres hacían zanjas para parar los diferentes frentes que amenazaban con subir por la colina.

Juanito ignoró el primer disparo y se concentró en su escapada, buscando un hueco entre las llamas por el que no hubiese nadie que pudiera reconocerlo y atraparlo. Encontró uno, aunque para alcanzarlo tendría que pasar a poca distancia de la confusa figura que lo estaba apuntando; no se había dado ni un segundo para estudiar la negra silueta que parecía un agujero negro entre el fuego, pero hubiera apostado la cabeza a que era don Diego.

Vio acercarse su objetivo con la intención de escapar del siniestro escenario y, seguro de que esta vez no fallaría, esperó a que alcanzase el punto más corto entre los dos. Diego parecía ajeno a su alrededor, como un intruso llegado por azar de otra historia. Se mantenía imperturbable, gélido ante las llamas. Tenía las piernas entreabiertas y flexionadas, en perfecta posición. Su arma y él eran uno, como esculpidos de la misma piedra. Parecía inmóvil, clavado a sus tierras como si fuesen su pedestal; pero su escopeta se movía, con lentitud y maestría, siguiendo el blanco. Su mundo estaba en ebullición y él ni siquiera sudaba.

Una mano firme lo obligó a bajar su arma dejando escapar al enemigo.

—¡Quieto, Dieguito! ¿Vas a matar a tu hijo como hiciste con tu padre?

—No permitas que ella muera, Dios mío, ella no —decía mientras agotaba sus últimas fuerzas en recorrer los cien metros campo a través que lo llevarían hasta la carretera principal.

Podría haber ido por el camino de la finca, más despejado y recto, pero tres veces más largo. Prefirió dejarse, prácticamente, caer por el balate lleno de matorrales que desembocaba en la vía principal; no había tiempo que perder, seguro que allí algún vehículo los recogería para llevarlos al hospital. Por un momento recordó su magnífico coche envuelto en llamas.

Sus piernas se doblaban y enredaban en las zarzas, más que caminar, rodaba cuesta abajo torpemente, pero con la niña bien agarrada, procurando que no sufriera los accidentes del terreno. «Saldrás de esta, pequeña, saldrás de esta», le hablaba sin permitirse la duda de si era escuchado, mirando al frente, no fuera que, al ver los ojos sin vida de la niña, se viniera abajo, y llevado por la desolación le negara la posibilidad de resucitar.

Un vehículo casi lo derriba al parar de un frenazo.

—Suba al camión, amigo. —El conductor habló a los supervivientes del desastre seguro de la dirección que debía tomar: el hospital.

Pedro arrojó como pudo a la niña y sus pertenencias en la parte trasera, la cabina del conductor estaba ocupada por otros dos acompañantes. El vehículo arrancó como un cohete antes de que él hubiera terminado de subirse, dejando sus pies colgando.

Lucía tenía los ojos abiertos, sin vida, los labios secos como hojas de otoño. Esperó a que los alumbrara uno de los vehículos que se cruzaban con ellos para buscar el rubor de sus mejillas, pero no estaba y, en cierto modo, ella tampoco. Acercó el rostro a su boca, un leve hormigueo recorrió su piel. ¡Respiraba! Pensó desprenderla de su bolsa y la muñeca, cuyo brazo derecho estaba atrapado por la cintura de su pantalón; pero si ella había puesto tanto empeño en asegurarse de que no se separaran, ¿quién era él para arrebatarle, quizá, su último deseo?

El camión iba tan deprisa que a cada bache sus cuerpos rebotaban como canicas en una lata. Los golpes del violín contra el suelo de metal reverberaban entre los chirridos y sonidos secos del viejo camión. Cogió la bolsa y la apoyó en sus piernas, junto a la cabeza de Lucía, que sujetaba con las manos sobre sus muslos. «No te vayas, Lucía, no te vayas», sollozaba como un niño, «¿Qué sentido tendrá tanta destrucción si te vas?». Le cogió la mano, fría y flácida, carente de su cálido espíritu; no era la que hacía unas horas deslizaba el arco por su violín, insuflando vida a los cadáveres que la rodeaban; había sucumbido a tanta podredumbre. Ni siquiera tosía, tal vez se marchó antes de que el humo se apoderara de su mundo, para no permitirle ensuciar su alma cristalina.

Dos hombres sujetaban a duras penas a la que era una completa extraña para ellos. Ana intentaba liberarse de los fuertes brazos como si su propia vida estuviese detrás de la puerta que intentaba cruzar.

—¡Lucíaaa...! —gritaba como una loca encadenada.

El fuego avanzaba hacia ellos y, temiendo por sus vidas, tuvieron que soltarla. Pero Ana solo pudo dar tres pasos más antes de caer al suelo inconsciente. Alguien la cargó en un carro como un animal muerto y la sacó de allí.

El fuego se fue con la noche. Poco a poco, el alba fue dibujando, con trazos negros y humeantes, un paisaje a carboncillo sobre el violeta templado del amanecer. Una docena de hombres, sentados sobre las cenizas, contemplaban desolados el desarrollo de la obra. Cuanto más se iluminaba el cielo, más se oscurecía la tierra, devorando los fantasmas de los antepasados del lugar, que se resistían a marcharse.

—¿Alguien ha visto a don Diego? —sonó una voz en la desolación.

—La última vez que lo vi apuntaba con su escopeta al cabrón que hizo todo esto; igual se le escapó y sigue persiguiéndolo —contestó una garganta cansada.

Juan también estaba entre ellos. Lo último que recordaba era la imagen de Diego apuntando a su hijo, pero sabía que Juanito estaba en casa a salvo. Se decidió a dar un rodeo al cortijo. El hijo de Herminia lo siguió.

Como si de uno de sus cerdos se tratara, Diego colgaba del techo del matadero, esperando que lo abrieran en canal. A sus pies, tirados en el suelo, se encontraban su escopeta y unos papeles: el informe médico de Juan que acreditaba su esterilidad; Ana se lo había entregado después de impedir que matara a Juanito, lo llevaba en el bolsillo de su rebeca desde que esa mañana se lo diera Juan. Tenía los ojos prendidos del techo y su lengua asomaba negra entre los labios. Como ocurría con todos los muertos, los restos de Diego no se parecían en nada a él.

Cinco mujeres preparaban el desayuno a los hombres en la cocina del cortijo de Juan: Luisa, Herminia y tres vecinas de los alrededores. Ana descansaba en el antiguo dormitorio de Ángel. Los golpes que daba su cuerpo contra el carro de mano la despertaron y, cuando se vio camino de la casa de Juan, no hubo fuerza humana capaz de retenerla para que no volviera al incendio y el médico le había suministrado una buena dosis de tranquilizantes para aislarla de su insufrible realidad; lo había conseguido, dormía como un bebé.

Horrorizadas por lo sucedido, las cinco mujeres habían organizado entre ellas su particular centro de investigación. Cada una tenía su propia teoría: Herminia mantenía que la causa del incendio debía ser un cigarrillo mal apagado de don Diego, que seguramente arrojaría a los matorrales secos en la última ronda que solía hacer a su feudo antes de acostarse; pero Encarnita, la más joven de todas, argumentaba, con buen juicio, que la teoría de Herminia no se sustentaba, que el incendio había sido provocado por al menos cuatro focos distintos; Luisa callaba, una voz en su interior, que ella intentaba ahogar para aliviar su dolor, le decía que pudo haber sido su hijo. Cuando ella se disponía a salir alertada por el resplandor que avistó desde su dormitorio, su hijo entraba como un rayo, desatendiendo por completo sus preguntas y exclamaciones.

Juanito seguía en su cuarto, no se había molestado en asomarse a la cocina para interesarse por la catástrofe. Desde pequeño, sus incidentes con el fuego habían sido constantes y era ahora cuando Luisa empezaba a atar cabos. Él lo sabía y en aquel momento no se atrevía a ponerse frente a ella.

Unos fuertes golpes en la puerta sacaron a las mujeres de su acalorada conversación. Era el hijo mayor de Herminia. Cuando se plantó en la puerta de la cocina, su madre tuvo que hacer un gran esfuerzo para reconocerlo; estaba tiznado de los pies a la cabeza.

—Don Diego ha aparecido ahorcado en el matadero de su casa.

—¿Qué estás diciendo? —le preguntó Herminia con la boca llena de pan con aceite.

—Pues eso, yo mismo lo he descolgado.

«¡Jesús! ¡Madre mía! ¡Ay Dios mío!...», las exclamaciones por parte de todas se sucedían sin parar. Herminia, que en ese momento estaba pasando la leche de un cazo hirviendo por un colador para separarla de la nata, tragó de golpe lo que tenía en la boca, soltó el cazo y se derrumbó en una silla: se acordó de Lucía. Cuando reaccionó preguntó:

—¿Habéis encontrado a Lucía?

—No, ni Lucía ni Pedro aparecen. Puede que Pedro consiguiera sacarla o que ella lograra escapar de las llamas. El fuego ha arrasado su vivienda, ha sido la zona más castigada. Por muy fuerte que fuera el incendio nadie cree que haya acabado con sus restos; pero eso tendrán que decirlo los entendidos. La verdad es que de su cama solo han quedado cuatro hierros, el interior de la casa es una cueva negra.

—¡Cállate, Julito! No seas pájaro de mal agüero. —Herminia empezó a sollozar.

Herminia sabía que Lucía solo podría haber salido de allí medio inconsciente y en brazos de alguien; hubiera preferido ser devorada por las llamas antes que poner un pie en el exterior. La sola idea de imaginársela en su cama, sola, esperando una muerte tan espantosa, le producía un dolor insoportable. Había llegado a quererla, no solo como a una hija, sino como a un ser celestial. De alguna forma, Lucía le había devuelto la fe, le había abierto las puertas de un mundo que creía muerto. Iba a verla con ilusión, para participar de algún modo en la autenticidad de su ser. Desde la primera vez que la miró a los ojos sintió como si hubiera vuelto a ser bautizada, como si hubieran vuelto a nacer en ella esperanzas sepultadas. Lucía le mostró la cara más amable de cada cosa y la reconcilió con su universo. De hecho, desde que la conocía solo le habían pasado cosas buenas, desde el trabajo que consiguió en el cortijo y que acabó con el hambre de su familia, hasta la recuperación de la salud de su Rosi. Aunque la vida de Herminia transcurría en la sombra y las fuerzas que le restaban, después de su duro pasado, las necesitaba para sacar adelante a su familia, saber que un hecho tan extraordinario ocurría al margen de tanta tribulación: odios, rencores, mentiras..., la hacía soñar. Lucía era inteligente e ingenua, dulce y salvaje, libre y cautiva, fuerte y vulnerable..., combinaciones imposibles en el orden establecido del mundo real; que la pequeña desafiaba con su sola presencia. Si el fuego se había llevado todo eso, vivir volvía a significar solo trabajo y sacrificio. Desde el mismo momento en que sintió el fogonazo de su pequeño corazón, apoyó su cautiverio. Herminia pensó que si en aquella pequeña jaula había sobrevivido una criatura tan bella, que el tiempo solo hacía perfeccionarla, ¿para qué abrirla?

Quizá, si la hubiera ayudado a cruzar la puerta no hubiese sucumbido a las llamas o, tal vez, su paso por este mundo debía ser tan corto como intenso y tuvo que marcharse antes de ser corrompida.

—Tranquilícese señor. Dígame, ¿qué ha pasado? —El médico intentaba elaborar un informe para evaluar con conocimiento a la paciente, que ya se encontraba en la sala de urgencias atendida por otros médicos y enfermeras.

—Hubo un incendio en su casa y cuando fui a rescatarla no tuve tiempo de asegurarme ni siquiera de si estaba viva, estuvimos a punto de quedar atrapados. Una vez fuera me di cuenta de que estaba como ida. Es todo lo que sé, no puedo decirle más.

—Está bien. —El médico escribía en el informe—. ¿Cómo se llama la paciente? —Al darse cuenta de que no iba a sacar mucho más del interrogatorio le pidió los datos personales.

—Lucía.

—Lucía y ¿qué más?

—Lucía del Valle Espinosa.

—¿Es usted su padre?

—No, no, su padre se llama Diego del Valle.

—¿Qué me dice? Conozco a don Diego desde hace años, no sabía que tuviera una hija.

—Pues... ya ve. —En aquel momento Pedro no encontró un comentario mejor—. El caso es que ni él mismo sabe que la he traído, en este momento tienen que estar buscándola. Cuando la encontré solo pensé en salir de allí y buscar ayuda, no había tiempo de avisar a nadie.

—Hizo usted muy bien, no se preocupe de eso, la dirección del hospital dará aviso a la Guardia Civil para que se lo comuniquen. ¿Sabe si la niña padece o ha padecido alguna enfermedad o algún tipo de alergia?

—No, es una niña muy sana.

—¿Qué edad tiene?

—Nueve años.

—Y... ¿el nombre de la madre es?

—Adela Espinosa, murió de parto cuanto ella nació.

—Ah, sí, ahora recuerdo, sí, sí. Bien, pues esto ya está —dijo el médico mirando el escueto informe y guardándose la pluma en el bolsillo de su aséptica bata—. Vaya a la sala de espera, en cuanto sepamos algo le informaremos.

A las dos horas apareció en la sala de espera una monja a la que solo se le veían asomar por el hábito unos brillantes mofletes sonrosados y unas enormes roscas sobre sus zapatos; su formidable vientre hacía que la falda le respingara y se mostraba más corta de lo debido por la parte delantera. Ojeó su carpeta y, sin levantar los ojos, sonó el pitido de su voz:

—¿El señor Pedro Lara? —Además de tener una escasa memoria como para no poder levantar los ojos de sus papeles para decir un nombre tan corto, debía estar ciega; en la sala de espera solo había otras dos mujeres, ambas de avanzada edad, y él; estaba muy claro quién era Pedro Lara.

—Sí, soy yo. —Se sintió estúpido, pero se levantó para hacerse ver.

—Soy sor Lourdes. —Su voz sonaba tan aguda y punzante que Pedro pensó que le taladraría el tímpano—. El doctor Mejías me envía para comunicarle que la dirección del hospital, por mediación de la Guardia Civil, ha recibido la noticia de que el padre de la niña Lucía del Valle ha aparecido muerto en su domicilio esta misma madrugada. El nombre del fallecido es... el señor don Diego del Valle. —La sor no levantaba la vista de la carpeta que llevaba en las manos para comunicar literalmente la noticia.

—¿Está segura? —Pedro se mostró incrédulo, durante los primeros instantes estuvo seguro de que había sido una confusión, Diego era indestructible.

Sor Lourdes volvió a mirar sus notas y, ahora sí, miró a Pedro tras sus gruesas lentes para contestarle:

—Sí, eso pone aquí, don Diego del Valle, ¿no es ese el nombre del padre de la niña?

—Sí, sí. —Tuvo que contestar a la obvia pregunta para que dejara de mirarlo expectante.

—Pues don Diego del Valle ha fallecido esta madrugada. ¿Era familiar suyo? —le preguntó al ver que se iba poniendo lívido por momentos.

—No, era un amigo de toda la vida. —Pedro habló con el corazón, en aquel momento, de verdad sintió que había perdido un amigo.

—Siento su pérdida. —El tono de sor Lourdes se suavizó, se dio cuenta de que su interlocutor estaba realmente consternado.

Se sentó torpemente temiendo desvanecerse. La bolsa de Lucía estaba colgada en la silla y el violín dio un golpe contra el metal de una pata resonando en la sala. Se acordó de la pequeña.

—¿Cómo está la niña? —preguntó con la voz quebrada.

El doctor Mejías entró en la estancia al tiempo que Pedro hacía su pregunta. Llevaba en la mano la ropa de la pequeña enrollada; un brazo de su muñeca de trapo colgaba por un extremo. El gesto del médico era mucho más solemne que el que había conocido horas antes. Pedro pensó que él y sor Lourdes debían ser hermanos; si se hubiesen cambiado las vestimentas habría sido difícil saber quién era quién. Especialmente las manos eran idénticas: los dedos de ambos asomaban como bolitas de goma, invertebradas y tensas. Sus mofletudas caras sin perfil, les hacían parecer regordetes bebés disfrazados. Pero el aspecto bonachón y servil que sor Lourdes compartía con el doctor Mejías, se esfumaba en cuanto abría la garganta y sonaba aquel pitido insufrible, y ya no parecían mellizos.

Ante la presencia del doctor, Pedro volvió a ponerse en pie. La caja del violín reverberó de nuevo.

—Físicamente la niña no presenta ningún signo de gravedad, de hecho es una niña muy sana y sus pulmones se han recuperado con facilidad, teniendo en cuenta el humo que pudo inhalar, pero psicológicamente presenta un cuadro extraño y necesita ser examinada por especialistas en el tema.

—¿Qué quiere decir? —Pedro no terminaba de entenderlo,

estaba aturdido, la noticia de la muerte de Diego no lo dejaba pensar.

—Que está completamente ausente. Quizás ha sufrido un shock demasiado fuerte, no puedo decirle más. En este momento está dormida, veremos cómo se despierta, pero le adelanto que lo más probable es que tenga que ser trasladada a un hospital psiquiátrico. Aparte de su padre, ¿tiene algún otro familiar que se haga cargo de ella?

—Su abuela, la madre de Diego.

—¿La madre de don Diego? —El doctor Mejías debía conocer muy bien a Diego a juzgar por la cara de extrañeza que puso al preguntar.

La muerte del quinto don Diego del Valle fue todo un acontecimiento. Como la casa del difunto había quedado en ruinas, Juan ofreció la suya para que fuese velado. Lo hizo porque, aunque le pesara, Diego era el padre del que había educado como a un hijo; porque era lo que todo el mundo esperaba al ser su vecino más cercano; porque pensó que, al fin y al cabo, ¿qué daño podría hacerle después de muerto?; y porque Juan era una buena persona y no fue capaz de negarle el favor a Ana. Pero se mantuvo al margen de todo desde el momento en que lo metieron por la puerta para ser amortajado por Ana y Herminia.

A media tarde, la casa de Juan era un hervidero. Casi todos los habitantes del pueblo, y gran parte de los alrededores y de la ciudad, habían rescatado de sus armarios y baúles las vestimentas de muerto para acudir al lugar y dar su pésame. El olor a rancio, alcanfor y tabaco era asfixiante a pesar de las sobradas dimensiones del salón, cerrado desde hacía años y habilitado para exponer los restos del que Juan consideraba un tirano sin escrúpulos. Hubo que cerrar las ventanas, porque el fuerte y frío viento cortaba la piel aquel atardecer como un batallón de navajas; después de un otoño especialmente cálido y seco, parecía que el invierno hubiera esperado hasta ese día para llegar. El ambiente se hacía cada vez más irrespirable. De vez en cuando, Luisa abría la hoja de una ventana para liberar parte del humo de los cigarrillos, que desdibujaba los numerosos rostros. Por el salón desfiló gente de todo tipo: el alcalde y sus concejales con sus señoras, toda la Guardia Civil de la comarca, el que fue médico del pueblo durante cuarenta años y sus hijos, el actual, los dueños de los principales comercios y sus empleados, la gente humilde del pueblo, supuestos amigos, enemigos, conocidos... Todos deambularon el tiempo reglamentario por el salón, empujándose unos a otros, buscando algún familiar de Diego a quien darle el pésame de rigor y, ante la esterilidad de sus búsquedas, terminaban por acercarse a dos completas extrañas, Herminia y Ana, que no paraban de llorar, para entregarles la protocolaria condolencia.

Juan y Luisa apenas pudieron cruzar una palabra aquel ajetreado día, solo en una ocasión se encontraron en su dormitorio para cambiarse de ropa.

—¿Cómo estás? —le preguntó Luisa a su marido mientras intentaba calzarse unas finísimas medias.

—Estoy. —Él prefería no abordar el tema en ese momento y dejarse llevar sin pensar en lo que estaba ocurriendo, no fuera que, al tomar plena conciencia, terminara echando a todo el mundo a la calle y al muerto detrás.

—Hay que ver las vueltas que da la vida.

—Ya ves. —Se abrochó la correa y se marchó.

Pedro se dedicó a recibir y despedir la interminable fila de personas que entraba y salía sin descanso. A todos tenía que hacerles un resumen de lo sucedido. Al final de la tarde se había aprendido de memoria el escueto relato y lo recitaba automáticamente, sin saber a quién. Cuando le preguntaban cómo había ocurrido todo, siempre decía lo mismo: «Hubo un incendio en su casa y de madrugada lo encontraron colgado en su propio matadero, no se sabe nada más.» Al resto de preguntas contestaba: «No lo sé»; incluso las pocas veces que preguntaron por Lucía. Estaba agotado y todavía le quedaba toda una jornada en pie hasta el entierro; hubiera dado cualquier cosa por un buen baño y un rato de soledad.

Tuvo que escuchar más de una vez: «Lo sé, yo estuve allí», o «Sí, ya me lo has contado antes», porque cuando llevaba dos horas viendo caras todas le parecían iguales, de manera que nada más estrechar una mano soltaba su recurrente explicación. Curiosamente, pocos le ofrecían sus condolencias, teniendo en cuenta que él era el único, además de su desconocida madre y Herminia, que realmente había sentido su pérdida; el que más lo conocía, el que desde niño estuvo a su lado y el guardián de sus secretos.

Juanito se atrincheró en su cuarto intentando evadirse de la molesta situación. Salió de la habitación solo en una ocasión, llevado por la curiosidad. Aprovechó el momento más concurrido para camuflarse entre el tumulto y ver por última vez a su padre. Aunque consiguió el efecto contrario; su estatura y su parche no pasaban desapercibidos. La mayoría de los asistentes hacía años que no lo veían y, aunque con disimulo por respeto a su defecto físico, todos lo vieron entrar. Él lo supo, el ruidoso murmullo de conversaciones cruzadas cesó de repente cuando hizo su entrada en el salón y, aunque pocos se atrevieron a mirarlo con descaro, a su paso sintió sobre la espalda cómo se clavaron cien ojos curiosos. A pesar de todo, no se amedrentó, siguió adelante hasta ponerse frente al ataúd. Se sintió decepcionado, no había merecido la pena pasar el trago de atravesar el salón para encontrarse con uno de los lujosos trajes a medida de... lo que fuera aquello que asomaba bajo el sombrero. Juanito pensó que, quienes lo amortajaran, deberían haberle metido entre los labios un cigarro encendido y tal vez el muerto se hubiese parecido en algo al que fue. La imagen de Diego no resultó para él una prueba irrefutable de que el canalla de su padre estuviera muerto. Frustrado, se dio media vuelta, cabizbajo, intentando esquivar las miradas que ahora tenía de frente, para dirigirse a la guarida de la que no debió salir hasta después del entierro. Desde ese momento, se dispuso a elaborar su nuevo plan: quedarse con todas las tierras de Diego como su hijo legítimo que era y, si como había llegado a sus oídos Lucía se encontraba en estado de enajenación mental, como heredero universal; tenía la mayoría de edad, el conocimiento y el derecho. Después de todo, su último plan maquiavélico no le había salido tan mal, no, le había salido más que bien, no pensó en su momento que además de disfrutar de un espectáculo único, librarse de su padre y tal vez de su medio hermana, podría hacerse rico.

Lucía del Valle fue finalmente trasladada a un hospital psiquiátrico, concretamente al mismo donde su abuela Ana pasó treinta años, por una cuestión de correspondencia territorial. Ana luchó contra viento y marea para que le permitieran llevársela y cuidarla personalmente, pero fue inútil y, aunque el juez aceptó asentarla en el registro como una del Valle, le negó la tutoría a su abuela por falta de medios de esta. ¿Qué podía ofrecerle? ¿Dónde iba a vivir? Ana solo tenía una vieja taberna arruinada por el tiempo y Lucía necesitaba de atenciones y tratamientos muy costosos.

Por otro lado, Juanito estaba moviendo cielo y tierra para proclamarse heredero universal. Había obligado a sus padres, con todo tipo de chantajes y extorsiones, a que declararan ante el juez que él era fruto de la relación de Luisa con Diego y a demostrar la esterilidad de Juan. Finalmente el juez le concedió el derecho a ser reconocido como hijo de Diego del Valle, seducido por la compasión que le provocaba el defecto físico del muchacho y engañado por la indefensión que este mostraba. Otra cuestión era conseguir que lo nombrase único heredero y administrador de las tierras de su padre por causa de la incapacidad mental de su hermana.

Ana mantenía una estrecha amistad con el nuevo director del psiquiátrico y este le informaba de todos los documentos que solicitaba su nieto al centro, por medio de su abogado, para conseguir que Lucía fuese declarada incapacitada mental. Dicha amistad, y la honestidad del director, impedían, una y otra vez, que el centro emitiera el informe requerido por su hermanastro. Además, tanto Ana como los médicos que atendían a la niña mantenían la esperanza de que la enfermedad de Lucía desapareciera cualquier día, del mismo modo que surgió.

Pedro se ocupó personalmente de que la bolsa en la que Lucía metió sus objetos más queridos permaneciera en todo momento a su lado, colgada de una silla de la habitación, y la muñeca en su cama. Pensaba que si sus ojos volvían a conectar con su entorno, al ver la muñeca y su violín, se sentiría en casa y decidiría quedarse.

En cierto modo ocurrió. Una tarde la enfermera de guardia fue alertada por una suave música y, siguiendo su rastro, encontró a Lucía tocando el violín sobre la cama. Fue su violín el único que tuvo la oportunidad de comunicarse con ella, solo sus dulces notas, respuesta a las caricias de la niña, daban algo de información al mundo de lo que ocurría en el interior de Lucía. Siempre la misma melodía: «Meditación» de *Thaïs*, la pieza que con tanto esmero se preparó para regalársela a Ángel en su cumpleaños; y siempre a la misma hora: a media mañana y a media tarde. Lo estaba llamando. Tal vez, el único recuerdo que no había conseguido destruir el fuego fuese el de Ángel.

Exceptuando los ratos que pasaba tocando su violín, los días para Lucía pasaban como las páginas en blanco de una libreta sin estrenar. Ana, Herminia y Pedro la visitaban con asiduidad.

Ana pasaba la mitad de su tiempo en la recepción del manicomio, esperando a que alguien se apiadara de ella y la dejara subir a la habitación de su nieta; o a que llegara el director, que le servía de pase permanente. Se sentaba bajo la ventana del frío recibidor del hospital a esperar, parecía parte del mobiliario. El personal la llamaba la loca externa. Cuando veía aparecer a don Antonio por la cancela que quedaba a cincuenta metros de la ventana, se le iluminaba el rostro; su agónica espera había terminado por ese día.

Don Antonio Hurtado, desde que Lucía ingresó en el hospital, vivía en una constante guerra consigo mismo. No le era fácil mantener la apariencia seria y serena que requería la dirección de uno de los hospitales más importantes del país, mostrándose vulnerable ante las lágrimas de Ana y permitiendo que no respetara los estrictos horarios de visitas del centro; cuando aquellos ojos se inundaban, se sentía morir. Bajo los impecables trajes que encargaba al mejor sastre de la ciudad, a duras penas sobrevivía un ser extremadamente sensible al dolor ajeno.

Él no buscó ese puesto, de hecho, huyó de él durante un año. Prefería el trato directo con los enfermos, buscar un hueco en sus mentes para colarse y arrojar alguna luz en sus tinieblas. Se educó en una familia acomodada de siete hermanos. Él era el más pequeño. Su disciplinada y rígida educación se la debía a su padre, y su exquisita sensibilidad a su madre.

Contaba solo siete años cuando Rosario, su madre, comenzó a encerrarse en sí misma y desconectar con todo su entorno. Dejó de poner flores frescas en los jarrones, de levantar a los pequeños para mandarlos al colegio, desaparecía a cualquier hora para tenderse en la cama y aislarse de todo..., hasta abandonó su afición por el piano. Poco después dejó de llamarse Rosario para ser la loca del Alamillo, nombre de la villa donde vivían. Don Andrés se negó a aceptar la enfermedad de su esposa y, lejos de ayudarla, hizo lo posible para olvidar su existencia y que el escrupuloso orden del hogar sobreviviera al margen de ella. Era Toñito, como ella lo llamaba con la desaprobación de su esposo, el único que, sin comprender siquiera por qué su madre había desertado de la misión de cuidarlo, seguía queriéndola. El resto de sus hermanos, cuando comprobaron que su verdadera madre se había marchado, decidieron tratarla como a una molesta invitada. Sin embargo, él dedicaba todos los días un rato a hacerle compañía, era capaz de encontrarla tras sus ojos vacíos, y ella, a su manera, le correspondía, dedicándole una sola lágrima o una leve sonrisa. Cuando terminaba sus deberes de la tarde, corría al dormitorio de su madre y se metía bajo las sábanas para sentir su calor. Toñito sabía que él era el fino hilo que la mantenía conectada con el mundo y, de alguna manera, aunque pensaba como un niño, se sentía orgulloso de su misión. La tristeza y el abandono del esposo acabaron con la vida de Rosario cuando Antonio tenía quince años. Fue entonces cuando sintió su verdadera vocación y decidió ser el primer médico de la larga lista de abogados de su familia.

El caso de Lucía le tocaba especialmente el corazón, tenía gran similitud con el de su madre. Había tratado un par de casos parecidos y a duras penas había conseguido separar lo personal de lo profesional. La situación de la pequeña lo sobrepasaba: era una niña, y sus ojos lo habían hechizado, como a tantos otros, desde el primer día. Estaba poniendo en peligro su reputación y su puesto, aunque esto último le importaba muy poco. Su capacidad para dirigir un hospital de tal categoría estaba en tela de juicio en los más prestigiosos foros de la psiquiatría.

Por la habitación de Lucía habían pasado célebres psiquiatras atraídos por el peculiar caso. Casi todos convencidos de poder paliar en alguna medida la situación de la paciente. Don Antonio tuvo que oponerse de manera contundente a los tratamientos más agresivos, enemistándose con algunos de los colegas con los que siempre había mantenido una buena relación. Su puesto de director estaba en un punto muy delicado, en gran parte por el papel protector que había adoptado con la paciente. Ahora más que nunca, necesitaba conservarlo, para ayudar a Lucía y preservarla de las eminencias en psiquiatría a las que solo les interesaba hurgar en el cerebro de la paciente para aumentar su currículum. Debía andarse listo. En más de una ocasión le había hablado a Ana de su delicada situación, rogándole que, por el bien de la niña, no lo pusiera en situaciones comprometidas. La suerte fue que no estaba solo en su particular cruzada y que gran parte del personal sentía especial simpatía por Lucía: unos seducidos por sus ojos, otros por su violín... Todos queriéndola desde el principio de algún modo.

Lucía no causaba ningún tipo de problema, apenas había que ocuparse de ella. Todos los auxiliares preferían atender a la niña antes que a cualquiera de los internos. Ni siquiera seguía un tratamiento farmacológico. No era para nada agresiva, dejaba que la alimentaran y dormía como un bebé. Su único mal era que había decidido marcharse mucho antes de que la muerte fuese a buscarla.

Ana vendió la vieja taberna del pueblo y con el dinero alquiló una habitación en la casa de camas que encontró más barata y cercana al hospital, a solo diez minutos en tranvía. Confiaba en que su nieta se recuperase antes de que se le acabase el dinero.

Se levantaba muy temprano, echaba algo de comer para el almuerzo en su bolso y se plantaba en la recepción del hospital antes de que llegara don Antonio. Los días en los que el director salía de viaje y Ana no encontraba a nadie del personal que la pasara al interior del hospital se le hacían eternos hasta la hora de las visitas.

Cuando Lucía no estaba tocando el violín, Ana le hablaba sin parar: del pueblo, de su familia, de la taberna, de la boda con su abuelo y, sobre todo, de cuánto la quería, mientras la niña permanecía de lado, en posición fetal y con los ojos en el firmamento. Ana estaba convencida de que la escuchaba, aunque no podía contestarle.

Los internos de la segunda planta, donde se encontraba Lucía, eran los más dóciles del loquero y tenían el privilegio de danzar por los pasillos hasta que llegara la noche. Cuando Lucía tocaba el violín, la habitación se llenaba de asistentes, algunos llegaban incluso antes de que empezara el concierto, sabedores de que la música estaba a punto de sonar. Unos se quedaban en la puerta con su eterna risa tímida y boba; otros se sentaban alrededor de su cama, con la cabeza gacha, jugueteando con sus manos y bajo el vaivén repetitivo de su cuerpo; y alguno daba vueltas por la habitación bailando al compás de la música. Una de las enfermas se había aprendido toda la pieza de oído y tarareaba el solo de violín de Massenet de la mañana a la noche. La segunda planta del hospital psiquiátrico era para Ana como su hogar, y los internos, junto a su nieta, su familia; muchos de ellos ya lo habían sido cuando ella fue también una «loca».

Herminia visitaba a Lucía una o dos veces por semana, dependiendo de si encontraba quien la llevase a la ciudad y luego de vuelta a casa. Siempre llegaba azorada, como ella era, y cargada de comida casera para Lucía y su abuela; a veces llevaba tanta que

Ana terminaba ofreciéndosela al personal para paliar sus duras noches de guardia. Naturalmente, el fuego había acabado con el cortijo, el trabajo de Herminia y el de su hijo Julio, pero tanto ella como sus tres hijos mayores, incluida Mari, habían conseguido trabajo de nuevo; las cosas en su casa habían cambiado mucho y podía permitirse ser generosa con Lucía y su abuela. Los empleados del hospital pensaban que Herminia había hecho una promesa, de otro modo no podían explicar el porqué de las visitas semanales de aquella mujer, que llegaba cargada como una burra, cojeando y jadeando, sin ser familia de Lucía. Y era verdad, era una promesa al Altísimo por haberla sacado de la miseria, pero de todas formas lo hubiera hecho; ella era la única conexión que Ana mantenía con el pueblo, la que le contaba, semana tras semana, que Juanito seguía con su malévolo plan de desheredar a Lucía y que afortunadamente aún no lo había conseguido, que el cortijo de Diego seguía abandonado... Cuando los peculiares pasos de Herminia, acusados por la gran cantidad de peso que portaba, llegaban hasta la habitación a través del pasillo de la segunda planta, Ana advertía un pequeño gesto en Lucía: levantaba unos milímetros la cabeza de la almohada, apenas apreciables, y su mirada brillaba por un segundo. Ana estaba segura de que a Lucía le alegraba su visita, aunque durante su estancia se mostrara tan ausente como siempre. «¡Ay que ver, qué desgracia! Con lo bonita que es mi niña», decía Herminia cada vez que miraba a la pequeña, y se le saltaban las lágrimas.

Pedro iba a ver a Lucía los sábados y alguna vez entre semana. Al fin se casó y se fue a vivir a la ciudad. Al principio le llevaba libros y material escolar con la esperanza de que su natural curiosidad la llevara a leer y escribir de nuevo. Cuando se dio cuenta de que el material y los cuentos se amontonaban en el mismo lugar donde los dejaba, dejó de hacerlo. Se había convertido en el peor enemigo de Juanito. Se propuso, desde que ocurrió la tragedia, que no prosperara ninguna de las acciones legales que emprendía contra Lucía. Pagaba de su bolsillo a un afamado abogado que lo mantenía al tanto de todo. Incluso, estaba luchando por conseguir la tutoría de la niña para proteger sus intereses. La lucha encarnizada que mantenían las dos partes interesadas en el conflicto había llevado la situación a un punto muerto en el que, tanto Juanito como Pedro, no bajaban la guardia. Pedro tenía dos objetivos legales muy concretos: por un lado, evitar que Lucía fuera declarada incapacitada mental y, por otro, que Ana consiguiera un informe médico oficial que documentara que nunca había estado enferma y que su larga hospitalización fue una vil maniobra de su marido, llevado por el despecho. Este último hubiese sido posible de no ser porque necesitaba la firma del antiguo director del centro, y este se negaba rotundamente a reconocer que él, junto al cuarto Diego del Valle, fue uno de los confabuladores del plan. El documento era fundamental para que la justicia permitiera a Ana administrar la fortuna de su difunto hijo y, una vez solventado el problema económico, asumir la tutoría de su nieta huérfana.

Desde el día en que abandonó la casa de sus tíos, Ángel no había vuelto al pueblo. Después de haberle escrito a su tía Luisa decenas de cartas, en las que incluía un pequeño sobre con unas letras de aliento para Lucía, y de no haber recibido respuesta alguna, dejó de hacerlo.

Una a una, sus cartas fueron pasto de la chimenea. Juanito había hablado con el cartero para que le dejara personalmente la correspondencia, alegando que muchas de las cartas eran de gran interés para él y requerían respuesta inmediata. Y con la excusa de que él era el que tenía un trato directo con el cartero, se ocupaba de entregar a este la correspondencia de la familia, seleccionando las dirigidas a Ángel para destruirlas. De manera que cuando el cartero llegaba al cortijo de Juan, en vez de echar las cartas por debajo de la puerta, se acercaba con su bicicleta hasta la ventana de la habitación de Juanito, daba dos toques en el cristal para avisarlo de su llegada y, cuando veía moverse el visillo, las dejaba en el poyete y esperaba unos segundos a que Juanito sacara la mano y cogiera la correspondencia o a que lo instara a esperar para entregarle alguna carta preparada para enviar. Juanito no era de los que se molestaban en charlar amigablemente, apenas le dedicaba un áspero saludo al cartero, lo cual este agradecía. A Elías no le gustaba que le hablara con medio rostro escondido tras las cortinas; el hijo de Juan le parecía un ser desagradable, déspota y soberbio; nada que ver con su padre, siempre dispuesto a conversar amigablemente.

No había pasado un solo día sin que Ángel pensara en Lucía; aunque las circunstancias habían hecho que perdiera todo contacto con ella y llegó a pensar que era mejor así, que saber pasar página era un signo de madurez. Por otro lado, su vida estaba muy llena. De lunes a sábado no tenía tiempo ni de respirar entre sus clases y los estudios, y los domingos intentaba hacer un poco de vida social y relacionarse con los hijos de las amistades de su tío, que siempre andaba preocupado por la vida tan monacal que llevaba.

Terminó la carrera con un expediente brillante y se fue a hacer la especialidad al extremo norte del país, a novecientos kilómetros de donde había vivido hasta los dieciocho años. Allí conoció a Nieves, con la que inició una relación formal y cuya familia esperaba la boda con ansiedad. Él tenía veinticuatro años y un futuro prometedor, y ella veintitrés, una esmerada educación y una dote suficiente como para vivir holgadamente toda su vida sin trabajar. Pero Ángel, sin ni siquiera comprender el motivo, demoraba la fecha de la boda excusándose en su trabajo, al que vivía entregado por completo. Eran la pareja perfecta: altos, guapos, inteligentes, con futuro..., muy populares en el amplio círculo de amistades de ella y los compañeros de profesión de él. Llevaban siete meses comprometidos cuando se tomaron unos días para que su tío pudiera conocer a la famosa novia de Ángel. Don Francisco se mostró encantado con ella, y las muchachas del antiguo grupo de amistades de Ángel muy desencantadas, convencidas de que ante aquella maravilla de mujer no eran competencia. Todo era casi perfecto. Casi se enamora de ella, más por recomendaciones ajenas que por convencimiento propio; casi le entrega el corazón; y a punto estuvo durante dos años de casarse de una vez.

Una de las veces que Ángel volvió de uno de sus numerosos viajes a congresos y visitas a otros hospitales del país, para aprender nuevos tratamientos y practicar técnicas interesantes para su formación, Nieves lo estaba esperando con un ultimátum: «Estoy cansada de esperar el mejor momento, o te decides o rompemos nuestro compromiso. No voy a tirar por la borda los años de juventud que me quedan por alguien a quien parece que no le importo lo suficiente, prefiero ser libre y soltera que la eterna prometida.» Él le dio una respuesta poco afortunada, o no: «Lo siento, Nieves, he quedado para dentro de diez minutos con el jefe del servicio, hablaremos esta noche, ¿de acuerdo?» Y no volvieron a hablar jamás. La llamó por teléfono en decenas de ocasiones, llevado por su mala conciencia más que por el corazón, pero nunca se puso al aparato; fue a buscarla otras tantas a su casa, pero se negó a salir de su habitación.

Tres semanas después recibió una respuesta a su insistencia en el pequeño pisito que tenía alquilado. Una de las empleadas de la casa de su ex novia le entregó en mano una caja que contenía todos los recuerdos que Nieves conservaba de él, que, dicho sea de paso, eran escasos para una relación de dos años. Se quedó unos segundos parado en la puerta mirando la caja y... comprendió que tampoco ella lo había querido lo suficiente, aunque esa dolorosa verdad no habría sido impedimento para que Nieves se casara con quien hacía una perfecta pareja, que al parecer era lo único que le importaba; tal vez porque su vida había sido perfectamente plana, sin incidentes que la hubiesen hecho reír o llorar, que la hubiesen enseñado a sentir: Nieves pertenecía a una familia de clase alta adaptada a su patrón, a la que cualquier hecho que ocurriera fuera de su perfecto círculo de opulencia le quedaba lejano e ignoraba por método. Para ellos la pobreza, las enfermedades y los sufrimientos por desamores pertenecían a un mundo aparte, con cierto punto ordinario, del que mejor ni hablar. Era esa educación la que había hecho de Nieves una mujer un tanto superficial y distante, como un maniquí de escaparate bellamente vestido; como hubiera sido su matrimonio de haberse celebrado: un matrimonio modelo, del que ella se hubiese preocupado para que luciera impecable.

Pidió a la asistenta que esperara un momento en el recibidor y volcó la caja que contenía las pruebas de la relación sobre su mesa, atiborrada de libros de medicina, informes y apuntes. La pulsera que le regaló en su primer aniversario de novios cayó al suelo, la recogió y se la metió en el bolsillo. Se dio cuenta de que los objetos que tenía ante sí denunciaban su poca generosidad. Aparte de la pulsera, solo había: varios libros, todos novelas románticas y llenas de *glamour*, a ella le gustaban tanto..., y para él fueron de tan gran ayuda para salir del paso rápidamente en sus santos y cumpleaños; una fotografía de los dos enmarcada en plata, con el mar de fondo, y un par de pañuelos de seda completaban los escasos recuerdos. Escondida entre los cartones que cruzaban el fondo de la caja, asomaba la llave de su piso que le diera a Nieves un año atrás; no se había perdido de casualidad; se la metió también en el bolsillo. Había decidido utilizar la misma caja y la misma mensajera para devolver él también su parte del botín acumulado. Primero se quitó el reloj y vació la cartera de piel, que eran los objetos que más presentes tenía, y los echó en la caja, y después se puso a abrir y cerrar cajones mientras intentaba hacer memoria. Del armario rescató el abrigo austríaco, el paraguas, un par de correas de piel con la hebilla bañada en oro, el sombrero hecho a medida que nunca se puso... Por un momento se sintió estúpido, a punto de abandonar la búsqueda, pero siguió. De la mesita de noche sacó el llavero de plata grabado con la típica frase: «Para que nunca me olvides», ella se lo había pedido cien veces para mandar a arreglar uno de los eslabones, y él, cuando se acordaba del encargo, no recordaba dónde lo había puesto, y, cuando lo encontraba en el cajón, no era el momento de llevárselo. Antes de cerrar el cajón cogió dos plumas de..., no recordaba la marca, ni siquiera cuál de las dos fue un obsequio que le dieron por inscribirse en un congreso; metió las dos en la caja, total, prefería escribir con un bolígrafo barato y no tener que preocuparse de dónde lo ponía para no perderlo. «Cuídala, tiene el plumín de oro», le dijo cuando se la entregó por su..., sí, su cumpleaños. Al recordar el detalle del plumín quitó los capuchones de las dos para reconocer en cuál de ellas lucía el oro; tarea inútil, los plumines eran idénticos, o al menos los dos parecían de oro, Nieves debería habérsela grabado. Cuando volvió al saloncito se dio cuenta de que la caja ya estaba atiborrada y todavía tenía que meter el ajedrez de marfil, la colección de pipas —hacía tres años que fumaba en pipa—, el cuadro de..., tampoco se acordaba, pero era carísimo, y lúgubre hasta deprimir al primer vistazo. Comprendió que lo mejor sería enviarlo todo a su domicilio por correo. Lo hubiese hecho él mismo, pero ya no era bien recibido en aquella casa. Se dirigió al pequeño recibidor y, antes de despedir a la muchacha que lo miraba impaciente, se metió la mano en el bolsillo, sacó la pulsera de oro llena de miniaturas colgando, las cuales había escogido ella, aunque luego pagaba él —nunca encontraba tiempo para meterse en aquella lujosa joyería y escoger abalorios—, y se la entregó. «Tenga, esto por su paciencia, pero no la luzca en casa de sus señores.» Más que recompensada por la espera, la sirvienta le mostró la ausencia de su paleta izquierda y se marchó.

Nieves le dejó un recuerdo que no le producía ni frío ni calor. Solo la echó en falta durante un tiempo, cuando el nivel de sus hormonas se hacía insoportable y lo desconcentraban de su absorbente profesión. No es que Nieves y él hubieran mantenido relaciones completas, eso no lo hubiera permitido ella jamás, tenía que llegar virgen al matrimonio, como todas las señoritas de su clase y, sobre todo, porque sospechaba que finalmente no se casaría con él. Guardaba fríamente su tesoro para un mejor postor. Pero los dos eran habilidosos con las manos y a ella no le importaba aparecer en su apartamento con cualquier excusa cada dos tardes. Nieves se afanaba en prolongar lo inevitable en aquellas tardes de sexo contenido, entablando conversaciones pueriles, porque sabía que ese era todo el tiempo que podría robarle a

Ángel y que, en cuanto este satisficiera su necesidad primaria, mostraría su típica inquietud en el rostro con la que le decía que tenía mucho trabajo pendiente y que debería marcharse.

Juanito estaba frente a la chimenea. Tan cerca que podía sentir el dulce dolor de la inflamación de sus músculos y la ebullición de sus arterias.

—¿Qué haces? Retírate del fuego. —Juanito la ignoró—. ¿Me has oído?

—¿Qué quieres? —contestó con despotismo.

—No vuelvas a contestarme así, ¿me oyes? —Luisa dejó su tarea de mondar patatas para acercarse más a él, esta vez no estaba dispuesta a consentirle su grosera forma de hablarle.

Sin levantarse, Juanito arrastró la silla para separarse medio metro del fuego, provocando un chirrido muy desagradable. Después miró a Luisa con su ojo asesino y le habló:

—¿Contenta?

—¿Qué te pasa a ti con el fuego? —Intentaba sacarle una confesión, pero sabía que lo tenía muy difícil.

—¿Qué me pasa de qué? He venido a calentarme, mi cuarto es una nevera. ¿Y a ti qué te pasa conmigo?

—Mucho, Juanito, mucho. Tu padre y yo...

—No, no, no, tu marido y tú, mi padre está criando malvas.

—¿Por qué nos castigas de ese modo? Él se ha portado siempre como un padre, y si no hubieses escuchado lo que no debías ni siquiera lo habrías notado. Desde que te enteraste nos tratas como a extraños, vives obsesionado con conseguir las posesiones de don Diego.

—Deja de llamarlo don Diego, no se merecía ese trato de respeto, fue un canalla que renegó de sus hijos por mera soberbia, solo se quiso a sí mismo. Ahora que está muerto no puede negarme lo que me pertenece: su apellido y su herencia —dijo a su madre con el ojo fijo en las llamas, mostrándole su mejor perfil; aun así, a Luisa le parecía siniestro.

—Don... Diego nunca supo que tú eras su hijo, nunca renegó de ti.

—Eso no es exactamente así. —Su petulancia desveló un dato que debería haber guardado de por vida.

—¿Qué quieres decir? —Se acercó aún más a su hijo para obligarlo a mirarla cara a cara y, por un momento, Juanito volvió el rostro.

—Quiso matarme la noche del incendio.

Luisa sintió que la sangre se le helaba ante el fuego, horrorizada, sin dejar de mirarlo y con la última patata que había pelado en la mano, acercó una silla y se sentó temiendo desplomarse. Juanito esperó a que se pusiera cómoda, ya no había marcha atrás, pensaba terminar su confesión.

—Ana se lo impidió diciéndole que yo era su hijo, recuerdo la frase exacta, tuvo que gritarla para ser oída entre tanta confusión.

—¿Qué le dijo? —La patata cayó a sus pies y ni se dio cuenta.

—Le preguntó que si pensaba matar a su hijo igual que a su padre; eso le dijo. Si fue capaz de matar a su padre también me hubiera matado a mí, pero durante los segundos que Ana...

—¡Tu abuela!

—Ya, pues eso, lo que tu digas. La cuestión es que mientras ella le sujetaba el brazo yo tuve tiempo de escapar. Lo que pasó después ya lo sabes, prefirió quitarse la vida antes de soportar la humillación de que todo el mundo supiera que el Lisiado era su hijo bastardo. Pero soy un del Valle y todas sus tierras me pertenecen.

—¿Qué hacías merodeando por el cortijo de Diego a esas horas? —Luisa abrigaba la esperanza de que su hijo no hubiese sido el autor de la tropelía y esperaba una excusa plausible para poder dormir tranquila.

—¡Ay!, madre, madre. —Su gesto se volvió aún más perverso y sarcástico—. A pesar de las pistas que te he ido dejando, ¿todavía no me conoces?... Es lo que tiene tener una mente tan simple.

—¡Dios mío! Dime que no fuiste tú el que provocó el incendio. —Juanito callaba mirando la chimenea mientras las llamas quemaban las últimas esperanzas de Luisa.

—¿No pensarías que iba a permitir que ese miserable y su maldita hija me quitaran lo que es mío?

Juanito sabía que su madre nunca lo delataría y no pudo resistir la tentación de vengarse también de ella por haber callado su verdadera identidad durante tantos años; quería saborear su dolor, disfrutar la desesperación de su rostro.

—Pero... ¿Por qué?

—Uf, me voy a estudiar —dijo mirando su reloj—, ya he perdido media mañana con tonterías. Por cierto, este viernes le toca venir a Ana...

Ana iba cada dos viernes a ver a su nieto: porque era sangre de su sangre y para intentar conseguir alguna información de los pasos que estaba dando en contra de su otra nieta. Aunque ni de Luisa, por su ignorancia, ni de Juanito, por su hermetismo, conseguía sacar alguna información, siempre le quedaba la esperanza de mediar para que algún día los hermanastros se reconciliaran.

—Tu abuela —lo interrumpió Luisa de nuevo, con un nudo en la garganta.

—¡Tu suegra! Je, je... —dijo Juanito sobreactuando, intentando que una siniestra sonrisa asomara a su retorcida boca con naturalidad—. Bueno, quienquiera que sea esa bruja, dile que puede ahorrarse la tortura de verme la cara, voy a encerrarme en mi cuarto hasta mañana.

A Luisa empezaron a brotarle las lágrimas a su pesar, sabía que llorar ante su hijo era incrementar su desprecio y hubiera preferido hacerlo sin su presencia. Pero necesitaba algo a lo que agarrarse, algo que le hiciera sentir que haber sido madre había valido la pena y, antes de que su hijo cruzara la puerta, le hizo una última pregunta apelando a su conciencia:

—¿Tienes idea de lo que le has hecho a Lucía?

—No te confundas. —Se paró un momento para contestarle con contundencia—. Lo que le ha ocurrido a esa maldita niña es culpa de todos vosotros; tuya por callar la verdad para protegerte, de tu marido por ser débil y de su padre que la dejó amarrada a la casa de atrás como un perro. ¡Jesús!, sois todos patéticos. —Y se marchó.

La amargura de Luisa desbordó sus ojos. Hubiera querido replicarle, decirle que si guardó silencio no fue para protegerse ella misma, sino a él. Ahora se daba cuenta de que el mayor error de su vida no había sido traerlo al mundo, sino sacrificar a dos ángeles como Adela y Lucía para protegerlo de Diego y mantenerlo a su lado. El resultado era lógico: solo los monstruos sobreviven a costa de las vidas de los inocentes y se alimentan de mentiras. Se sintió tan culpable que quiso morirse y abandonar, de una vez por todas, aquella casa que su hijo había convertido en una sala de torturas. A medida que pasaban los años, el monstruo que ella había amamantado, iba creciendo.

A sus veintitrés años, Juanito era un hombre inmisericorde y perverso, capaz de cualquier cosa para vengarse. Se negó a ir a la universidad, a pesar de la insistencia de sus padres y del director del instituto donde se preparó la reválida que aprobó con matrícula de honor. Nunca antes habían tenido un alumno tan brillante sin haber asistido a clase; sacó la máxima puntuación en todas las asignaturas. Decidió estudiar por su cuenta, como siempre había hecho, demostrando su absoluto desprecio hacia la enseñanza. Se matriculó en la Facultad de Derecho, a la que solo asistió un día por asignatura: el del examen final. Hizo la carrera en dos años y estaba terminando la de Matemáticas. Nunca comunicaba a sus padres las notas que sacaba en los exámenes; cuando le preguntaban, él siempre contestaba que sus estudios iban bien y los cortaba de inmediato. Terminaron por no preguntar, de todas formas pensaban que todo el esfuerzo que estaba haciendo nunca le serviría ni podría ponerlo en práctica, que su verdadera vocación era estudiar. A menudo no encontraba los libros que necesitaba en la gran biblioteca de su abuelo y los pedía por correo a las librerías especializadas de la ciudad. Aparte de estudiar sus asignaturas, devoraba todos los libros de Derecho del mercado. El abogado que había contratado para que defendiera su herencia era una marioneta en sus manos, de no haber sido porque se negaba a salir de casa habría prescindido de él hasta que lo hubiese necesitado para su defensa en algún juicio. Lo trataba como a un recadero. Desde el principio le dejó claro lo que tenía que hacer: ser su voz en los juzgados y no decir, ni hacer, absolutamente nada que no le hubiese ordenado él. Le pagaba su minuta igualmente, convencido de que sus padres podían permitirse dar todos los caprichos a su único hijo. Ellos no se negaban, evitaban discutir con él, aunque en realidad estaba peligrando la economía familiar.

Juanito estaba convencido de que ganaría su batalla legal, que era una cuestión de tiempo y perseverancia, igual que había conseguido ser reconocido como hijo legítimo de Diego, junto a Lucía, claro: no pudo evitar que finalmente la registraran como una del Valle; había vivido nueve años escondida pero todo el mundo conocía su existencia y procedencia. Tenía dos escollos en el camino para conseguir su objetivo: Ana, que al fin y al cabo era la madre del fallecido, aunque no había reclamado nada para ella, y Lucía, a la que pronto declararían incapacitada mental, de hecho lo estaba y, de no ser por el metomentodo de Pedro, ya lo hubiera conseguido.

Ana llegó a primera hora de la tarde despavorida: tenía que andar más de un kilómetro desde donde la dejaba el autobús hasta la casa de Juan y la edad y las preocupaciones estaban haciendo mella en ella. Nada más ver a Luisa supo que pasaba algo grave. Tenía los párpados hinchados, la mirada mustia, estaba desaliñada y llevaba una zapatilla suya y otra del marido, señal de que la había sorprendido echada en la cama, tan aturdida que no se había dado cuenta. Como de costumbre, pasaron a la cocina, en la mesa seguían los restos del almuerzo, de un solo comensal, no había tenido ánimo ni de comer, hecho insólito en Luisa; ni de recoger la mesa, más extraño aún.

—¿Te pasa algo, Luisa? —le preguntó con delicadeza. Luisa se echó a llorar.

—No puedo más, eso es lo que me pasa. —Lloraba desconsolada.

—Tranquilízate, mujer, te va a dar algo. —Ana sabía que aquello tenía que ver con Juanito—. Seguro que tiene arreglo. —Y se levantó para prepararle una infusión sedante bien cargada, mientras Luisa se desahogaba.

—¿Cómo está Lucía? —dijo intentando controlar su garganta entre los sollozos, y aprovechó para restregarse un pañuelo bajo los ojos.

—Igual, hija, no hay cambios —le contestó Ana, que estaba recogiendo la mesa mientras hervía el agua para la infusión—. Si la vieras, ya es toda una mujercita, parece que su cuerpo creciera al margen de su cabeza, las enfermeras la llaman la princesa de los ojos tristes.

—¡Dios mío! ¿Cuántos años lleva encerrada?

—Toda la vida, pero en el hospital más de cuatro. Pedro sigue luchando para que sea tratada por un especialista de mucho renombre, neu... ne-u-ró-lo-go creo que es, además de psiquiatra, pero habría que trasladarla a otra ciudad y pagar muchos gastos. Cada vez que le pide al juez que le conceda parte de la herencia que le pertenece, se encuentra con lo mismo, ya sabes. La guerra que mantiene Juanito en los juzgados lo tiene todo parado, no se puede tocar un duro hasta que todo esto se aclare. Hoy he venido dispuesta a hablar con él, alguien tiene que hacerlo razonar.

—Pues... —Suspiró y se sonó la nariz—. Me ha dejado el encargo de que no lo molestes, no piensa salir de su habitación, tiene mucho que estudiar.

—No pienso irme sin hablar con él, tengo que intentarlo —le dijo, sentándose frente a ella mientras dejaba la taza de tila en la mesa—, esto no tiene ningún sentido.

—No vas a conseguir nada, esta mañana...

—Cuéntame, ¿qué ha pasado?

Entre sorbos de infusión, Luisa le contó a Ana todo lo que había descubierto aquella mañana. Ana no parecía sorprendida, también ella tenía sospechas desde que vio a Juanito huir del incendio; aunque abrigaba la esperanza de estar equivocada, como Luisa. Aprovechó la ocasión para contarle que Isidro era el verdadero padre de su difunto hijo y que fue este el que disparó a aquel en la puerta de la casa de Pedro, tal y como se había rumoreado en el pueblo y Rosa le había confirmado. Luisa comprendió el sentido de las últimas palabras que Ana le había dicho a Diego el día del incendio y que habían salvado la vida del suyo.

—¿Qué voy a hacer con Juanito? No puedo delatarle, es mi hijo. —Ella siguió con el tema que la inquietaba, en aquel momento, quién fuera el padre de Diego y quién lo mató le importaba muy poco.

—Pero yo sí.

Luisa se quedó de piedra, nunca hubiera imaginado que Ana fuese capaz de delatar a su nieto; de haberlo sabido, no le hubiera confesado la verdad.

—No puedes hacerle eso.

—Lo siento, Luisa, no podemos seguir protegiéndolo. ¿Qué será lo próximo?, ¿crees que todo va a parar aquí?, ¿no te importa vivir pensando que la próxima víctima puedes ser tú?, o tu marido, o cualquier otro inocente. Si no lo paramos, una de estas noches prenderá fuego a tu casa, creo que está enfermo.

—Pero...

—Se terminó, estoy cansada de mentiras, ha llegado el momento de acabar con esta maldición que persigue a los del Valle. Yo no tengo nada que perder, que me prenda fuego a mí si quiere, pero después de decir la verdad, se lo debo a Lucía. Creo que Dios me ha mantenido viva después de tanto sufrimiento para que cumpla con esta misión. Hablaré con Pedro para que le diga a mi abogado que quiero denunciar los hechos. Tú no tienes que hacer nada, solo estar callada, o provocará otra desgracia. Es mejor que Juanito no se entere de esto por el momento, ya se lo notificará su abogado.

—Todo ha sido culpa mía, lo consentí demasiado, he cerrado los ojos ante sus fechorías. Me daba tanta pena cuando le miraba la cara, verlo sufrir cuando sus amigos se reían de él... —Escondía su rostro de amargura entre las manos.

—No ha sido culpa tuya, el amor no hace daño a nadie, yo creo que nació así. Es como su verdadero padre, y el padre de su padre; es la prueba viva de la semilla envenenada de Isidro. Tú no lo conociste, pero yo desgraciadamente sí. Tiene su misma forma de hablar y mirar... En todo caso la culpa fue mía por entregarme a un canalla como él. Pero de nada sirve lamentarse, no podemos cambiar lo que pasó, pero sí evitar que esto siga.

Los dos días que Ana tuvo que esperar, hasta que Pedro acudió a ver a Lucía el domingo por la tarde, se le hicieron eternos. Pedro la encontró especialmente cansada y demacrada, sintió compasión de ella. Era una mujer que en su larga vida no había conocido la felicidad. Desde que murió su hijo vestía de negro riguroso y sus bonitos ojos habían perdido el luminoso color que le encendía el rostro. Estaba seguro de que lo único que la mantenía en pie era saberse imprescindible para Lucía.

En la misma habitación, mientras Lucía tocaba el violín y sus compañeros de planta la rodeaban, Ana le explicó lo que Luisa le había confesado el viernes anterior. Todo el mundo había especulado sobre quién podría haber sido el autor del siniestro y siempre llegaban a la conclusión de que tuvo que ser alguien muy cercano al cortijo; probablemente, alguno de los muchos jornaleros que habían pasado por allí. Pedro había pensado en Juanito alguna vez y enseguida se lo quitaba de la cabeza; era un muchacho desagradable, pero no le parecía tan peligroso. Ahora se daba cuenta de que en realidad él era el que más motivos tenía para acabar con la vida de Diego y Lucía, aunque ignoraba que se hubiera enterado de su verdadera procedencia biológica el día antes. Si hubiera tenido conocimiento de ese dato todas sus sospechas se habrían dirigido a Juanito sin dudarlo.

La declaración de Ana tuvo poca validez en el juicio, se negó a revelar su fuente de información por miedo a que Juanito atentara contra la vida de su propia madre. Fue su palabra contra la de su nieto, que se mostró frío y sarcástico ante el juez, y demostró en todo momento un absoluto control de la situación. Alegó que Ana se había inventado todo aquello obsesionada con encerrarlo para manejar la herencia de su hijo. Los argumentos de Juanito encajaban perfectamente en el largo litigio que mantenían las partes, y resultaba cuanto menos sospechoso el hecho de que Ana hubiera hecho aquella denuncia después de cinco años. Realmente daba la sensación de que había sido un sucio intento de la abuela, llevada por la desesperación.

El veredicto se falló a favor de Juanito, que incluso salió fortalecido de la situación y se le abrieron nuevas perspectivas para alcanzar su mezquino propósito final. Y lo consiguió: en menos de un año todas las posesiones de Diego estuvieron a su nombre, convirtiéndose en uno de los hombres más ricos de la ciudad, tal vez el más rico. Durante los años que los bienes de Diego habían estado en manos del albacea y el contable habían producido como nunca, a causa de sus impecables gestiones; además de lo que Diego dejó, Juanito recibió un importante capital acumulado.

Mandó reconstruir el cortijo exactamente igual a como lo recordaba antes del siniestro, su mente era perversa hasta ese punto, excepto por una pequeña diferencia: uno de los salones se convirtió en su biblioteca y lugar de estudio, donde trasladó sus incontables libros y los de su ex abuelo. Así, a los veinticinco años, se convirtió en vecino y enemigo de los que habían sido sus padres: un del Valle en toda regla. Administraba y controlaba sus bienes desde la biblioteca, apenas salía de casa. Además de los jornaleros necesarios, contrató a cinco personas de confianza para que ejecutaran sus órdenes: el contable y el albacea que lo habían hecho tan bien durante años, el abogado que lo ayudó a ganar el juicio contra su abuela y un matrimonio que cuidaba la casa y que vivía en la antigua vivienda de Lucía. Ellos cinco eran los únicos autorizados a pisar la mansión.

Como un ogro atrincherado en su castillo, Juanito, ahora don Juan del Valle, se convirtió en el terror de todos los vecinos que vivían cincuenta kilómetros a la redonda. Por supuesto, incluidos sus padres, a los que había declarado una guerra abierta para quedarse con las pocas tierras que conservaban y alejarlos de su zona de influencia lo más posible. No podía esperar a que fallecieran de forma natural, ni provocar otro accidente aparentemente fortuito —y mucho menos un incendio— para quitárselos de encima de una vez; estaba en el punto de mira del abogado de la Maldita. De manera que dedicaba gran parte de su tiempo a maquinar la manera de boicotear los negocios lácteos de Juan, que eran los que le permitían mantener su hacienda y vivir holgadamente.

Luisa sobrevivía al odio de su hijo como un vegetal. Su vida consistía en comer lo suficiente para seguir respirando y mirar por la ventana el estrecho sendero que llegaba hasta la casa de su hijo y que había sido la causa de todas sus desgracias. Su débil corazón no había conseguido aborrecer al engendro que había dado a luz su vientre. Era su hijo, su único hijo, y lo quería. A veces le parecía verlo en el horizonte confundido entre los raquíticos árboles que empezaban a recuperarse del incendio. Era un espejismo, Juanito jamás asomaba a la espalda de la finca, le recordaba todo lo que más odiaba: su pasado, su primo, Lucía y sus padres.

En cambio, Juan había asumido el papel de enemigo del que fue su hijo con todas sus fuerzas, convirtiéndose en un incansable adversario, pendiente de cada paso que daba su rival por medio del abogado que, por primera vez en su vida, se había visto obligado a contratar. Luisa le había pedido a su marido mil veces que lo vendiera todo para marcharse de aquel maldito pueblo, pero Juan nunca atendió sus súplicas envueltas en lágrimas y desolación. La quería, y tampoco él abrigaba odio en su corazón hacia su hijo, su postura era una cuestión de dignidad. Juanito siempre había sido el eje de su matrimonio; por un motivo o por otro, desde que fue engendrado, él y Luisa se convirtieron en satélites de su existencia, y en los últimos años dos monigotes más a añadir en su lista de enemigos. Les había robado el sosiego, la capacidad de amarse, el gusto que compartían por las cosas sencillas y bellas... Incluso, los había dejado sin identidad, ahora no eran Juan y Luisa, eran los pobres padres de don Juan del Valle. El que había ejercido siempre de padre era capaz de soportar todo aquello, estaba curtido en el sufrimiento, de niño construyó un mundo interior donde se sentía cómodo y protegido de cualquier desprecio; pero lo que nunca consentiría era abandonar la casa que su madre le confió, a no ser que fuese con los pies por delante. Y si consintió que Juanito se llevara los libros de su padre y dejara la biblioteca como un almacén desvalijado, fue porque tuvo un momento de debilidad ante las lágrimas de sangre de Luisa y porque hacía años que había abandonado la lectura. Días después de que profanara el templo de las letras de su padre, Juanito mandó a uno de sus incondicionales secuaces, pagados a precio de oro, para recoger el segundo tomo de la *Enciclopedia Espasa*, que había olvidado en el último cajón de su escritorio. Juan no consintió en devolvérselo, aunque, como insistía el desagradable hombre que no dejó pasar de la puerta, fuese verdad que la *Enciclopedia Espasa* ni siquiera era de su padre. Echando por la borda la educación que su madre le dio, le dijo al mensajero que si Juanito quería el libro le echara huevos y fuese él mismo a buscarlo.

Los conflictos, con el que ahora era un desagradable vecino, se habían convertido en una obsesión para Juan. Solo rompía su eterno silencio cuando le llegaba una carta del abogado de Juanito, para decir que semejante bastardo no le quitaría la casa de sus padres a no ser que le prendiera fuego con ellos dentro y le saliera bien la jugada.

Don José esperaba sentado en el zaguán a que don Juan del Valle se dignara a recibirlo. Dos días antes habían quedado citados para ese miércoles a las cinco de la tarde. Juanito había dado órdenes estrictas de que nadie lo molestara sin cita previa y de que toda visita esperara en el recibidor hasta que él saliera. Por fin apareció.

—¿Qué me traes? —Por supuesto, no se molestó ni en saludar ni en disculparse por la hora de retraso.

—Nada, el dueño de la fábrica ha rechazado tu oferta.

—¿Y ya está?, ¿para eso te pago y pierdo mi tiempo? ¿Le has hecho la oferta que te ordené?

Don José lo miró de arriba abajo, desde su parche, pasando por el batín de cachemir, hasta sus cómodas y exclusivas zapatillas de casa. Podría ser su hijo. Se alegró profundamente de que no lo fuera y de que sus hijos fuesen hombres simples y sin carácter que vivían a la sombra de las faldas de sus nueras. Si trabajaba para él era porque pagaba bien y no encontraba otro trabajo mejor. Además, conocía los negocios de Juan del Valle antes de que hubieran pasado a las manos de este; había colaborado como administrador con el albacea de la herencia.

—Dice que no es una cuestión de dinero sino de lealtad, que no piensa dejar tirados a sus proveedores de toda la vida, incluido tu... Juan, que le proporciona el sesenta por ciento de... —Se detuvo a tiempo de referirse a Juan como el padre de su jefe.

—Sí, sí, eso ya me lo sé, cuéntame algo nuevo.

—Pues no hay nada más. No piensa dejar sin medio de vida a todas las familias del pueblo que viven de sus vacas. Aunque te cueste trabajo creerlo. —Ignorando las explicaciones de su contable en todo momento, Juanito aprovechó para ajustar bien su batín—. No todo el mundo tiene un precio.

—Ay, José, José, cada día tengo más claro por qué llevas el mismo traje desde que te conocí. Ofrécele el doble o, en caso de que no ceda, cómprale la embotelladora entera por el triple de su valor...

—Eso sería un mal negocio —lo interrumpió intentando aparentar humildad, aunque en realidad estaba más que seguro de sus palabras.

—Mírate, José. —A pesar de que le doblaba la edad le hablaba de tú para minar su autoestima—. ¿A ti te parece que con tu gran experiencia en números has llegado más lejos que yo? —Se hizo un silencio—. Pues ya está, haz lo que te digo y si no conseguimos nuestro objetivo habrá que pensar en otra estrategia más persuasiva. Nos vemos el viernes a las cinco. —Se dio media vuelta sin despedirse.

El tiempo no había mermado el cariño que Herminia y Pedro le tenían a Lucía. Seguían visitándola periódicamente; su habitación era como el punto de encuentro entre los tres: Ana, Herminia y Pedro, donde ellos se contaban las noticias concernientes a la, ahora, muchacha. Rosi, la hija de Herminia, también iba a visitarla con su madre siempre que podía.

Lucía seguía igual, sumida en el silencio, escondida en su coraza. Los años de reclusión le habían robado el destello de sus ojos, que solo parecían recuperar cuando oía por el pasillo unos pasos amigos o cuando tocaba su violín. A pesar de parecer perdida en la lejanía, todos le hablaban como si fuesen escuchados, incluso los trabajadores de la planta, seguros de que aún estaba asida a la realidad por un débil hilo y no había desaparecido en la lontananza.

Ana se había convertido en su asistenta personal, vivía por ella y para ella, quererla la hacía sobrevivir.

—¿Cómo está mi niña? —la saludaba cada mañana con la esperanza de que ese día rompiera su silencio.

A la abuela siempre le parecía encontrar ese tenue brillo en su mirada, esta vez provocado por la satisfacción de comprobar que los pasos que había oído le habían traído a su abuela. Pero dicha débil luz duraba unos segundos, y vuelta a su destierro.

—Mira lo que te traigo. —Ana sacó de su bolso la muñeca de trapo, que se había llevado el día antes para lavarla y arreglarle unos descosidos, y la metió entre los brazos de Lucía.

Lucía la abrazó y pareció sonreír.

—¿Has sonreído? ¡Soledad! —Llamó muy excitada a la enfermera del turno de mañana.

—¿Qué pasa, Ana?

Soledad era la enfermera más buena del mundo, toda ella era

dulzura y servilismo. Durante los años que llevaba trabajando en el psiquiátrico, que eran muchos, no se la había pillado jamás en un renuncio. Por muy desagradables que fueran las escenas que le montaban a veces los internos, nunca los despojó de su dignidad, por eso muchos de ellos la seguían como perrillos falderos todo el tiempo.

—Ha sonreído. Mi niña ha sonreído al darle su muñeca. Eso tiene que ser muy bueno, ¿verdad? —Miró a la enfermera deseosa de que confirmara su teoría.

Soledad miró a la niña y la encontró como siempre, acurrucada de lado, con su barbilla sobre la cabeza de la muñeca y la mirada... Dios sabe dónde. Supuso que habría sido un espejismo de la abuela, provocado por su obsesión de recuperarla. Pero no quiso desengañarla, ¿para qué?

—Claro que es bueno, Ana, es más que bueno. —Soledad acarició el sedoso pelo de la muchacha—. Uno de estos días nuestra princesa de los ojos tristes se convertirá en la de los ojos alegres. ¿Ha desayunado bien? —preguntó a Ana deseando cambiar la conversación, no le gustaban las mentiras, ni siquiera las piadosas, era demasiado honrada para seguir alimentando una vana ilusión.

—No sé, acabo de llegar, pero ella come muy bien, como un pajarito, poquito a poco, pero muy bien, ¿verdad, cariño? —Buscó la mirada lejana de su nieta.

Don Ramón estaba sumido en su lectura cuando creyó oír dos golpes suaves en la puerta del despacho. Debería haberse marchado ya a casa, pero se retrasó unos minutos para abrir el correo que su secretaria había dejado sobre la mesa. Una carta llamó su atención: era de un particular, sin sellos de hospitales o instituciones.

Decía así:

> Estimado doctor don Ramón Quiroga Lago:
> En primer lugar le doy las gracias por atender mi carta.

Me llamo Ana Espinosa y tengo sesenta y cinco años. Me dirijo a usted para pedirle ayuda. Hace años que sigo desde lejos su carrera y sé que usted es uno de los mejores psiquiatras y neurólogos del país. He estado tentada de escribirle en muchas ocasiones, pero siempre lo he postergado esperando un dinero que nunca recibí, con el que quería contratar sus servicios. Ahora que sé que nunca podría pagarle, le escribo pidiéndole compasión y caridad. No es para mí, es para mi nieta, que lleva más de ocho años internada en un hospital psiquiátrico, a casi mil kilómetros de donde usted trabaja. Ella era una niña alegre, inteligente y sensible, un ser excepcional. Imagínese, a los nueve años había aprendido, sola, a tocar el violín, y devoraba todos los libros que caían en sus manos. Pero un incendio ocurrido en su casa la dejó en estado de ausencia perenne. Todos los médicos que han estudiado su caso la han dado por perdida. Pero, si se fía de la intuición de una abuela, le diré que yo sé que puede volver a la realidad y que mantiene cierto contacto con el mundo que abandonó. Creo que solo necesita que alguien como usted la ayude. Por esto le pido que le conceda una última oportunidad.

Muy agradecida por el tiempo que ha dedicado a leer mi carta, le saluda atentamente,

ANA ESPINOSA RUIZ

En una hoja aparte, don Ramón encontró los datos personales de Lucía y la dirección del hospital psiquiátrico donde se encontraba.

Por supuesto, antes de enviar la carta, Ana se la pasó a Pedro para que le diera unos retoques gramaticales; bueno, más que dar unos retoques, reescribió la carta. Ana no era una mujer lo suficientemente instruida.

Dos nuevos golpes en la puerta lo sacaron de su lectura.

—¡Adelante! —dijo don Ramón al fin.

La puerta se abrió.

—Perdone, don Ramón, le traigo los informes que me pidió. Siento molestarle, pero es que me marcho a casa a descansar, esta tarde no vendré, llevo dos días de guardia —explicó Ángel a su jefe de servicio el motivo de su insistencia mientras dejaba sobre su mesa un dosier.

—Ah, muy bien. Gracias, Ángel.

—Bien, me voy, hasta ma... —Intentó despedirse dispuesto a marcharse.

—Espera un momento, Ángel, voy a proponerte algo.

—Usted dirá. —Se quedó de pie expectante.

—Siéntate. —Obedeció—. Verás, he recibido una carta que me ha llamado la atención. Es de una señora que me pide que me traslade a la otra punta del país para examinar a su nieta. No da muchos datos, pero parece ser que es una muchacha que lleva ocho años en estado de shock, causado por un grave incendio que hubo en su casa. La señora asegura que la chica mantiene algún contacto con su entorno y cree que si la ayudo podrá recuperarse. El problema es que no puede pagar los gastos que esto conlleva. No se... —Don Ramón se rascó la frente—. La cuestión es que la carta me ha conmovido, pero no puedo hacer esto solo y he pensado en ti.

—La verdad es que no sé cómo puedo ayudarle —dijo Ángel muy sorprendido.

—Podría ser un caso muy interesante para tu tesis y terminar tu doctorado. ¿Qué te parece si buscamos un hueco en nuestra agenda y le hacemos una visita? Si el caso te parece interesante podríamos ver la manera de trasladarla a este hospital y hacerte cargo tú personalmente. ¿Qué me dices?... Yo estoy desbordado de casos imposibles y ya no tengo veinte años. Habría que viajar varias veces antes de conseguir su traslado, posiblemente solo podría acompañarte la primera vez. Por supuesto, todos los gastos correrían de mi cuenta hasta que el hospital autorice el traslado, en el caso de que lo consiguiéramos. —Ya hablaba en plural, daba por hecho que Ángel no se negaría.

—...

Ángel estaba agotado y tenía que hacer un gran esfuerzo para no bostezar y mantener la tensión de sus párpados. Analizaba lo escuchado con algo de retardo. No quería dar una respuesta precipitada.

Ante la demora de su respuesta el doctor Quiroga habló de nuevo:

—Hagamos una cosa, olvídate de lo que hemos hablado por hoy y vete a casa a descansar, mañana retomaremos la conversación cuando estés más lúcido, ¿de acuerdo?

Agradecido por la comprensión de don Ramón, Ángel se despidió amablemente y se marchó.

De camino a casa apenas pensó en la propuesta de su jefe, el agotamiento le estaba provocando los mismos síntomas de una fuerte resaca. Las fuerzas que le quedaban las estaba utilizando para recorrer los doscientos metros que le quedaban para llegar por fin a su cama. Por el camino recibió un par de saludos de conocidos; él los devolvió con agrado sin saber muy bien a quién. En casa se encontró con una sorpresa: Remedios lo estaba esperando en el saloncito.

—¡Hola! ¿Qué haces aquí? —saludó Ángel mientras soltaba su maletín en una silla. A pesar del cansancio y de la seca pregunta, su mirada era afable, como siempre.

—Tengo llaves, ¿recuerdas? —Remedios tenía en la mano un libro que él estaba leyendo, a juzgar por el lugar donde ella había dejado el índice para señalar la página, debía llevar bastante tiempo esperándolo.

—Sí, ya lo sé, pero ¿tú no deberías estar trabajando?

—Hoy es domingo.

Ángel cayó en la cuenta, cuando salió del hospital no recordaba haberla visto en recepción. De repente recordó que esa semana le había prometido cenar el sábado con sus padres. Aunque ya los había conocido en la boda del hermano mayor de Remedios, nunca había estado en su casa. Una vez más, Ángel se resistía a consolidar su compromiso.

Remedios era cuatro años mayor que Ángel y, al igual que él, venía rebotada de una larga relación. Estaba a punto de casarse cuando sorprendió a su prometido, en la misma casa donde iban a vivir juntos, con una de sus amigas. Ángel estaba seguro de que Remedios dejó a su novio por una mera cuestión de orgullo y que, de no haberlos sorprendido junto a su madre, que la había acompañado para colocar unas cortinas, medio desnudos, en la misma cama que ella se había resistido a estrenar antes de la boda, no hubiera acabado con su compromiso. Porque, como ella decía, «su novio no era mujeriego por naturaleza, es que su amiga era muy golfa y persistente». Pero el hecho de que su madre fuese testigo de la escena, fue determinante.

Ángel y Remedios se conocían antes de que ella rompiera su compromiso, trabajaba de administrativa en el hospital donde él estaba haciendo la especialidad y habían compartido en muchas ocasiones mesa en la cafetería. La mañana que Ángel le preguntó por la fecha de la boda, porque había perdido la invitación, ella se echó a llorar sin consuelo y le contó todo lo que había pasado. A partir de entonces empezaron a verse fuera del hospital. Una fría tarde, ella terminó metida en su cama. Él se arrepintió después; había dado un paso que lo comprometía y no estaba para nada enamorado.

Remedios era una mujer exuberante, que sabía sacarle partido a su escasa estatura, o al menos estaba convencida de ello a juzgar por su falta de complejos. Sobre sus infinitos tacones se sentía una reina. Llegaba al hospital a las ocho de la mañana generosamente maquillada, desde el flequillo hasta su escandaloso escote. Feliz, orgullosa de sí misma y deseosa de sentarse tras el mostrador de recepción, que ella misma adornaba con macetas de flores y detallitos varios para sentirlo suyo y más acorde con su indiscreta personalidad. Le encantaba exponerse a las miradas de todo el personal masculino del hospital, segura de que su atuendo era una sorpresa diaria. Cuando los compañeros de Ángel se enteraron de que se veía con ella, comenzaron a hacerle comentarios ligeros e irónicos, acompañados con una palmadita en la espalda, tales como: «Con Remedios, ¿no?» o «No has podido resistirte a sus encantos»; o alguno más grosero como: «¿Es tan atrevida como parece?»

En una ocasión le dio una llave de su casa, la misma que le devolvió Nieves, junto al resto de recuerdos, cuando rompieron. Se la dejó para que le abriera al fontanero, porque a él le era imposible pasarse por su casa a la hora convenida; y ya no se la devolvió. No encontró el momento ni la manera de pedírsela sin que ella pudiera sentirse ofendida por su desconfianza. La verdad es que la mayoría de las veces que la había encontrado metida en su cama lo había agradecido, aún consciente de que el servicio le pasaría factura. Poco a poco, fue cayendo en sus redes y después no supo cómo terminar con la relación. Deseaba formar una familia, pero no con ella; por mil razones, pero sobre todo porque no la quería, o al menos no lo suficiente. Terminó aceptando que le diera un caluroso y retorcido beso cada mañana cuando pasaba por recepción, a pesar de lo mucho que le incomodaban las miradas sarcásticas del personal, del mismo modo que le molestaba que lo esperara a la salida del trabajo con sus provocadores bolsos de plástico a juego con sus tacones. Llegó a pensar que serían eternos amantes; que su dedicación al trabajo no le permitiría nunca encontrar a la mujer adecuada.

Rompiendo las distancias que solía mantener don Ramón con la vida personal de sus residentes, un día se atrevió a hacerle a Ángel un sabio comentario: «No deberías descuidar tu vida personal, terminarás arrepintiéndote. Con el paso de los años descubrirás el importante papel que juega la persona que comparte la vida contigo, para bien o para mal.» No esperó a que Ángel le contestara, no quería entablar ningún tipo de conversación personal. Ángel era su alumno preferido, le tenía un aprecio especial, solo quería darle un empujoncito para que dejara una relación que él sabía cuánto podía perjudicarlo.

En aquel momento se sentía incapaz de discutir y, obviando el hecho de que la noche anterior había dejado a sus supuestos futuros suegros con la mesa puesta, le contestó como si estuviera arrepentido, implorándole compasión:

—¿Podemos hablar mañana? —Pensó que estaba dejando demasiadas conversaciones para el día siguiente, pero el hormigueo que tenía en la cabeza se estaba convirtiendo en un tornado de alfileres.

—No. Siéntate un momento, no voy a tardar mucho. —Remedios dejó el libro sobre la mesa y él, derrotado, se sentó frente a ella—. No voy a conformarme con ser tu compañera de cama, si no estás dispuesto a dar un paso más tendré que dejarte —dijo, como si estuviese causando a Ángel un gran dolor ante la posible pérdida.

—...

—Tengo treinta años y no puedo perder el tiempo. —Ángel pensó que parecía mayor, a pesar de llevar la cara repellada al milímetro—. Así que tú dirás.

—No es buen momento, no puedo pensar —dijo Ángel intentando escabullirse, no estaba para dramas.

—Nunca es el momento para hablar de nosotros, pero si me hubieses encontrado dentro de la cama no te hubiera importado echar un polvo rápido, para eso nunca es mal momento y encuentras las fuerzas necesarias.

En ese instante, y después de escuchar la vulgar expresión de Remedios, lo vio claro. Encontró algo de energía para aprovechar la ocasión que le estaba brindando Remedios. Sí, era el momento, pero el momento que él estaba esperando, no el de ella.

—Llevas razón, nunca podré darte lo que buscas y no quiero utilizarte. Creo que deberíamos dejar de vernos por el bien de los dos. —Ya estaba dicho. Sintió tal alivio que, de súbito, desapareció su dolor de cabeza.

Remedios no se esperaba tal reacción; no era muy lista. Ella pensaba que su ultimátum haría que Ángel diera un paso al frente y no hacia atrás. Lo cierto es que iba por la vida más segura de lo que debía, teniendo en cuenta sus limitaciones. De manera que, muy digna ella y convencida de que él era el que más tenía que perder, sacó las llaves de su bolso azul eléctrico, las dejó encima de la mesa y se despidió para siempre. Aunque de ninguna manera creyó en sus propias palabras, estaba segura de que, en cuanto Ángel descansara y tomara conciencia de su gran pérdida, la buscaría desesperado.

Pero no fue así. Ángel se acostó con la conciencia de un niño y durmió durante catorce horas seguidas. Cuando despertó creyó haber vuelto a nacer, libre al fin del peso que acarreaba desde hacía casi un año. Se sentía pletórico ante la perspectiva de dedicarse por completo a su trabajo sin tener que sentirse culpable por ello.

A su llegada al hospital, saludó a Remedios, que ya estaba tras el mostrador, y su maquillaje en el mismo tono que a la otra secretaria cincuentona que compartía su turno: correcto y afable. Por supuesto, no se acercó a su adornada mesa para dejarse besar y no tendría que limpiarse rápidamente el carmín que dejaba en sus labios. Lo que satisfizo a don Ramón, que en ese momento entraba por la puerta principal.

—¿Cuándo hacemos ese viaje para visitar a la muchacha? —dijo Ángel al doctor Quiroga ya sentado frente a él en su despacho.

—Dentro de dos semanas podré tomarme libre el sábado y el domingo. Iremos en mi coche, si te parece bien. Podemos salir el sábado temprano, hacer noche en la ciudad y visitarla el domingo por la mañana para emprender la vuelta de inmediato, no puedo faltar el lunes. Va a ser una paliza, pero no puedo dedicar tres días a un viaje personal.

—De acuerdo, pero..., déjeme pensar, creo que tengo guardia el sábado —dijo Ángel mientras buscaba un papel en el bolsillo de su bata para asegurarse.

—Sí, tienes guardia, pero eso ya lo arreglaré yo. Esta mañana te encuentro especialmente contento. —El jefe de servicio cambió de conversación y sonrió levemente.

—Sí, he dormido como no lo hacía desde hace tiempo. —Ángel también sonrió.

—No sabes cuánto me alegro. —Los dos sabían que tras sus palabras había una conversación subliminal.

—Creo que sí, pero no más que yo.

Día tras día, Remedios se quedó esperando a que Ángel, a su llegada al hospital, diera el paso a la derecha para acercarse a recepción y dejar que ella le tatuara su beso. Se moría por dentro al verlo pasar.

Ángel superaba con creces al hombre de sus sueños. Era alto y delgado, pero fuerte y de anchas espaldas. Tenía un abundante cabello lacio y castaño que no necesitaba cuidado alguno y que caía con gracia y estilo hacia el lado izquierdo de su rostro; lo que era una gran ventaja para un hombre que dedicaba a su aspecto el tiempo mínimo para ducharse y afeitarse, y que pedía cita en el barbero cuando algún compañero lo alertaba del largo de su pelo. En invierno siempre usaba jersey de lana de cuello alto y pantalón de pana, lo que le daba un aire entre intelectual y moderno que lo distinguía entre la clase media alta a la que pertenecía. En cambio, en la época más cálida echaba mano de la corbata, sobre todo porque con ella evitaba las dudas que le suponía cuántos botones debía o no dejar desabrochados de su camisa, además de que con ella protegía su garganta del frío de las madrugadas. Solo en los días más calurosos del verano se permitía ir alguna vez con la camisa abierta, pero casi siempre prefería un ligero jersey de manga corta, aunque la mayoría de sus colegas seguían luciendo caras corbatas entre las solapas de las batas.

Le gustaba ir caminando a todas partes, siempre que la distancia se lo permitía, por eso usaba zapatos resistentes y de buena calidad, con una gruesa suela de goma, lo que, junto al resto de su atuendo, le daba un aire de eterno estudiante. Aunque siempre llegaba con tiempo de sobra a su puesto de trabajo, cruzaba los pasillos como si tuviese mucha prisa, con la bata sin abrochar ondeando a su paso y cara de que lo estaban esperando; él siempre tenía la sensación de que, una vez más, el día sería insuficiente para toda la tarea que esperaba.

No podía decirse que tuviera unos rasgos suaves y perfectos, destacaban más bien como aristas en una estructura angulosa, algo quijotesca, pero esto hacía que sus largas pestañas y perfecta dentadura del color de la leche destacaran aún más, combinando la inocencia con la fuerza. Medía casi dos metros y, cuando se encontraba entre su grupo de compañeros, sobresalía como el campanario de un pueblo, aunque él hubiera preferido pasar desapercibido y por eso doblaba la espalda a propósito, en un vano intento de confundirse entre ellos.

Ángel era un hombre de alma sosegada y mente inquieta. Cuando empezó la carrera dudó de su capacidad al verse rodeado de genios que sacaban las asignaturas con facilidad. Pero era solo que su inteligencia se había anquilosado durante los años que vivió en el pueblo a la sombra de su talentoso primo. Su esfuerzo, curiosidad y perseverancia consiguieron que al tercer año de carrera su expediente empezara a engordar y que se convirtiese en un estudiante brillante. Era un hombre reservado y algo sombrío, que se defendía del mundo manteniendo la distancia, y era esto, combinado con su impresionante físico, lo que le hacía parecer tan enigmático. No sonreía por cualquier cosa, por eso su blanca y perfecta sonrisa resultaba tan honesta y era tan apreciada entre las mujeres, que bebían los vientos por ver cómo desaparecía el hoyuelo de su barbilla para dividirse en los dos que flanqueaban su momentánea dicha.

Hubo atardeceres que echó de menos el cuerpo elíptico de Remedios, sus maravillosas mentiras sobre su pasado y el perfume dulzón que dejaba en sus sábanas. Pero ni una sola vez tuvo la tentación de buscarla. Quizá si ella hubiese tocado a su puerta, en uno de esos momentos de debilidad, las hormonas lo hubiesen entregado. Pero, por suerte para él, Remedios era tan orgullosa como testaruda y se sobrevaloraba tanto que nunca daría su brazo a torcer, segura de que se merecía algo mejor y que él se lo perdía. Lo cierto era que, al margen de los lapsus provocados por su testosterona, romper con Remedios le había devuelto la tranquilidad de su conciencia. Ya no tendría que hacerle falsas promesas, ni decirle que la quería presionado por su insistente demanda de cariño. Volvía a depender exclusivamente de sí mismo y su capacidad. Era estupendo no encontrar obstáculos en el horizonte y tener de nuevo la posibilidad de encontrar a la mujer perfecta para él, si es que existía y se cruzaba en su camino.

Alguna vez, durante las largas noches de guardia, en las que interrumpido constantemente terminaba recostado en su sillón intentando rescatar por enésima vez un trocito de sueño, había esbozado en la mente la imagen de su mujer ideal: su cabello se movía como una salvaje marea en la noche, sus ojos dos ventanas abiertas al amanecer y una sonrisa capaz de reconciliarte con el mundo. Su cuerpo perfecto viviría oculto bajo su inteligencia; y no estaría mal que por una vez una mujer superara su hombro. La verdadera dimensión de su belleza solo la conocería él, poseyendo un secreto que lo haría sentirse único. La imaginaba libre, una mujer con propios recursos, que estuviera con él solo por amor, con la que jamás se sentiría en deuda. Fuerte y sensible, capaz de oír más allá de las palabras, de ver más allá del horizonte. Una mujer cuyo amor no se convirtiera en un estrecho camino con una única dirección, sino un campo abierto bajo el infinito cielo. Que no se enamorara, no, que fuese amor. Siempre terminaba recordando que hubo alguien en su pasado que prometía ser así, y sus ojos aparecían en las noches de guardia como luceros.

Eran las seis y cuarto de la mañana. Estaba duchado y afeitado y había preparado en una vieja bolsa de deporte, que milagrosamente encontró en su caótico armario, un pijama, unos calzoncillos, unos calcetines, una camisa y los útiles necesarios para el aseo de la mañana siguiente. Solo le quedaba esperar. Don Ramón le dijo que pasaría a recogerlo sobre las seis y media, había tiempo para otro café, pero no quedaba; el lunes tendría que buscar un hueco para hacer la compra, imposible, tendría que tomar su primer café en el bar del hospital, tanto el lunes como el martes, bajo la mirada de Remedios, y hacer la compra el martes por la tarde. Una vez más se propuso organizarse y dejar un hueco para las tareas domésticas, su casa era una perrera.

Cogió el periódico del día antes para evitar contemplar tanto desorden mientras esperaba. La calma que reinaba en el barrio dio paso al sonido del motor de un coche. Rápidamente cogió el equipaje, se metió la pipa y la bolsa de tabaco en el bolsillo del pantalón y se dispuso a salir; tal vez a don Ramón no le importara que se fumara una pipa antes de dormir. Casi se le olvidan las llaves.

—¡Buenos días! Llega puntual —saludó Ángel a don Ramón mientras abría la puerta delantera derecha del coche.

—¡Muy buenos días! Va a hacer un día magnífico, atravesaremos el país con el cielo despejado. —Don Ramón repetía lo que acababa de escuchar en la radio de su coche—. Con un poco de suerte podremos almorzar en la capital y recorrer el resto del camino durante la tarde. —Y arrancó su flamante MG, orgulloso y seguro de estar impresionando a su discípulo con un vehículo casi único en el país.

Don Ramón sentía debilidad por los coches y daba por hecho que todo el mundo, sin excepción, sentía lo mismo. Pero no era así, al menos para Ángel, que ni siquiera tenía coche; le gustaba tanto caminar... Lo que de verdad impresionaba a Ángel de su maestro era su capacidad de diagnosticar los males de sus pacientes y el inmenso respeto que les otorgaba, a pesar de tratar con mentes confusas e inestables.

Durante el almuerzo, sin la interrupción de los numerosos locutores de radio que los acompañaron por el camino, tuvieron oportunidad de charlar un poco sobre el caso que los ocupaba.

—Hasta que no estudiemos su historial clínico no tendremos alguna información que nos ayude a diagnosticarla, es más, puede que incluso solo nos sirva para confundirnos, no te imaginas las cosas que he tenido que leer durante estos años. Solo sabemos lo que cuenta su abuela en la carta. Temo que nuestro viaje sea en vano. Pero bueno, vale la pena intentarlo, aunque solo nos llevemos un bonito paseo a través del país. Y tú tendrás la oportunidad de acercarte a tu tierra natal. ¿Desde cuándo no viajas al sur?

—Desde que terminé la carrera, pero al pueblo donde crecí no he vuelto desde los dieciocho años —contestó Ángel sin dar demasiada importancia al dato.

—Eso es mucho tiempo sin ver a la familia.

—En realidad, la única familia que dejé allí fue una tía, ni siquiera sé si sigue viva, nunca respondió a mis cartas.

Don Ramón no quiso seguir la conversación; un hombre tan perspicaz como él era capaz de escuchar más allá de las palabras. El pasado de Ángel debía de haber sido muy difícil para haber roto con él tan drásticamente. Dio por supuesto que era huérfano o había crecido como si lo fuera. Comieron el postre en silencio.

—¿Puedo? —preguntó Ángel al doctor Quiroga, con el pijama puesto y sentado frente a la ventana mientras le enseñaba su pipa.

—Fuma, hombre, fuma. Yo, con tu permiso, voy a meterme en la cama, estoy muerto y mañana hay que madrugar de nuevo.

Don Ramón se durmió de inmediato y Ángel estuvo disfrutando un buen rato de su soledad y de su pipa, observando cómo el humo huía por la ventana buscando la imponente luna de marzo.

Llegaron al hospital antes de las ocho. En la ventanilla de recepción había un hombre taciturno deseoso de que llegara su compañero a relevarlo. Sorprendido por la llegada de aquellos hombres tan dispares entre sí, salió de su somnolencia, apagó su radio y saludó:

—Buenos días, caballeros, ¿qué desean?

—Buenos días —saludaron Ángel y don Ramón al unísono—. Soy el doctor Quiroga y este caballero es Ángel Martín, residente de mi servicio de neurología. Tenemos cita con el director de este centro dentro de unos minutos.

—El director ya ha llegado, esperen un momento, voy a avisarle.

Al momento, el recepcionista regresó.

—Síganme, por favor, don Antonio les espera en su despacho.

Las pisadas de los tres hombres se confundieron con el ruido metálico de los carritos del desayuno, eran las ocho en punto.

Hechas las presentaciones y ya sentados en el despacho del director, este comenzó a relatarles el caso:

—Fue una grata sorpresa saber que una eminencia en la materia como usted accedía altruistamente a estudiar este caso. Yo mismo sugerí a la abuela de la paciente que si alguien podía hacer algo sería usted, y que le escribiera una carta personal, aunque, tranquilo, le advertí que no albergara muchas esperanzas. Estoy francamente sorprendido y muy agradecido. —Insistía en dejar claro su agradecimiento.

—No hay de qué, es nuestra vocación la que nos ha traído hasta aquí. Espero que sirva de algo, hemos venido un poco a ciegas, fiándonos de la carta de la abuela. —El doctor Quiroga pensó que estaban poniendo demasiadas esperanzas en él y era esto una de las cosas que le preocupaban cuando decidía hacerse cargo de un caso imposible; normalmente, seguían siendo imposibles después de su intervención—. Creo que lo primero que debemos hacer es estudiar su historia, antes incluso de examinarla. —Ángel se mostró totalmente de acuerdo y siguió en silencio.

Sobre la mesa, el director tenía un retrato familiar, un lapicero, un cenicero y, a su derecha, una montaña de papeles clasificados en carpetas de distintos colores; debía medir al menos medio metro. Don Antonio empujó todo el montón hacia el centro y lo puso frente a sí.

—Esta es la historia —dijo el director. Tuvo que empinarse un poco por encima de los papeles para mirar a su interlocutor.

Don Ramón miró a Ángel, este sabía lo que estaba pensando, e intervino en la conversación:

—Es una historia muy completa.

—Como supongo que ya saben, no son los primeros que se han interesado por el caso. Todos los especialistas que la han visto durante estos años le han hecho numerosas pruebas y han dejado amplios informes, todos sin diagnósticos ni tratamiento claro —explicó don Antonio apartando de nuevo hacia un lado la pila de documentos que entorpecían su visión.

—Bien, creo que Ángel y yo necesitamos un café para hablar, no esperábamos que esto nos iba a llevar tanto tiempo, a esos informes no se les echa un vistazo en media hora. Como sabe, tenemos más de novecientos kilómetros por delante en el día de hoy. Si no le importa, en el caso de que decidamos quedarnos, utilizaremos su despacho.

—Ningún problema, lo dejaré abierto, avísenme si me necesitan —dijo el director algo decepcionado.

Ya sentados frente a dos cafés, don Ramón le preguntó a Ángel:

—¿Crees que podríamos estar viajando parte de la noche y estar mañana en nuestro puesto de trabajo?

—Por mí no hay ningún problema. ¿Y usted?, ¿cree que podrá conducir en esas condiciones?, al fin y al cabo yo voy de copiloto.

—Venga, terminemos el café y manos a la obra.

Pasaron casi tres horas en el despacho del director, entre papeles que contenían informes y pruebas de lo más variado. No encontraron nada que les aportara información realmente útil. Todos empezaban relatando lo mismo: Paciente de equis años, dependiendo de la fecha del informe, con shock postraumático causado por un incendio en su domicilio... y bla, bla, bla. La única evidencia era que había perdido el habla y sus relaciones afectivas, mostrando indiferencia total ante su entorno, pero capaz de comer, asearse e ir al baño.

—Esto es una pérdida de tiempo, nos lo podíamos haber ahorrado. Vamos a avisar al director para que nos acompañe a hacer una visita a la paciente —terminó, dando un carpetazo, algo malhumorado, al último informe, cuya conclusión le parecía la más absurda de todas; le molestó especialmente porque iba firmado por uno de los especialistas que se habían formado en su propio servicio.

Los tres, don Antonio, don Ramón y Ángel, cogieron el ascensor directos a la segunda planta, algo tensos y decepcionados. Para relajar el momento, el director habló:

—Cuando vean a Lucía comprenderán por qué todo el que la conoce quiere ayudarla. Es una muchacha muy especial.

«¡Lucía!», pensó Ángel mientras le daba un vuelco el corazón. No se había molestado en leer los membretes de los informes, ¿para qué? Y tampoco nadie había pronunciado el nombre de la paciente en su presencia hasta ahora, para él era una enferma, como para cualquier médico, los datos personales no tenían interés. «Lucía. Qué tontería, debía de haber miles de Lucías en el país», reflexionó y se relajó un poco.

Las frías puertas del ascensor se deslizaron para dar paso a los sonidos hospitalarios propios de esa hora de la mañana. Un paciente, extremadamente delgado y con un solo diente, se plantó frente a ellos y los saludó repetitivamente mirando al techo:

—Hola, hola, hola...

—Hola, Cristóbal, ¿todo bien? —dijo el director con afecto mientras apartaba al paciente de la salida.

—Hola, hola, hola... —siguió, volviendo a su habitación seguido por la compasión de los tres.

Las notas de un violín golpearon con suavidad los tímpanos de Ángel. El cuerpo se le erizó por completo, como si una ola gélida hubiese traspasado sus vísceras. Perdió la orientación y tuvo que pararse frente al interminable túnel que recorrían las notas. Su sentido del oído había tomado las riendas del resto de las funciones de su cuerpo y lo había inmovilizado. No podía pensar, ni mandar órdenes a sus pies para que avanzaran. Parecía uno más de los locos de la planta, con la mirada perdida y los pies inseguros.

—¿Ángel? Ángel, ¡Ángel! —dijo el doctor Quiroga levantando la voz la tercera vez que lo nombró.

—Sí, sí, lo siento... por un momento... ¿Quién toca el violín? —habló por fin cuando consiguió volver a su espacio y tiempo.

—Lucía, la paciente que vamos a visitar —contestó el director.

—Deberías sentarte un poco, estás pálido —sugirió el maestro a su alumno.

Lucía estaba como siempre, hecha un ovillo en la cama, como un cachorrillo desvalido, con los ojos entornados, ni despierta ni dormida. Custodiada por su abuela, que había aprovechado la mañana de domingo en el hospital para coger unos puntos sueltos en un montón de medias que tenía a su derecha, sobre la fría mesita de la habitación.

Con las gafas, a punto de precipitar, en la punta de la nariz, muy concentrada, Ana intentaba que un minúsculo hilo de seda buscara la luz que entraba por la ventana y se colaba por el agujero de la aguja. «¡Jesús! Cada vez veo peor», masculló al aire desesperada. Había llegado hacía una hora, mientras Ángel y don Ramón se estaban sumergiendo en la montaña de informes. Hubiera querido llegar antes, pero tuvo que dejar planchados tres enormes canastos de ropa que le habían llevado la tarde antes, con un mensaje de la señora implorándole que se los tuviera listos para el día siguiente. Hacía más de un año que había tenido que buscar trabajo, y ese era el único que podía hacer sin descuidar a Lucía.

Cuando llegó a la segunda planta, preguntó a la enfermera de guardia si Lucía había recibido alguna visita. Se sintió decepcionada, al parecer, el doctor Quiroga finalmente no había podido hacer el largo viaje o, tal vez, nunca tuvo la intención y contestó su carta por mera compasión. «Qué tontería», se decía a sí misma a cada instante, mientras el hilo de seda chocaba, una y otra vez, con los bordes del agujero de metal. «¿Por qué iba a darme esperanzas si no tenía intención de venir?», suspiró profundamente y miró a la niña una vez más.

—Lucía, cariño, ¿qué estás pensando? —El rostro de Lucía estaba lleno de vida; Ana no estaba sufriendo una alucinación.

Tenía los ojos tan abiertos como la primera vez que la vio, derramando su transparente violeta, como recién barnizados. El rosa de sus mejillas había vuelto y sonreía mostrando el nácar de sus dientes. Lucía se incorporó con decisión, buscando mientras tanto con su mirada el violín, que estaba echado sobre la pared de su izquierda, y, sin perder el alegre semblante, comenzó a tocar. Esta vez su música sonaba diferente: las notas no se perdían en el vacío buscando un destino inexistente; se deslizaban vivas por un camino bien trazado, hacia su destinatario.

Más de ocho años llevaba Ana escuchando aquella melodía mañana y tarde, a las once y a las seis, y cada vez esperaba la primera nota con más ansiedad, era la única prueba que tenía de que Lucía seguía conectada al mundo. Se quedó como una estatua, sentada, con los brazos sobre las rodillas, con la hebra de hilo en una mano y la aguja en la otra. Contemplando el extraordinario milagro que a nadie que conociera a la niña hubiese pasado desapercibido: era la misma bonita muñeca que cada día tocaba el violín, pero con alma. Los viejos ojos de Ana vertieron su dicha.

Cinco pasos de Ángel por el pasillo habían sido suficientes para que los sensibles oídos de Lucía los reconocieran. Ella estaba absolutamente segura de que era él. No había hecho otra cosa en todos los años de internamiento que esperarlo. Era verdad que sus pies no presionaban las hojas secas del camino, sino el frío mármol del psiquiátrico; era verdad que aquellos pies parecían transportar un peso mayor y que los pasos eran más largos. Pero era él. Sabía que se acercaba y seguía tocando, con los ojos entornados, concentrada, deslizando el arco con maestría y suavidad, había ensayado durante años para ese día. Estaba tranquila, la espera había terminado y era un momento de gozo.

Sacudido hasta el tuétano por la emoción, se adelantó a sus compañeros siguiendo el rastro de la música. Nunca hubiera imaginado volver a contemplar aquella bella imagen. Se quedó paralizado en la entrada de la habitación, le flaqueaban las piernas, pero se mantuvo entero; aquel concierto era para él y tenía que aguantar hasta el final.

Lucía ya era una mujer, la luz de la ventana atravesaba su gastado camisón esbozando su figura, envuelta en las infinitas ondas de su pelo. «¡Dios Santo, Lucía! Eres más hermosa aún de lo que recordaba. ¡Lucía!», gritaron sus entrañas.

Ni una sola de las personas que asistieron al momento rompió la magia. Cuerdos y locos se subieron a la nave del tiempo; por unos minutos, los unos se ausentaron de su realidad y los otros regresaron a ella.

La música paró. Ella levantó lentamente sus espesas pestañas y lo miró, igual que entonces, y él, igual que entonces, reconoció a través de aquellas ventanas los dos mares de invierno que tanto había añorado.

—¡Hola, Lucía! —dijo con la voz rota, resistiendo a duras penas la emoción.

Ella tragó saliva, su garganta estaba anquilosada y la notó extraña, de palo.

—Ho... Ho... —volvió a tragar saliva—. ¡Hola Á... Ángel!

—Esto es increíble —susurró el director.

—Hola, hola, hola... —repetía el loco que los recibió a la salida del ascensor.

Una interna comenzó a dar palmas sordas como si comprendiera el significado del momento, y lo había comprendido, estaba loca pero no era idiota. El resto de enfermos y el personal la acompañaron con entusiasmo.

—¡Lucía ha hablado!, ¡Lucía ha hablado! —gritaba emocionado el más joven de los compañeros de planta de Lucía.

Mientras don Ramón estuvo en éxtasis ante la escena, uno de los enfermos le había vaciado el bolsillo del pantalón y ahora jugueteaba con las llaves de su coche. Todos iban regresando a su mundo, como Lucía.

—¿Me perdonas por haber tardado tanto en venir a buscarte? —le preguntó implorando perdón.

—Sí. —Sonó ligero, alegre, inocente..., sonó como entonces.

Cinco pasos lo llevaron hasta ella y, de nuevo, un abrazo como el de aquellos niños indefensos y olvidados, habló por ellos.

Ángel se estaba preparando un café, le esperaba una intensa jornada; era su última guardia en el servicio del doctor Quiroga. Lucía apareció en la cocina, iba descalza y llevaba un pijama a cuadros de Ángel, como entonces. Sus ojos iluminaron la estancia.

—Buenos días, pequeña —saludó agarrando a Lucía de la cintura.

—Buenos días —respondió ella después de darle un tierno beso en la mejilla—. ¿Qué hora es?, ¿ya te vas?

—Sí, tengo un día muy duro. Anoche te quedaste hasta muy tarde leyendo, ¿algo interesante?

—Estuve leyendo los diarios de mi madre. ¿Sabes por qué me puso Lucía?

—Creo que me lo vas a contar.

—Lo tenía pensado dos meses antes de mi nacimiento. Según escribió, si tenía una hija, le pondría Lucía porque significa luz del día, la luz que acabaría con su larga y negra noche. Eso significaba yo para ella.

—Y para mí también, bueno, y para tu abuela y... Lucía. —La nombró antes de hacerle una pregunta importante.

—¿Sí? —respondió con la cabeza en su hombro. De todas las mujeres que había conocido, ella era la única que superaba en altura su hombro, como había soñado.

—¿Estás segura de que quieres volver? ¿Estás preparada?

—Sí, quiero que nuestro hijo nazca allí. —Se acarició el vientre y él la siguió—. Quiero que conozca sus raíces, educarlo allí. Necesito comprobar que soy capaz de pasearme por aquellas tierras en libertad, es importante para mí. ¿Y tú?, ¿estás seguro de que quieres trabajar en el mismo hospital donde mi abuela y yo estuvimos encerradas tantos años?

—Lo estoy deseando.

Camino del baño, Lucía encontró una carta de su abuela sobre el taquillón de la entrada, que Ángel había cogido la noche antes del buzón. La metió en el bolsillo de su pijama y a su vuelta la leyó junto a su compañero:

Queridos Ángel y Lucía:

Todo está preparado para vuestro regreso. No podéis imaginaros lo bonito que ha quedado el cortijo. Pedro ha estado pendiente de las obras constantemente y de mandar a Luisa todo lo que había quedado de Juanito. La pobre Luisa, vive esperando los jueves para ir a ver a su hijo a la cárcel. Herminia y yo nos hemos ocupado de la limpieza y os hemos preparado un dormitorio precioso, ayer mismo terminamos de plancharos las sábanas y haceros la cama.

Hace unas semanas plantamos flores alrededor de toda la casa y la primavera ha hecho maravillas en ellas.

Yo ya he escogido mi habitación, la que era de tu abuela materna, espero que no te importe.

Lucía paró un segundo de leer y sonrió.

Entre Herminia y yo hemos decidido que la casa de atrás sirva para ampliar la despensa y como almacén; no necesitamos caseros: Herminia, su marido, su hijo mayor y yo nos ocuparemos de vuestra casa.

No veo la hora de veros entrar por la puerta.

Un abrazo muy fuerte para los dos y cuidad a mi pequeñín.

Lucía puso una mano sobre su ombligo.

Se me olvidaba, Mari y Rosi os mandan muchos recuerdos.

Un beso de mi parte, Lucía (esto no me lo ha dictado tu abuela).

La carta la había escrito Pedro.

A Lucía se le cayeron dos lágrimas, últimamente estaba muy sensible.

—Ya, ya, ¿otra vez estás llorando? —le dijo Ángel secándole las lágrimas a su esposa con sus pulgares.

—Es que... no podía imaginar un final más feliz para nosotros.

—Pues sospecho que te queda mucho por llorar, esto es solo el principio.

—¿Irás a verme esta noche?

—No me perdería el concierto por nada del mundo, me muero por ver la cara del público cuando te oiga.

Agradecimientos

Desde esta última página quiero expresar mi más profundo agradecimiento a Carmen Franco Parrilla, la madrina de la pequeña Lucía, y a mi encantador club de fans, sin ellos este libro seguiría siendo un manuscrito olvidado.